> "Un romance erótico que no te debes perder".
> —*Romance Novel News*

Refleja...

> "Las escenas de sexo acalorado y los in...gantes giros argumentales dejarán a los lectores deseosos de más". —*Library Journal*

> "Un libro más que emocional. Gideon y Eva se han instalado en mi lista de parejas favoritas". —*Fiction Vixen*

> "Este libro es intenso... sexo loco extraordinario". —*Smexy Books*

> "Emocionalmente agotador, apasionante sensualidad y fascinante sexualidad... *Reflejada en ti* te parte el corazón y te obliga a seguir regresando por más!". —*Darkest Addictions*

> "No estoy lista para dejar a Gideon y Eva. Cuando se trata de ellos, nada es suficiente...sexo ardiente y sucio que derrite los pantys, te hace salivar y suspirar". —*Avon Romance*

> "Sigue agarrándote por la garganta y sin dejarte ir". —*HeroesandHeartbreakers.com*

Desnuda ante ti

> "Llena de angustia emocional, escenas de amor abrasadoras y un absorbente argumento". —*Dear Author*

continúa...

"[*Desnuda ante ti* es una novela] más rica y realista que muchos libros contemporáneos que he leído en los últimos tiempos".

—*Romance Junkies*

"Este es uno de esos libros que me encanta leer y necesito saber qué le pasa a continuación a Gideon y Eva". —*The Book Reading Gals*

"Una lectura fantástica... Desde el primer capítulo me vi atrapada por esta historia de posesión e intensa vulnerabilidad, escrita por la mano experta de Sylvia Day. Ah, ¿y mencioné que el sexo es caliente? Tan caliente que derrite las páginas". —*Darhk Portal*

"Me encanta la escritura, la tensión sexual y las complicadas maniobras de los personajes a medida que se reúnen".

—Carly Phillips, autora de éxito del *New York Times*

A Touch of Crimson

"Hará estremecer a los lectores con un sensacional y novedoso mundo, un apasionado héroe y una fuerte y poderosa heroína. ¡Esta es Sylvia Day en su mejor momento!". —Larissa Ione, autora de éxito del *New York Times*

"Ángeles y demonios, vampiros y licántropos, todos ellos frente a un mundo imaginario ingenioso e intrigante que me atrapó desde la primera página. Equilibrando acción y romance, humor y sensualidad, la narrativa de Sylvia Day nos hechiza. Estoy impaciente por leer más sobre esta liga de sexys y peligrosos ángeles guardianes y el fascinante mundo en que habitan... una novela romántica paranormal que es ¡una fiesta para los amantes!".

—Lara Adrian, autora de éxito del *New York Times*

"Rebosa pasión y erotismo. Un ardiente y sexy ángel por el cual morir y una agalluda heroína hacen de esta una lectura muy emocionante".

—Cheyenne McCray, autora de éxito del *New York Times*

"En *A Touch of Crimson*, Sylvia Day teje una maravillosa aventura que combina una narración descarnada y excitante con un elevado lirismo. Adrian es mi tipo favorito de héroe —un ángel alfa decidido a ganar el corazón de su heroína—. Este es definitivamente un libro para su estantería".

—Angela Knight, autora de éxito del *New York Times*

"Un apasionante, conmovedor y brillante libro. [Day] combina hábilmente una historia eterna de amor perdido y recuperado. [Es] una novela romántica perfecta, con una construcción excelente de un mundo rico en ángeles, licántropos y vampiros".

—*RT Book Reviews* (4 1/2 estrellas)

ELOGIOS PARA SYLVIA DAY Y SUS NOVELAS

"Cuando se trata de cocinar una química sexual abrasadora, Day tiene pocos rivales". —*Booklist*

"Bien escrita, ágil y CALIENTE... ¡una novela muy divertida de leer!".

—Emma Holly, autora de éxito de *USA Today*

"Sylvia Day es una magnífica escritora, una de las pocas que comprende el arte de elaborar lo mejor del romance erótico... Es maravilloso y apasionado y, ah sí, muy caliente". —WNBC.com

"Sylvia Day sabe cómo enganchar a sus lectores... De ritmo rápido y muy caliente... Esta novela acelera el pulso de principio a fin".

—*Romance Junkies*

"Su motor estará ronroneando... Sylvia Day ha escrito una historia sexy que te dejará pidiendo más". —*Joyfully Reviewed*

"Sylvia Day me deslumbra por completo". —*The Romance Studio*

continúa...

ATADA A TI

Sylvia Day

BERKLEY BOOKS, NEW YORK

THE BERKLEY PUBLISHING GROUP
Publicado por The Penguin Group
Penguin Group (USA)
375 Hudson Street, New York, New York 10014, USA

Estados Unidos I Canadá I UK I Irlanda I Australia I Nueva Zelanda I India I Suráfrica I China

Penguin Books Ltd., Oficinas registradas: 80 Strand, Londres WC2R 0RL, Inglaterra.
Para más información acerca de The Penguin Group, visite penguin.com.

ATADA A TI

Berkley ISBN de la edición en rústica 978-0-451-41984-2

La Biblioteca del Congreso ha catalogado la edición en inglés:

Day, Sylvia.
Entwined with you / Sylvia Day. — Berkley trade paperback edition.
pages cm
ISBN 978-0-425-26392-1
1. Secrecy—Fiction. I. Title.
PS3604.A9875E58 2013b
813'.6—dc23
2013004326

HISTORIA EDITORIAL
Berkley edición en rústica en inglés / junio 2013
Berkley edición en rústica en español / julio 2013

IMPRESO EN LOS ESTADOS UNIDOS DE AMÉRICA

10 9 8 7 6 5 4 3 2 1

Dirección de arte de la cubierta: George Long.
Diseño de la cubierta: Sarah Oberrender.
Imagen de la cubierta: Edwin Tse.

AGRADECIMIENTOS

Quiero dar las gracias a la editora Hilary Sares por su trabajo en *Atada a ti* y en los dos libros anteriores de la serie Crossfire. Sin ella, habría algunas incoherencias, muchos términos en latín, algunos fallos en el argot histórico y otras faltas que desviarían la atención del lector de la belleza del amor de Gideon por Eva. ¡Muchas gracias, Hilary!

Muchísimas gracias a mi agente, Kimberly Whalen, y a mi editora, Cindy Hwang, por ayudarme a recuperar la magia de Gideon y Eva a la hora de escribir esta historia. Cuando he necesitado ayuda han estado a mi lado. ¡Gracias, Kim y Cindy!

Gracias a mi publicista, Gregg Sullivan, por conseguir que me organizara y por encargarse de mi agenda.

Gracias a mi agente de la Creative Artists Agency, Jon Cassir, por sus muchos esfuerzos y su paciencia a la hora de responder a mis preguntas.

Estoy muy agradecida a todos mis editores internacionales, que han mostrado mucho apoyo y entusiasmo por la serie Crossfire.

Y a mis lectores, no puedo estar más agradecida por su paciencia y su apoyo. Les doy las gracias por dejarme compartir con ustedes la continuación de este viaje de Gideon y Eva.

1

LOS TAXISTAS DE Nueva York son una casta especial. Audaces hasta el extremo, conducen a toda velocidad y zigzaguean con brusquedad por calles abarrotadas con una calma antinatural. Para no perder la cordura, había aprendido a centrarme en la pantalla de mi *smartphone* en vez de en los coches que pasaban veloces a escasos centímetros. Siempre que cometía el error de levantar la vista, terminaba con el pie derecho clavado en el suelo, como si instintivamente quisiera pisar el freno. Pero, por una vez, no me hacía falta ninguna distracción. Estaba pegajosa de sudor tras una intensa clase de Krav Maga, y la cabeza me daba vueltas pensando en lo que había hecho el hombre al que amaba.

Gideon Cross. Sólo pensar en ese nombre me provocaba una ardiente llamarada de anhelo por todo mi ejercitado cuerpo. Desde el primer momento en que lo vi —desde que vi a través de su increíble y bellísimo exterior al oscuro y peligroso hombre que llevaba dentro— había sentido esa atracción que procedía de haber encontrado la otra mitad de mí misma. Lo necesitaba como necesitaba que me latiera el corazón, pero se había expuesto demasiado, lo había arriesgado *todo*... por mí.

El estruendo de un claxon me devolvió bruscamente a la realidad.

Por el parabrisas, vi la sonrisa de felicidad de mi compañero de departamento dirigiéndose a mí desde la cartelera publicitaria del lateral de un autobús. Los labios de Cary Taylor esbozaban una insinuante curva y su largo y macizo cuerpo bloqueaba el cruce. El taxista no dejaba de tocar el claxon, como si eso fuera a despejar el camino.

Ni en broma. Cary no se movía y yo tampoco. Estaba tumbado de lado, desnudo de cintura para arriba y descalzo, con los jeans desabrochados para enseñar la pretina del calzoncillo y las elegantes líneas de sus marcados abdominales. Estaba muy sexy, con el pelo castaño oscuro todo revuelto y aquella mirada pícara de sus ojos verde esmeralda.

De repente caí en la cuenta de que tendría que ocultarle un terrible secreto a mi mejor amigo. Cary era mi guía, la voz de la razón, el hombre en el que prefería apoyarme, y un hermano para mí en todo lo importante de la vida. Me desagradaba la idea de tener que guardarme lo que Gideon había hecho por mí.

Me moría por hablar de ello, por que alguien me ayudara a entenderlo, pero nunca podría decírselo a nadie. Incluso nuestro terapeuta podría verse ética y legalmente obligado a romper la confidencialidad.

Apareció un fornido agente de tránsito que llevaba chaleco reflectante e instó al autobús a que circulara por su carril con una autoritaria mano enguantada de blanco y un grito que no dejaba lugar a dudas. Nos hizo señas de que prosiguiéramos justo antes de que cambiara el semáforo. Me eché hacia atrás, abrazándome la cintura, balanceándome.

El trayecto desde el ático de Gideon en la Quinta Avenida hasta mi apartamento en el Upper West Side era corto, pero se me estaba haciendo eterno. La información que la detective Shelley Graves, del Departamento de Policía de Nueva York, me había comunicado hacía apenas unas horas me había cambiado la vida. También me había obligado a abandonar a la persona con la que *necesitaba* estar.

Había dejado a Gideon porque no podía fiarme de los motivos de Graves. No podía correr el riesgo de que me hubiera contado sus sospechas sólo para ver si volvería con él y probar que su ruptura conmigo era una mentira bien urdida.

¡Dios santo! Era tal el torrente de sentimientos que el corazón me latía desbocado. Ahora Gideon me necesitaba tanto como yo a él, si no más, pero me había ido.

El desconsuelo que se le veía en los ojos cuando las puertas de su ascensor privado se interpusieron entre nosotros me había desgarrado las entrañas.

Gideon.

El taxi dobló la esquina y se detuvo delante de mi apartamento. El portero de noche abrió la puerta del coche antes de que pudiera decirle al conductor que diera la vuelta, y el aire pegajoso de agosto sustituyó enseguida al acondicionado.

—Buenas tardes, señorita Tramell. —El portero acompañó el saludo con un ligero toque del ala del sombrero y esperó pacientemente mientras pasaba mi tarjeta de débito por el lector electrónico. Cuando terminé de pagar, acepté su ayuda para salir del taxi y noté que se fijaba, con discreción, en que tenía la cara manchada de lágrimas.

Sonriendo como si todo me fuera de maravilla, entré deprisa en el vestíbulo y me fui derecha al ascensor, tras un breve saludo al personal de recepción.

—¡Eva!

Al volver la cabeza, vi que, en la zona de descanso, se ponía de pie una esbelta morena vestida con un elegante conjunto de falda y blusa. Su oscura y ondulada melena le llegaba a los hombros y una sonrisa embellecía sus carnosos labios, que eran de un rosa brillante. Fruncí el ceño, pues no la conocía.

—¿Sí? —contesté, súbitamente recelosa. Había un destello de rapacidad en aquellos ojos oscuros que me molestó. A pesar de lo hecha polvo que me sentía, y con toda probabilidad también lo parecía, me puse derecha y la miré directamente.

—Deanna Johnson —se presentó, tendiendo una mano muy cuidada—. Reportera independiente.

Arqueé una ceja.

—Hola.

Ella se echó a reír.

—No hace falta que seas tan suspicaz. Sólo quiero hablar contigo unos minutos. Estoy trabajando en un reportaje y me vendría bien tu ayuda.

—Sin ánimo de ofender, pero no se me ocurre nada de lo que quiera hablar con una reportera.

—¿Ni siquiera de Gideon Cross?

Se me erizaron los pelos de la nuca.

—De él menos aún.

Gideon, uno de los veinticinco hombres más ricos del mundo, con una cartera de bienes inmuebles en Nueva York tan extensa que dejaba alucinado a cualquiera, siempre era noticia; por lo tanto, también lo era el que me hubiera dejado y vuelto con su antigua novia.

Deanna cruzó los brazos, movimiento que le acentuó el escote, algo en lo que me fijé sólo porque volví a mirarla con más atención.

—Vamos —insistió—. Te dejaré en el anonimato, Eva. No utilizaré nada que te identifique. Aprovecha la oportunidad de tomarte la revancha.

Sentí un peso en el estómago. Aquella mujer era exactamente el tipo de Gideon: alta, delgada, de pelo oscuro y piel morena. Nada que ver conmigo.

—¿Estás segura de que quieres ir por ese camino? —pregunté calmadamente, convencida de que había cogido con mi novio en algún momento del pasado—. Yo que tú no lo haría enojar.

—¿Le tienes miedo? —me soltó—. Yo no. El que tenga dinero no le da derecho a hacer lo que le venga en gana.

Tomé aliento lenta y profundamente y recordé que el doctor Terrence Lucas —otra persona que discrepaba con Gideon— me había dicho algo parecido. Ahora que sabía de lo que Gideon era capaz, de hasta dónde llegaría por protegerme, *aún* podía responder sinceramente y sin reservas:

—No, no le tengo miedo. Pero he aprendido a elegir qué batallas quiero librar. Seguir adelante es la mejor revancha.

Ella alzó el mentón.

—No todos tenemos a una estrella del rock esperando entre bastidores.

—Lo que sea. —Suspiré para mis adentros cuando mencionó a mi ex, Brett Kline, que era el líder de un grupo musical en ascenso y uno de los hombres más sexys que había conocido. Al igual que Gideon, irradiaba atractivo sexual como ola de calor. A diferencia de Gideon, él no era el amor de mi vida. Nunca más volvería a tirarme a esa piscina.

—Mira —Deanna sacó una tarjeta profesional de un bolsillo de la falda—, pronto entenderás que Gideon Cross te utilizaba para poner celosa a Corinne Giroux y, de ese modo, conseguir que volviera con él. Cuando bajes de las nubes, llámame. Estaré esperando.

Acepté la tarjeta.

—¿Por qué crees que sé algo que valga la pena contar?

Afinó sus exuberantes labios.

—Porque cualquiera que fuese el motivo de Cross para liarse contigo, has hecho mella en él. El hombre de hielo se ha derretido un poco por ti.

—Es posible, pero se ha terminado.

—Eso no significa que no sepas alguna cosa, Eva. Yo puedo ayudarte a comprender lo que es de interés periodístico.

—¿Qué enfoque piensas darle? —Ni en sueños iba a cruzarme de brazos mientras alguien ponía a Gideon en su punto de mira. Si ella estaba decidida a convertirse en una amenaza para él, yo lo estaba a interponerme en su camino.

—Ese hombre tiene un lado oscuro.

—¿Acaso no lo tenemos todos? —¿Qué había descubierto sobre Gideon? ¿Qué le había revelado él en el curso de su... relación? *Si* es que la habían tenido.

Dudaba de que llegara el día en que pensar en Gideon manteniendo relaciones íntimas con otra mujer no despertara en mí unos celos furibundos.

—¿Por qué no vamos a algún sitio y hablamos? —insistió, tratando de convencerme.

Lancé una mirada a los empleados de recepción, que, muy educados, se comportaban como si no estuviéramos allí. Estaba muy dolida emocionalmente para hablar con Deanna, y aún no me había recuperado del impacto que me había producido la conversación con la detective Graves.

—Quizá en otro momento —respondí, dejando la posibilidad abierta porque tenía intención de vigilarla.

Como si hubiera notado mi desazón, Chad, uno de los trabajadores nocturnos de recepción, se acercó.

—La señorita Johnson se marcha ya —le dije, relajándome conscientemente. Si la detective Graves no había podido colgarle nada a Gideon, a una entrometida reportera *freelance* no iba a irle mejor.

Una lástima que yo supiera la clase de información que podía filtrarse de la policía, y la facilidad y la frecuencia con que se hacía. Mi padre, Victor Reyes, era policía, y yo había oído muchas cosas a ese respecto.

Me giré hacia los ascensores.

—Buenas noches, Deanna.

—Nos vemos —se despidió ella cuando me alejaba.

Entré en el ascensor y apreté el botón de mi piso. Al cerrarse las puertas, me flaquearon las fuerzas y me apoyé en el pasamanos. Tenía que advertir a Gideon, pero no había forma de contactar con él que no pudiera rastrearse.

El dolor que tenía en el pecho se me agudizó. Nuestra relación se había jodido de tal manera que ni siquiera podíamos hablarnos.

Salí en el piso correspondiente y entré en mi apartamento, crucé la espaciosa sala y dejé el bolso en uno de los taburetes de la cocina. La vista de Manhattan que se contemplaba desde las ventanas de suelo a techo del salón no consiguió conmoverme. Me sentía muy inquieta y todo me daba igual. Lo único que importaba era que no estaba con Gideon.

Mientras me dirigía por el pasillo hacia mi habitación, oí el sonido de música a poco volumen que salía del cuarto de Cary. ¿Estaría acompañado? Y si era así, ¿de quién? Mi mejor amigo había decidido intentar compatibilizar dos relaciones: una con una mujer que lo aceptaba como era, y otra con un hombre que no soportaba que Cary estuviera liado con otra persona.

Me desnudé y fui dejando la ropa en el suelo del cuarto de baño de camino a la ducha. Mientras me enjabonaba, me era imposible no pensar en las veces que me había duchado con Gideon, ocasiones en las que la incontenible lujuria que sentíamos el uno por el otro había provocado encuentros extraordinariamente eróticos. Lo echaba muchísimo de menos. Necesitaba su roce, su deseo, su amor. Ansiaba todas esas cosas con una avidez que me llenaba de inquietud y me tenía con los nervios a flor de piel. Ignoraba cómo podría quedarme dormida sin saber cuándo tendría la oportunidad de volver a hablar con Gideon. Había tanto de lo que hablar...

Me envolví en una toalla y salí del baño.

Gideon estaba al otro lado de la puerta cerrada de mi dormitorio. Verlo me produjo una impresión tan violenta que fue como un golpe físico. Se me cortó la respiración y el corazón empezó a latirme a un ritmo desbocado, respondiendo todo mi ser a su presencia con un fortísimo sentimiento de añoranza. Era como si hiciera años que no lo veía, en lugar de una sola hora.

Le había dado una llave, pero el edificio era de su propiedad. Dar conmigo sin dejar un rastro que pudiera seguirse era posible contando con esa ventaja..., de la misma manera que había podido llegar hasta Nathan.

—Es peligroso que estés aquí —señalé. Lo cual no impidió que me emocionara el hecho de que estuviera. Me lo comía con la mirada, recorriendo con avidez su cuerpo macizo y ancho de espaldas.

Vestía unos pantalones deportivos negros y una sudadera de la Universidad de Columbia, un conjunto que lo hacía parecer el hombre de veintiocho años que era y no el magnate multimillonario que conocían todos los demás. Llevaba una gorra de los Yankees muy calada hasta las cejas, pero la sombra que proyecta el ala no ocultaba el llamativo azul de sus ojos, que me miraban con intensidad. Había una adusta expresión en sus sensuales labios.

—Tenía que venir.

Gideon Cross era un hombre increíblemente atractivo, tan guapo que la gente se le quedaba mirando por la calle. Hubo un tiempo en que lo consideré un dios del sexo, y las frecuentes —y entusiastas— exhibiciones de su destreza en ese terreno me demostraron que estaba en lo cierto, pero sabía también que era muy humano. Le habían hecho daño, como a mí.

Nuestra relación tenía escasas posibilidades.

El pecho se me dilató al inspirar profundamente, mi cuerpo reaccionaba a la proximidad del suyo. Aunque él estaba a una cierta distancia, yo notaba la embriagadora atracción, el empuje magnético que se producía al estar cerca de la otra mitad de mi alma. Había sido así desde nuestro primer encuentro, una atracción recíproca inexorable. Habíamos confundido aquella irresistible adhesión mutua con la mera lujuria, hasta que nos dimos cuenta de que no podíamos respirar el uno sin el otro.

Luché contra el impulso de lanzarme a sus brazos, que era donde ansiaba estar. Estaba demasiado quieto, demasiado contenido. En vilo, esperé a que él tomara la iniciativa.

¡Dios santo!, cuánto lo quería.

Apretó los puños a ambos lados del cuerpo.

—Te necesito.

Noté cómo me tensaba en lo más íntimo en respuesta a la aspereza de su voz, cálida y lujuriosa.

—No hace falta que te alegres tanto por ello —bromeé, jadeante, intentando levantarle el ánimo antes de que se me echara encima.

Amaba su lado salvaje, y amaba su lado tierno. Lo tomaría de cualquier manera en que pudiera tenerlo, pero llevaba tanto tiempo... Expectante, notaba ya tensión y hormigueo en la piel, ansiaba la voraz reverencia de su contacto físico. Me asustaba lo que sucedería si se me acercaba con todo su vigor, anhelando como anhelaba su cuerpo. Podríamos destrozarnos el uno al otro.

—Me mata estar sin ti —dijo bruscamente—, echarte de menos. Me siento como si mi sano juicio de mierda dependiera de ti, Eva, ¿y tú quieres que me *alegre* de ello?

Tuve que pasarme la lengua por mis labios resecos, y él gruñó, consiguiendo que me estremeciera.

—Bien..., *me* alegro.

Adoptó una postura claramente más relajada. Debía de estar muy preocupado por cómo reaccionaría yo a lo que él había hecho por mí. Para ser sincera, yo *sí* estaba preocupada. ¿Significaba mi agradecimiento que era más retorcida de lo que pensaba?

Entonces recordé las manos de mi hermanastro recorriéndome entera, el peso de su cuerpo apretándome contra el colchón, el dolor desgarrador entre mis piernas mientras me embestía una y otra vez...

Volví a estremecerme de ira. Si alegrarme de que ese cabrón estuviera muerto me convertía en un mal bicho, ¿qué se le iba a hacer?

Gideon respiró profundamente. Se llevó una mano al pecho y se frotó la zona del corazón como si le doliera.

—Te quiero —le dije, con lágrimas en los ojos—. Te quiero muchísimo.

—Cielo. —Dejando caer las llaves al suelo, me alcanzó de dos rápidas zancadas y con ambas manos me acarició el pelo húmedo. Estaba temblando, y yo lloré, abrumada por la certeza de lo mucho que me necesitaba.

Ladeando la cabeza como él quería, Gideon me apresó la boca con posesiva vehemencia, saboreándome con pausadas e intensas lenguaradas. Aquella pasión y aquella avidez produjeron en mis sentidos el efecto de una detonación; y, con un gemido, me aferré a su sudadera. El quejido con el que él respondió me hizo vibrar de tal manera que se me endurecieron los pezones y me puso la piel de gallina.

Me entregué por completo, y le quité la gorra de la cabeza para hundir los dedos en su sedoso pelo negro. Me abandoné a sus besos, dejándome llevar por su exuberante sensualidad. Se me escapó un sollozo.

—No llores —susurró, echándose hacia atrás para colocarme una mano en la mejilla. Me destroza verte llorar.

—Es demasiado —respondí, estremecida.

Sus preciosos ojos parecían tan cansados como los míos. Asintió con tristeza.

—Lo que hice...

—No se trata de eso, sino de lo que siento por ti.

Me rozó con la punta de la nariz, deslizando las manos por mis brazos desnudos con veneración, unas manos manchadas de sangre proverbial, lo cual me hacía amar su tacto aún más.

—Gracias —susurré.

Él cerró los ojos.

—Dios mío, cuando te marchaste esta noche..., no sabía si volverías..., si te había perdido...

—Te necesito, Gideon.

—No pediré perdón. Volvería a hacerlo. —Me agarró con más fuerza—. ¿Qué otras opciones había, aparte de más órdenes de alejamiento y un incremento en las medidas de seguridad y la vigilancia para el resto de tu vida? Era imposible que estuvieras a salvo mientras Nathan siguiera vivo.

—Me apartaste. Me dejaste al margen. Tú y yo...

—Todo ha terminado. —Me presionó los labios con la yema de los dedos—. Para siempre, Eva. No discutamos por algo que ya no puede cambiarse.

Le aparté la mano.

—¿Se ha terminado? ¿Ya podemos estar juntos? ¿O seguimos ocultando nuestra relación a la policía? ¿*Tenemos* siquiera una relación?

Gideon me sostuvo la mirada, sin esconder nada, dejándome ver su dolor y su miedo.

—Eso es lo que vine a preguntarte.

—Si de mí depende, nunca te abandonaré —afirmé con vehemencia—. Nunca.

Gideon me deslizó las manos desde el cuello hasta los hombros, dejando una estela candente en mi piel.

—Necesito que eso sea verdad —dijo con suavidad—. Tenía miedo de que te alejaras..., de que tuvieras miedo... de *mí*.

—Gideon, no...

—Yo nunca te haría daño.

Lo agarré por la pretina del pantalón y tiré, aunque no conseguí moverlo.

—Lo sé.

Y, físicamente, no tenía dudas; siempre había sido cuidadoso conmigo, siempre cauto. Pero emocionalmente, mi amor se había utilizado en mi contra con meticulosa precisión. Me esforzaba por reconciliar la absoluta confianza que tenía en que Gideon conocía mis necesidades y el recelo que emanaba de un corazón roto aún en proceso de curación.

—¿De verdad? —Me escrutó la cara, tan familiarizado como siempre con lo que no se decía—. Me moriría si me abandonaras, pero nunca te haría daño para retenerte.

—No deseo irme a ninguna parte.

Exhaló de forma audible.

—Mis abogados hablarán con la policía mañana, para hacerse una idea de cómo están las cosas.

Echando la cabeza hacia atrás, apreté con dulzura mis labios contra los suyos. Actuábamos en connivencia para ocultar un delito, y mentiría si dijera que no me preocupaba seriamente —después de todo, era hija de policía—, pero la alternativa era demasiado espantosa para tenerla en cuenta.

—Tengo que saber que puedes vivir con lo que hice —dijo en voz baja, enrollándose mi cabello en un dedo.

—Creo que sí. ¿Y tú?

Acercó de nuevo su boca a la mía.

—Puedo sobrevivir a cualquier cosa contigo a mi lado.

Metí las manos por debajo de su sudadera, en busca de aquella piel cálida y dorada. Notaba sus músculos, duros y marcados, bajo las palmas de mis manos; su cuerpo era una obra de arte viril y seductora. Le lamí los labios y le atrapé el inferior con los dientes, mordiendo con suavidad.

Gideon dejó escapar un gemido. Aquel sonido de placer me recorrió como una caricia.

—Tócame. —Sus palabras eran una orden, pero su tono era de súplica.

—Eso hago.

Alargando un brazo por detrás, me agarró una muñeca y puso mi mano delante. Sin pudor alguno, encajó su verga en la palma de mi mano y empezó a frotarse. Mis dedos envolvieron aquel cipote grueso y duro, con el pulso acelerado al darme cuenta de que no llevaba nada bajo los pantalones deportivos.

—¡Dios! —musité—. ¡Me pones tan caliente...!

Me miraba fijamente con aquellos ojos azules; tenía las mejillas encendidas, entreabiertos sus labios esculturales. Nunca trataba de ocultar el efecto que yo le producía, nunca fingía tener un mayor control de sus reacciones conmigo que el que yo tenía con él. Ello contribuía a que su dominio en el dormitorio fuera aún más fascinante, a sabiendas de que él también se sentía indefenso ante la atracción que existía entre los dos.

Sentí una opresión en el pecho. Aún no podía creer que fuera mío, que pudiera verlo de aquella manera, tan abierto, tan ansioso y endemoniadamente sexy.

Gideon me quitó la toalla. Aspiró con brusquedad cuando ésta cayó al suelo, y me quedé totalmente desnuda ante él.

—Oh, Eva.

Le temblaba la voz de emoción, y yo noté un escozor en los ojos. Se subió la camisa, se la sacó por la cabeza y la tiró a un lado. Luego vino hacia mí, acercándoseme con cuidado, prolongando el momento en que se tocaría la piel desnuda de nuestros cuerpos.

Me asió por las caderas, flexionando los dedos con nerviosismo, con la respiración entrecortada. Las puntas de mis pechos lo rozaron primero, provocándome una tremenda sensación por todo el cuerpo. Di un grito ahogado. Me apretó contra él, dejando escapar un gruñido, levantándome en volandas y retrocediendo en dirección a la cama.

2

MIS MUSLOS ROZARON el colchón y aterricé de nalgas, cayendo boca arriba con Gideon inclinado sobre mí. Rodeándome la espalda con un brazo, me colocó en el centro de la cama y a continuación se me puso encima. Cuando quise darme cuenta, ya tenía su boca en uno de mis pechos, entre labios suaves y cálidos que succionaban con premura y avidez. Apretaba mi carne con la mano, friccionaba posesivamente.

—¡Cómo te echaba de menos! —exclamó. El frescor de mi carne contrastaba con su piel caliente, y acogía el peso de su cuerpo tras largas noches sin él.

Encajé las piernas en sus pantorrillas y metí las manos entre la pretina del pantalón para agarrarle aquel prieto y macizo trasero. Tiraba de él, arqueando las caderas para sentir su verga a través de la prenda de algodón que nos separaba, queriéndolo dentro de mí, para tener la certeza de que volvía a ser mío.

—Dilo —le rogué, necesitando oír las palabras que a él le parecían tan insuficientes.

Se separó un poco y, mirándome desde arriba, me apartó el pelo de la frente con delicadeza. Tragó saliva.

Me erguí y le estampé un beso en aquella boca tan hermosamente modelada.

—Lo diré yo primero: te quiero.

Cerró los ojos y se estremeció. Gideon me rodeó con sus brazos, apretándome tanto que casi no me dejaba respirar.

—Te quiero —susurró—. Demasiado.

Aquella ferviente declaración reverberó en mi interior. Apoyé la cara en su hombro y lloré.

—Cielo. —Me cogió un mechón de pelo y cerró el puño.

Levanté la cabeza y le atrapé la boca, aderezando nuestro beso con la sal de mis lágrimas. Mis labios se movían desesperadamente sobre los suyos, como si pudiera desaparecer en cualquier momento y no me diera tiempo a saciarme de él.

—Eva. Deja... —Me tomó la cara entre las manos, lamiéndome la boca hasta dentro—. Déjame quererte.

—Por favor —susurré, entrelazando los dedos por detrás de su cuello para atraerlo. Sentía su ardiente y poderosa erección contra los labios de mi vulva y su peso ejercía la presión adecuada sobre mi clítoris palpitante—. No pares.

—No lo haré. Me es imposible.

Poniéndome una mano en el trasero, me alzó diestramente entre sus caderas. Jadeé cuando el placer se irradió por todo mi cuerpo, duros y erectos mis pezones contra su pecho. La estimulación que me proporcionaba aquel suave y crespo vello era insoportable. Me dolía en lo más íntimo y mi cuerpo pedía a gritos la vigorosa embestida de su verga.

Recorrí su espalda con las uñas, desde los hombros hasta las caderas. Él se fue arqueando al ritmo de la tosca caricia, emitiendo un débil gemido, con la cabeza hacia atrás en un delicioso abandono erótico.

—Otra vez —ordenó bruscamente, con las mejillas encendidas y los labios abiertos.

Me incorporé un poco y le hinqué los dientes en el pectoral. Estremeciéndose, Gideon silbó y aguantó.

No podía contener la intensa oleada de emoción que necesitaba liberarse, el amor y la necesidad, la rabia y el miedo. Y el dolor. Dios mío, el dolor. Aún lo sentía vivamente. Quería lanzarme sobre él. Castigar tanto como dar placer. Hacerlo experimentar una pequeña parte de lo que viví cuando él me apartó de su lado.

Le pasé la lengua por las leves marcas de mis dientes y él meneó las caderas acoplándose a mí, deslizando la verga por los labios abiertos de mi sexo.

—Me toca a mí —susurró en tono enigmático. Apoyándose en un brazo, de macizos y hermosos bíceps, me rodeó un pecho con la otra mano. Bajó la cabeza y posó los labios en la punta erecta de mi pezón. Le ardía la boca; su lengua era áspero terciopelo en mi carne sensible. Cuando clavó los dientes en la arrugada punta, grité, estremeciéndome cuando la intensidad del deseo afluyó a lo más íntimo de mi ser.

Lo agarré del pelo con poca delicadeza, tal era la pasión que me embargaba. Lo rodeé con las piernas, apretándolo, dejándolo ver que el deseo lo reclamaba. Quería poseerlo, hacerlo mío otra vez.

—Gideon —gemí. Tenía las sienes húmedas de la estela que me habían dejado las lágrimas; la garganta, tirante y dolorida.

—Aquí estoy, cielo —dijo en voz baja, mordisqueándome el escote camino del otro pecho. Con aquellos dedos diabólicos tiró del húmedo pezón que acababa de dejar, pellizcándolo suavemente hasta que le empujé la mano—. No te me opongas. Deja que te quiera.

Me di cuenta de que estaba tirándolo del pelo, queriendo apartarlo al tiempo que pugnaba por acercarme más a él. Gideon me tenía sitiada, seduciéndome con su impresionante perfección masculina y su íntima pericia con mi cuerpo. Y yo me rendía. Notaba los pechos pesados, el sexo húmedo e inflamado. Movía las manos sin descanso mientras lo aprisionaba con las piernas.

Aun así, él se apartó de mí un poco más, susurrando tentaciones mientras me recorría el estómago con la boca. *Te he echado tanto de menos... te necesito... tengo que poseerte...* Noté una cálida humedad en la piel y al bajar la vista vi que él lloraba también, asolada su hermosa cara por la misma plétora de emociones que me invadían a mí.

Con dedos trémulos, le rocé la mejilla, queriendo secar unas lágrimas que volvieron a aparecer en el instante mismo en que se las enjugué. Él me frotó la mano con la nariz, emitiendo un débil y quejumbroso gemido; no podía soportarlo. Su dolor me resultaba más difícil de sobrellevar que el mío propio.

—Te quiero —le dije.

—Eva. —Se puso de rodillas y se elevó, sus muslos extendidos entre los míos, con la verga, dura y gorda, cabeceando por el peso.

Todo en mí se tensó con una avidez insaciable. Se le marcaban los apretados músculos, duros como una piedra y perfectamente definidos, de su cuerpazo, le brillaba la piel morena con el sudor. Salvo por el pene, definitivamente primario, con sus gruesas venas y su ancha raíz, Gideon era de una elegancia portentosa. La bolsa testicular también le colgaba grande y pesada. Su escultura sería tan hermosa como el *David* de Miguel Ángel, pero con un detalle de un erotismo flagrante.

Francamente, Gideon Cross estaba hecho para coger con una mujer hasta volverla loca.

—Me perteneces —dije con brusquedad, incorporándome y trepando torpemente hacia él, apretando mi torso contra el suyo—. Por entero.

—¡Cielo! —Me apresó la boca en un beso rudo, cargado de lascivia. Me alzó y nos dimos la vuelta de manera que él se colocó de espaldas a la cabecera y yo encima de él. Nos deslizamos hasta que toda la carne de nuestros cuerpos, resbaladizos por el sudor, quedó en contacto.

Sus manos surgían por todas partes, y su cuerpo macizo pugnaba por alzarse como lo había hecho el mío. Le puse las palmas en la cara y empecé a lamerle la boca, intentado saciar la sed que tenía de él.

Él introdujo una mano entre mis piernas y con un cuidado reverencial hurgó en mi hendidura. Luego me acarició el clítoris con las yemas de los dedos y rodeó la trémula abertura de mi sexo. Con los labios apretados contra los suyos, gemí, meneando las caderas. Me acariciaba sin prisas, avivándome el deseo, cogiéndome por la boca con su beso lento y profundo.

El placer me impedía respirar. Mi cuerpo entero se estremeció cuando me abarcó con una mano y, muy despacio, me introdujo su largo dedo corazón. Con la palma me frotó el clítoris, rozando delicados tejidos con las yemas. Con la otra mano me agarró de la cadera, sujetándome, refrenándome.

Gideon parecía ejercer un control absoluto, seducir con perversa minuciosidad, pero él temblaba más que yo y el pecho le palpitaba con más fuerza. Los sonidos que de él emanaban estaban teñidos de remordimiento y súplica.

Echándome hacia atrás, le tomé la verga con ambas manos, agarrándola con firmeza. Conocía su cuerpo muy bien, sabía lo que necesitaba y lo que deseaba. Empecé a bombeársela desde la raíz hasta la punta, extrayendo una espesa gota de rocío de su enorme capullo. Retrocedió hacia la cabecera de la cama con un gruñido, curvando el dedo que tenía dentro de mí. Yo observé, fascinada, cómo la espesa gota rodaba hacia un lado del glande y luego resbalaba a lo largo del pene hasta caer en la parte superior de mi puño.

—No sigas —dijo de manera entrecortada—. Estoy a punto.

La acaricié de nuevo, y se me hizo la boca agua cuando expulsó un chorro de fluido preseminal. Me excitaba muchísimo verlo disfrutar de aquella manera y saber que producía semejante efecto en una criatura tan descaradamente sexual.

Emitió una exclamación al tiempo que sacaba los dedos de mi vagina. Me tomó por las caderas y me desplazó. Me echó hacia delante y luego me bajó un poco, colocándome entre sus caderas, clavándome su embravecida verga.

Grité y me agarré a sus hombros, contrayéndose mi sexo contra la gruesa penetración.

—*Eva.* —Estiró el cuello y la mandíbula por la tensión y empezó a venirse, derramándose con fuerza dentro de mí.

Aquel chorro de lubricación me abrió, acoplándose mi sexo a su palpitante erección hasta que me llenó por completo. Clavé las uñas en sus rígidos músculos, con la boca abierta para aspirar el aire que me faltaba.

—Tómalo —dijo, dirigiendo mi descenso para ganar la pequeña parte de mí que le permitiría hundirse hasta la base—. Tómame.

Yo gemí, agradeciendo aquel conocido dolor que me producía tenerlo tan dentro. El orgasmo me tomó tan de sorpresa que arqueé la espalda cuando me traspasó aquel ardiente placer.

El instinto se encargó de que yo siguiera moviendo las caderas, apretando y aflojando los músculos mientras me concentraba en el momento, en la recuperación de mi amor. De mi corazón.

Gideon cedió a mis exigencias.

—Eso es, cielo —me animó con la voz quebrada y una erección tan dura como si no acabara de tener un orgasmo de órdago.

Bajó los brazos y se agarró al edredón. Con los movimientos, contraía y flexionaba los bíceps. Se le tensaban los abdominales cada vez que yo lo llevaba al límite, brillando con el sudor el exacto entramado de sus músculos. Su cuerpo era una máquina perfectamente engrasada y yo estaba poniéndola a prueba.

Me dejaba hacerlo. Se entregaba a mí.

Ondulando las caderas, busqué el placer, mientras decía su nombre entre gemidos. Experimenté unos espasmos rítmicos y alcancé otro orgasmo demasiado deprisa. Me tambaleé, con los sentidos embargados.

—Por favor —supliqué—. Gideon, por favor.

Me cogió por la nuca y la cintura, y me deslizó hasta que estuvimos tumbados en la cama. Sujetándome firmemente, me mantuvo inmóvil, empujando hacia arriba... una y otra vez... jodiéndome con rápidas y enérgicas embestidas. La fricción de su grueso pene, entrando y saliendo, era demasiado. Me estremecí violentamente y me vine de nuevo, clavándole los dedos en los costados.

Sacudiéndose, Gideon me siguió, tensando los brazos hasta que yo apenas podía respirar. Sus fuertes exhalaciones eran el aire que llenaba mis pulmones ardientes. Estaba totalmente poseída, completamente indefensa.

—¡Dios!, Eva. —Hundió la cara en mi cuello—. Te necesito. Te necesito muchísimo.

—Mi vida. —Lo abracé con fuerza. Aún me daba miedo despegarme de él.

Parpadeé mirando el techo y me di cuenta de que me había dormido. Entonces me invadió el pánico, la horrible certeza de despertarme de un maravilloso sueño y volver a una realidad de pesadilla. Me incorporé, aspirando bocanadas de aire, sintiendo una tremenda opresión en el pecho.

Gideon.

Casi me echo a llorar cuando lo vi acostado a mi lado, con los labios ligeramente entreabiertos, profunda y acompasada la respiración. El amante por el que se me había roto el corazón volvía a mí.

Dios...

Apoyándome en la cabecera de la cama, me obligué a tranquilizarme, a saborear el inusitado placer de observarlo mientras dormía. La cara se le transformaba cuando estaba despreocupado; esos momentos me recordaban lo joven que era en realidad. Era fácil olvidarse de ello cuando estaba despierto e irradiando la tremenda fuerza de voluntad que literalmente hizo que me cayera de espaldas la primera vez que lo vi.

Con unos dedos llenos de adoración, le retiré de la mejilla sus oscuros mechones de pelo, fijándome en las nuevas arrugas que le habían aparecido alrededor de los ojos y la boca. También me fijé en que había adelgazado. Nuestra separación le había pasado factura, pero lo había disimulado muy bien. O tal vez yo lo veía siempre como alguien perfecto y sin mácula.

No había sido capaz de ocultar mi desolación. Me había creído que nuestra relación había terminado y todos se dieron cuenta, algo con lo que Gideon había contado. *Negación plausible*, lo había llamado él. Infierno lo llamaba yo, y mientras no dejáramos de fingir que habíamos roto, para mí seguiría siéndolo.

Moviéndome con cuidado, apoyé la cabeza en una mano y observé a aquel hombre desmedido que embellecía mi cama. Rodeaba la almohada con los brazos, exhibiendo unos bíceps esculturales y una musculosa espalda adornada con los arañazos y las marcas, en forma de media luna, de mis uñas. También le había agarrado el trasero, excitada hasta la locura al sentir cómo lo contraía y lo relajaba mientras me cogía incansablemente, empotrándome su larga y gruesa verga hasta lo más profundo.

Una y otra vez...

Moví las piernas nerviosamente, notando que mi cuerpo se agitaba con renovada avidez. Pese a toda su refinada elegancia, Gideon era un animal indómito de puertas adentro, un amante que me desnudaba el alma cada vez que me hacía el amor. Carecía de defensas contra él cuando me tocaba; era incapaz de resistirme al placer de extender los muslos para aquel hombre tan viril y apasionado.

Abrió los ojos, anonadándome con aquellos vívidos iris azules. Me miró de arriba abajo con tan seductora indolencia que el corazón me dio un vuelco.

—Tienes la mirada de me-muero-por-tirar —dijo, arrastrando las palabras.

—Debe de ser por lo cachondo que eres tú —repliqué—. Despertarme contigo es como... un regalo de Navidad.

Esbozó una sonrisa.

—Para mayor comodidad, ya estoy desenvuelto. Y funciono sin pilas.

El tremendo deseo que me invadió me produjo una sensación de opresión en el pecho. Lo amaba demasiado. Me preocupaba constantemente la posibilidad de perderlo. Él era un relámpago en una botella, un sueño que yo intentaba sostener en las manos.

Dejé escapar un suspiro trémulo.

—Eres un lujo exquisito para cualquier mujer. Un voluptuoso y sensual...

—Calla. —Antes de que pudiera ver sus intenciones, se dio la vuelta y me arrastró debajo de él—. Soy asquerosamente rico, pero tú sólo me quieres por mi cuerpo.

Levanté la vista, admirando la forma en que su oscuro pelo enmarcaba aquel extraordinario rostro.

—Quiero el corazón que hay en su interior.

—Es tuyo. —Me envolvió con sus brazos y sus piernas se entrelazaron con las mías, estimulando mi piel hipersensible con el áspero vello de sus pantorrillas.

Estaba dominada, poseída. La sensación de su cálido y macizo cuerpo contra el mío era deliciosa. Suspiré, y sentí que la duda que me atenazaba se disipaba un poco.

—No debería haberme quedado dormido —dijo en voz queda.

Le acaricié el pelo, sabiendo que tenía razón, que sus pesadillas y su parasomnia sexual atípica hacían que dormir con él fuera peligroso. A veces repartía golpes a diestra y siniestra mientras dormía, y, si me encontraba cerca, me llevaba toda la violencia de la ira que le consumía por dentro.

—Me alegro de que lo hicieras.

Me agarró la muñeca y se llevó los dedos a la boca para besarlos.

—Necesitamos pasar tiempo juntos cuando no estamos mirando por encima del hombro.

—Ay, Dios. Casi me olvido. Deanna Johnson estuvo aquí hace un rato. —En cuanto esas palabras salieron de mi boca lamenté el muro que levantaron entre nosotros.

Gideon parpadeó y, en aquella décima de segundo, la calidez que había en sus ojos desapareció.

—No te acerques a ella. Es periodista.

Lo rodeé con mis brazos.

—Quiere sangre.

—Tendrá que ponerse en la cola.

—¿Por qué está tan interesada? Es *freelance*. Nadie le ha encargado que escriba sobre ti.

—Déjalo ya, Eva.

Aquella forma de dar por concluido el asunto me fastidió.

—Sé que tiraste con ella.

—No, no lo sabes. Y en lo que deberías centrarte ahora es en el hecho de que me dispongo a tirar *contigo*.

La certeza me traspasó el corazón. Lo solté, apartándome de él.

—Mentiste.

Retrocedió como si lo hubiera abofeteado.

—Jamás te he mentido.

—Me dijiste que habías cogido más desde que me conoces que en los últimos dos años juntos, pero al doctor Petersen le dijiste que tenías relaciones sexuales dos veces a la semana. ¿En qué quedamos?

Se puso boca arriba y frunció el ceño.

—¿Tenemos que hablar de eso ahora? ¿Esta noche?

Su lenguaje corporal era tan tenso y estaba tan a la defensiva que mi irritación con su esquivez se evaporó al instante. No quería pelearme con él, y mucho menos por el pasado. Lo que importaba era el presente y el futuro. Tenía que confiar en que me sería fiel.

—No —respondí con ternura, poniéndome de lado y posándole una mano en el pecho. En cuanto amaneciera, tendríamos que volver a fingir que ya no estábamos juntos. Ignoraba durante cuánto tiempo tendríamos que seguir con aquella farsa o cuándo volvería a estar con él—. Sólo quería avisarte de que busca información. Ten cuidado.

—El doctor Petersen me preguntó sobre relaciones sexuales, Eva —dijo de manera inexpresiva—, lo que no significa coger necesariamente, en mi opinión. Creí que esa distinción no se apreciaría cuando respondiera a la pregunta. Que quede claro: iba con mujeres al hotel, pero no siempre me las tiraba. De hecho, lo excepcional era que ocurriese.

Pensé en su picadero, una suite provista de toda la parafernalia sexual reservada en uno de sus muchos establecimientos de alojamiento. La había dejado, gracias a Dios, pero yo nunca la olvidaría.

—Será mejor que no sepa nada más.

—Tú abriste la puerta —soltó él—. Y entramos.

Suspiré.

—Tienes razón.

—Había veces en las que no soportaba estar a solas conmigo mismo, pero tampoco quería hablar. Ni siquiera quería *pensar*, mucho menos sentir nada. Necesitaba la distracción de centrar mi atención en otra persona, y hacer uso de la verga suponía mucho compromiso. ¿Me entiendes?

Por desgracia, lo comprendía, acordándome de las veces en que me dejaba llevar por cualquier chico con tal de acallarme la cabeza durante un rato. Aquellas relaciones nunca tuvieron que ver con el sexo.

—¿Pero cogiste con ella o no? —Me desagradaba hacer esa pregunta, pero teníamos que quitárnosla de en medio.

Giró la cabeza y me miró.

—Una vez.

—Menudo buen revolcón debió de ser para que esté tan enojada.

—No lo sé —musitó—. No me acuerdo.

—¿Estabas borracho?

—Por supuesto que no. —Se pasó las manos por la cara—. ¿Qué demonios te dijo?

—Nada personal. Pero sí dijo que tenías un «lado oscuro». Y supuse que se refería a algo sexual, pero no le pedí más detalles. Actuaba como si nos uniera el hecho de que nos hayas plantado a las dos. La «Hermandad de las Abandonadas por Gideon».

Me miró con frialdad en los ojos.

—No seas maliciosa. No te va.

—¡Oye! —Fruncí el ceño—. Perdona. No pretendía ser una completa bruja, sólo una pequeñita. Bien mirado, creo que tengo derecho.

—¿Qué otra cosa podía hacer, Eva? Ni siquiera sabía de tu existencia. —La voz de Gideon se hizo más grave y áspera—. Si hubiera sabido que andabas por ahí, te habría buscado. No habría perdido ni un segundo. Pero no lo sabía, y me conformé con menos. Igual que tú. Los dos perdimos el tiempo con personas que no eran adecuadas.

—Sí, es verdad. Tontos de mierda.

Hubo una pausa.

—¿Estás enojada?

—No, estoy bien.

Se me quedó mirando.

Yo me reí.

—Estabas dispuesto a pelear, ¿verdad? Podemos hacerlo si quieres, pero yo confiaba en coger de nuevo.

Gideon se me puso encima. La expresión de su rostro, aquella mezcla de alivio y gratitud, me provocó un agudo dolor en el pecho. Me recordó lo mucho que necesitaba que se confiara en él.

—Eres diferente —dijo, acariciándome la cara.

Por descontado que lo era. El hombre al que amaba había matado por mí. Muchas cosas se volvían insignificantes después de semejante sacrificio.

3

—C IELO.
    Olí el café antes de abrir los ojos.

—¿Gideon?

—¿Hmmm?

—Como no sean las siete por lo menos, te la ganas.

La dulzura de su sonrisa me puso cachonda.

—Es pronto, pero tenemos que hablar.

—¿Sí? —Abrí un ojo y luego el otro, para poder apreciar del todo su traje de tres piezas. Me daban tantas ganas de comérmelo que quería quitárselo... con los dientes.

Se sentó en el borde de la cama, símbolo de la tentación.

—Quiero asegurarme de que estamos de acuerdo antes de que me vaya.

Me incorporé y me apoyé contra la cabecera, sin molestarme en taparme los pechos porque íbamos a terminar hablando de su exnovia. Jugaba sucio cuando la ocasión lo merecía.

—Voy a necesitar ese café para mantener esta conversación.

Gideon me pasó la taza, luego me acarició un pezón con la yema del pulgar.

—Precioso —murmuró—. Cada centímetro de ti.

—¿Intentas distraerme?

—Tú estás distrayéndome a mí. Y con muy buenos resultados.

¿Estaría él tan encaprichado con mi aspecto y mi cuerpo como lo estaba yo con los suyos? La idea me hizo sonreír.

—Echaba de menos tu sonrisa.

—Conozco la sensación. —Cada vez que lo veía y no me dedicaba una sonrisa me laceraba el corazón. Ni siquiera podía pensar en esas ocasiones sin sentir ecos de dolor—. ¿Dónde habías escondido el traje, campeón? Sé que no lo tenías en el bolsillo.

Con un cambio de atuendo, se había transformado en un poderoso hombre de negocios. El traje estaba hecho a medida, y la camisa y la corbata conjuntaban de manera impecable. Incluso los gemelos brillaban con discreta elegancia. Con todo, la cascada de pelo negro que le rozaba el cuello de la chaqueta advertía de que estaba lejos de ser dócil.

—Ésa es una de las cosas de las que tenemos que hablar. —Se enderezó, pero su mirada seguía siendo cálida—. Me mudé al apartamento de al lado. Tendremos que hacer que nuestra reconciliación parezca correctamente gradual, así que guardaré las apariencias de vivir en el ático de manera habitual, pero pasaré todo el tiempo que pueda como tu nuevo vecino.

—¿Es seguro?

—No soy sospechoso, Eva. Ni siquiera soy persona de interés. Mi coartada no tiene fisuras, y no se me conoce motivo. Simplemente estamos mostrando cierto respeto a la policía no insultando a su inteligencia. Les estamos poniendo fácil que justifiquen su conclusión de que llegaron a un punto muerto.

Tomé un sorbo de café para darme tiempo a pensar en lo que había dicho. El peligro podría no ser inmediato, pero era intrínseco a la culpa. Yo sentía esa presión, por mucho que él se esforzara en tranquilizarme.

Pero estábamos intentando reencontrarnos de nuevo, y yo me daba cuenta de que Gideon necesitaba tener la seguridad de que íbamos a recuperarnos de las tensiones y la separación de las últimas semanas.

Deliberadamente adopté un tono desenfadado.

—Así que mi exnovio estará en la Quinta Avenida, pero tengo un nuevo vecino súper macizo con el que jugar. Esto se pone interesante.

—¿Quieres hacer *role-play*? —preguntó, enarcando una ceja.

—Quiero tenerte satisfecho —admití con crudeza—. Quiero ser todo lo que nunca has encontrado en las otras mujeres con las que has estado. —Mujeres a las que había llevado a un picadero con juguetes.

Sus ojos eran de un ardiente azul frío, pero la voz sonó cálida y serena.

—No puedo apartar las manos de ti. Eso debería bastar para convencerte de que no necesito nada más.

Lo miré fijamente mientras estaba allí de pie. Él me quitó la taza y la dejó en la mesilla, luego agarró el borde de la sábana y la echó a un lado, exponiéndome por completo.

—Recuéstate —ordenó—. Extiende las piernas.

Se me aceleró el pulso al obedecerlo, deslizándome hasta quedar boca arriba y abriendo las piernas. Instintivamente quise cubrirme —la sensación de vulnerabilidad bajo aquella penetrante mirada era muy intensa—, pero resistí. Faltaría a la verdad si no reconociera que era de lo más excitante estar completamente desnuda mientras él, irresistible, permanecía vestido con uno de sus trajes endiabladamente sexys. Eso le daba a él una instantánea ventaja de poder que no podía ser más excitante.

Me recorrió la vulva con un dedo, deteniéndose juguetonamente en el botón.

—Este precioso coño me pertenece.

El tono ronco de su voz me provocó un cosquilleo en el vientre.

Abarcando todo mi sexo con la palma de su mano, me miró a los ojos.

—Soy un hombre muy posesivo, Eva, como ya habrás notado.

Me estremecí cuando, con la punta de un dedo, rodeó la apretada abertura.

—Sí.

—*Role-play*, ataduras, medios de transporte y localizaciones varias... Estoy deseando explorar todas esas cosas contigo. —Centelleándole los ojos, me introdujo un dedo ¡ay-muy-despacio! Emitió un tenue ronroneo y se mordió el labio inferior, una expresión de puro erotismo que me hizo pensar que había notado su semen dentro de mí.

El que me penetrara y me diera placer de aquella forma tan delicada me dejó sin habla.

—¿A que te gusta? —dijo suavemente.

—Humm.

Internó el dedo aún más.

—Ni de broma dejaré que te vengas con plásticos, vidrios, metales o cueros. El amigo de pilas y compañía tendrán que buscarse otros entretenimientos.

El calor se adueñaba de mi cuerpo como la fiebre. Él lo entendió.

Inclinándose sobre mí, Gideon apoyó una mano en el colchón y acercó su boca a la mía. Con el pulgar me apretó el clítoris y frotó hábilmente, masajeándome dentro y fuera. El placer que me producían sus caricias se extendió, tensándome el estómago y endureciéndome los pezones. Me llevé las manos a mis pechos desnudos, apretando a medida que se hinchaban. Su tacto y su deseo eran mágicos. ¿Cómo había podido vivir sin él?

—Me muero por ti —dijo con voz ronca—. Te deseo constantemente. Sólo tienes que chasquear los dedos, y se me pone dura. —Me pasó la lengua por el labio inferior, aspirando mi aliento entrecortado—. Cuando me vengo, me vengo para ti. Por ti y tu boca, tus manos y tu insaciable coñito. Y, al revés, será igual para ti. Mi lengua, mis dedos, mi leche dentro de ti. Sólo tú y yo, Eva. Íntimos y desnudos.

No me cabía duda de que, cuando me tocaba, yo era el centro de su mundo, lo único que él veía y en lo que pensaba. Pero no podíamos tener ese contacto físico todo el tiempo. De alguna manera, tenía yo que aprender a creer en lo que *no podía* ver entre nosotros.

Sin ningún pudor, cabalgué estremecida sobre aquel dedo que se me clavaba. Introdujo otro dedo y yo puse aún más empeño, arqueándome hacia arriba para recibir sus acometidas.

—¡Por favor!

—Cuando los ojos se te vuelvan tiernos y ensoñadores, *seré yo* quien te ponga esa expresión, no un juguete. —Me mordisqueó la barbilla, luego se desplazó hacia mi pecho, apartando mis manos con los labios. Se apoderó de uno de mis pezones con un dulce mordisco, rodeando con la boca la tierna cumbre y succionando suavemente. El dolor que me producía era como el pinchazo de una aguja, avivada mi sed por la sensación de que seguía habiendo una brecha entre nosotros, algo que aún estaba por decir y resolver.

—Más —pedí entre jadeos, necesitando su placer tanto como el mío.

—Siempre —murmuró él, curvando los labios en una pícara sonrisa contra mi piel.

Gruñí con frustración.

—Te quiero dentro de mí.

—Como debe ser. —Enroscó la lengua en el otro pezón, moviéndola juguetonamente a su alrededor hasta hacerme implorar que lo succionara—. Debes suspirar por *mí*, cielo, no por un orgasmo. Por *mi* cuerpo, *mis* manos. Con el tiempo, serás incapaz de venirte sin el roce de mi piel.

Asentí enérgicamente, con la boca demasiado seca para hablar. El deseo se me retorcía en lo más íntimo como un muelle, tensándose con cada círculo que dibujaba Gideon en mi clítoris con el pulgar y con cada embestida de sus dedos. Pensé en mi fiel amigo de pilas y supe que, si Gideon dejaba de tocarme en aquel momento, nada me llevaría al clímax. Mi pasión *era* por él, mi deseo lo encendía su deseo de mí.

Mis muslos se estremecieron.

—Vo... voy a venirme.

Cubrió mi boca con la suya, con sus labios dulces y seductores. Fue el amor de aquel beso lo que me hizo estallar. Grité y temblé con un rápido e intenso orgasmo. Mi gemido fue largo y entrecortado, mi cuerpo se agitaba violentamente. Metí las manos por debajo de su chaqueta para aferrarme a su espalda, para acercarlo a mí, reclamándolo con la boca hasta que amainó aquel placer desgarrador.

—Dime en qué estás pensando —dijo, lamiéndose de los dedos el gusto a mí.

Procuré conscientemente ralentizar el latido de mi corazón.

—No estoy pensando en nada. Sólo quiero mirarte.

—No siempre. A veces cierras los ojos.

—Porque eres muy hablador en la cama y tu voz es muy sexy. —Tragué saliva con revivido dolor—. Te quiero, Gideon. Necesito saber que te hago sentir tan bien como tú a mí.

—Cómemela ahora —susurró—. Haz que me venga para ti.

Me deslicé de la cama en un suspiro, lanzándome a su bragueta con entusiasmo. La tenía gorda y dura, con una tensa erección. Le levanté el faldón de la camisa, le bajé los calzoncillos y se la liberé. Notaba en mis manos el peso de su miembro, que ya brillaba en la punta. Lamí la prueba de su excitación, adorando aquel control, la forma en que refrenaba su propia sed para satisfacer la mía.

Tenía los ojos puestos en él cuando me metí en la boca el suave capullo. Observé cómo separaba los labios al tomar una imperiosa bocanada de aire y le pesaban los párpados, como si el placer le embriagara.

—Eva. —Había fuego en aquellos ojos caídos que me miraban fijamente—. Ah... Sí, así. ¡Cuánto adoro esa boca!

Aquel elogio me sirvió de acicate, y avancé hasta donde me fue posible. Me encantaba hacérselo, me encantaban su olor y su sabor masculinos, tan especiales. Recorrí con los labios toda la largura de su pene, chupando con suavidad. Con veneración. Y no me sentí mal por adorar su virilidad... Me la merecía.

—Esto te encanta —dijo con voz ronca, hundiendo los dedos en mi pelo para rodearme la cabeza— tanto como a mí.

—Más. Me gustaría hacértelo durante horas. Hacer que te vengas una y otra vez.

En su pecho resonó un gruñido.

—Lo haría. Nunca me sacio.

Con la punta de la lengua recorrí hasta el capullo una vena palpitante, y luego volví a meterme aquel magnífico pene en la boca, arqueando el cuello hacia atrás mientras me agachaba para sentarme en los talones, con las manos en las rodillas, ofreciéndome a él.

Gideon me miró con unos ojos que centelleaban de lujuria y ternura.

—No te detengas. —Adoptó una postura más abierta. Empujó la verga hasta el fondo de mi garganta y volvió a sacarla, dejándome en la lengua una estela de cremosa espuma. Tragué, paladeando su intenso sabor. Gideon gimió, con las manos en mis mejillas—. No pares, cielo. No me dejes ni una gota.

Ahuequé las mejillas cuando encontramos el ritmo, *nuestro* ritmo, la sincronización de nuestros corazones, de nuestra respiración y de nuestra pulsión para el placer. Podíamos paralizarnos pensando en algún problema, pero nuestros cuerpos nunca se equivocaban. Cuando teníamos las manos encima del otro, los dos sabíamos que estábamos donde queríamos estar y con la persona con la que queríamos estar.

—Uy, qué bien! —Le rechinaron los dientes de manera audible—. Ah, Dios, vas a conseguir que me venga.

Su verga crecía en mi boca. Me agarró del pelo, tiró de él, y su cuerpo se estremeció cuando se vino con fuerza.

Gideon emitió una exclamación al tiempo que yo tragaba. Se derramó por completo, en ráfagas calientes y espesas, inundándome la boca como si no se hubiera venido en toda la noche. Para cuando él terminó, yo estaba jadeante y temblorosa. Me ayudó a levantarme, y, a trompicones, fuimos a parar a la cama, donde se recostó conmigo a su lado. Respiraba con dificultad, pero no dejaba de apretarme contra él con manos bruscas.

—No era esto lo que tenía en mente cuando te traje el café. —Me estampó un rápido beso en la frente—. Tampoco es que me queje.

Me acurruqué junto a él, más que agradecida de tenerle de nuevo en mis brazos.

—¿Por qué no hacemos novillos y recuperamos el tiempo perdido?

Su risa era ronca debido al orgasmo. Me tuvo abrazada durante un rato, pasándome los dedos por el pelo y deslizándolos dulcemente por mi brazo.

—Me destrozaba —dijo con voz queda— ver lo dolida y enfadada que parecías estar. Saber que te hacía daño y que estabas alejándote de mí... Fue un infierno para los dos, pero no podía arriesgarme a que te consideraran sospechosa.

Me puse tensa. No había pensado en esa posibilidad. Podría argüirse que yo era el motivo que Gideon tenía para matar. Y podría suponerse que yo estaba al tanto del crimen. Mi completa y absoluta ignorancia no había sido mi única protección; se había asegurado de que yo también tuviera una coartada. Siempre protegiéndome..., a cualquier precio.

Se echó hacia atrás.

—Te dejé un teléfono de prepago en el bolso. Está programado con un número que te pondrá en contacto con Angus. Si me necesitas para cualquier cosa, puedes dar conmigo a través de él.

Apreté los puños. Tenía que comunicarme con mi novio a través de su chofer.

—Qué poco me gusta eso.

—Tampoco a mí. Despejar el camino que me lleve a ti es mi principal prioridad.

—¿No es peligroso meter a Angus en esto?

—Fue miembro del MI6. Las llamadas clandestinas son un juego de niños para él. —Hizo una pausa y continuó—: Visibilidad total, Eva: puedo averiguar dónde estás a través del teléfono, y lo haré.

—¿*Qué*? —Salí de la cama y me puse de pie. Mis pensamientos rebotaban entre el MI6 (¡el servicio secreto británico!) y la localización de mi teléfono móvil por GPS, sin saber qué abordar primero—. De ninguna manera.

Él también se levantó.

—Si no puedo estar contigo ni hablar contigo, al menos tengo que saber dónde te encuentras.

—No lo hagas, Gideon.

Su expresión era de serenidad.

—No tenía por qué decírtelo.

—¿En serio? —Me fui hacia el armario a coger una bata—. Y tú dijiste que advertir a alguien de un comportamiento ridículo no es una excusa para ello.

—No me machaques tanto.

Fulminándolo con la mirada, me puse una bata de seda roja y me até el cinturón con un nudo.

—No. Creo que eres un maniático del control al que le gusta que me sigan.

Cruzó los brazos.

—Me gusta que sigas viva.

Me quedé helada. Enseguida pasé revista mentalmente a los acontecimientos de las últimas semanas, con el añadido de Nathan en la foto. De repente todo tenía sentido: el que se pusiera como se puso Gideon la mañana en que quise ir andando a trabajar, el que Angus me hubiera seguido como una sombra por la ciudad todos los días, la furia de Gideon cuando confiscó el ascensor en el que iba yo...

Todas las veces en que casi lo odié por comportarse como un imbécil, él sólo pensaba en protegerme de Nathan.

Me fallaron las piernas y me caí al suelo de manera poco elegante.

—Eva.

—Dame un momento. —Había comprendido muchas cosas durante el tiempo que habíamos estado separados. Me había dado cuenta de que Gideon nunca dejaría que Nathan entrara en su despacho con unas fotos en las que se veía cómo me violaban y abusaban de mí y saliera después tan campante. Brett Kline sólo me había *besado* y Gideon le había dado una paliza. Nathan me había *violado* repetidamente durante años y lo había documentado con fotos y vídeos. La reacción de Gideon al verse cara a cara con Nathan la primera vez tuvo que ser violenta.

Nathan debió de ir al edificio Crossfire el día en que me encontré a Gideon recién duchado con una mancha encarnada en el puño de la camisa. Lo que en un principio sospeché que era carmín era la sangre de Nathan. El sofá y los cojines de la oficina de Gideon estaban revueltos a consecuencia de una pelea, no de un revolcón de mediodía con Corinne.

Frunciendo el ceño duramente, se agachó frente a mí.

—Vamos a ver, ¿tú crees que yo *quiero* supervisarte constantemente?

Se han dado circunstancias atenuantes. Créeme que he tratado de mantener un equilibrio entre tu independencia y tu seguridad.

¡Vaya! La retrospección no sólo me dejó las cosas muy claras; también me propinó un buen coscorrón y me proporcionó un poco de sentido común.

—Lo entiendo.

—Yo creo que no. Esto —dijo, señalándose a sí mismo con impaciencia— no es más que un puñetero caparazón. Eres *tú* quien me mueve, Eva. ¿Me comprendes? Eres mi alma y mi corazón. Si algo te sucediera, me moriría. ¡Mantenerte a salvo es una cuestión de pura supervivencia! Tolérralo por mí, si no quieres hacerlo por ti misma.

Me abalancé sobre él, haciéndolo perder el equilibrio y tirándolo de espaldas al suelo. Lo besé con todas mis fuerzas, con el corazón martilleándome en el pecho y la sangre latiéndome en los oídos.

—Me fastidia ponerte frenético —musité entre besos desesperados—, pero es que hiciste que la pasara muy mal.

Gruñendo, me estrechó con fuerza.

—Entonces, ¿todo bien entre nosotros?

Arrugué la nariz.

—Quizá no con lo del teléfono de prepago. El seguimiento por el celular es una locura. No me gusta nada.

—Es temporal.

—Lo sé, pero...

Me puso una mano en la boca.

—Te dejé instrucciones en el bolso de cómo rastrear *mi* teléfono.

Aquello me dejó sin palabras.

Gideon esbozó una sonrisa de satisfacción.

—No tan mala idea, por otro lado.

—Calla. —Me aparté de él y le di una palmada en el hombro—. Somos totalmente disfuncionales.

—Yo prefiero el término de «conducta selectivamente desviada», pero que quede entre nosotros.

La chifladura que había sentido momentos antes se evaporó, sustituida por una oleada de pánico al recordar que estábamos ocultando nuestra relación. ¿Cuánto tiempo tardaría en volver a verlo? ¿Días? No quería volver a vivir lo que había vivido las últimas semanas. Sólo de pensar en estar sin él durante cualquier periodo de tiempo me ponía mal. Tuve que tragarme el nudo que tenía en la garganta para preguntarle:

—¿Cuándo podremos estar juntos otra vez?

—Esta noche, *Eva*. —Había preocupación en sus ojos—. Me duele esa mirada tuya.

—Sólo quiero que estés conmigo —susurré, notando en los ojos el escozor de las lágrimas otra vez—. Te necesito.

Gideon me acarició la mejilla con las yemas de los dedos.

—Tú estabas conmigo. Constantemente. No dejé de pensar en ti ni un segundo. Soy tuyo, Eva. Esté donde esté, te pertenezco.

Me abandoné a su caricia, empapándome de ella, para que me desaparecieran todos los temores.

—Pero Corinne se acabó. No puedo soportarlo.

—Se acabó —accedió, sobresaltándome—. Ya se lo dije. Confiaba en que pudiéramos ser amigos, pero ella quiere lo que en el pasado hubo entre los dos, y yo te quiero a ti.

—La noche en que murió Nathan... ella era tu coartada. —No pude continuar. Me hacía daño pensar en cómo habría pasado todas aquellas horas con ella.

—No, mi coartada fue el incendio de la cocina. Me llevó gran parte de la noche tratar con el Cuerpo de Bomberos, la compañía de seguros y organizar todos los preparativos para el servicio de comidas. Corinne estuvo conmigo durante una parte de todo eso, y, cuando se fue, había suficiente personal que confirmara mi paradero.

El alivio que sentí debió de notárseme en la cara, porque a Gideon se le suavizó la mirada y se le llenó de la pena que ya le había visto tantas veces.

Se levantó y me tendió una mano para ayudarme a hacer otro tanto.

—A tu nuevo vecino le gustaría invitarte a cenar en su casa esta noche. Digamos que a las ocho. Encontrarás la llave, junto con la de su ático, en tu llavero.

Le agarré la mano e intenté levantar los ánimos respondiendo con una broma.

—Está buenísimo. Me pregunto si estará de buen ánimo la primera noche.

Me dedicó una sonrisa tan pícara que me puso a mil por hora.

—Creo que las posibilidades de que te eches un revolcón esta noche son muy altas.

Suspiré aparatosamente.

—¡Qué romántico!

—Te voy a dar a ti romance. —Me acercó a él y, como en un baile, me inclinó hacia atrás con suma facilidad.

Apretada contra él desde las caderas a los tobillos y arqueada hacia atrás, dibujando una curva de rendimiento, noté cómo se me abría la bata, dejando mis pechos al descubierto. Él hizo que me inclinara aún más, hasta que mi sexo, dolorido, terminó abrazando su muslo macizo y no pude evitar ser súper consciente de la fuerza de su cuerpo mientras sostenía mi peso además del suyo.

Y así, deprisa, me sedujo. A pesar de las horas de placer y de un reciente orgasmo, estaba lista para él en aquel momento, excitada por su destreza y su vigor, por la seguridad en sí mismo, el control que tenía de sí y de mí misma.

Me deslicé por su pierna lentamente, lamiéndome los labios. Él gruñó y me cubrió el pezón con la ardiente humedad de su boca, acosándome la endurecida punta con la lengua. Sin esfuerzo me sostuvo, me excitó, me poseyó.

Cerré los ojos y, con un gemido, me rendí.

DEBIDO al calor y a la humedad, decidí ponerme un vestido tubo de lino y recogerme el pelo en una cola de caballo. Completé el atuendo con unos pendientes de aro y me maquillé muy ligeramente.

Todo había cambiado. Gideon y yo volvíamos a estar juntos. Ahora vivía en un mundo en el que ya no estaba Nathan Barker. Nunca más doblaría una esquina y me encontraría con él. Nunca más aparecería en la puerta de mi casa como salido de la nada. Ya no tendría que preocuparme de que Gideon averiguara cosas de mi pasado que abrieran una brecha entre nosotros. No había nada que no supiera y me quería de todas formas.

Pero la paz en ciernes que surgió con esa nueva realidad venía acompañada del temor por Gideon: necesitaba tener la certeza de que se libraría de ser encausado. ¿Cómo podría demostrarse su inocencia en un crimen que realmente *había* cometido? ¿Íbamos a tener que vivir con el miedo permanente a que lo que hizo nos persiguiera de por vida? ¿Y cómo *nos* había cambiado ese acto? Porque de ninguna manera podríamos volver a ser quienes habíamos sido, y menos después de algo de semejante calibre.

Salí de la habitación y me dispuse a ir a trabajar, alegrándome de las horas de distracción que me esperaban en Waters Field & Leaman, una de las agencias de publicidad más importantes del país. Cuando fui a tomar el bolso del mostrador de desayuno, me encontré a Cary en la cocina. Saltaba a la vista que había estado tan Ocupado, con mayúscula, como yo.

Estaba apoyado en la encimera, agarrado al borde, mientras su amigo, Trey, le rodeaba la cara con las manos y lo besaba con pasión. Trey estaba completamente vestido con unos jeans y una camisa, mientras que Cary sólo llevaba unos pantalones deportivos muy sexys que le quedaban a la altura de las caderas. Ambos tenían los ojos cerrados y se les veía muy ensimismados el uno en el otro para darse cuenta de que no estaban solos.

Era una grosería mirar, pero no pude evitarlo. Primero porque siempre me había parecido fascinante ver a dos hombres atractivos besándose. Y segundo porque la postura de Cary me resultaba muy reveladora. Tenía una expresión de vulnerabilidad en el rostro, pero el hecho de que estuviera agarrando la encimera, en lugar de al hombre al que amaba, delataba una distancia que no terminaba de desaparecer.

Cogí el bolso y, procurando no hacer ruido, salí de puntillas del apartamento.

Como no quería llegar completamente derretida al trabajo, tomé un taxi en lugar de ir caminando. Desde el asiento de atrás, vi aparecer el edificio Crossfire de Gideon. Las brillantes e inconfundibles espirales azul zafiro albergaban tanto a Cross Industries como a Waters Field & Leaman.

Mi trabajo como ayudante del subdirector de cuentas Mark Garrity era un sueño hecho realidad. Mientras que había quien —concretamente mi padrastro, el magnate Richard Stanton— no entendía por qué había aceptado un empleo de principiante, teniendo en cuenta las buenas relaciones y los recursos con que contaba, yo me sentía muy orgullosa de estar labrándome mi propio camino. Mark era un jefe estupendo, para formar y para delegar, lo que significaba que estaba aprendiendo mucho tanto de sus enseñanzas como de hacer cosas por mí misma.

El taxi dobló una esquina y se detuvo detrás de un Bentley monovolumen negro que yo conocía muy bien. Al verlo, el corazón me dio un vuelco, pues imaginé que Gideon no andaría lejos.

Pagué al taxista y salí del frescor interior al húmedo y caluroso aire de primera hora de la mañana. Clavé los ojos en el Bentley con la esperanza de vislumbrar a Gideon. Era alucinante lo mucho que me excitaba la idea, sobre todo después de una noche revolcándome con él en toda su gloriosa desnudez.

Con una sonrisa burlona, me dirigí hacia las puertas giratorias de marco dorado y entré al gran vestíbulo. Si un edificio podía encarnar a un hombre, el Crossfire lo hacía con Gideon. Los suelos y las paredes de mármol irradiaban poder y riqueza, mientras que el exterior de cristal azul cobalto era tan llamativo como los trajes de Gideon. En general, el Crossfire era elegante y sexy, oscuro y peligroso... como el hombre que lo había creado. Me encantaba trabajar allí.

Pasé por los torniquetes de seguridad y tomé el ascensor hasta el vigésimo piso. Cuando salí de la cabina, divisé a Megumi, la recepcionista. Presionó el botón para abrirme las puertas de seguridad y se levantó cuando me acercaba.

—Hola —me saludó, tan elegante ella con sus pantalones negros y una blusa de seda dorada sin mangas. Sus oscuros ojos endrinos le centelleaban de entusiasmo y llevaba sus bonitos labios pintados de un atrevido color rojo—. Quería preguntarte qué vas a hacer el sábado por la noche.

—Oh... —Quería pasarlo con Gideon, pero nada garantizaba que eso fuera a suceder—. No sé. No tengo planes todavía. ¿Por qué?

—Uno de los amigos de Michael se va a casar y tienen una despedida de soltero el sábado. Si me quedo en casa, me vuelvo loca.

—¿Michael es el de la cita a ciegas? —le pregunté, sabiendo que salía con un chico con quien su compañera de apartamento le había arreglado una cita.

—Sí. —Por un momento a Megumi se le iluminó la cara—. Realmente me gusta y creo que yo también le gusto a él, pero...

—Sigue —la animé.

Alzó un hombro en un gesto de resignación y desvió la mirada.

—Tiene fobia al compromiso. Sé que está loco por mí, pero no deja de decir que la cosa no va en serio y que sencillamente la estamos pasando bien. Pero pasamos mucho tiempo juntos —arguyó—. Ha reorganizado su vida para estar conmigo más a menudo. Y no sólo físicamente.

Torcí el gesto con cierta pena, pues conocía a ese tipo de hombre. No era fácil salir de esa clase de relaciones. Las señales contradictorias mantenían altas la emoción y la adrenalina, y era difícil renunciar a la posibilidad de que el chico aceptara el riesgo. ¿Qué chica no quería alcanzar lo inalcanzable?

—Me apunto para salir este sábado —respondí, haciéndole ver que podía contar conmigo—. ¿Qué sugieres?

—Beber, bailar, desmadrarnos... —Megumi recuperó la sonrisa—. A lo mejor hasta encontramos a algún tipo bueno que te consuele.

—Ehh... —¡Ahí va! ¡Menuda complicación!—. La verdad es que estoy muy bien así.

Me miró con el ceño fruncido.

—Pareces cansada.

Me pasé la noche entera copulando con Gideon Cross...

—Ayer tuve una clase de Krav Maga muy dura.

—¿Qué? Da igual. En cualquier caso, tampoco te hará daño ver cómo está el panorama, ¿no?

Me moví la cinta del bolso en el hombro.

—Nada de sustitutos —insistí.

—¡Oye! —Se puso las manos en las caderas—. Sólo te estoy sugiriendo que te abras a la posibilidad de conocer a alguien. Sé que Gideon Cross ha debido de poner muy alto el listón, pero, hazme caso, no hay mejor venganza que seguir adelante.

Eso me hizo sonreír.

—No me cerraré a nada —respondí para salir del atolladero.

Sonó el teléfono de su mesa y me despedí con un gesto de la mano al tiempo que me dirigía por el pasillo hacia mi cubículo. Necesitaba un poco de tiempo para pensar en cómo desempeñar el papel de mujer sin pareja estando tan enganchada como estaba. Si Gideon me pertenecía, él me poseía a mí. No me imaginaba con nadie más.

Estaba pensando en cómo mencionar a Gideon el asunto del sábado por la noche cuando oí que Megumi me llamaba por detrás. Me di la vuelta.

—Tengo una llamada en espera para ti —dijo—. Y confío en que sea personal, porque tiene una voz endiabladamente sexy. Suena a S-E-X-O bañado en chocolate y cubierto de crema.

Se me erizó el vello de la nuca.

—¿Te dijo cómo se llama?

—Sí. Brett Kline.

4

L LEGUÉ A MI mesa y me dejé caer en la silla. Tenía las palmas de las
manos húmedas sólo de pensar en hablar con Brett, y me armé
de valor para la pequeña emoción que me produciría hablar con él y el
sentimiento de culpa que la seguiría. No se trataba de que quisiera re-
cuperarlo ni de que quisiera estar con él. Sencillamente hubo algo entre
nosotros y una cierta atracción sexual que fue puramente hormonal. No
podía evitarlo, pero tampoco iba a hacer nada al respecto.

Dejé mi bolso y la bolsa en la que llevaba unos zapatos planos en un
cajón de la mesa, paseando la mirada por el *collage* enmarcado de fotos
de Gideon y de mí juntos. Me lo había regalado para que no dejara de
pensar en él en ningún momento..., como si eso fuera posible. Si hasta
soñaba con él.

Sonó mi teléfono. La llamada redirigida desde recepción. Brett no
se había dado por vencido. Estaba decidida a considerarla como una
llamada profesional, con el fin de recordarle que me encontraba en el
trabajo y que las conversaciones personales estaban fuera de lugar.

—Oficina de Mark Garrity. Eva Tramell al habla —respondí.

—Eva. ¿Qué tal? Soy Brett.

Cerré los ojos mientras asimilaba aquella voz del tipo que sonaba a S-E-X-O cubierto de chocolate. Sonaba incluso más decadente y sexual que cuando cantaba, lo cual había contribuido a lanzar a su banda, los Six-Ninths, al borde del estrellato. Había firmado un contrato con Vidal Records, la compañía discográfica que dirigía el padrastro de Gideon, Christopher Vidal sénior, una compañía de la que inexplicablemente Gideon era accionista mayoritario.

Hablando de que el mundo es un pañuelo.

—Hola —lo saludé—. ¿Cómo va la gira?

—Increíble. Todavía ando un poco perdido, la verdad.

—Llevabas mucho tiempo queriéndolo y te lo mereces. Disfruta de ello.

—Gracias. —Se quedó callado unos instantes, y en ese espacio de tiempo, me lo imaginé. La última vez que lo vi tenía un aspecto imponente, con el pelo a lo punk y las puntas teñidas de platino, y los ojos oscuros y enrojecidos de lo que me deseaba. Era alto y musculoso sin ser corpulento, con el cuerpo trabajado por la actividad constante y las exigencias de ser una estrella del rock. Tenía la piel morena cubierta de tatuajes, y *piercings* en los pezones, que aprendí a chupar cuando quería sentir su verga dura dentro de mí...

Pero no le llegaba a Gideon ni a la suela de los zapatos. Brett podía gustarme como a cualquier otra mujer con sangre en las venas, pero Gideon era un mundo aparte.

—Oye —dijo Brett—, ya sé que estás trabajando, así que no quiero entretenerte. Vuelvo a Nueva York y me gustaría verte.

Crucé los tobillos.

—No creo que sea buena idea.

—Vamos a estrenar el video musical de «Rubia» en Times Square —siguió—. Me gustaría que estuvieras allí conmigo.

—Allí con... ¡Vaya! —Me froté la frente. Momentáneamente desconcertada por su petición, decidí pensar en lo mucho que me daba lata mi madre por frotarme la cara, pues aseguraba que era la mejor forma de que te salieran arrugas—. Me halaga mucho que me lo pidas, pero me gustaría saber... si está bien que seamos sólo amigos.

—¡Por supuesto que no! —Se rio—. Mujer, estás soltera. La pérdida de Cross es mi ganancia.

¡Mierda! Hacía ya casi tres semanas que habían aparecido en los blogs de chismes las primeras imágenes de la escenificada reconciliación de Gideon y Corinne. Al parecer, todo el mundo había decidido que ya era hora de que saliera con otro hombre.

—No es tan fácil. No estoy lista para otra relación, Brett.

—Te estoy pidiendo una cita, no un compromiso para toda la vida.

—Brett, en serio...

—Tienes que ir, Eva —insistió con aquel susurro seductor con el que siempre conseguía que me bajara los calzones—. Es tu canción. No aceptaré un no por respuesta.

—No te quedará más remedio.

—Me dolería mucho que no fueras —dijo con voz queda—. Y no es broma. Iremos en plan de amigos, si hace falta, pero tienes que ir.

Dejé escapar un hondo suspiro, echando la cabeza hacia atrás.

—No quiero que te hagas ilusiones. —*Ni hacer enojar a Gideon...*

—Te prometo que me lo tomaré como un favor entre amigos.

Ya, y una mierda. No respondí.

No se dio por vencido. Nunca lo haría.

—¿De acuerdo? —machacó.

Alguien me puso una taza de café en la mesa y, al levantar la vista, me encontré con Mark a mis espaldas.

—De acuerdo —cedí, más que nada porque tenía que trabajar.

—Sííí. —Había un tono triunfal en su voz, que sonó como acompañado por un gesto de victoria con el puño—. Podría ser tanto el jueves como el viernes por la noche; aún no estoy seguro. Dame tu número de celular y te mandaré un mensaje de texto cuando lo sepa a ciencia cierta.

Se lo recité de un tirón.

—¿Lo anotaste? Tengo que colgar.

—Que tengas un día estupendo en el trabajo —dijo, haciéndome sentir mal por meterle prisa y ser antipática. Era un chico bueno y podría haber sido un buen amigo, pero esa posibilidad se fue a la basura el día en que lo besé.

—Gracias. Me alegro mucho por ti, Brett. Adiós. —Puse el auricular en su soporte y sonreí a Mark—. Buenos días.

—¿Va todo bien? —preguntó, con un ceño ligeramente fruncido que le ensombrecía los ojos. Vestía un traje azul marino con una corbata de color morado oscuro que hacía resaltar su tez morena.

—Sí. Gracias por el café.

—De nada. ¿Lista para trabajar?

—Por supuesto —respondí con una sonrisa.

No tardé mucho tiempo en darme cuenta de que a Mark le pasaba algo. Se le veía distraído y malhumorado, lo que no era muy propio de él. Estábamos trabajando en la campaña de un *software* para el aprendizaje de lenguas extranjeras, pero no ponía mucho interés. Le propuse que habláramos un poco sobre la campaña en la que se animaba a consumir productos autóctonos, pero no sirvió de nada.

—¿Te pasa algo? —pregunté finalmente, metiéndome, incómoda, en el terreno de la amistad, donde ambos procurábamos no entrar en horas de trabajo.

Dejábamos el trabajo a un lado cada dos semanas, cuando me invitaba a almorzar con su pareja, Steven, pero con la prudencia de no salirnos de nuestros papeles de jefe y subordinada. Yo lo agradecía muchísimo, dado que Mark sabía que mi padrastro era rico. No quería que nadie me tuviera unas consideraciones que no me había ganado.

—¿Qué? —Levantó la mirada hacia mí y luego se pasó una mano por el pelo, cortado al rape—. Perdona.

Dejé la tableta en las piernas.

—Pareces preocupado por algo.

Él se encogió de hombros, haciendo rodar hacia atrás y hacia delante su silla Aeron.

—El domingo es mi séptimo aniversario con Steven.

—Eso es estupendo —exclamé, sonriendo. De todas las parejas que había conocido en mi vida, Mark y Steven era la más estable y cariñosa—. Felicidades.

—Gracias —respondió, esforzándose por esbozar una sonrisa.

—¿Van a salir? ¿Hiciste alguna reservación o quieres que me encargue yo de ello?

Meneó la cabeza.

—No hay nada decidido. No sé qué sería mejor.

—¿Por qué no pensamos en algo? Yo no he tenido muchos aniversarios, me apena reconocer; pero a mi madre se le dan de maravilla, y tengo alguna idea.

Tras haber sido el florero de tres maridos ricos, Monica Tramell Barker Mitchell Stanton podría haberse dedicado a organizar eventos si, en algún momento, hubiera tenido que ganarse la vida.

—¿Prefieres algo íntimo? —le sugerí—, ¿sólo para ustedes dos? ¿O una fiesta con los amigos y la familia? ¿Acostumbran darse regalos?

—¡Quiero casarme! —soltó de repente.

—Ah. Qué bien. —Me eché hacia atrás en la silla—. En romanticismo me ganas por goleada.

Mark se rio sin ganas y a continuación me miró con tristeza.

—Debería ser romántico. Dios sabe que cuando Steven me lo pidió hace unos años, todo fueron corazones y flores. Ya sabes lo melodramático que es. Fue por todas.

Lo miré con un parpadeo de perplejidad.

—¿Le dijiste que no?

—Le dije que aún no. Estaba empezando a irme bien aquí, en la agencia, a él estaban empezando a llegarle algunos encargos francamente lucrativos, y los dos estábamos recuperándonos de una dolorosa ruptura. No parecía el momento más apropiado y no terminaba de entender sus razones para querer casarse.

—Eso nadie lo sabe nunca con seguridad —dije en voz baja, más para mí misma que para él.

—Pero yo no quería que pensara que dudaba de nosotros —continuó Mark, como si no me hubiera oído—, así que me escudé en la institución del matrimonio, como un imbécil.

Contuve una sonrisa.

—Tú no eres un imbécil.

—En los últimos años no ha dejado de repetir lo acertado que estuve al decir que no.

—Pero no te negaste por completo. Lo que le dijiste fue que no era el momento, ¿verdad?

—No lo sé. Ya no sé lo que le dije. —Se inclinó hacia delante, apoyando los codos en la mesa y tapándose la cara con las manos. La voz se le oía queda y apagada—. Me dio miedo. Tenía veinticuatro años. Tal vez haya personas que se sientan preparadas para esa clase de compromiso a esa edad, pero yo..., yo no lo estaba.

—¿Y ahora que tienes veintiocho sí lo estás? —La misma edad que Gideon. Y pensar en ello me estremeció, en parte porque yo tenía la misma edad que Mark cuando respondió que aún no era el momento, y podía comprenderlo.

—Sí. —Mark levantó la cabeza y me miró—. Estoy más que preparado. Es como si hubiera empezado la cuenta atrás y yo estuviera cada vez más impaciente. Pero me temo que va a decir que no. Quizá su momento fue cuatro años atrás y ahora ya pasó completamente.

—Ya sé que parecerá una perogrullada, pero no lo sabrás mientras no se lo preguntes —y esbocé una tranquilizadora sonrisa—. Él te quiere. Y mucho. Creo que las probabilidades que tienes de oír un sí son muy altas.

Él sonrió, dejando entrever unos dientes torcidos encantadores.

—Ya me dirás si quieres que me encargue de la reservación.

—Te lo agradezco. —Se le serenó la expresión—. Siento mucho sacar este tema cuando tú estás pasando por una ruptura complicada.

—No te preocupes por mí. Estoy bien.

Mark se me quedó mirando unos instantes, y asintió.

—¿ALMORZAMOS juntos?

Levanté la vista hacia el rostro serio de Will Granger. Will era el último ayudante que había llegado a Waters Field & Leaman y le había

ATADA A TI · 47

estado ayudando a aclimatarse. Lucía patillas y unas gafas oscuras de montura cuadrada que le daban un aire ligeramente *beatnik* retro que lo favorecía.

—Claro. ¿Qué te apetece?

—Pasta y pan. Y tarta. Y a lo mejor una papa asada.

Enarqué las cejas.

—Muy bien. Pero si luego acabo amodorrada y babeando encima de la mesa, espero que me saques del atolladero ante Mark.

—Eres una santa, Eva. Natalie está siguiendo una dieta baja en carbohidratos y no puedo pasar un día más sin almidón y sin azúcar. Mírame, me estoy quedando muy flaquito.

Por lo que él contaba, Will y su novia del instituto, Natalie, parecían llevarse muy bien. Nunca he dudado de que él moría por ella —y daba la impresión de que ella hacía otro tanto—, aunque se quejara cariñosamente de su preocupación por pequeñeces.

—Eso está hecho —dije, sintiéndome un poco triste de repente. Estar separada de Gideon era una tortura, sobre todo cuando me encontraba rodeaba de amigos que tenían sus propias relaciones.

Era casi mediodía, y mientras esperaba a Will envié un rápido mensaje de texto a Shawna —la casi cuñada de Mark— para preguntarle si se apuntaba a una juerga de chicas el sábado por la noche. Acababa de pulsar la tecla de enviar cuando sonó el teléfono de mi mesa.

—Oficina de Mark Garrity —respondí enérgicamente.

—*Eva.*

Me dio un escalofrío al oír la voz ronca y grave de Gideon.

—Hola, campeón.

—Dime que estamos bien.

Me mordí el labio inferior, con el corazón encogido. El que no pudiéramos estar juntos debía de estar causándole el mismo desasosiego que a mí.

—Claro que lo estamos. ¿Acaso no te lo parece? ¿Ocurre algo?

—No. —Hizo una pausa—. Tenía que oírtelo otra vez.

—¿No quedó claro ayer? —*Cuando te clavaba las uñas en la espalda...*—. ¿O esta mañana? —*Cuando me postré ante ti.*

—Quería oírtelo decir cuando no estás mirándome. —La voz de Gideon me acariciaba los sentidos. Me excité tanto que me dio vergüenza.

—Lo siento —susurré, sintiéndome incómoda—. Sé que te molesta que las mujeres te cosifiquen. No deberías aguantármelo.

—Nunca me quejaría de ser lo que tú quieras que sea, Eva. Por Dios —dijo con brusquedad en la voz—. Me encanta que te guste lo que ves, porque bien sabe Dios lo que a mí me gusta mirarte.

Cerré los ojos ante la oleada de anhelo que me invadía. Saber lo que ahora sabía —que yo era fundamental para él— me hacía mucho más difícil no estar con él.

—Te echo mucho de menos. Y resulta extraño porque todo el mundo cree que rompimos y que tengo que seguir adelante...

—¡No! —Esa única palabra sonó como una explosión, con tanta fuerza que di un respingo—. Maldita sea. Espérame, Eva. Yo te he esperado toda la vida.

Tragué saliva y, al abrir los ojos, vi que Will venía hacia mí. Bajé la voz.

—Te esperaré siempre, mientras seas mío.

—No será para siempre. Estoy haciendo todo lo que puedo. Confía en mí.

—Confío en ti.

Al fondo se oyó el pitido de otro teléfono que reclamaba su atención.

—Te veré a las ocho en punto —dijo Gideon bruscamente.

—Sí.

Se cortó la conexión, y me sentí sola al instante.

—¿Lista para comer? —preguntó Will, frotándose las manos, disfrutando de la comida antes de tiempo. Megumi había ido a almorzar con su fóbico-al-compromiso. Así que éramos Will, yo y toda la pasta que pudiera comer en una hora.

Pensando que una buena modorra inducida por ingesta de carbohidratos era lo que a lo mejor necesitaba, me levanté y dije:

—¡Qué demonios, sí!

⁓

Cuando volvíamos de almorzar, me compré una bebida energética sin carbohidratos en una tienda. Poco antes de las cinco de la tarde, ya sabía que iba a ir a darle a la cinta de correr en cuanto saliera de trabajar. Era socia de Equinox, pero realmente quería ir a un gimnasio CrossTrainer. Me afectaba mucho el que Gideon y yo tuviéramos que estar separados, y pasar un rato en un lugar que me traía tan buenos recuerdos me ayudaría a sobrellevarlo. Además, era una cuestión de lealtad. Gideon era mi pareja. Iba a hacer todo lo posible por pasar el resto de mi vida con él. Para mí eso suponía apoyarlo en todo lo que hiciera.

Volví andando a casa, a riesgo de marchitarme por el camino; pero no importaba, ya que, de todas formas, iba a sudar la gota gorda en el gimnasio. Cuando salí del ascensor en la planta de mi apartamento, se me fueron los ojos hacia la puerta de al lado. Jugueteé con la llave que Gideon me había dado. Me pasó por la cabeza la idea de entrar a echar un vistazo a su apartamento. ¿Sería parecido al de la Quinta Avenida? ¿O muy diferente?

El ático de Gideon era impresionante, con arquitectura de preguerra y todo el encanto del viejo mundo. Era un espacio que destilaba abundancia, sin dejar por ello de ser cálido y acogedor. Me resultaba igual de fácil imaginar a niños correteando por allí que a dignatarios extranjeros.

¿Cómo sería aquel alojamiento temporal? ¿Con escasos muebles, nada de arte y una exigua cocina? ¿Habría llegado a instalarse?

Me detuve ante la puerta de mi apartamento y, después de debatirme en la duda, resistí la tentación. Quería que él me invitase a pasar.

Al entrar en el salón de mi casa, oí una risa femenina. No me sorprendió encontrarme con una rubia de piernas largas acurrucada al lado de Cary en mi sofá blanco, con la mano en su regazo, acariciándolo a través de los pantalones de deporte. Mi compañero de piso seguía sin camisa, rodeando con los brazos a Tatiana Cherlin, acariciándole lánguidamente los bíceps.

—Hola, nena —me saludó con una sonrisa—. ¿Qué tal el trabajo?

—Como siempre. Hola, Tatiana.

Ésta me respondió con un gesto de la barbilla. Era una mujer despampanante, lo cual era de esperar, dado que era modelo. Dejando a un lado su aspecto, al principio no me cayó muy bien y seguía sin hacerlo. Pero viendo a Cary, tenía que reconocer que a lo mejor ella le venía bien de momento.

Ya le habían desaparecido los moretones; pero aún estaba recuperándose de una brutal paliza, una emboscada de Nathan que había desencadenado todos los acontecimientos que ahora me separaban de Gideon.

—Voy a cambiarme para irme al gimnasio —dije, dirigiéndome hacia el pasillo.

—Espera un momento, que tengo que hablar con mi niña —oí que Cary le decía a Tatiana.

Entré en mi habitación y tiré el bolso encima de la cama. Estaba hurgando en mi armario cuando Cary apareció en la entrada.

—¿Qué tal estás? —le pregunté.

—Mejor. —Sus ojos tenían un brillo de picardía—. ¿Y tú?

—Mejor.

Cruzó los brazos sobre su pecho desnudo.

—¿Es eso gracias a quienquiera que estuviera tirando contigo anoche?

Cerré el cajón empujando con la cadera.

—¿Lo dices en serio? —repliqué—. Yo no te oigo a ti cuando estás en tu habitación. ¿Cómo es que me oyes tú a mí en la mía?

Se dio unos golpecitos en la sien.

—Tengo un radar para el sexo.

—¿Qué quieres decir con eso? ¿Que no tengo uno yo también?

—Más bien que Cross te provocó un cortocircuito durante uno de sus sexatones. Aún no te has recuperado del vigor de ese hombre. Ojalá se inclinara de mi lado y me agotara a *mí*.

Le arrojé mi sujetador deportivo.

Lo atrapó con destreza, riéndose.

—Bueno, ¿quién era?

Me mordí el labio, no queriendo mentir a la única persona que siempre me había dicho la verdad aunque doliera. Pero no me quedaba más remedio.

—Un tipo que trabaja en el Crossfire.

Desvaneciéndosele la sonrisa, Cary entró en la habitación y cerró la puerta a sus espaldas.

—¿Y sencillamente te levantaste y decidiste traértelo a casa y pasarte la noche cogiendo con él? Yo creía que habías ido a clase de Krav Maga.

—Y así fue. Vive por aquí cerca y me lo encontré después de clase. Una cosa llevó a la otra...

—¿Debería preocuparme? —me preguntó en voz baja, escrutándome cuando me devolvía el sujetador—. Tú no te habías tirado a nadie así, por las buenas, desde hacía mucho tiempo.

—No se trata de eso, exactamente. —Me obligué a sostener la mirada a Cary, sabiendo que, de no hacerlo, nunca me creería—. Estoy... saliendo con él. Esta noche vamos a cenar juntos.

—¿Voy a conocerlo?

—Claro, pero no hoy. Voy a ir a su casa.

Frunció los labios.

—Hay algo que no me estás contando. Suéltalo.

Eludí la pregunta.

—Esta mañana te vi besando a Trey en la cocina.

—Así es.

—¿Va todo bien entre ustedes?

—No puedo quejarme.

¡Caray! Cuando Cary se olía algo, no había manera de engañarlo. Salí por donde pude.

—Hoy hablé con Brett —dije todo lo despreocupadamente que fui capaz, procurando no darle demasiada importancia—. Me llamó al trabajo. Y no, no era el tipo de anoche.

—¿Qué quería? —preguntó, alzando las cejas.

Me quité los zapatos y me dirigí al baño a lavarme la cara.

—Viene a Nueva York para estrenar el video musical de «Rubia». Me pidió que fuera con él.

—Eva... —empezó a decir, en ese tono de advertencia que los padres reservan para los niños mimados.

—Me gustaría que vinieras conmigo.

Eso lo frenó un poco.

—¿De chaperón? ¿No te fías de ti misma?

Miré su reflejo en el espejo.

—No voy a volver con él, Cary. Para empezar, tampoco es que hayamos estado nunca juntos realmente, así que deja de preocuparte por eso. Quiero que vayas porque creo que te la pasarás bien y porque no quiero que Brett se haga ilusiones. Él accedió a que vayamos como amigos, pero creo que habrá que repetirle la idea unas cuantas veces para que se le meta en la cabeza. Y para ser justos.

—Tendrías que haberte negado.

—Lo intenté.

—Querida, un no es un no. No es tan difícil.

—¡Cállate! —Me froté un ojo con un algodón desmaquillador—. Bastante malo es ya que me sienta culpable por ir. Tú pensaste que me divertiría yendo a aquel concierto sin saber a quién me encontraría allí. Así que deja de fastidiarme con eso.

Que ya lo hará Gideon.

Cary frunció el ceño.

—¿Y de qué demonios tienes que sentirte culpable?

—¡A Brett lo zurraron por mi culpa!

—De eso, nada. Lo zurraron por besar a una chica guapa sin pensar en las consecuencias. Tendría que haberse imaginado que estabas con alguien. ¿Y se puede saber qué mosca te picó?

—No necesito ninguna monserga sobre Brett, ¿de acuerdo? —Lo que necesitaba era que Cary supiera de mi relación con Gideon y las preocupaciones que tenía, pero no podía pedir ayuda a mi mejor amigo. Eso hacía que todo lo que iba mal en mi vida fuera aún más desasosegante. Me sentía completamente sola y a la deriva—. Ya te dije que no pienso pasar por ahí otra vez.

—Me alegra oírlo.

Le conté parte de la verdad porque sabía que él no me juzgaría.

—Sigo enamorada de Gideon.

—Ya lo sé —respondió, sin más—. Por si sirve de algo, estoy seguro de que la ruptura lo está reconcomiendo a él también.

Lo abracé.

—Gracias.

—¿Por qué?

—Por ser tú.

Soltó un bufido.

—No estoy diciendo que debas esperarlo. No importa tras lo que se ande Cross... Allá él si se duerme en los laureles. Pero no creo que estés preparada para meterte en la cama de otro. Tú no puedes andar por ahí acostándote con cualquiera, Eva. El sexo significa algo para ti; por eso la pasas tan mal cuando lo vas regalando.

—Es cierto, nunca funciona —coincidí, mientras terminaba de lavarme la cara—. ¿Vendrás conmigo al estreno del video?

—Claro que iré.

—¿Quieres llevar a Trey o a Tatiana?

Negando con la cabeza, se volvió hacia el espejo y se arregló el cabello con varias expertas pasadas de la mano.

—Entonces sería como una cita doble. Mejor si yo soy la tercera rueda. Más impactante.

Observé su reflejo, esbozando una cariñosa sonrisa.

—Te quiero.

Él me tiró un beso.

—Cuídate, nena. Es lo único que te pido.

EL regalo que más me gustaba hacer cuando alguien inauguraba casa era unas copas de martini Waterford. Para mí eran la combinación perfecta de elegancia, alegría y utilidad. Había regalado un juego a una amiga de la universidad que no tenía ni idea de lo que era el cristal de Waterford pero a la que encantaban los *appletinis,* martinis con aguardiente de manzana; y otro a mi madre, que no tomaba martinis pero le encantaba el cristal Waterford. Era un regalo que tampoco dudaría en hacer a Gideon Cross, un hombre con más dinero de lo que podía imaginarse.

Pero no era cristal lo que sostenía en las manos cuando llamé a su puerta.

Nerviosa, cambiaba el peso del cuerpo de un pie a otro y me pasaba la mano caderas abajo para estirarme el vestido. Me había emperifollado después de volver del gimnasio, empleándome a fondo en el peinado y la sombra de ojos color ceniza, correspondientes a la Nueva Eva. El lápiz de labios rosa pálido era a prueba de besos, y llevaba un pequeño vestido negro de escote caído y con la espalda muy baja.

El corto vestido enseñaba mucha pierna, que yo realcé con unos Jimmy Choo sin puntera. Llevaba los aros de diamantes que me había puesto en nuestra primera cita y el anillo que él me había regalado, una impresionante joya que tenía unos cordones de oro entrelazados con equis engarzadas en los diamantes, que representaban a Gideon aferrándose a los distintos cabos de mi persona.

La puerta se abrió y yo me tambaleé un poco, asombrada ante el hombre guapísimo y endiabladamente sexy que me recibió. Gideon debía de sentirse un poco nostálgico también, pues lucía el mismo jersey negro que se había puesto para ir al club donde en realidad empezó nuestra relación. Le quedaba de maravilla: la combinación perfecta entre atractivo informal y elegante. Conjuntado con unos pantalones gris grafito y descalzo, el efecto que produjo en mí fue de puro y candente deseo.

—¡Dios santo! —exclamó—. Estás increíble. La próxima vez avísame antes de que abra la puerta.

Yo sonreí.

—Hola, Oscuro y Peligroso.

5

GIDEON ESBOZÓ UNA sonrisa abrumadora al tenderme una mano. Cuando alcancé a tocarle la palma con los dedos, él me agarró y tiró de mí hacia dentro, acercándome hasta posar sus labios delicadamente sobre los míos. La puerta se cerró a mis espaldas y él alargó el brazo para echar la llave, aislándonos del mundo.

Le agarré un trozo de jersey.

—Te pusiste mi jersey preferido.

—Lo sé. —De repente, en un movimiento no exento de gracia, se agachó y se puso mi mano, que sostenía, en el hombro.

—Ponte cómoda, cielo mío. Estos tacones no te harán falta hasta que no estés lista para coger.

Mi sexo se contrajo con anticipación.

—¿Y si ya lo estoy?

—No lo estás. Lo sabrás cuando llegue el momento.

Trasladé el peso de mi cuerpo de un pie a otro cuando Gideon me descalzaba.

—¿Ah, sí? ¿Cómo?

Alzó la cabeza y me miró con aquellos ojos tan azules. Estaba casi de rodillas, quitándome los zapatos; sin embargo, el control que tenía de sí mismo y de mí era innegable.

—Estaré metiendo mi verga dentro de ti.

Cambié el peso de mi cuerpo de un pie a otro pero esta vez por otra razón. *Sí, por favor*.

Se enderezó, y de nuevo su figura surgió imponente ante mí. Me pasó las yemas de los dedos por la mejilla.

—¿Qué tienes en la bolsa?

—¡Ah! —Me quité de la cabeza el hechizo sexual con el que me había encandilado—. Un regalo para tu nueva casa.

Miré a mi alrededor. Aquella vivienda era un reflejo de la mía. El apartamento era precioso y de lo más acogedor. En parte esperaba un espacio semipermanente, provisto sólo de lo más imprescindible. En cambio, era todo un hogar. Estaba iluminado con velas, que proyectaban una cálida luz dorada sobre unos muebles que reconocí porque eran de Gideon *y* míos.

Anonadada, apenas me di cuenta cuando me quitó el regalo y el bolso de las manos. Descalza, lo rodeé al ver mis mesas auxiliares de centro y de rincón alrededor del sofá y las sillas; mi mueble de salón con sus objetos decorativos y fotos enmarcadas de los dos juntos; mis cortinas con su suelo no iluminado y sus lámparas de mesa.

En la pared, el lugar donde colgaría mi televisor de pantalla plana, había una enorme foto de mí lanzándole un beso, una copia mucho más grande de la que yo le regalé y que tenía en la mesa de su despacho del Crossfire.

Me giré despacio, tratando de asimilar todo aquello. Ya me había sorprendido de aquella forma anteriormente, cuando recreó mi dormitorio en su ático, para proporcionarme un lugar conocido a dónde acudir en los momentos difíciles.

—¿Cuándo te trasladaste aquí? —Me encantaba. La mezcla de lo moderno tradicional por mi parte y la elegancia del viejo mundo por la suya de alguna manera resultaba perfecta. Había combinado los elementos adecuados para crear un espacio que era... *nosotros.*

—La semana que Cary estuvo en el hospital.

Me quedé mirándolo.

—¿En serio?

Eso fue cuando Gideon empezó a alejarse de mí, a rehuirme. Había comenzado a salir con Corinne otra vez y no había manera de dar con él.

Instalarse en este lugar debió de llevarle su tiempo también.

—Tenía que estar cerca de ti —dijo distraídamente, mirando en la bolsa—. Tenía que asegurarme de que podía llegar hasta ti con rapidez. Antes de que lo hiciera Nathan.

Me recorrió un escalofrío. En la época en la que más lejos sentía a Gideon, él estaba físicamente cerca. Velando por mí.

—Cuando te llamé desde el hospital —dije, tragando saliva—, había alguien contigo.

—Raúl. Él se encargó de coordinar el traslado. Tenía que estar todo terminado antes de que Cary y tú volvieran a casa. —Me lanzó una mirada—. ¿Toallas, cielo? —preguntó, en tono más que burlón.

Sacó de la bolsa las toallas blancas con las palabras CROSSTRAINER bordadas en ellas. Las había adquirido en el gimnasio. En aquel momento me lo imaginaba en un piso de soltero con lo más básico. Ahora resultaban ridículas.

—Lo siento —me disculpé, sin haberme recuperado aún de sus revelaciones sobre el apartamento—. Me había hecho una idea muy diferente de este lugar.

Cuando alargué la mano para tomar las toallas, él las apartó.

—Tus regalos son siempre un detalle. Cuéntame en qué pensabas cuando las compraste.

—Pensaba en hacer que pienses en mí.

—No hay momento del día en que no lo haga —susurró.

—Deja que te lo aclare: en mí, toda caliente y sudorosa y ansiosa por estar contigo.

—Hummm..., algo con lo que fantaseo a menudo.

De repente, me vino a la cabeza el recuerdo de Gideon gratificándose en la ducha de mi casa. Realmente no había palabras para describir lo alucinante que fue aquella visión.

—¿Piensas en mí cuando te masturbas?

—Yo no me masturbo.

—¿Qué? ¡Por supuesto! Todos los hombres lo hacen.

Gideon me cogió la mano y entrelazó sus dedos con los míos, luego me llevó a la cocina, de donde emanaba un aroma celestial.

—Hablemos de vino.

—¿Intentas conquistarme con alcohol?

—No. —Me soltó y dejó la bolsa con las toallas en la encimera—. Sé que la comida es el camino para llegarte al corazón.

Me senté en un taburete igual que los de mi apartamento, emocionada por aquella manera suya de hacerme sentir en casa.

—¿Al corazón o a los calzones?

Él sonrió mientras me servía una copa de vino tinto de una botella que había abierto previamente para que respirase.

—No llevas calzones.

—Tampoco llevo medias.

—Ten cuidado, Eva. —Gideon me lanzó una mirada adusta—. O desbaratarás mi intento de seducirte como mandan los cánones antes de montarte encima de todas las superficies planas de este apartamento.

Se me secó la boca. La expresión que tenía en los ojos cuando me entregó la copa de vino hizo que me ruborizara y se me fuera un poco la cabeza.

—Antes de conocerte —murmuró, con los labios en el borde de la copa—, me tocaba cada vez que me duchaba. Formaba parte del ritual, del mismo modo que lavarme el pelo.

Ya me parecía a mí. Gideon era un hombre muy sexual. Cuando estábamos juntos, tirábamos antes de dormir, a primera hora de la mañana, y a veces encontrábamos el momento durante el día para un revolcón rápido.

—Desde que te conozco, sólo lo he hecho una vez —continuó—. Y estabas conmigo.

Me quedé con la copa a medio camino de la boca.

—¿De veras?

Tomé un sorbo mientras me daba tiempo para ordenar las ideas.

—¿Y por qué dejaste de hacerlo? En las últimas semanas... no hemos estado juntos.

Esbozó un amago de sonrisa.

—No puedo desperdiciar ni una gota si quiero estar a tu altura.

Dejé la copa de vino y le di un empujón en el hombro.

—¡Siempre te las arreglas para que parezca una ninfómana!

—Te gusta el sexo, cielo—ronroneó—. No hay nada malo en ello. Eres voraz e insaciable, y me encanta. Me encanta saber que, una vez que te penetro, me vas a dejar seco. Y que luego querrás hacerlo otra vez.

Sentí que me acaloraba.

—Para tu información te diré que, durante nuestra separación, no me masturbé ni una sola vez. Como no estábamos juntos, ni siquiera lo deseaba.

Se inclinó hacia la encimera y apoyó un codo en el frío granito negro.

—Hmm.

—Me gusta coger contigo porque eres *tú*, no porque yo sea una zorrota devoravergas. Si no te gusta, echa barriga o deja de ducharte o haz lo que te dé la gana. —Me bajé del taburete—. O sencillamente di que no, Gideon.

Me fui al salón, tratando de librarme de la sensación de desasosiego que había tenido todo el día.

Gideon me rodeó por detrás, deteniéndome a medio camino.

—Para —dijo, con aquel tono autoritario que siempre me enardecía.

Intenté zafarme.

—Vamos a ver, Eva.

Me rendí, bajando las manos a ambos lados y agarrándome el vestido.

—Explícame qué demonios te pasa —dijo con voz serena.

Incliné la cabeza sin decir nada, porque no sabía qué decir. Tras un momento de silencio, él me tomó entre sus brazos y me llevó al sofá. Se sentó y me colocó en su regazo. Yo me hice un ovillo.

—¿Quieres pelea? —preguntó, apoyando la barbilla encima de mi cabeza.

—No —musité.

—Muy bien. Yo tampoco. —No dejaba de pasarme las manos por la espalda—. ¿Por qué no hablamos, entonces?

Apreté la nariz contra su cuello.

—Te quiero.

—Lo sé. —Inclinó la cabeza hacia atrás, dejándome sitio para acurrucarme.

—No soy adicta al sexo.

—No sé qué problema habría si lo fueras. Dios sabe que hacer el amor contigo es lo que más me gusta en el mundo. De hecho, si alguna vez quisieras que me ocupara de ti con más frecuencia, sería capaz de reorganizar mi agenda de manera que pudiera acostarme contigo en horas de trabajo.

—¡Dios santo! —Lo pellizqué con los dientes, y él se rio con ternura.

Gideon me agarró del cabello y me echó la cabeza hacia atrás. Su mirada era dulce y seria.

—Tú no estás disgustada por la increíble vida sexual que tenemos. Es otra cosa.

—No sé qué me ocurre —reconocí, suspirando—. Sencillamente, no estoy... *bien*.

Amoldándome a su regazo, Gideon me arrimó más a él, llenándome de ternura. Encajábamos a la perfección, mis curvas se ensamblaban en las esculturales líneas de su cuerpo.

—¿Te gusta el apartamento?

—Me encanta.

—Estupendo. —Su voz se tiñó de satisfacción—. Obviamente, es un ejemplo... llevado al extremo.

Se me aceleró un poco el corazón.

—¿De cómo será nuestra casa?

—Empezaremos de cero, claro. Todo nuevo.

Aquella declaración me conmovió.

—Te arriesgaste mucho —no pude evitar decirlo—, trasladándote aquí, entrando y saliendo del edificio. Me pongo nerviosa sólo de pensarlo.

—En teoría, aquí vive alguien. Así que, lógicamente, esa persona ha traído muebles y va y viene. Entra por el garaje, como cualquier otro residente con coche. Cuando hago de él, me visto de forma un poco diferente, voy por las escaleras, y compruebo las instalaciones de seguridad y, de ese modo, sé si voy a encontrarme con alguien antes de que ocurra.

Aquella ingente planificación me resultaba alucinante; claro que Gideon tenía ya mucha práctica, después de haber dado con Nathan sin dejar rastro.

—Tantos gastos y tantas molestias... por mi causa. No tengo... No sé qué decir.

—Dime que te plantearás la posibilidad de venirte a vivir conmigo.

Saboreé el placer que me produjeron aquellas palabras.

—¿Has pensado en una fecha para ese nuevo comienzo?

—En cuanto nos sea posible —respondió, presionándome suavemente el muslo con la mano.

Puse mi mano sobre la suya. Había muchas cosas que se interponían en el camino de nuestra vida en común: el persistente trauma de nuestros pasados; mi padre, a quien le desagradaban los niños ricos y pensaba que Gideon era un farsante; y yo, porque me gustaba mi apartamento y creía que abrirme camino en una nueva ciudad suponía hacer todo lo que pudiera yo sola.

Salté al asunto que más me preocupaba.

—¿Y qué pasa con Cary?

—El ático tiene un apartamento anexo para invitados.

Echándome hacia atrás rápidamente, lo miré de hito en hito.

—¿Harías eso por Cary?

—No. Lo haría por ti.

—Gideon, yo... —Se me apagó la voz porque no tenía palabras. Me quedé sobrecogida. Algo cambió en mi interior.

—Entonces, si no es el apartamento lo que te preocupa —dijo—, es otra cosa.

Decidí dejar a Brett para el final.

—El sábado salgo con unas amigas.

Se puso tenso. Tal vez alguien que no lo conociera tan bien como yo no habría captado ese sutil estado de alerta, pero yo sí lo capté.

—¿Para hacer qué exactamente?

—Bailar, beber. Lo de siempre.

—¿Van a ir de ligue?

—No. —Me humedecí los labios, pasmada ante el cambio que se había operado en él. Había pasado de la broma íntima a la concentración más absoluta—. Todas tenemos pareja. Al menos eso creo. No estoy muy segura respecto a la compañera de piso de Megumi, pero ésta tiene pareja y ya sabes que Shawna tiene a su chef.

De repente se puso en plan empresario y dijo:

—Yo me encargo de los preparativos: coche, conductor y seguridad. Si se atienen a mis clubes, el guardaespaldas se quedará en el coche. Si van a otro sitio, las acompañará.

Parpadeé, sorprendida.

—De acuerdo —respondí.

En la cocina empezó a pitar el temporizador del horno.

Gideon se levantó, conmigo en brazos, de un único y elegante movimiento. Abrí los ojos de par en par. Sentía que me zumbaba la sangre en las venas. Le rodeé el cuello con los brazos y lo dejé que me llevara a la cocina.

—Me encanta lo fuerte que eres.

—Es fácil impresionarte. —Me sentó en un taburete y, antes de dirigirse al horno, me dio un beso largo y persistente.

—¿Cocinaste tú? —No estaba segura de por qué me sorprendió la idea, pero lo hizo.

—No. Arnoldo mandó que me trajeran una lasaña lista para meter en el horno y una ensalada.

—Suena bien. —Ya había comido en el restaurante del chef Arnoldo Ricci, y sabía que la comida estaría deliciosa.

Cogí la copa y desperdicié aquel maravilloso vino tragándomelo de golpe para armarme de valor, pensando que ya era hora de contarle lo que no le iba a gustar oír. Agarré el toro por los cuernos y dije:

—Brett me llamó hoy al trabajo.

Durante unos minutos, creí que no me había oído. Se puso una manopla de cocina, abrió el horno y sacó la lasaña sin mirar en mi dirección. Tuve la certeza de que no se había perdido ni una sola palabra cuando dejó la fuente encima del horno y me miró.

Dejó la manopla en la encimera, agarró la botella de vino y se me acercó. Sereno, me quitó la copa y volvió a llenármela antes de hablar.

—Supongo que querrá verte cuando esté en Nueva York la semana que viene.

Tardé un suspiro en reaccionar:

—¡Sabías que iba a venir! —lo acusé.

—Por supuesto que lo sabía.

Ignoraba si era porque el grupo de Brett grababa con Vidal Records o porque Gideon lo vigilaba. Ambas razones eran perfectamente posibles.

—¿Te vas a encontrar con él? —Su voz era dulce y suave. Demasiado.

Haciendo caso omiso del manojo de nervios que tenía en el estómago, le sostuve la mirada.

—Sí, para el estreno del nuevo video musical de los Six-Ninths. Cary va a acompañarme.

Gideon asintió con la cabeza, sin revelar sus sentimientos, dejándome de lo más inquieta.

Me deslicé del taburete y me acerqué a él. Envolviéndome en sus brazos, apoyó la mejilla en mi cabeza.

—Le diré que no voy —me apresuré a decir—. En realidad, no quiero verlo.

—No pasa nada. —Balanceándose de un lado a otro, meciéndome, susurró—: Te rompí el corazón.

—No es ésa la razón por la que acepté ir.

Levantó las manos y me pasó los dedos por el pelo, peinándomelo hacia atrás desde la frente y las mejillas con una ternura que hizo que se me saltaran las lágrimas.

—No podemos olvidar las últimas semanas así como así. Te herí en lo más hondo y sigues dolida.

Entonces caí en la cuenta de que no había estado dispuesta a reanudar nuestra relación como si nada hubiera ido mal. En el fondo aún le guardaba rencor, y Gideon lo percibía.

Me aparté de él.

—¿Qué estás diciendo?

—Que no tengo derecho a abandonarte y hacerte daño y esperar que lo olvides todo y me perdones de la noche a la mañana.

—¡Mataste a un hombre por mí!

—No me debes nada —soltó—. Mi amor por ti no es una obligación.

Aún me traspasaba el alma oírlo decir que me amaba, a pesar de las veces que lo había demostrado con sus actos.

—No quiero herirte, Gideon —le aseguré con ternura en la voz.

—Entonces no lo hagas. —Me besó con una dulzura desgarradora—. Vamos a comer, antes de que se enfríe la comida.

ME enfundé una camiseta de Cross Industries y el pantalón de una pijama de Gideon que me recogí en los tobillos. Llevamos velas a la mesa de centro y comimos en el suelo con las piernas cruzadas. Gideon siguió con mi jersey favorito puesto, pero se quitó los pantalones y se puso unos negros holgados para estar más cómodo.

Lamiéndome de los labios una gota de salsa de tomate, le conté cómo había sido mi día.

—Mark está armándose de valor para pedirle a su pareja que se case con él.

—Si no recuerdo mal, llevan ya un tiempo juntos.

—Desde la universidad.

Gideon esbozó una sonrisa.

—Supongo que no es una pregunta fácil de hacer, incluso aunque se esté seguro de la respuesta.

Bajé la vista al plato.

—¿Corinne estaba nerviosa cuando te lo preguntó a ti?

—Eva. —Esperó hasta que el prolongado silencio me hizo levantar la cabeza—. No vamos a hablar de eso.

—¿Por qué no?

—Porque no importa.

Le escudriñé el rostro.

—¿Cómo te sentirías si existiera alguien a quien yo hubiera dicho que sí? En teoría.

Me lanzó una mirada de irritación.

—Eso sería diferente porque tú nunca dirías que sí a menos que el tipo significara algo para ti. Lo que sentí fue... pánico, un sentimiento que no desapareció hasta que ella rompió el compromiso.

—¿Le compraste un anillo? —Me dolía imaginarlo comprando un anillo para otra mujer. Me miré la mano, el anillo que él me había regalado.

—Ni parecido a ése —respondió quedamente.

Cerré la mano con fuerza como para protegerlo.

Gideon alargó un brazo y puso su mano derecha sobre la mía.

—Compré el anillo a Corinne en la primera tienda en la que entré. No tenía nada pensado, así que escogí uno que se parecía al de su madre. Estarás de acuerdo conmigo en que las circunstancias eran muy distintas.

—Sí. —Yo no había diseñado el anillo que llevaba Gideon, pero busqué en seis tiendas antes de dar con el adecuado. Era de platino tachonado de diamantes negros; me recordaba a mi amante, con su serena elegancia masculina y su estilo audaz y dominante.

—Lo siento —dije con una mueca—. Soy una idiota.

Se llevó mi mano a los labios y me besó los nudillos.

—Yo también, a veces.

Eso me hizo sonreír.

—Creo que Mark y Steven están hechos el uno para el otro, pero Mark tiene la teoría de que cuando los hombres sienten el deseo apremiante de casarse, deben hacerlo rápidamente porque, si no, se les pasan las ganas.

—Yo diría que lo importante es que la otra persona sea la adecuada, más que el momento.

—Ojalá les funcione a ellos. —Tomé mi copa de vino—. ¿Quieres ver la tele?

Gideon apoyó la espalda en el frente del sofá.

—Yo sólo quiero estar contigo, cielo. Me da igual lo que hagamos.

RECOGIMOS las cosas de la cena juntos. Cuando alargué la mano para coger el plato aclarado que Gideon me tendía para meterlo en el lavavajillas, él hizo un amago, y, dejando el plato en la encimera, me agarró la mano. Luego me rodeó la cintura y me empujó a bailar. Desde el salón, oí una preciosa melodía entreverada con una pura y evocadora voz de mujer.

—¿Quién es? —pregunté, ya sin aliento al notar el poderoso cuerpo de Gideon flexionándose contra el mío. El deseo que latía siempre entre nosotros se encendió, haciéndome sentir llena de vitalidad. Todas mis terminaciones nerviosas se sensibilizaron, preparándose para su tacto. La tensión sexual se acumulaba con la ardiente certeza de lo que estaba por venir.

—Ni idea. —Me llevó dando vueltas alrededor de la isla de cocina hasta el salón.

Me abandoné a su magistral dominio, feliz porque el baile era algo que nos apasionaba a los dos y sobrecogida ante la evidente dicha que él sentía sólo porque estaba conmigo. Ese mismo placer burbujeaba dentro de mí, aligerando mis pasos hasta dar la impresión de que nos deslizábamos. La música aumentaba de volumen a medida que nos aproximábamos al equipo de sonido. Oí las palabras «oscuro y peligroso» en la letra de la canción y, sorprendida, di un traspiés.

—¿Demasiado vino, cielo? —se burló Gideon, acercándome más a él.

Pero estaba absorta en la música. En el dolor de la cantante. Una atormentada relación que ella comparaba con amar a un fantasma. Esas palabras me recordaron los días en que creí que había perdido a Gideon para siempre, y me dolió el corazón.

Levanté la vista hacia él. Me miraba con ojos oscuros y centelleantes.

—Parecías muy feliz cuando bailabas con tu padre —dijo, y supe que quería que atesoráramos esa clase de recuerdos entre nosotros.

—Soy feliz en estos momentos —le aseguré, pese a que me ardían los ojos viendo su anhelo, aquel deseo que yo conocía íntimamente. Si las almas pudieran unirse con los deseos, las nuestras estarían inextricablemente entrelazadas.

Le puse una mano en la nuca y acerqué su boca a la mía. Cuando nuestros labios se tocaron, perdió el compás, y se detuvo, abrazándome con tanta fuerza que me levantó en el aire.

A diferencia de la cantante con el corazón roto, yo no estaba enamorada de un fantasma, sino de un hombre de carne y hueso, de un hombre que cometía errores y aprendía de ellos, de un hombre que intentaba ser mejor para mí, de un hombre que deseaba que lo *nuestro* funcionase tanto como yo.

—Nunca soy tan feliz como cuando estoy contigo —le dije.

—¡Ah, Eva!

Su beso me dejó sin respiración.

—Fue el chico —dije.

Gideon trazaba círculos con los dedos alrededor de mi ombligo.

—¡Eso es muy retorcido!

Estábamos tumbados en el sofá, viendo mi serie policíaca preferida. Él se había colocado detrás de mí al estilo cuchara, con el mentón apoyado en mi hombro y las piernas entrelazadas con las mías.

—Así es como funcionan estas cosas —le dije—. El valor de impacto y todo eso.

—Yo creo que fue la abuela.

—¡Santo Dios! —ladeé la cabeza para volver la vista hacia él—. ¿Y eso no te parece retorcido?

Sonrió y me plantó un beso en la mejilla.

—¿Quieres apostar a ver quién tiene razón?

—Yo no apuesto.

—¡Cómo no! —Extendió la mano en mi abdomen, sujetándome al tiempo que se apoyaba en el codo para mirarme desde arriba.

—Que no. —Notaba su verga, maciza y pesada, contra la curvatura de mis nalgas. No la tenía erecta, lo que no fue impedimento para que me llamara la atención. Como sentía curiosidad, metí un brazo entre los dos y se la abarqué con la mano.

Se le endureció al instante. Arqueó una ceja.

—¿Estás calentándome, cielo?

La apreté con suavidad.

—Estoy caliente y molesta, preguntándome por qué mi nuevo vecino no está intentando llevarme al huerto.

—Tal vez no quiera llevarte demasiado lejos, demasiado deprisa y asustarte. —Los ojos de Gideon centellearon con la luz de la televisión.

—¡No me digas!

Frotó la nariz contra mi sien.

—Si tiene dos dedos de frente, no te dejará escapar.

Oh...

—A lo mejor yo tendría que dar el primer paso —susurré, agarrándolo de la muñeca—. Pero ¿y si piensa que soy demasiado fácil?

—Estará muy ocupado pensando en lo afortunado que es.

—Muy bien... —Me di la vuelta para mirarlo de frente—. Hola, vecino.

Me recorrió una ceja con la punta del dedo.

—Hola. Me encanta el panorama que se divisa por aquí.

—La hospitalidad tampoco está mal.

—¿Oh? ¿Abundancia de toallas?

Le di un empujón en el hombro.

—¿Nos besuqueamos o no?

—¿Nos besuqueamos? —Echó la cabeza hacia atrás y se rio, agitándosele el pecho contra mí. Fue un sonido alegre, intenso, y me estremecí al oírlo. Gideon rara vez se reía.

Deslicé las manos por debajo de su jersey y hallé una piel cálida. Los labios se me fueron hacia su mandíbula.

—¿Eso es un no?

—Cielo, no habrá rincón de tu cuerpo que mi boca no saboree.

—Empieza por aquí. —Le ofrecí mis labios y él los tomó, sellándome la boca suavemente con la suya. Recorrió la abertura con aquella lengua incitante y, sin dejar de lamer, me la introdujo en la boca.

Seguí avanzando por su cuerpo, quejándome cuando él cambió de postura para medio ponérseme encima. Deslicé las manos por su espalda, levantando una pierna para pasársela por la cadera. Le cogí el labio inferior con los dientes y le acaricié el contorno con la punta de la lengua.

El gemido que emitió fue tan erótico que me puse húmeda.

Arqueé la espalda cuando él deslizó una mano por debajo del dobladillo de mi camiseta y se apoderó de mi pecho desnudo, retorciéndome el pezón con los dedos pulgar e índice.

—Eres tan suave... —susurró. Me besó hasta llegar a la sien y hundió la cara en mi pelo—. ¡Cómo me gusta tocarte!

—Tú eres perfecto. —Metí las manos entre la pretina de su pantalón para aferrar sus nalgas desnudas. El aroma y el calor de su piel eran embriagadores, me hacían sentir ebria de lujuria y de anhelo—. Un sueño.

—Tú sí que eres *mi* sueño. Eres tan guapa... —Me cubrió la boca con la suya y yo lo agarré del pelo, rodeándolo con los brazos y las piernas, estrechándolo contra mí.

Mi mundo se reducía a él. A su tacto. A los sonidos que emitía.

—Me encanta lo mucho que me deseas —dijo con voz ronca—. No podría soportar estar en esto solo.

—Yo estoy contigo, cariño —afirmé—. *Plenamente.*

Gideon me poseyó con una mano en la nuca y la otra en la cintura. Poniéndose encima de mí, acopló la dureza de su cuerpo a la blandura del mío, su verga a mi sexo y empezó a menear las caderas. Yo jadeaba, clavándole las uñas en los duros cachetes de su trasero.

—Sí —gemí sin pudor—. ¡Es tan agradable!

—Te gustará más cuando esté dentro —ronroneó.

Le mordí el lóbulo de la oreja.

—¿Estás intentando convencerme de que lleguemos hasta el final?

—No tenemos que llegar a ninguna parte, cielo. Me chupeteó el cuello con delicadeza, haciendo que el sexo se me contrajera con avidez—. Puedo metértela aquí mismo. Te prometo que te gustará.

—No sé yo. He cambiado de gustos. Ya no soy esa clase de chica.

Con la mano que tenía en mi cintura me bajó los calzones. Hice un amago de rechazo y emití un tenue sonido de protesta. Notaba un cosquilleo en la piel allí donde me tocaba: mi cuerpo despertaba a sus exigencias.

—Shh. —Rozándome la boca con la suya, susurró—: Si en cuanto esté dentro no te gusta, te prometo que me saldré.

—¿Se ha tragado alguien esa frase alguna vez?

—No te estoy contando ningún cuento. Lo digo muy en serio.

Agarré las duras curvas de su trasero y me balanceé contra él, sabiendo perfectamente que no le hacía falta contar ningún cuento. No tenía más que mover un dedo para acostarse con quien le diera la gana.

Menos mal que sólo me quería a mí.

—Eso se lo dirás a todas —me cachondeé, disfrutando de su buen humor.

—¿A qué todas?

—Ya sabes que tienes fama.

—Pero tú eres la única que lleva mi anillo. —Levantó la cabeza y con un dedo me retiró el pelo de las sienes—. Mi vida empezó el día en que te conocí.

Aquellas palabras me impactaron de verdad. Tragué saliva.

—Bien, te lo ganaste. Puedes metérmela.

La sonrisa que dibujaron sus labios ahuyentó todas las sombras.

—Estoy loco por ti.

—Ya lo sé —respondí, devolviéndole la sonrisa.

6

M<small>E DESPERTÉ CON</small> un sudor frío que me martilleaba el corazón violentamente. Estaba acostada en la cama del dormitorio principal, jadeando, despertándome de las profundidades del sueño.

—¡Quítate de encima!

Gideon. ¡Dios mío!

—¡No me toques!

Retirando la ropa de la cama, me levanté como pude y corrí por el pasillo hasta la habitación de invitados. Busqué frenéticamente el interruptor de la luz y lo pulsé con la palma de la mano. La luz inundó la habitación y vi a Gideon retorciéndose en la cama, con las sábanas enredadas en las piernas.

—¡No, por favor! ¡Oh, Dios...! —Arqueaba la espalda y se agarraba con fuerza a la sábana inferior—. *¡Duele!*

—¡Gideon!

Le daban fuertes sacudidas. Corrí hacia la cama, con el corazón en un puño al verlo colorado y empapado de sudor. Le puse una mano en el pecho.

—¡Carajo, que no me toques! —dijo entre dientes, agarrándome la muñeca y apretando tanto que grité del daño que me hizo. Tenía los ojos abiertos, pero desenfocados, atrapado aún en su pesadilla.

—¡*Gideon!* —Yo forcejeaba, intentando soltarme.

Se incorporó de golpe, con la respiración agitada y la mirada extraviada.

—Eva.

Soltándome como si lo quemara, se apartó el pelo húmedo de la cara y saltó de la cama.

—Dios mío, Eva... ¿te hice daño?

Me sostuve la muñeca con la otra mano y negué con la cabeza.

—Déjame ver —dijo con voz ronca, acercándoseme con manos trémulas.

Bajé los brazos, fui hacia él y lo estreché con todas mis fuerzas, apretando la mejilla contra su pecho resbaladizo de sudor.

—Cielo. —Se aferró a mí, temblando—. Lo siento.

—Shh. No pasa nada, cariño.

—Abrázame —susurró, desplomándose en el suelo conmigo—. No me sueltes.

—Nunca —prometí con voz queda, susurrándole con los labios en la piel—. Nunca.

LE preparé un baño y luego me metí en la bañera triangular con él. Me senté detrás de él en el peldaño más alto, le lavé el pelo y le froté el pecho y la espalda con mis manos enjabonadas, quitándole el gélido sudor de la pesadilla. Dejó de tiritar con el agua caliente, pero algo tan sencillo no podía arrancarle la sombría desolación de sus ojos.

—¿Has hablado con alguien de tus pesadillas? —pregunté, escurriendo el agua templada de la esponja sobre su hombro.

Él negó con la cabeza.

—Ya va siendo hora —dije con dulzura—. Y yo soy tu chica.

Tardó un buen rato en responder.

—Eva, ¿tus pesadillas son reflejo de hechos reales? ¿O tu mente los tergiversa? ¿Los cambia?

—En su mayoría son recuerdos. Realistas. ¿Las tuyas no?

—No siempre. A veces son diferentes. Como imaginaciones.

Tardé un minuto en asimilar lo que acababa de decirme, y pensé que ojalá tuviera la formación y el conocimiento para poder ayudarlo de verdad. Pero lo único que podía hacer era quererlo y escucharlo. Confiaba en que eso fuera suficiente, porque sus pesadillas me desgarraban el alma como seguro le sucedía a él.

—¿Y cambian en un sentido positivo o negativo?

—Me defiendo —respondió en voz baja.

—¿Y aun así te hace daño?

—Sí, aun así gana él, pero resisto todo lo que puedo.

Empapé de nuevo la esponja y volví a escurrirle el agua por encima, procurando llevar un ritmo relajante.

—No deberías ser tan duro contigo mismo. No eras más que un niño.

—Igual que tú.

Cerré los ojos con fuerza lamentando que Gideon hubiera visto las fotos y los videos que Nathan había hecho de mí.

—Nathan era un sádico. Luchar contra el dolor es natural, y eso es lo que yo hice. No se trata de valentía.

—Ojalá me hubiera hecho más daño —soltó—. Odio que me hiciera disfrutar.

—No disfrutaste, sentiste placer, que no es lo mismo. Gideon, nuestro cuerpo reacciona a las cosas de manera instintiva, incluso cuando conscientemente no queremos que lo haga. —Lo abracé por atrás, apoyando la barbilla encima de su cabeza—. Se trataba del ayudante de tu terapeuta, alguien en quien se suponía que podías confiar. Tenía la formación necesaria para fastidiarte la cabeza.

—No lo entiendes.

—Pues explícamelo.

—Él... me sedujo. Y yo lo dejé. No podía obligarme, pero se aseguró de que no me resistiera.

Le apoyé la mejilla en la sien y presioné.

—¿Te preocupa ser bisexual? Si lo fueras, no me escandalizaría.

—No. —Giró la cabeza y su boca se posó en la mía, sacando las manos del agua para entrelazarnos los dedos—. Nunca me han atraído los hombres, pero saber que me aceptarías aunque así fuera... En estos momentos te quiero tanto que me hace daño.

—Amor mío. —Lo besé con dulzura. Abrimos la boca y nuestros labios se soldaron—. Sólo quiero que seas feliz. De ser posible, conmigo. Y, de verdad, quiero que dejes de torturarte por lo que te hicieron. Te violaron. Fuiste una víctima y ahora eres un superviviente. No hay nada de lo que avergonzarse.

Se giró y me hundió más en el agua.

Me acomodé a su lado, con una mano en su muslo.

—¿Podemos hablar de algo... sexual?

—Claro.

—Una vez me dijiste que no te gusta el juego anal. —Noté que se ponía tenso—. Pero tú..., nosotros...

—Te he metido los dedos y la lengua —dijo, observándome. El cambio de tema lo había alterado, la duda había dado paso a una serena autoridad—. Te gustó.

—¿Y a ti? —pregunté, antes de que me faltara valor.

Resoplaba; las mejillas le brillaban por el agua caliente, y con el pelo mojado echado hacia atrás se le veía la cara entera.

Tras un largo silencio, temí que no fuera a contestarme.

—A mí me gustaría dártelo, Gideon, si tú quieres.

Cerró los ojos.

—Cielo.

Deslicé una mano entre sus piernas y le abarqué la pesada bolsa. Estiré el dedo corazón por debajo de él, frotándole ligeramente la fruncida abertura. Él se sacudió con fuerza, cerrando las piernas de golpe, llevando el agua hasta el borde de la bañera. Noté en el antebrazo que la verga se le ponía como una piedra.

Saqué la mano que tenía aprisionada y me apoderé de aquella erección, acariciándosela, besándolo en la boca cuando gimió.

—Haré cualquier cosa por ti. En nuestra cama no hay límites. Ni recuerdos. Sólo nosotros dos. Tú y yo. Y el amor. El amor que nos tenemos.

Me clavó la lengua en la boca, aventurándose en ella con avidez, casi con furia. Me apretó la cintura con una mano; la otra la posó sobre la mía, animándome a que lo oprimiera más.

Las suaves olas que se producían en el agua lamían los bordes de la bañera mientras yo le bombeaba la erección. Oírlo gemir me endureció los pezones.

—Tu placer me pertenece —le susurré en la boca—. Si no me lo das, lo tomaré yo.

Echó la cabeza hacia atrás y bramó.

—Haz que me venga.

—De la forma que tú quieras —me comprometí.

—PONTE la corbata azul. La que hace juego con tus ojos. —Alcanzaba a ver perfectamente el vestidor, donde Gideon estaba eligiendo el traje con el que terminar la semana.

Él dirigió la mirada hacia donde yo me encontraba sentada en el borde de la cama del dormitorio principal, con una taza de café entre las manos.

—Me encantan tus ojos —le dije, encogiendo los hombros alegremente—. Son preciosos.

Cogió una corbata del perchero y salió de nuevo al dormitorio con un traje gris grafito doblado en el antebrazo. Sólo tenía puestos unos calzoncillos bóxer negros, concediéndome el privilegio de admirar su musculoso y macizo cuerpo y su tersa piel dorada.

—Es increíble la cantidad de veces que pensamos lo mismo —dijo—. Escogí este traje porque el color me recuerda a *tus* ojos.

Aquello me hizo sonreír. Balanceé las piernas, tan henchida de amor y felicidad que no podía estar quieta

Gideon dejó la ropa encima de la cama y vino hacia mí. Eché la cabeza hacia atrás para mirarlo y el corazón me latía fuerte y seguro.

Me puso las manos a ambos lados de la cabeza y me pasó los pulgares por las cejas.

—Un precioso gris de tormenta. Y muy expresivos.

—Una ventaja de lo más injusta la tuya. Para ti soy como un libro abierto, mientras que tú tienes la mejor cara de póquer que he visto en mi vida.

Se inclinó y me besó en la frente.

—Y, sin embargo, contigo, no hay vez que me salga con la mía.

—Eso lo dirás tú. —Lo observé mientras empezaba a vestirse—. Oye, me gustaría que hicieras algo por mí.

—Lo que quieras.

—Si tienes que salir con alguien y no puedo ser yo, llévate a Ireland.

Se detuvo en el acto de abotonarse la camisa.

—Tiene diecisiete años, Eva.

—¿Y? Tu hermana es una mujer guapísima y con estilo que te adora. Será un motivo de orgullo para ti.

Suspirando, tomó los pantalones.

—No me la imagino sino aburrida en los pocos eventos que resulten apropiados para ella.

—Dijiste que se aburriría cenando en mi casa y te equivocaste.

—Porque estabas *tú* —argumentó, subiéndose los pantalones—. Se la pasó bien *contigo*.

Tomé un sorbo de café.

—No me has contestado —le recordé.

—No tengo ningún problema en ir solo, Eva. Y ya te dije que no pienso volver a ver a Corinne.

Lo miré por encima del borde de mi taza de café sin decir nada.

Gideon se metió los faldones de la camisa entre el pantalón con evidente frustración.

—De acuerdo.

—Gracias.

—Al menos podrías abstenerte de sonreír como el gato Cheshire —rezongó.

—Podría.

Se quedó callado, deslizando sus ojos entrecerrados hasta donde se me había abierto la bata dejándome al descubierto las piernas desnudas.

—Ni se te ocurra, campeón. Ya accedí esta mañana.

—¿Tienes pasaporte? —preguntó.

Arrugué el ceño.

—Sí. ¿Por qué?

Asintiendo enérgicamente, tomó la corbata que tanto me gustaba.

—Vas a necesitarlo.

Me entró un hormigueo de entusiasmo.

—¿Para qué?

—Para viajar.

—Ya. —Me deslicé de la cama hasta levantarme—. ¿Para viajar a dónde?

Con un brillo de picardía en los ojos, se anudó la corbata rápida y hábilmente.

—A algún lugar.

—¿Piensas embarcarme hacia territorio desconocido?

—Ya me gustaría —murmuró—. Tú y yo en una isla tropical desierta donde tú estarías siempre desnuda y yo podría colarme dentro de ti a todas horas.

Me puse una mano en la cadera y le lancé una mirada.

—Morena y patizamba. Muy sexy.

Se echó a reír y a mí se me encogieron los dedos de los pies en la alfombra.

—Quiero verte esta noche —dijo, al tiempo que se ponía el chaleco.

—Tú lo que quieres es metérmela otra vez.

—Bueno, me dijiste que no parase. Varias veces.

Resoplé, dejé el café encima de la mesilla y me quité la bata. Desnuda, crucé la habitación, esquivándolo cuando intentó agarrarme. Estaba abriendo un cajón para elegir uno de los preciosos conjuntos de

Carine Gilson de slip y sujetador de los que él guardaba para mí, cuando se me acercó por detrás, deslizó los brazos por debajo de los míos y me abarcó los pechos con ambas manos.

—Si quieres, te lo recuerdo —ronroneó.

—¿No tienes que ir a trabajar? Porque yo sí.

Gideon se apretó contra mi espalda.

—Ven a trabajar conmigo.

—¿Y servirte el café mientras espero a que me cojas?

—Lo digo en serio.

—Yo también. —Me di la vuelta con tanta rapidez para mirarlo de frente que tiré mi bolso al suelo—. Tengo un trabajo que me encanta, y lo sabes.

—Y eres muy buena. —Me agarró por los hombros—. Sé buena trabajando para mí.

—No puedo, por la misma razón que no quise que me ayudara mi padrastro. ¡Quiero conseguir las cosas por mí misma!

—Lo sé, y lo respeto. —Me acarició los brazos—. Yo también me labré mi propio camino, aunque el nombre de Cross fuera una losa. No te ahorraría esfuerzo, ni conseguirías nada que no te hubieras ganado.

Contuve el ramalazo de compasión que sentí por el sufrimiento de Gideon a causa de su padre, un estafador a lo «esquema Ponzi» que se quitó la vida antes que cumplir condena en la cárcel.

—¿En serio piensas que alguien se va a creer que conseguí el trabajo por mis propios méritos y no porque soy la chica con la que andas ahora?

—Calla. —Me zarandeó—. Estás molesta y me parece bien, pero no hables así de nosotros.

Seguí presionándolo.

—Lo harán los demás.

Gruñendo, me soltó.

—Te apuntaste a un CrossTrainer a pesar de que tienes Equinox y el Krav Maga. Explícame por qué.

Me giré para ponerme unos calzones porque no quería estar en cueros mientras discutíamos.

—Eso es diferente.

—No lo es.

Me volví de nuevo hacia él, pisando algunas de las cosas que se me habían caído del bolso, lo cual me enfureció aún más.

—Waters Field & Leaman no hace la competencia a Cross Industries. ¡Tú mismo utilizas sus servicios!

—¿Crees que nunca trabajarás en alguna campaña para algún competidor mío?

Me impedía pensar con claridad, allí plantado con el chaleco sin abrochar y su impecable corbata. Era hermoso, vehemente y todo lo que yo siempre había deseado, lo cual me hacía casi imposible negarle nada.

—Ésa no es la cuestión. No me alegraría, Gideon —dije en voz baja y con sinceridad.

—Ven aquí. —Abrió los brazos y me estrechó cuando me abandoné en ellos. Me habló con los labios pegados en mi sien—. Algún día el «Cross» de Cross Industries no se referirá sólo a mí.

Mi ira y mi frustración se aplacaron.

—¿Podríamos dejarlo para otro momento?

—Una última cosa: puedes solicitar un empleo como cualquier otra persona, si así es como quieres hacerlo. No me entrometeré. Si lo consigues, trabajarías en una planta distinta del Crossfire e irías ascendiendo por tus propios medios. El que progreses no dependerá de mí.

—Es importante para ti. —No era una pregunta.

—Claro que lo es. Queremos construirnos un futuro juntos. Éste sería un paso natural en esa dirección.

Asentí a regañadientes.

—Tengo que ser independiente.

Me puso una mano en la nuca y me acercó a él.

—No olvides lo que más importa. Si trabajas duramente y demuestras capacidad y talento, eso es por lo que la gente te juzgará.

—Tengo que prepararme para ir a trabajar.

Gideon me escrutó la cara y me besó con ternura.

Me soltó y yo me agaché a coger mi bolso. Entonces me di cuenta de que había pisado la polvera y se había roto. No me importó mucho, porque siempre podía comprar otra en Sephora de camino a casa. Lo que me heló la sangre fue el cable eléctrico que sobresalía del plástico resquebrajado.

Gideon se inclinó a ayudarme. Levanté la mirada hacia él.

—¿Qué es esto?

Me quitó la polvera y rompió un poco más la caja hasta sacar un microchip con una pequeña antena.

—Un micrófono, quizá. O un dispositivo de localización.

Lo miré horrorizada.

—*¿La policía?* —pregunté, moviendo los labios en silencio.

—Tengo inhibidores de señales en el apartamento —respondió, sorprendiéndome aún más—. Y no. Ningún juez habría autorizado que te pusieran un micrófono de escucha. No hay nada que lo justifique.

—¡Jesús! —Me caí de espaldas, notando que me mareaba.

—Pediré a mi gente que lo examine. —Se puso de rodillas y me quitó el pelo de la cara—. ¿Podría haber sido tu madre?

Lo miré con expresión de impotencia.

—Eva...

—Dios mío, Gideon. —Levanté una mano, impidiendo que se acercara, y cogí el teléfono con la otra. Llamé a Clancy, el guardaespaldas de mi padrastro, y en cuanto respondió, le pregunté:

—¿Fuiste tú quien me colocó un micrófono en la polvera?

Hubo un silencio.

—Es un dispositivo de localización, no un micrófono. Sí.

—¡Maldita sea, Clancy!

—Es mi trabajo.

—¡Pues vaya mierda de trabajo! —solté, imaginándomelo. Clancy era puro músculo. Llevaba su sucio pelo rubio cortado al rape y la imagen que transmitía era la de ser alguien sumamente peligroso. Pero a mí no me asustaba—. Eso es una imbecilidad, y lo sabes.

—Cuando Nathan Barker apareció de nuevo, su seguridad se convirtió en un asunto muy preocupante. Él era escurridizo, así que tenía que controlaros a los dos. En cuanto se confirmó que había muerto, apagué el receptor.

Cerré los ojos con fuerza.

—¡No se trata del puto localizador! Ése no es el problema. Es el hecho de que me mantengan en la ignorancia lo que me parece fatal en muchos sentidos. Me siento como si no se respetara mi intimidad, Clancy.

—Me hago cargo, pero la señora Stanton no quería que usted se preocupara.

—¡Soy una persona adulta! Soy yo quien decide si me preocupo o no. —Lancé una mirada a Gideon cuando dije eso, porque lo que estaba diciendo también iba para él.

Por su mirada supe que se había dado por enterado.

—No seré yo quien se lo discuta —replicó Clancy con brusquedad.

—Estás en deuda conmigo —le dije, sabiendo perfectamente cómo iba a cobrármela—. Y mucho.

—Ya sabe dónde me tiene.

Interrumpí la llamada y envié un mensaje de texto a mi madre: «Tenemos que hablar».

Decepcionada, encorvé los hombros de pura frustración.

—Cielo.

Le lancé una mirada de advertencia.

—No se te ocurra buscar excusas, ni para ti ni para ella.

Había ternura y preocupación en su mirada, pero el gesto de la mandíbula delataba firmeza.

—Yo estaba allí cuando te dijeron que Nathan se encontraba en Nueva York. Vi cómo se te transformó el rostro. ¿Quién de los que te quieren no haría cualquier cosa para protegerte de algo así?

Me resultaba difícil asumirlo, porque no podía negar que me alegraba de no haber sabido nada de Nathan hasta después de su muerte. Pero tampoco quería que me protegieran de todo lo malo. Era parte de la vida también.

Le busqué la mano y se la agarré con fuerza.

—Yo siento lo mismo respecto de ti.

—Yo me he ocupado de mis demonios.

—Y de los míos. —Pero seguíamos durmiendo separados—. Quiero que vuelvas a ver al doctor Petersen —dije en voz baja.

—Fui el martes.

—¿Ah, sí? —No pude ocultar mi sorpresa al saber que había seguido realizando sus actividades regulares.

—Sí, y sólo he perdido una cita.

Cuando mató a Nathan...

Me pasó el pulgar por el dorso de la mano.

—Ahora sólo estamos tú y yo —dijo, como si me hubiera adivinado el pensamiento.

Quería creerlo.

LLEGUÉ a rastras al trabajo, lo que no era un buen augurio para el resto del día. Al menos era viernes y podría dedicar el fin de semana a no hacer nada, lo que, sin duda, el domingo por la mañana sería totalmente necesario si la juerga se alargaba mucho el sábado por la noche. Hacía siglos que no me iba de farra con un grupo de amigas y quería tomarme unas cuantas copas.

En las últimas cuarenta y ocho horas me había enterado de que mi novio había matado a mi violador, de que un exnovio confiaba en llevarme a la cama, de que una examiga de mi novio quería desprestigiarlo en la prensa y de que mi madre me había puesto un microchip como si fuera un puto perro.

Francamente, ¿hasta dónde podía aguantar una chica?

—¿Preparada para mañana? —inquirió Megumi, después de abrirme las puertas de cristal.

—Por supuesto. Mi amiga Shawna me mandó un mensaje esta mañana diciéndome que también se apunta. —Conseguí esbozar una genuina sonrisa—. Pedí una limusina para todas nosotras. Ya sabes..., una de esas que te llevan a todos los sitios VIP, seguridad incluida.

—¿Qué? —No podía disimular su entusiasmo, pero aun así tenía que preguntar—: ¿Y eso cuánto cuesta?

—Nada. Es un favor de un amigo.

—Menudo favor. —Su sonrisa me alegró a mí también—. ¡Va a ser *alucinante*! Ya me lo contarás todo a la hora de la comida.

—De acuerdo. Espero que tú me cuentes cómo te fue ayer en el almuerzo.

—Hablamos de señales contradictorias, ¿verdad? ¿Sólo nos estamos divirtiendo y viene a buscarme al trabajo? Jamás se me ocurriría presentarme en la oficina de un tipo para un almuerzo espontáneo si sólo estuviéramos teniendo una aventura.

—¡Hombres! —exclamé, solidarizándome con ella, aunque reconociera que me sentía muy agradecida por el que yo consideraba *mío*.

Me dirigí a mi mesa y me dispuse a empezar la jornada. Cuando vi las fotos enmarcadas de Gideon y yo en el cajón, me sorprendió la necesidad que sentí de comunicarme con él. Diez minutos después, ya le había pedido a Angus que enviara a la oficina de Gideon un ramo de rosas negras mágicas con la nota:

«Me tienes hechizada.
No he dejado de pensar en ti».

Mark vino a mi cubículo justo cuando estaba cerrando la ventana del buscador. En cuanto le vi la cara supe que no estaba muy entusiasmado, precisamente.

—¿Café? —le pregunté.

Él asintió y yo me levanté. Nos dirigimos juntos a la sala de descanso.

—Shawna estuvo en casa anoche —empezó—. Dice que van a salir mañana por la noche.

—Sí. ¿Te parece bien?

—¿Que si me parece bien qué?

—Que tu cuñada y yo salgamos por ahí —le recordé.

—Ah... sí, claro, ¿cómo no? —Se pasó una mano nerviosa por sus cortos y oscuros rizos—. Me parece fenomenal.

—Estupendo. —Sabía que le preocupaba algo más, pero no quería forzar las cosas—. Será divertido. Estoy deseando que llegue mañana.

—También ella. —Tomó dos cápsulas de café, mientras yo alcanzaba dos tazas del estante—. También está deseando que vuelva Doug. Y le proponga matrimonio.

—¡Vaya! ¡Eso *es* genial! Dos bodas en la familia en un año. A menos que tengas en mente un noviazgo largo...

Me dio a mí la primera taza de café y fui a la nevera por la leche.

—No va a suceder, Eva.

A Mark se le notaba el abatimiento en la voz y, cuando me di la vuelta para mirarlo, tenía la cabeza gacha.

Le di unas palmadas en el hombro.

—¿Se lo propusiste?

—No. ¿Para qué? Le preguntó a Shawna si Doug y ella querían tener hijos enseguida, dado que ella aún está estudiando, y cuando le respondió que no, empezó a soltarle una perorata sobre que el matrimonio es para las parejas que buscan formar una familia, que, si no, es mejor no complicarse la vida. Es la misma mierda que le solté yo en su momento.

Lo rodeé y fui a echarme leche en el café.

—Mark, si no se lo preguntas, nunca sabrás la respuesta de Steven.

—Tengo miedo —reconoció, con la mirada fija en su taza humeante—. Quiero más de lo que ya tenemos, pero no quiero estropear lo que tenemos. Si la respuesta es no y cree que esperamos cosas diferentes de nuestra relación...

—Eso, jefe, es vender la leche antes de ordeñar la vaca.

—¿Y si no puedo vivir con el no?

Ah... Yo podía responder a eso.

—¿Y podrías vivir con la incertidumbre?

Negó con la cabeza.

—Entonces tienes que decirle todo lo que me has dicho a mí —dije muy seria.

Hizo una mueca.

—Perdona que siga mareándote con todo esto, pero me haces ver las cosas con más perspectiva.

—Tú sabes lo que tienes que hacer. Lo que te hace falta es que te den un empujoncito. Y yo siempre estoy lista para esa tarea.

Sonrió de oreja a oreja.

—Hoy mejor no trabajamos en la campaña del abogado matrimonialista.

—¿Qué te parece si lo hacemos en la de la compañía aérea? —sugerí—. Tengo algunas ideas.

—De acuerdo. Vamos allá.

Nos pusimos las pilas durante toda la mañana, y me sentí revitalizada por los progresos que habíamos hecho. Quería mantener a Mark tan ocupado que no tuviera tiempo de preocuparse. Para mí el trabajo era una panacea, y enseguida me di cuenta de que también lo era para él.

Habíamos recogido para irnos a almorzar y me había pasado por mi cubículo a dejar la tableta cuando vi un sobre de correo interno encima de mi mesa. El pulso se me aceleró con la emoción y las manos me temblaban ligeramente cuando desaté el fino cordón y saqué la tarjeta.

«TÚ ERES LA MAGIA.
TÚ HACES QUE LOS SUEÑOS
SE CONVIERTAN EN REALIDAD».

Me apreté la tarjeta contra el pecho, deseando que ojalá estuviera abrazando al que había escrito aquella nota. Estaba pensando en esparcir pétalos de rosa por la cama cuando sonó el teléfono de mi mesa. No me sorprendió del todo oír la voz entrecortada de mi querida madre al otro extremo.

—Eva. Clancy me llamó. Por favor, no te enfades. Tienes que comprender...

—Lo comprendo. —Abrí el cajón y me guardé la preciosa nota de Gideon en el bolso—. La cuestión es ésta, que ya no puedes venirme con el pretexto de Nathan. Si vuelves a meter más micrófonos, dispositivos de localización o lo que sea entre mis cosas, que Dios te agarre confesada. Porque te prometo que si encuentro alguna cosa más, nuestra relación se resentirá definitivamente.

Ella suspiró.

—¿Podemos hablar en persona, por favor? Voy a almorzar con Cary por ahí, pero te esperaré hasta que llegues a casa.

—De acuerdo. —La irritación que me reconcomía se disipó con la misma rapidez que había empezado. Me encantaba que mi madre tratara a Cary como el hermano que era para mí. Ella le daba el cariño maternal que él nunca había tenido. Y los dos eran tan frívolos y amigos de la moda que juntos se la pasaban siempre muy bien.

—Te quiero, Eva. Más que a nada en el mundo.

Suspiré.

—Lo sé, mamá. Yo también a ti.

Vi que tenía una llamada de recepción por la otra línea, así que me despedí de mi madre y respondí.

—Hola. —Megumi hablaba susurrando en voz baja—. La moza que hace tiempo vino a buscarte, esa a la que no querías ver, está aquí otra vez preguntando por ti.

Fruncí el ceño, tratando de comprender de qué me estaba halando.

—¿Magdalene Perez?

—Exacto. La misma. ¿Qué hago?

—Nada. —Me levanté. A diferencia de la última vez en que la amiga-que-quería-ser-algo-más de Gideon había venido a verme, me sentía preparada para tratar con ella—. Voy para allá.

—¿Puedo espiar?

—¡Ja! Bajaré en un minuto. No tardaremos, luego nos iremos a almorzar.

Me pinté los labios por pura vanidad, me colgué el bolso en el hombro y me dirigí a la entrada. Pensar en la nota de Gideon me puso una sonrisa en la cara con la que saludé a Magdalene cuando me la encontré en la zona de espera. Se puso de pie en cuanto me vio, con un aspecto tan increíble que no pude hacer otra cosa que admirarla.

Cuando la conocí, tenía el pelo largo y liso, como Corinne Giroux. Ahora llevaba un clásico corte a lo chico que hacía resaltar la exótica belleza de su rostro. Vestía unos pantalones color crema y una blusa sin mangas con un enorme lazo en la cintura. Unos pendientes y un collar de perlas venían a completar su elegante atuendo.

—Magdalene. —Le indiqué con un gesto que volviera a sentarse y me dirigí al sillón que había al otro lado de la pequeña mesa de entrevistas—. ¿Qué te trae por aquí?

—Perdona que te interrumpa en el trabajo, Eva, pero vine a ver a Gideon y pensé hacer un alto aquí también. Quiero preguntarte algo.

—Oh. —Dejé el bolso a un lado, crucé las piernas y me estiré mi falda color burdeos. Me sentaba mal que ella pudiera pasar tiempo con mi novio abiertamente cuando yo no podía hacerlo. Tenía que ser así.

—Una periodista pasó hoy por mi oficina y me hizo preguntas personales sobre Gideon.

Apreté las puntas de los dedos en el acolchado del brazo del sillón.

—¿Deanna Johnson? No le habrás dicho nada, ¿verdad?

—Claro que no. —Magdalene se inclinó hacia delante y apoyó los codos en las rodillas. Había inquietud en aquellos ojos oscuros—. Contigo ya habló.

—Lo intentó.

—Es su tipo —señaló, observándome.

—Ya me había dado cuenta —respondí.

—El tipo con el que no dura mucho tiempo. —Torció sus carnosos labios rojos como arrepintiéndose—. Gideon le dijo a Corinne que es mejor que sean amigos a distancia, más que sociales. Pero creo que eso ya lo sabes.

Me invadió una ola de placer al oír aquello.

—¿Cómo iba a saberlo?

—Seguro que tienes tus medios —respondió con un brillo de divertida complicidad en los ojos.

Curiosamente, me sentía cómoda con ella. Quizá porque se la veía muy tranquila, lo que no había sucedido en las anteriores ocasiones en que nos habíamos cruzado.

—Parece que te va bien.

—Lo intento. En mi vida hubo una persona a quien consideraba un amigo pero resultó ser venenoso. Sin él a mi alrededor, soy capaz de pensar otra vez. —Se enderezó—. He empezado a salir con alguien.

—Me alegro por ti. —Por lo que a eso se refería, no podía sino desearle todo lo mejor. Christopher, el hermano de Gideon, la había utilizado de mala manera. Ella no sabía que yo lo sabía—. Espero que salga bien.

—Yo también. Gage es muy distinto a Gideon en muchos sentidos. Es uno de esos artistas introvertidos.

—Almas profundas.

—Sí, mucho. Creo. Espero llegar a saberlo con certeza. —Se levantó—. Bueno, no quiero entretenerte más. Me preocupaba lo de la periodista y quería hablarlo contigo.

La corregí al tiempo que me levantaba yo también.

—Te preocupaba que yo hablara de Gideon con la periodista.

Ella no lo negó.

—Adiós, Eva.

—Adiós. —Me quedé mirándola mientras salía por las puertas de cristal.

—No estuvo tan mal —dijo Megumi, acercándoseme—. Nada de arañazos ni amenazas.

—Veremos cuánto dura.

—¿Lista para almorzar?

—Me muero de hambre. Vamos.

Cuando entré por la puerta de mi casa cinco horas y media más tarde, Cary, mi madre y un deslumbrante vestido de gala de Nina Ricci extendido en el sofá me dieron la bienvenida.

—¿No es fantástico? —se deshizo en elogios mi madre, fantástica ella también con un entallado vestido estilo años cincuenta de manga ranglán y estampado de cerezas. El pelo rubio le enmarcaba su preciosa cara con unos rizos gruesos y brillantes. Había que reconocerlo: con ella cualquier época resultaría glamorosa.

Siempre me han dicho que somos iguales, pero tengo los ojos grises de mi padre y no los azules aciano de ella, y las abundantes curvas me venían de la familia Reyes. Tenía un trasero del que no me libraría por mucho ejercicio que hiciese y unos pechos que me impedían ponerme cualquier cosa sin bastante sostén. No dejaba de sorprenderme que Gideon encontrara mi cuerpo tan irresistible cuando siempre le habían atraído las morenas altas y delgadas.

Dejé el bolso y lo demás en el taburete del mostrador de desayuno.

—¿Qué se celebra? —pregunté.

—Un evento para recaudar fondos, del jueves en una semana.

Miré a Cary para que me confirmara que él sería mi acompañante. Su gesto de aquiescencia me permitió encogerme de hombros y decir:

—Muy bien.

Mi madre, radiante, sonrió satisfecha. En mi honor, daba su apoyo a organizaciones benéficas para mujeres y niños maltratados. Cuando los eventos eran formales, siempre adquiría entradas para Cary y para mí.

—¿Vino? —preguntó Cary, percibiendo claramente mi impaciencia.

Le lancé una mirada agradecida.

—Sí, por favor.

Cuando se dirigía a la cocina, mi madre se me acercó con sus zapatos sin talón de suela roja y tiró de mí para abrazarme.

—¿Tuviste un buen día?

—Más bien raro —respondí, abrazándola a mi vez—. Me alegro de que se haya acabado.

—¿Tienes planes para el fin de semana? —Se apartó, mirándome con recelo.

Eso no me gustó.

—Puede.

—Cary me contó que estás saliendo con alguien. ¿Quién es? ¿A qué se dedica?

—Mamá. —Fui derecha al grano—. ¿Todo bien? ¿Borrón y cuenta nueva? ¿O hay algo que quieras decirme?

Se movía inquieta, casi retorciéndose las manos.

—Eva. No lo entenderás hasta que no tengas hijos. Es aterrador. Y saber que están en peligro...

—Mamá.

—Y hay otros peligros que se derivan de ser una mujer guapa —se apresuró a continuar—. Te relacionas con hombres importantes. Eso no siempre te da más seguridad...

—¿Y dónde están, mamá?

Se enfurruñó.

—No tienes por qué adoptar ese tono conmigo. Sólo intentaba...

—Será mejor que te vayas —la corté con voz gélida, con una frialdad que me salió de dentro.

—El Rolex —me pidió, y fue como una bofetada en la cara.

Retrocedí tambaleándome, tapándome instintivamente con la mano derecha el reloj que llevaba en la izquierda, un preciado regalo de graduación de Stanton y mi madre. Abrigaba la tonta y sentimental idea de regalárselo a mi hija, en el afortunado caso de que llegara a tener una.

—Así que quieres joderme. —Aflojé el broche, y el reloj cayó en la alfombra con un ruido seco—. Te pasaste de la raya.

Se puso colorada.

—Eva, estás exagerando. No...

—¿Exagerando? ¡Ja! Dios mío, eso sí que tiene gracia. De verdad. —Le puse dos dedos apretados delante de la cara—. Estoy por llamar a la policía. Y me dan ganas de denunciarte por invasión de la intimidad.

—¡Soy tu madre! —Su voz se fue apagando, con un tono de súplica—. Mi deber es cuidar de ti.

—Tengo veinticuatro años —dije fríamente—. Según la ley, sé cuidar de mí misma.

—Eva Lauren...

—No. —Levanté las manos y volví a bajarlas—. No sigas. Me voy, porque estoy tan enojada que no puedo ni mirarte. Y no quiero saber nada de ti a menos de que te disculpes sinceramente. Hasta que no reconozcas que te equivocaste, no puedo confiar en que no vayas a volver a hacerlo.

Fui a la cocina y cogí el bolso, cruzando la mirada con Cary justo cuando salía con una bandeja de copas de vino.

—Hasta luego.

—¡No puedes irte así! —gritó mi madre, claramente al borde de uno de sus arrebatos emocionales. No estaba yo para eso. Y menos en aquel momento.

—Mira cómo lo hago —dije entre dientes.

Mi condenado Rolex. Me dolía sólo de pensarlo, porque ese regalo había significado mucho para mí. Ahora ya no significaba nada.

—Deja que se vaya, Monica —intervino Cary, en voz baja y tranquilizadora. Nadie manejaba la histeria mejor que él. Era una putada dejarlo con mi madre, pero tenía que marcharme. Si me iba a mi habitación, ella se pondría a llorar y a suplicar en la puerta hasta que me diera algo. No soportaba verla de aquella manera, no soportaba hacerla sentir de aquella manera.

Salí de mi apartamento y me dirigí al de Gideon de al lado, apresurándome a entrar antes de que me anegara en lágrimas o mi madre saliera detrás de mí. No podía ir a ninguna otra parte. No podía dejarme ver neurótica y hecha un mar de lágrimas. Mi madre no era la única que me tenía bajo vigilancia. Puede que también la policía, Deanna Jonhson e incluso algún *paparazzi*.

Llegué hasta el sofá de Gideon, me tumbé boca abajo cuan larga era y dejé que fluyeran las lágrimas.

7

—C IELO. La voz de Gideon y el tacto de sus manos me sacaron del sueño. Mascullé una queja cuando me colocó de lado, y noté que el calor de su cuerpo me templaba la espalda. Me rodeó la cintura con uno de sus musculosos brazos y me acercó a él.

Pegada a él al estilo cuchara, con los bíceps de su otro brazo bajo mi mejilla, volví a caer en la inconsciencia.

CUANDO me desperté, era como si hubieran pasado varios días. Me quedé un buen rato tumbada en el sofá con los ojos cerrados, empapándome de la calidez del vigoroso cuerpo de Gideon y respirando aquel aire que olía a él. Después de unos largos minutos, pensé que si seguía durmiendo solo conseguiría alterar mi reloj biológico aún más. Desde que volvíamos a estar juntos, nos habíamos acostado tarde y levantado pronto muchos días, y estaban pasándome factura.

—Has estado llorando —murmuró, hundiendo la cara en mi cabello—. ¿Qué te pasa?

Enredé mis brazos con los suyos, arrimándome más a él. Le conté lo del reloj.

—Creo que me pasé —concluí—. Estaba cansada, y eso me pone de mal humor. Pero... me dolió. Me echó a perder un regalo que significaba mucho para mí, ¿me entiendes?

—Me lo imagino. —Trazaba con los dedos suaves círculos en mi estómago, acariciándome a través de la blusa de seda—. Lo siento.

Levanté la vista hacia las ventanas y vi que había anochecido.

—¿Qué hora es?

—Las ocho pasadas.

—¿A qué hora llegaste?

—A las seis y media.

Me volví para mirarlo.

—Pronto para ti.

—En cuanto supe que estabas aquí, no pude dejar de venir. Desde que llegaron tus flores no he deseado otra cosa que estar contigo.

—¿Te gustaron?

Sonrió.

—He de decir que leer tus palabras escritas por Angus resultó... interesante.

—No quería correr riesgos.

Me besó la punta de la nariz.

—Pero sí malacostumbrarme.

—Quiero hacerlo. Quiero echarte a perder para otras mujeres.

Me rozó el labio inferior con la yema del pulgar.

—Lo conseguiste desde el momento en que te vi.

—Zalamero. —Estar con Gideon y saber que yo era lo único que le importaba en aquel momento me levantó el ánimo—. ¿Estás intentando colarte en mis calzones otra vez?

—No llevas calzones.

—¿Eso es un no?

—Eso es un sí, quiero meterme bajo tu falda. —Se le encapotaron los ojos cuando le mordisqueé el pulgar—. Y dentro de ese pequeño, caliente, húmedo y apretado coño tuyo. Llevo queriéndolo todo el día. Lo quiero ahora mismo, pero esperaremos hasta que te encuentres mejor.

—Podrías besarlo y aliviarlo.

—¿Besar qué, exactamente?

—Todo. Por todas partes.

Sabía que podía acostumbrarme a tenerlo de aquella forma, sólo para mí, que era eso lo que quería. Lo cual resultaba imposible, claro está.

Miles de pequeños trocitos de él se dedicaban a miles de personas, proyectos y compromisos. Si algo había aprendido de los múltiples matrimonios de mi madre con empresarios triunfadores, era que las esposas a menudo acababan siendo amantes, y casi siempre ocupaban un lugar secundario porque los maridos se habían casado también con el trabajo. Cuando un hombre se convierte en líder del campo de trabajo que ha elegido es porque se entrega a él por entero. A la mujer con la que comparte la vida le tocan sólo las sobras.

Gideon me remetió el pelo detrás de la oreja.

—Esto es lo que quiero. Venir a casa y encontrarte a ti.

Siempre me sorprendía que de alguna manera me leyera el pensamiento.

—¿Te habría gustado más encontrarme descalza en la cocina?

—No me opondría, pero desnuda en la cama me parece mejor.

—Soy una cocinera excelente, pero sólo me quieres por mi cuerpo.

Él sonrió.

—Es el delicioso paquete que contiene todo lo demás lo que yo quiero.

—Yo te enseño el mío si tú me enseñas el tuyo.

—Me encantaría. —Lentamente me deslizó los dedos por la mejilla—. Pero primero quiero asegurarme de que tienes el estado de ánimo adecuado, después de la pelea con tu madre.

—Lo superaré.

—Eva. —Su tono de voz fue una advertencia de que nada lo haría desistir.

Dejé escapar un suspiro.

—La perdonaré, siempre lo hago. Lo cierto es que no tengo elección, porque la quiero y sé que lo hace con buena intención, por muy equivocada que esté. Pero lo del reloj...

—Continúa.

Me froté el dolor que tenía en el pecho.

—Algo se rompió en nuestra relación. Y pase lo que pase, siempre va a haber una brecha que antes no existía. *Eso* es lo que me duele.

Gideon se quedó callado durante un buen rato. Me deslizó una mano por el pelo, mientras que con la otra se me aferraba posesivamente a la cadera. Esperé a que dijera lo que estaba pensando.

—Yo también rompí algo en nuestra relación —afirmó finalmente en tono sombrío—. Me temo que siempre estará entre nosotros.

La tristeza que había en sus ojos me traspasó, hiriéndome.

—Deja que me levante.

Lo hizo, a regañadientes, mirándome con recelo mientras estaba de pie. Vacilé antes de bajarme la cremallera de la falda.

—Ahora sé lo que se siente al perderte, Gideon. Lo mucho que duele. Si me excluyes, probablemente hará que me asuste un poco. Tendrás que tener cuidado con eso, y yo tendré que confiar en que tu amor va a perdurar.

Él hizo un gesto de entendimiento y aceptación con la cabeza, pero me di cuenta de que lo estaba reconcomiendo.

—Magdalene vino a verme hoy —dije, para distraerlo del permanente precipicio que había entre nosotros.

Se puso tenso.

—Le dije que no lo hiciera.

—No pasa nada. Probablemente le preocupaba que yo albergara algún rencor, pero creo que se dio cuenta de que te quiero demasiado para hacerte daño.

Se incorporó al dejar caer yo la falda. Ésta se desplomó en el suelo, y medias y ligas quedaron al descubierto, lo cual hizo que me ganara un lento silbido que él emitió entre dientes. Volví al sofá y me puse a horcajadas sobre sus muslos, rodeándole el cuello con mis brazos. Noté el calor de su aliento a través de la seda de mi blusa, alterándome la sangre.

—Oye. —Le pasé ambas manos por el pelo, acariciándolo con la mejilla—. Deja de preocuparte por nosotros. Creo que tendríamos que estar preocupados por Deanna Johnson. ¿Qué es lo peor que podría sacar de ti a la luz?

Echó la cabeza hacia atrás y entrecerró los ojos.

—Es mi problema. Yo me encargo de ella.

—Creo que está detrás de algo escandaloso. Creo que mostrarte como un cruel *playboy* no le parecerá suficiente.

—No te preocupes. La única razón por la que me importa es porque no quiero que te arrojen mi pasado a la cara.

—Te veo muy confiado. —Empecé a desabrocharle los botones del chaleco. Le quité la corbata y la dejé con cuidado en el respaldo del sofá—. ¿Vas a hablar con ella?

—Intento ignorarla.

—¿Tú crees que ésa es la mejor forma de manejar este asunto? —Me puse manos a la obra con su camisa.

—Trata de llamar mi atención, pero no va a conseguirlo.

—Buscará otra manera, entonces.

Se arrellanó en el asiento, ladeando el cuello hacia arriba para mirarme.

—La única forma de que una mujer capte mi atención es siendo tú.

Lo besé, tirando del faldón de su camisa. Se movió para que me fuera más fácil sacárselo de entre los pantalones.

—Tienes que explicarme qué ocurre con Deanna —murmuré—. ¿Qué la llevó a ponerse así?

Él suspiró.

—Fue un error en todos los sentidos. Se me puso a tiro en una ocasión, y yo tenía como norma evitar que hubiera una segunda vez con mujeres demasiado entusiastas.

—Y eso no te hace parecer un perfecto patán.

—No puedo cambiar lo que pasó —dijo fríamente.

Era evidente que se sentía avergonzado. Podía ser un idiota como cualquier otro hombre, pero nunca se enorgullecía de ello.

—Casualmente Deanna cubría un evento donde Anne Lucas estaba creándome problemas —continuó—. Me serví de Deanna para evitar que Anne se me acercara. Después no me sentí bien y tampoco supe manejar la situación.

—Me hago una idea. —Le abrí la camisa, exponiendo su piel tersa y cálida.

Recordando cómo reaccionó la primera vez que nos acostamos, podía imaginarme cómo se había portado con Deanna. Conmigo, enseguida se cerró y me excluyó, lo cual hizo que me sintiera utilizada y despreciable. Después luchó por recuperarme, pero la periodista no fue tan afortunada.

—Y no quieres tener ningún contacto con ella para que no se haga ilusiones —resumí—. Seguramente sigue prendada de ti.

—Lo dudo. No creo que haya cruzado más de una docena de palabras con ella.

—Te portaste como un imbécil conmigo también, pero me enamoré de ti de todos modos.

Deslicé las manos amorosamente por aquel pecho macizo, acariciando la oscura pelusa antes de aventurarme por el estrecho y delicado sendero que continuaba más abajo de la pretina. Sus abdominales se estremecieron con mi tacto, y cambió el tempo de su respiración.

Me hundí en su regazo y contemplé su cuerpo con adoración. Tracé círculos con los pulgares alrededor de las diminutas puntas de sus pezones y observé cómo reaccionaba, esperando que sucumbiera al sutil placer de mis caricias. Bajé la cabeza y lo besé en el cuello, notando cómo se le alteraba el pulso bajo mis labios e inhalando el aroma viril de su piel. Nunca gozaba lo suficiente de él, porque siempre le daba la vuelta a la situación y terminaba gozando él de mí.

Gideon gimió y me agarró del pelo.

—Eva.

—Me encanta cómo me respondes —susurré, seducida por el hecho de tener a aquel hombre descaradamente sexual a mi merced—. Como si no pudieras evitarlo.

—Y no puedo. —Deslizó los dedos entre mi cabello desaliñado tras el sueño—. Me tocas como si me adoraras.

—Es que te adoro.

—Lo noto en tus manos, en tu boca..., en cómo me miras. —Tragó saliva y seguí el movimiento con los ojos.

—Nunca he querido nada más. —Le acaricié el torso, siguiendo sus musculosos pectorales, y a continuación la línea de cada costilla. Como un entendido que admira la perfección de una inestimable obra de arte—. Vamos a jugar a un juego.

Se pasó la lengua rápidamente por la curva del labio, haciendo que el sexo se me contrajera de envidia. Él lo sabía. Lo vi en cómo le brillaron los ojos, peligrosamente.

—Depende de las reglas.

—Esta noche eres mío, campeón.

—Siempre lo soy.

Me desabroché la blusa y me desprendí de ella, dejando al descubierto mi sujetador blanco de media copa y el tanga a juego.

—Cielo —musitó. Noté cómo su ardiente mirada se deslizaba por mi carne desnuda. Hizo ademán de tocarme, pero yo le agarré las muñecas, deteniéndolo.

—Regla número uno: voy a chuparte, acariciarte y provocarte toda la noche. Tú te vas a venir hasta que se te nuble la vista. —Le abarqué el sexo a través de los pantalones y le masajeé aquella verga dura con la palma de la mano—. Regla número dos: tú te vas a quedar ahí tumbado y vas a gozar, sin más.

—¿Sin devolver el favor?

—Exacto.

—De eso nada.

Hice un mohín.

—Anda, porfa...

—Cielo, el que tú te vengas constituye para mí el noventa por cierto de la diversión.

—¡Pero entonces estoy tan ocupada viniéndome que no gozo de ti! —me quejé—. Sólo por una vez, una noche, quiero que seas egoísta. Quiero que te dejes llevar, que seas animal, que te vengas porque te gusta y estás a punto.

Apretó los labios.

—No puedo hacerlo. Te necesito conmigo.

—Sabía que dirías eso. —Porque en una ocasión le había dicho que me excitaba que un hombre me utilizara para su placer. Necesitaba sentirme amada y deseada también, no como un cuerpo femenino intercambiable en el que eyacular, sino como Eva, como mujer individual necesitada de verdadero afecto acompañado de sexo—. Pero éste es mi juego y se juega según mis reglas.

—Aún no he accedido a jugar.

—Déjame terminar.

Gideon exhaló despacio.

—No puedo hacerlo, Eva.

—Has podido con otras mujeres —argumenté.

—¡No estaba enamorado de ellas!

Me derretí. No pude evitarlo.

—Cariño... deseo hacerlo —susurré—. Muchísimo.

Él emitió un sonido de exasperación.

—Ayúdame a entenderlo.

—Cuando me falta la respiración, no oigo el latido de tu corazón. No te siento temblar cuando yo también estoy temblando. No puedo saborearte cuando tengo la boca seca de tanto suplicarte que acabes conmigo.

Su hermoso rostro se suavizó.

—Pierdo la cabeza cada vez que me vengo dentro de ti. Basta con eso.

Negué con la cabeza.

—Tú has dicho que soy como tu sueño húmedo preferido hecho realidad. Esos sueños no pueden haber consistido siempre en que una chica se venga. ¿Qué me dices de las mamadas? ¿De las puñetas con la mano? Te encantan mis tetas. ¿No te gustaría cogértelas hasta venirte encima de mí?

—¡Por Dios, Eva! —La verga se le puso dura en mi mano.

Rozándole los labios con los míos, le abrí los pantalones con pericia.

—Quiero ser tu fantasía más sucia —susurré—. Quiero ser sucia para ti.

—Ya eres lo que quiero que seas —replicó con aire sombrío.

—¿De veras? —Le deslicé las uñas por los costados suavemente, mordiéndome el labio inferior cuando él siseó—. Entonces hazlo por mí. Me enloquecen esos momentos en que, después de haberte ocupado de mí, buscas tu propio orgasmo. Cuando te cambia el ritmo y la atención, y te vuelves salvaje. Sé que en lo único que piensas es en esa increíble sensación y en lo caliente que estás y en la fuerza con la que te vas a venir. Me hace sentir muy bien ponerte de esa forma. Quiero pasar una noche entera sintiéndome así.

Me apretó los muslos con las manos.

—Con una condición.

—¿Cuál?

—Para ti esta noche. El fin de semana que viene, el juego es mío.

Me quedé boquiabierta.

—¿Para mí una noche y para ti un fin de semana entero?

—Humm... todo un fin de semana ocupándome de ti.

—¡Caray! —musité—, ¡qué bien se te da negociar!

Afiló la sonrisa.

—Ése es el plan.

—Mamá dice que papá es una máquina sexual.

Gideon me echó una mirada, sonriendo, desde donde estaba sentado a mi lado en el suelo.

—Tienes un extraño catálogo de películas en esa bonita cabeza tuya, cielo.

Tomé un sorbo de mi agua embotellada y tragué justo a tiempo para recitar la siguiente frase de *Un detective en el kínder*.

—Mi papá es ginecólogo y se pasa todo el día mirando vaginas.

Su risa me hizo tan feliz que me sentí como en el séptimo cielo. Estaba alegre y relajado como hacía mucho tiempo que no lo veía. En parte tenía que ver con la mamada que le había hecho en el sofá, seguida de una larga, lenta y resbaladiza puñeta manual en la ducha. Pero en buena medida era por mí, estaba segura.

Cuando yo estaba de buen humor, también lo estaba él. No dejaba de sorprenderme que ejerciera tanta influencia sobre semejante hombre. Gideon era una fuerza de la naturaleza; su magnético autodominio, tan imponente que hacía sombra a todos los que lo rodeaban. Lo veía a diario y me sobrecogía, pero ni de lejos tanto como el encantador y divertidísimo amante que tenía para mí sola en nuestros momentos más íntimos.

—Oye —dije—, no te hará tanta gracia cuando tus hijos vayan contando a sus profesores las mismas cosas de ti.

—Dado que tendrán que oírtelo a ti, ya sé yo quién debería llevarse la tunda.

Volvió la cabeza para seguir viendo la película, como si no acabara de dejarme sin respiración. Gideon era un hombre que había llevado una vida muy solitaria y, sin embargo, me había incluido en ella de tal manera que hasta preveía un futuro que a mí me daba miedo imaginar. Me asustaba la idea de exponerme a un desengaño del que no saldría indemne.

Percibiendo mi silencio, puso una mano en mi rodilla desnuda y volvió a mirarme.

—¿Aún tienes hambre?

Seguí con la mirada puesta en las cajas de comida china que teníamos delante, en la mesita de centro, y las rosas negras, que Gideon se había traído a casa para que pudiéramos disfrutar de ellas todo el fin de semana.

No queriendo dar más importancia a sus palabras de la que él había pretendido darles, respondí:

—Sólo de ti.

Llevé una mano a su regazo y le tanteé la suave mole de su verga dentro de los bóxers que yo le había permitido ponerse para cenar.

—Eres peligrosa —murmuró, acercándose más.

Con un rápido movimiento, le alcancé la boca con la mía, succionándole el labio inferior.

—No me queda otra —respondí entre dientes—, si quiero mantenerme a tu altura, Oscuro y Peligroso.

Él sonrió.

—Tengo que llamar a Cary —dije con un suspiro—. Y ver si ya se fue mi madre.

—¿Estás bien?

—Sí. —Apoyé la cabeza en su hombro—. No hay nada como un poco de terapia Gideon para que las cosas se vean de otra manera.

—¿Mencioné que también hago visitas a domicilio, las veinticuatro horas del día?

Le hinqué los dientes en los bíceps.

—Voy a ver cómo están las cosas y, cuando vuelva, haré que te vengas otra vez.

—No hace falta, gracias —replicó, claramente divertido.

—Pero si aún no hemos jugado con las chicas.

Se inclinó y hundió la cara en mi escote.

—Hola, chicas.

Riendo, le di en los hombros y él me empujó hacia atrás hasta que caí al suelo entre el sofá y la mesita de centro. Me miró desde arriba, con los brazos duros y en tensión de sujetar su peso. Dejó vagar la mirada, acariciándome el sujetador, mi vientre desnudo, las ligas y el tanga. El conjunto posducha que me había puesto era rojo chillón, y lo había elegido para mantener a Gideon revolucionado.

—Eres mi amuleto de la suerte —dijo.

Le apreté los bíceps.

—¿De veras?

—Sí. —Me lamió la parte superior de mis turgentes pechos —. Eres una delicia mágica.

—¡Oh, Dios mío! —exclamé, riendo—. Zalamero.

Me miró con ojos risueños.

—Ya te dije lo que pienso del romanticismo.

—Menuda mentira. Eres el tipo más romántico que he conocido. Me parece increíble que hayas colgado en el baño las toallas que te regalé.

—¿Cómo no iba a hacerlo? No bromeaba cuando dije que me traes suerte. —Me besó—. Quería transferir la participación que tenía en un casino de Milán, y las rosas negras llegaron justo cuando un postor sacó a la venta una pequeña bodega en Burdeos a la que yo había echado el ojo. Adivina cómo se llama... Le Rose Noir.

—Así que una bodega por un casino, ¿eh? Ahora ya eres el rey del sexo, el vicio y el juego.

—Son empresas que me ayudan a satisfacer a mi diosa del deseo, el placer y las agudezas sensibleras.

Deslicé las manos por sus costados y metí los dedos por la pretina del pantalón.

—¿Y cuándo voy a probar el vino?

—¿Cuándo vas a ayudarme a idear la campaña publicitaria para él?

—No te das por vencido, ¿verdad? —respondí con un suspiro.

—No, cuando quiero algo, no. —Se arrodilló y me ayudó a sentarme—. Y te quiero a ti. Mucho, muchísimo.

—Ya me tienes —repliqué, usando sus palabras.

—Tengo tu corazón y tu cuerpo enloquecedoramente sexy. Ahora quiero tu cerebro. Lo quiero todo.

—Necesito reservarme algo para mí.

—No. Tómame a mí a cambio. —Gideon alargó las manos para abarcar los cachetes desnudos de mi trasero—. Un trato poco equitativo, siento decir.

—Llevas todo el día negociando.

—Giroux quedó contento con el trato. A ti te ocurrirá otro tanto, te lo prometo.

—¿Giroux? —El corazón se me aceleró—. ¿Alguna relación con Corinne?

—Es su marido. Aunque están distanciados y planteándose el divorcio, como ya sabes.

—¡No fastidies! ¿Haces negocios *con su marido*?

Torció el gesto.

—Es la primera vez. Y probablemente la última, aunque sí le dije que mantenía una relación con una mujer muy especial... y que no es su mujer.

—El problema es que ella está enamorada de ti.

ATADA A TI · 105

—No me conoce. —Me puso una mano en la nuca y frotó su nariz contra la mía—. Date prisa y llama a Cary. Yo recojo la cena. Luego nos besuqueamos.

—Desalmado.

—Chica caliente.

Me levanté y fui por mi bolso para coger el teléfono. Gideon me agarró una liga y la soltó de repente, produciéndome una sacudida por toda la piel. Para mi sorpresa, la punzada de dolor que sentí me excitó. Le aparté la mano de una palmada y corrí fuera de su alcance.

Cary contestó al segundo tono de llamada.

—Hola, nena. ¿Sigues bien?

—Sí. Y tú sigues siendo el mejor amigo del mundo. ¿Mi madre anda aún por ahí?

—Salió en libertad bajo fianza hará poco más de una hora. ¿Te vas a quedar en casa de tu amante?

—Sí, a menos de que me necesites.

—No, estoy bien. Trey viene de camino.

Eso hizo que no me sintiera mal por pasar una segunda noche fuera de casa.

—Salúdalo de mi parte.

—Claro. Y lo besaré también.

—Bueno, si es de mi parte, que no sea demasiado fogoso y húmedo.

—Aguafiestas. Oye, ¿recuerdas que pediste que hiciera algunas averiguaciones sobre el Buen Doctor Lucas? De momento, lo único que he encontrado es un montón de nada. No parece que haga gran cosa aparte de su trabajo. No tiene hijos, y su mujer es médico también. Psiquiatra.

Eché una cautelosa mirada a Gideon, para asegurarme de que no oía nada.

—¿En serio?

—¿Por qué? ¿Es importante?

—No, supongo que no. Sólo que... creía que los psicólogos tenían más ojo para la gente.

—¿La conoces?

—No.

—¿Qué pasa, Eva? Últimamente todo son intrigas y misterio contigo, y está empezando a encabronarme.

Me senté en un taburete de la cocina y le expliqué todo lo que pude.

—Conocí al doctor Lucas en una cena benéfica, luego volví a verlo cuando tú estabas en el hospital. En las dos ocasiones habló mal de Gideon y simplemente trato de averiguar qué hay detrás.

—Vamos, Eva. ¿Qué otra cosa puede ser aparte de que Gideon se haya tirado a su mujer?

Como no podía revelar un pasado que no era el mío, no respondí.

—Volveré a casa mañana por la tarde. ¿Seguro que no quieres venir a la juerga de chicas?

—OK, muy bien, cambia de tema —refunfuñó Cary—. Sí, seguro que no quiero ir. Todavía no estoy preparado para la noche. Se me pone la carne de gallina sólo de pensarlo.

Nathan había atacado a Cary en la puerta de un club, y Cary aún estaba recuperándose. Por alguna razón, se me había olvidado que la mente tarda más tiempo en curarse. Él aparentaba llevarlo bien, pero yo debería haberme dado cuenta de que las cosas no son tan sencillas.

—¿Dentro de dos fines de semana quieres ir a San Diego? ¿A ver a mi padre, a nuestros amigos... quizá incluso al doctor Travis, si queremos?

—Muy sutil, Eva —respondió secamente—. Pero sí, suena bien. A lo mejor necesito que me prestes dinero, dado que ahora no estoy trabajando.

—Sin problema. Yo me encargo de los preparativos y ya haremos cuentas.

—Ah, antes de que cuelgues. Llamó una amiga tuya... una tal Deanna. Se me olvidó decírtelo cuando hablamos antes. Dice que tiene noticias y que le gustaría que la llamaras.

Eché un vistazo a Gideon. Nuestras miradas se cruzaron, y algo en mi expresión debió de delatarme, porque sus ojos adoptaron aquella conocida dureza. Vino hacia mí con su larga y ágil zancada, con las sobras de la cena metidas en la bolsa original en la que había venido.

—¿Le dijiste algo? —pregunté a Cary en voz baja.

—¿Que si le *dije* algo? ¿Como qué?

—Como algo que no le dirías a un periodista, porque eso es lo que es ella.

Gideon adoptó una expresión pétrea. Pasó junto a mí para tirar la basura en el compactador, luego volvió a mi lado.

—¿Eres amiga de una periodista? ¿Se te cruzaron los cables?

—No, no es amiga mía. Ignoro cómo habrá averiguado el número de casa, a menos de que haya llamado desde recepción.

—¿Qué demonios quiere?

—Desacreditar a Gideon. Está empezando a hacerme enojar. No se despega de él.

—Si vuelve a llamar, la mandaré al diablo.

—No, no lo hagas. —Sostuve la mirada de Gideon—. Simplemente no le des ninguna información de ningún tipo. ¿Dónde le dijiste que estaba?

—Fuera.

—Perfecto. Gracias, Cary. Llámame si me necesitas para algo.

—Que te lo cojas bien.

—¡Por Dios, Cary! —Meneé la cabeza y colgué.

—¿Te llamó Deanna Johnson? —preguntó Gideon con los brazos cruzados.

—Eso es. Y estoy por devolverle la llamada.

—Ni se te ocurra.

—Calla, cavernícola. No me vengas con la mierda esa de «yo Cross, tú pequeña mujer Cross» —le espeté—. Por si ya lo olvidaste, hicimos un trato. Te pertenezco y me perteneces. Protejo lo que es mío.

—Eva, no libres mis batallas por mí. Sé cuidar de mí mismo.

—Me consta. Llevas toda la vida haciéndolo. Ahora me tienes a mí. Yo me encargo de esto.

Algo cambió en su expresión tan rápidamente que no supe ver si estaba enojándose.

—No quiero que tengas que ocuparte de mi pasado.

—Tú te ocupaste del mío.

—Eso era diferente.

—Una amenaza es una amenaza, campeón. Estamos en esto juntos. Se puso en contacto conmigo, lo que me convierte en tu mejor baza para averiguar lo que está tramando.

Alzó una mano en un gesto de frustración, y a continuación se la pasó por el cabello. Tuve que esforzarme en no distraerme al ver cómo se le flexionaba el torso con la agitación, cómo se le contraían los abdominales y se le endurecían los bíceps.

—Me importa una mierda lo que esté tramando. Tú sabes la verdad, y eres la única persona que me importa.

—Si crees que voy a quedarme aquí sentada mientras ella te crucifica en la prensa, más vale que revises tus planteamientos.

—A mí no puede hacerme daño a menos de que te lo haga a ti, y puede que sea eso lo que realmente quiere.

—Si no hablo con ella, no lo sabremos nunca. —Saqué de mi bolso la tarjeta de Deanna y marqué su número de teléfono, evitando que el mío apareciera en el identificador de llamadas de su aparato.

—Eva, ¡maldita sea!

Activé el altavoz y dejé el teléfono en la encimera.

—Deanna Johnson —contestó rápidamente.

—Deanna, soy Eva Tramell.

—Hola, Eva. —Su tono de voz cambió, dando por descontada una cordialidad que aún no habíamos establecido—. ¿Cómo estás?

—Bien, ¿y tú? —Observé a Gideon, pues quería ver qué efecto le producía oír la voz de Deanna. Él me devolvió la mirada, con cara de estar deliciosamente enojado. Me había resignado al hecho de que estuviera del humor que estuviese siempre lo encontraba irresistible.

—Hay mucha agitación, y en mi trabajo eso es bueno.

—También lo es que compruebes tus datos.

—Que es una de las razones por las que te llamé. Tengo una fuente que afirma que Gideon interrumpió un lío amoroso entre tu compañero de piso, otro tipo y tú, y se puso hecho una furia. El tipo terminó en el hospital y ahora va a presentar cargos por agresión. ¿Es verdad?

Me quedé helada; me zumbaba tanto la sangre en los oídos que casi no oía. La noche en que conocí a Corinne, al llegar a casa me había encontrado a Cary en una orgía de varios en la que también había un tipo llamado Ian. Cuando éste, desnudo, me propuso unirme a ellos, Gideon declinó la invitación con los puños.

Miré a Gideon y se me puso un nudo en el estómago. *Era verdad.* Iban a demandarlo. Podía verlo en su cara, carente de toda emoción, ocultos sus pensamientos tras una máscara perfecta.

—No, no es verdad.

—¿Qué parte?

—No tengo nada más que decirte.

—También tengo un testimonio de primera mano sobre un altercado entre Gideon y Brett Kline, supuestamente porque te descubrieron dándote un buen abrazo con Kline. ¿Es verdad?

Apretaba con tanta fuerza el borde de la encimera que se me pusieron blancos los nudillos.

—A tu compañero de departamento lo atacaron recientemente —siguió—. ¿Tuvo Gideon algo que ver con eso?

Oh, Dios mío...

—Te volviste loca —dije fríamente.

—En las imágenes de Gideon y de ti discutiendo en Bryant Park se le ve muy agresivo y brusco físicamente contigo. ¿Sufres maltrato en tu relación con Gideon Cross? ¿Es violento y tiene un temperamento incontrolable? ¿Le tienes miedo, Eva?

Gideon se dio media vuelta y se fue, dirigiéndose por el pasillo hasta el despacho que tenía en la casa.

—Vete al infierno, Deanna —proferí—. ¿Vas a destrozar la reputación de un inocente porque no sabes cómo manejar las relaciones sexuales esporádicas? Bonita manera de representar a la mujer moderna y sofisticada.

—Contestó el teléfono —siseó— antes de terminar. Contestó el puto teléfono y se puso a hablar sobre una inspección de una de sus propiedades. Y en mitad de la conversación vio que estaba esperándolo allí tendida y me dijo: «Puedes irte». Así, sin más. Me trató como a una puta, sólo que no cobré. Ni siquiera me ofreció una bebida.

Cerré los ojos. *Dios.*

—Lo siento, Deanna. Sinceramente. Yo también he conocido a unos cuantos patanes y todo indica que él lo fue contigo. Pero lo que estás haciendo es un error.

—No es un error si es verdad.

—Pero no lo es.

Suspiró.

—Siento mucho que estés en el medio, Eva.

—No, no lo sientes. —Pulsé la tecla de finalizar y me levanté con la cabeza agachada, agarrándome a la encimera mientras todo me daba vueltas.

8

Encontré a Gideon caminando de un lado a otro, como una pantera enjaulada, detrás de su escritorio. Tenía un auricular en la oreja y, o estaba escuchando, o en espera, ya que no hablaba. Captó mi mirada, dura e inflexible su expresión. Incluso en calzoncillos parecía invulnerable. Nadie sería tan tonto como para equivocarse con él. Físicamente, su fuerza era evidente en cada uno de sus músculos. Aparte de eso, era tal la implacable amenaza que irradiaba que me recorrió un escalofrío por la espalda.

Había desaparecido el hombre indolente y satisfecho con el que había cenado, sustituido por el depredador urbano que dominaba a la competencia.

Lo dejé solo.

Lo que yo quería era la tableta de Gideon, y la encontré en su maletín. Estaba protegida por contraseña y me quedé mirando la pantalla durante un buen rato, sobrecogida cuando me di cuenta de que no paraba de temblar. Todo lo que me temía estaba sucediendo.

—Cielo.

Levanté la vista y, cuando apareció por el pasillo, nuestras miradas se cruzaron.

—La contraseña —explicó—. Es *cielo*.

Oh. Toda la trepidante energía que me inundaba se esfumó, dejándome una sensación de vacío y cansancio.

—Tendrías que haberme contado lo de la demanda, Gideon.

—En estos momentos no hay ninguna demanda, sólo la amenaza de ella —respondió sin ninguna inflexión de voz—. Ian Hager quiere dinero, y yo, confidencialidad. Llegaremos a un acuerdo privado y todo quedará en nada.

Me eché hacia atrás en el sofá y me apoyé la tableta en los muslos. Lo miré mientras se acercaba, empapándose de mí. Era tan fácil dejarse deslumbrar por su belleza que una podría no darse cuenta de lo solo que estaba en el fondo. Pero ya iba siendo hora de que aprendiera a contar conmigo cuando afrontaba dificultades.

—Me da igual que sea sólo un amago —argumenté—. Tendrías que habérmelo dicho.

Cruzó los brazos sobre el pecho.

—Pensaba hacerlo.

—¿*Pensabas hacerlo?* —Me levanté como impulsada por un resorte—. ¿Te cuento que discutí con mi madre porque me oculta algo y tú no me dices ni una palabra de tus propios secretos?

Durante unos momentos, se mantuvo con aquella expresión dura e inflexible. Luego imprecó en voz baja y se explicó.

—Vine a casa pronto con la intención de contártelo, pero cuando me hablaste de lo que te había sucedido con tu madre pensé que ya habías aguantado bastante por hoy.

Desinflada, volví a sentarme en el sofá.

—No es así como funciona una relación, Gideon.

—Te estoy recuperando, Eva. No quiero que el tiempo que pasamos juntos gire alrededor de todo lo malo y jodido que hay en nuestras vidas.

Di unas palmaditas en el cojín que tenía al lado.

—Ven aquí.

Pero se sentó frente a mí en la mesita de centro, con las piernas a cada lado de las mías. Puso mis manos entre las suyas y se las llevó a los labios para besarme los nudillos.

—Lo siento.

—No te culpo, pero si hay algo más que tengas que decirme, ahora es el momento.

Se echó hacia delante, animándome a que me tumbara en el sofá. Luego se me puso encima.

—Estoy enamorado de ti —susurró.

De entre todas las cosas, ésa era la única que iba bien. Y era suficiente.

Nos quedamos dormidos en el sofá, envueltos el uno en el otro. Yo rondaba el entresueño, llena de desazón y con el ritmo vital confundido por la larga siesta anterior. Estaba lo bastante despierta como para percibir el cambio en Gideon, oír su respiración acelerada y notar que me agarraba con más fuerza. Su cuerpo se convulsionó violentamente, sacudiéndome a mí también. Sus gemidos me traspasaron el corazón.

—Gideon. —Me di la vuelta para mirarlo de frente, despertándolo con mis agitados movimientos. Nos habíamos dormido con las luces encendidas y me alegré de que abriera los ojos a la claridad.

El corazón le martilleaba bajo la palma de mi mano, y una fina película de sudor le cubría la piel.

—¿Qué? —preguntó, jadeando—. ¿Qué pasa?

—Creo que empezabas a sumergirte en una pesadilla. —Imprimí suaves besos por su ardiente rostro, deseando que mi amor bastara para desvanecer los recuerdos.

Hizo ademán de sentarse y yo me aferré a él para sujetarlo.

—¿Estás bien? —Me pasó una mano por el cuerpo, examinándome—. ¿Te hice daño?

—Estoy bien.

—¡Dios! —Se echó hacia atrás y se cubrió los ojos con el antebrazo—. Tengo que dejar de quedarme dormido contigo. Y olvidé tomar el medicamento. ¡Carajo!, debería ser más cuidadoso.

—Oye. —Me apoyé en un codo y le acaricié el pecho con la otra mano—. No pasó nada.

—No te lo tomes a la ligera, Eva. —Giró la cabeza y me miró con intensidad—. Esto no.

—No se me ocurriría. —Parecía muy cansado, con oscuras ojeras y unas profundas estrías que le enmarcaban aquella boca tan escandalosamente sensual.

—Maté a un hombre —dijo en tono grave—. Siempre ha sido peligroso que estés conmigo mientras duermo, y ahora lo es más que nunca.

—Gideon... —De repente comprendí por qué en los últimos tiempos sus pesadillas eran más frecuentes. Podía racionalizar lo que había hecho, pero eso no aliviaba el peso que tenía en la conciencia.

Le retiré el pelo de la frente.

—Si algo te apesadumbra, tienes que hablar conmigo.

—Lo único que quiero es que no corras peligro —musitó.

—Nunca me siento tan segura como cuando estoy contigo. Me gustaría que dejaras de castigarte por todo.

—Es culpa mía.

—¿Acaso no llevabas una vida sin complicaciones hasta que aparecí yo? —argüí.

Me lanzó una mirada sardónica.

—Da la impresión de que me gustan las complicaciones.

—Entonces deja de quejarte. Y no te muevas, vuelvo enseguida.

Fui al dormitorio principal, me quité las ligas, las medias y el sujetador y me puse una camiseta de Cross Industries extra grande. Agarré la manta de chenilla, que estaba a los pies de la cama, y a continuación me dirigí a la habitación de Gideon por su medicamento.

Él me seguía con la mirada mientras dejaba la manta y la medicina y me iba a la cocina por una botella de agua. Lo instalé rápidamente, y a continuación nos acurrucamos los dos bajo la manta con casi todas las luces apagadas.

Me pegué más a él, echando una pierna por encima de las suyas. La medicina que le había sido prescrita a Gideon para la parasomnia no curaba, pero él la tomaba religiosamente. Lo quería aún más por esa dedicación, porque lo hacía por mí.

—¿Recuerdas qué estabas soñando? —pregunté.

—No. Fuera lo que fuese, ojalá hubiera sido contigo.

—Ojalá. —Apoyé la cabeza en su pecho, escuchando cómo se le ralentizaba el latido del corazón—. Si hubieras soñado conmigo, ¿cómo habría sido el sueño?

Noté que se relajaba, hundiéndose en el sofá y en mí.

—Un día despejado en una playa caribeña —murmuró—. Una playa privada, con una carpa de lona en la arena blanca, cerrada por tres lados y con la vista delante de nosotros. A ti te tendría tumbada en una *chaise longue*. Desnuda.

—Por supuesto.

—Estarías bañada de sol, perezosa, con el pelo alborotado por la brisa. Tendrías esa sonrisa que esbozas cuando hago que te vengas. No tendríamos que ir a ningún sitio, nadie nos esperaría. Solos tú y yo, con todo el tiempo del mundo.

—Suena paradisíaco —susurré, notando que el cuerpo se le hacía cada vez más pesado—. Supongo que nos bañaríamos desnudos.

—Humm... —Bostezó—. Necesito irme a la cama.

—También quiero un cubo de cerveza fría —añadí, con la esperanza de entretenerlo el tiempo suficiente para que se me quedara dormido en los brazos—. Con limones. Exprimiría el jugo sobre tus marcados abdominales y te lamería.

—Adoro esa boca tuya.

—Entonces deberías soñar con todo lo que puedo hacerte con ella.

—Dame algún ejemplo.

Le di muchos, hablando en voz baja y tranquilizadora, acariciándole la piel. Exhalando profundamente, se sumergió en el sueño.

Lo tuve así abrazado hasta bastante después de que saliera el sol.

GIDEON durmió hasta las once. Yo llevaba ya horas diseñando estrategias cuando él me encontró en su oficina, con la mesa llena de notas y bosquejos.

—Hola —lo saludé, levantando los labios para que me besara mientras él rodeaba la mesa. Tenía el pelo alborotado y estaba muy sexy con aquellos bóxers—. Buenos días.

Miró mi trabajo por encima.

—¿Qué estás haciendo?

—Te quiero con un poco de cafeína en el cuerpo antes de explicártelo. —Me froté las manos, entusiasmada—. ¿Quieres darte una ducha rápida mientras te preparo una taza de café? Luego nos pondremos manos a la obra.

Me miró fijamente y esbozó una sonrisa de desconcierto.

—De acuerdo. Pero yo sugiero que nos duchemos juntos. Después tomaremos el café y nos pondremos manos a la obra.

—Guárdate la idea, y la libido, para esta noche.

—¿Eh?

—Yo voy a salir, ¿recuerdas? —apunté—. Y voy a beber mucho, y eso me pone cachonda. No olvides tomar las vitaminas, campeón.

Torció los labios.

—¡Eso ya se verá!

—Ah, sí, y tendrás suerte si mañana puedes levantarte de la cama —avisé.

—Me aseguraré de hidratarme bien, entonces.

—Buena idea. —Centré de nuevo la atención en su tableta, pero tuve que mirar cuando salió de la habitación con aquel precioso trasero.

Cuando volví a verlo, tenía el pelo mojado y vestía unos pantalones deportivos que le caían tanto que supe que no llevaba nada debajo. Obligándome a concentrarme en mis planes, le dejé a él la silla de la mesa y yo permanecí de pie a su lado.

—Bueno —empecé—, siguiendo la máxima de que la mejor defensa es un buen ataque, he estado echando una ojeada a tu imagen pública.

Tomó un sorbo de café.

—No me mires así —le reprendí—. No me he fijado en tu vida personal, puesto que *yo soy* tu vida personal.

—Buena chica. —Me dio una palmadita aprobatoria en el trasero.

Le saqué la lengua.

—Estoy pensando sobre todo en cómo combatir una campaña de difamación centrada en tu temperamento.

—Resulta fácil cuando antes no se me conocía por tenerlo —dijo secamente.

Hasta que me conociste a mí.

—Soy una mala influencia para ti.

—Eres lo mejor que me ha pasado.

Eso hizo que se ganara un rápido y ruidoso beso en la sien.

—Me llevó tiempo enterarme de la existencia de la Fundación Crossroads.

—No sabías dónde buscar.

—Tu optimización de búsquedas es genial —repliqué, acercando el sitio web—. Y sólo hay una página de inicio, que es bonita, pero apenas tiene entradas. ¿Dónde están los enlaces y la información sobre las organizaciones benéficas a las que has favorecido? ¿Dónde está la página «Acerca de» sobre la fundación y lo que esperas conseguir?

—Dos veces al año se envía un paquete con toda esa información detallada a organizaciones benéficas, hospitales y universidades.

—Fenomenal. Ahora permíteme que te introduzca en internet. ¿Por qué la fundación no está ligada a ti?

—Crossroads no tiene que ver conmigo, Eva.

—¡Cómo no! —Lo miré con las cejas tan enarcadas como las tenía él y le puse delante una lista de cosas que había que hacer—. Vamos a desactivar la bomba Deanna antes de que estalle. Esta web tiene que estar actualizada para el lunes por la mañana, con la adición de estas páginas y la información que resumí aquí.

Gideon echó una rápida ojeada al papel, luego cogió su taza de café y se reclinó en la silla. Yo centré aplicadamente la atención en la taza y no en su increíble torso.

—La web de Cross Industries debería vincularse con la fundación desde la página de tu biografía —continué—, que también necesita una buena actualización.

Le puse delante otra hoja de papel.

Él la tomó y empezó a leer la biografía que había redactado.

—Esto, claramente, lo escribió una persona que está enamorada de mí.

—No puedes ser tímido, Gideon. A veces hay que ser directo y decir: «Aquí estoy yo». Eres mucho más que una cara bonita, un cuerpo atractivo y un vigor sexual enloquecedor. Pero centrémonos en las cosas que no me importa compartir con los demás.

—¿Cuánta cafeína tomaste esta mañana? —preguntó, esbozando una sonrisa.

—Suficiente como para pelearme contigo, así que ten cuidado. —Le di con la cadera en el brazo—. También creo que deberías plantearte hacer un comunicado de prensa anunciando la adquisición de La Rose Noir, de manera que se relacione tu nombre con el de Giroux. Y, de paso, se recuerde a todo el mundo que Corinne, con quien se te ha visto mucho últimamente, tiene marido; así, Deanna no podrá pintarte como el malo de la película por frenar a Corinne. *Si* decide ir por ese camino.

Me tomó desprevenida y me senté en su regazo.

—Me matas, cielo. Haré todo lo que quieras, pero tienes que entender que Deanna no tiene nada. Ian Hager no va a arriesgar una bonita compensación a cambio de publicitar su historia. Firmará lo que haga falta, tomará el dinero y desaparecerá.

—Pero qué me dices de...

—Los Six-Ninths no van a querer que se relacione a su chica «Rubia» con otro tipo. Estropearía la historia de amor de la canción. Hablaré con Kline y nos pondremos de acuerdo.

—¿Vas a hablar con Brett?

—Tenemos negocios en común —señaló, con un mohín de labios—, así que, sí. Y Deanna se está engañando con el ataque a Cary. Tú y yo sabemos que ahí no hay nada.

Me quedé pensando en todo lo que acababa de decirme.

—¿Crees que me estará tomando el pelo? ¿Por qué?

—Porque te pertenezco, y si tuvo pase de prensa para cualquiera de los eventos a los que hemos acudido juntos, lo sabe. —Apoyó la frente contra la mía—. No puedo disimular mis sentimientos por ti, razón por la que te has convertido en un blanco.

—Los disimulaste muy bien conmigo.

—Tu inseguridad te cegó.

No podía discutírselo.

—Así que me pone de los nervios con la amenaza de un reportaje. ¿Qué saca ella?

Se echó hacia atrás.

—Piénsalo. La tapadera es amenazar con hacer saltar un escándalo relacionado con nosotros dos. ¿Cuál es la manera más rápida de desactivarlo?

—No acercándote a mí. Eso es lo que te habrían aconsejado que hicieras. Distanciarse de la fuente del escándalo es la regla número uno de cómo gestionar una crisis.

—O hacer lo contrario y casarme contigo —dijo con dulzura.

Me quedé helada.

—¿Es eso...? ¿Estás...? —Tragué saliva—. Ahora no. Así no —susurré.

—No, así no —coincidió Gideon, rozando sus labios con los míos—. Cuando te proponga matrimonio, créeme, lo sabrás.

Se me puso un nudo en la garganta. Sólo pude asentir con la cabeza.

—Respira —ordenó delicadamente—. Otra vez. Ahora confírmame que no es pánico.

—No. En realidad, no.

—Dime algo, Eva.

—Es que... me gustaría que me lo pidieras cuando pueda decirte que sí —solté de un tirón.

La tensión se apoderó de su cuerpo. Se echó hacia atrás, con los ojos dolidos bajo aquel ceño fruncido.

—¿No podrías decir que sí ahora?

Negué con la cabeza.

Apretó los labios con determinación.

—Dime qué quieres que haga para que eso suceda.

Le rodeé el cuello con los brazos, para que sintiera la conexión que había entre nosotros.

—Hay tanto que desconozco... Y no se trata de que necesite saber más para decidirme, porque nada podría hacer que dejara de quererte. Nada. Es tu reticencia a compartir cosas conmigo la que me hace pensar que *tú* no estás preparado.

—Creo que lo entiendo —musitó.

—No puedo arriesgarme a que no quieras estar conmigo para siempre. No lo soportaría, Gideon.

—¿Qué quieres saber?

—Todo.

Emitió un sonido de frustración.

—Sé más concreta. Empieza por algo.

Lo primero que se me vino a la cabeza fue lo que salió de mi boca, porque me había pasado la mañana enfrascada en sus negocios.

—Vidal Records. ¿Por qué tienes tú el control de la compañía de tu padrastro?

—Porque se iba a pique. —Tensó la mandíbula—. Mi madre ya había sufrido bastante con un desastre financiero; no iba a permitir que le sucediera otra vez.

—¿Qué hiciste?

—Logré convencerla de que hablara con ellos, con Chris y Christopher, para que hicieran una sociedad anónima con cotización en bolsa, luego me vendió las acciones de Ireland, que sumadas a las que yo había adquirido me daban la mayoría.

—¡Vaya! —Le apreté la mano. Los conocía a los dos, a Christopher Vidal sénior (Chris) y a Christopher Vidal junior. Como padre e hijo que eran, se parecían físicamente, con el pelo castaño oscuro y los ojos verdes grisáceos, pero yo tenía la impresión de que eran dos personas muy diferentes. No me cabía duda de que Christopher era un patán, pero no creía que su padre lo fuera también. Al menos eso esperaba—. ¿Cómo fue la cosa?

La maliciosa expresión de Gideon era la respuesta que necesitaba.

—Chris me pedía consejo, pero Christopher siempre se negó a escucharme y mi padrastro no quería tomar partido.

Así que hiciste lo que había que hacer. —Lo besé en la mejilla—. Gracias por contármelo.

—¿Ya está?

Sonreí.

—No.

Estaba a punto de preguntarle más cosas cuando oí que me sonaba el teléfono con tono de llamada de mi madre. Me sorprendía que hubiera tardado tanto en llamarme; había vuelto a poner mi *smartphone* en modo Normal alrededor de las diez.

—Tengo que contestar —dije con un gruñido.

Dejó que me levantara y, al marcharme, me pasó la mano por el trasero. Al llegar a la puerta, me volví a mirar; estaba estudiando minuciosamente mis notas y sugerencias. Sonreí.

Para cuando llegué a la cocina y cogí el teléfono, éste había dejado de sonar, pero volvió a hacerlo inmediatamente.

—Mamá —contesté, interviniendo antes de que mi madre empezara a desbarrar—, esta tarde paso por casa y hablamos, ¿de acuerdo?

—Eva. No tienes ni idea de lo preocupada que estaba. ¡No puedes hacerme esto!

—Llegaré dentro de una hora —la corté—. Sólo tengo que vestirme.

—Anoche no pude dormir, de lo disgustada que estaba.

—Ya, bueno, yo tampoco dormí mucho —repliqué—. No todo gira a tu alrededor, mamá. Es a mí a quien violaron la intimidad. Tú sólo eres la persona a la que han sorprendieron haciéndolo.

Silencio.

Como mi madre parecía siempre tan frágil, era raro que me mostrara tan firme y enérgica con ella, pero había llegado el momento de aclarar nuestra relación o terminaríamos por no tener ninguna. Me miré la muñeca para ver la hora, recordé que ya no tenía reloj y eché una mirada al decodificador que había junto al televisor.

—Llegaré a eso de la una.

—Pediré que pasen a recogerte en coche —dijo en voz baja.

—Gracias. Hasta luego. —Colgué.

Iba a guardar el teléfono en el bolso cuando me llegó un mensaje de Shawna: «¿Qué vas a ponert sta noche?».

Se me ocurrieron varias ideas, desde algo informal a algo estrafalario. Aunque me inclinaba más por lo estrafalario, me frenó acordarme de Deanna. Tenía que considerar cómo saldría en la prensa. «EVN —contesté, pensando que por algo el vestidito negro era un clásico—. Tacones enormes. Muchas alhajas».

«☺ ¡Super! T veo a las 7», me escribió ella.

Camino del dormitorio, me detuve en el despacho de Gideon y, apoyándome en la jamba, me quedé mirándolo. Podía pasarme horas contemplándolo; era un verdadero placer hacerlo. Y lo encontraba muy sexy cuando estaba concentrado.

Levantó la vista hacia mí con una ligera curva en los labios, y supe que se había dado cuenta de que había estado observándolo.

—Todo esto está muy bien —elogió—. Sobre todo teniendo en cuenta que lo hiciste en cuestión de unas horas.

Me sentí un poco orgullosa y contentísima de haber impresionado a un empresario cuya visión para los negocios lo había convertido en uno de los individuos más triunfadores del mundo.

—Te quiero en Cross Industries, Eva.

Mi cuerpo reaccionó a la férrea determinación de su voz, que me recordó a cuando me dijo: «Quiero coger contigo, Eva», la primera vez que intentó seducirme.

—Yo también te quiero ahí —dije—. En tu mesa.

Le brillaron los ojos.

—Podríamos celebrarlo así.

—Me gusta mi trabajo. Me gustan mis compañeros. Me gusta saber que me he ganado cada hito que alcanzo.

—Yo puedo darte eso y más. —Tamborileó con los dedos a un lado de la taza de café—. Imagino que te inclinaste por publicidad porque te gusta persuadir. ¿Y por qué no relaciones públicas?

—Se parece demasiado a la propaganda. Al menos en publicidad, conoces el sesgo inmediatamente.

—Hablabas antes de gestión de crisis. Y claramente —señaló su mesa— tienes aptitudes para ese trabajo. Deja que las explote.

Crucé los brazos.

—Sabes perfectamente que gestión de crisis es relaciones públicas.

—Lo tuyo es la resolución de problemas. Yo puedo darte problemas que requieren solución inmediata. Puedo ofrecerte desafíos y mantenerte activa.

—¿En serio? —Me puse a dar golpecitos con el pie—. ¿Cuántas crisis puedes tener en una semana?

—Varias —respondió alegremente—. ¿A que te intriga? Se te ve en la cara.

—Ya tienes a gente encargada de esas cosas —observé, enderezándome.

Gideon se reclinó en la silla y sonrió.

—Quiero más. Y tú también. Unámonos.

—Eres el mismísimo demonio, ¿lo sabías? Eres de lo más obstinado que hay. Te lo advierto, trabajar juntos no sería una buena idea.

—Ahora mismo estamos haciéndolo de maravilla.

Meneé la cabeza.

—Porque has estado de acuerdo con mi análisis y mis sugerencias, y además me tienes sentada en tu regazo y me sobaste el trasero. No será lo mismo cuando discrepemos y discutamos en tu despacho delante de otras personas. Entonces tendremos que regresar a casa y lidiar con el problema ahí también.

—Podemos proponernos dejar el trabajo en la puerta. —Me recorrió de arriba abajo con la mirada, demorándose en las piernas, que mi bata de seda dejaba en su mayor parte al descubierto—. No me costará nada pensar en cosas más placenteras.

Hice un gesto de impaciencia y me fui hacia la puerta.

—Eres un maníaco sexual.

—Me encanta hacer el amor contigo.

—Eso no es justo —protesté, pues a eso no podía oponerme. A *él* no podía oponerme.

Gideon sonrió.

—Nunca dije que jugara limpio.

CUANDO, quince minutos después, entraba en mi apartamento, me parecía raro. La distribución era idéntica a la del de Gideon al lado, pero a la inversa. La combinación de sus muebles y los míos había contribuido a que sintiéramos ese espacio como nuestro, pero había tenido el efecto colateral de que mi casa me pareciera... ajena.

—Hola, Eva.

Me giré y vi a Trey en la cocina, echando leche en dos vasos.

—Hola —respondí al saludo—. ¿Qué tal estás?

—Mejor.

Lo parecía. Se le veía muy bien peinado (una de las habilidades de Cary), y eso que tenía un pelo, rubio, muy rebelde. Le brillaban aquellos ojos color avellana y lucía una sonrisa bajo aquella nariz rota en otro tiempo.

—Me alegra verte por aquí —le dije.

—Reorganicé un poco mi horario. —Sostuvo la leche en alto y yo hice un gesto negativo con la cabeza—. ¿Qué tal tú?

—Esquivando periodistas, esperando a que mi jefe se comprometa, pensando en aclarar algunas cosas con un progenitor, tratando de encontrar el momento para llamar al otro y deseando irme de juerga esta noche con unas amigas.

—Eres increíble.

—¿Qué puedo decir? —Sonreí—. ¿Cómo van los estudios? ¿Y el trabajo?

Sabía que Trey estudiaba veterinaria a la vez que simultaneaba empleos para pagarse la carrera. Uno de esos trabajos temporales era de ayudante de fotografía, que fue como había conocido a Cary.

Hizo un gesto de dolor.

—Brutales, pero algún día valdrá la pena.

—Deberíamos organizar otra noche de pizza y película en cuanto tengas oportunidad. —No podía evitar ponerme del lado de Trey en el tira y afloja entre Tatiana y él. A lo mejor era yo, pero siempre me había parecido que ella no me veía con buenos ojos. Y no me gustó nada cómo se había hecho notar cuando conoció a Gideon.

—Claro. Ya veré cuándo le viene mejor a Cary.

Me arrepentí de habérselo propuesto a él antes que a Cary, porque la mirada se le entristeció un poco. Sabía que estaba pensando en que Cary tenía que repartir el tiempo entre Tatiana y él.

—Bueno, si él no puede, siempre podemos vernos nosotros dos.

Esbozó una media sonrisa.

—Me parece fantástico.

A LA una menos diez, cuando salí del vestíbulo, Clancy estaba ya esperándome. Hizo señas al portero para que se echara a un lado y me abrió la puerta del coche, pero nadie que se fijara en él creería que era un simple chofer. Se comportaba como el arma que era, y aunque hacía muchos años que lo conocía, no recordaba haberlo visto sonreír nunca.

Una vez que volvió a ocupar su lugar al volante, apagó el receptor de frecuencias de la policía que escuchaba habitualmente y se bajó las gafas de sol para mirarme por el espejo retrovisor.

—¿Cómo está?

—Mejor que mi madre, supongo.

Era demasiado profesional como para delatar algo en su expresión. En lugar de eso, volvió a colocarse las gafas y sincronizó mi teléfono con el Bluetooth del coche para que diera comienzo mi lista discográfica. Luego se puso en marcha.

Eso me recordó lo considerado que era.

—Oye. Siento mucho que pagaras tú el pato. Estabas haciendo tu trabajo y no merecías que te cayera la que te cayó.

—Usted no es sólo un trabajo, señorita Tramell.

Me quedé callada un momento, asimilando lo que acababa de

decirme. Clancy y yo teníamos una relación distante y cortés. Nos veíamos bastante porque era responsable de llevarme a la clase de Krav Maga en Brooklyn y de recogerme. Pero nunca se me había ocurrido que tuviera ningún interés personal en mi seguridad, aunque era comprensible. Clancy se tomaba su trabajo muy en serio.

—Eso no fue lo único —aclaré—. Hubo muchas otras cosas antes de que Stanton y tú entraran en escena.

—Disculpas aceptadas.

Aquella brusca respuesta era tan propia de él que me hizo sonreír.

Me senté con comodidad en el asiento y contemplé por la ventanilla la ciudad que me había adoptado y a la que amaba con vehemencia. En la acera de mi lado, había varias personas, desconocidas entre sí, codo con codo delante de un mostrador diminuto, comiendo pedazos individuales de pizza. Juntas y a la vez distantes, cada una de ellas hacía gala de la capacidad de los neoyorquinos para ser una isla en medio de una marea de gente. Los peatones pasaban corriendo junto a ellas en ambas direcciones, esquivando a un hombre que ofrecía panfletos religiosos y al perrillo que tenía a los pies.

La vitalidad de la ciudad tenía un ritmo frenético que hacía que el tiempo pareciera avanzar con más rapidez que en ninguna otra parte. El contraste con la indolente sensualidad del sur de California, donde vivía mi padre y yo había estudiado, era muy marcado. Nueva York era una dominatriz al acecho, restallando un soberbio látigo y tentando con todos los vicios.

El bolso me vibró en la cadera y metí la mano para coger el teléfono. Un rápido vistazo a la pantalla me confirmó que era mi padre. Los sábados solíamos ponernos al día, y a mí esas charlas me hacían siempre mucha ilusión, pero casi me sentí inclinada a dejar que saltara el buzón de voz hasta que tuviera mejor ánimo. Aún estaba muy irritada con mi madre, y mi padre ya se había quedado bastante preocupado la última vez que vino a verme a Nueva York.

Estaba conmigo cuando los detectives vinieron a casa a decirme que Nathan se encontraba en Nueva York. Soltaron esa bomba antes de revelar que Nathan había sido asesinado, y no fui capaz de ocultar el miedo que me produjo saber que lo tenía tan cerca. Desde entonces, y debido a mi violenta reacción, mi padre no ha dejado de estar pendiente de mí.

—Hola —contesté, más que nada porque no quería problemas con mis dos progenitores al mismo tiempo—. ¿Qué tal estás?

—Te echo de menos —respondió con aquella voz profunda y segura que tanto me gustaba. Mi padre era el hombre más perfecto que conocía: guapo y moreno, seguro de sí mismo, inteligente y firme como una roca—. ¿Y tú?

—No me puedo quejar mucho.

—Qué bien, pero quéjate un poquito. Soy todo oídos.

Me reí en silencio.

—Mamá me está fastidiando un poco.

—¿Qué hizo ahora? —preguntó, con un tono de cariñosa indulgencia en la voz.

—No deja de meterse en mis asuntos.

—Ah. A veces los padres hacemos eso cuando estamos preocupados por nuestros pequeños.

—*Tú* nunca lo has hecho —señalé.

—No lo he hecho *todavía* —puntualizó—. Eso no quiere decir que no vaya a hacerlo si algo me preocupara lo suficiente. Pero confío en que podría convencerte de que me perdonaras.

—Bueno, ahora mismo voy a ver a mamá. Ya veremos lo convincente que es capaz de ser. Todo sería más fácil si reconociera que se equivoca.

—Buena suerte con eso.

—¡Ja! ¿Lo ves? —Suspiré—. ¿Puedo llamarte mañana?

—Claro. ¿Va todo bien, cariño?

Cerré los ojos. La intuición policial unida a la intuición de padre suponía que rara vez se le pasaba algo por alto a Victor Reyes.

—Sí, lo que pasa es que casi llego ya a casa de mamá. Ya te diré cómo va la cosa. Ah, y es posible que mi jefe se comprometa. Bueno, tengo cosas que contarte.

—A lo mejor tengo que ir a la comisaría por la mañana, pero puedes llamarme al teléfono móvil en cualquier momento. Te quiero.

De repente me invadió la nostalgia. Aunque me encantaba Nueva York y mi nueva vida, echaba mucho de menos a mi padre.

—Yo también te quiero, papá. Hablamos mañana.

Colgué y, al mirarme la muñeca para ver qué hora era, la ausencia del reloj me recordó el enfrentamiento que me esperaba. Estaba disgustada con mi madre por el pasado, pero me inquietaba aún más el futuro. Me había vigilado durante tanto tiempo a causa de Nathan que no me cabía duda de que no conocía otro modo de comportarse.

—Oye —Me incliné hacia delante; quería aclarar algo a lo que no dejaba de dar vueltas—. Aquel día, cuando Mamá, Megumi y yo volvíamos al Crossfire y mamá se quedó helada..., vieron a Nathan, ¿verdad?

—Sí.

—Ya había estado allí antes y se las había visto con Gideon. ¿Por qué volvería?

Clancy me miró por el espejo retrovisor.

—¿Mi opinión? Para que se le viera. Una vez que se supo que andaba cerca, la presión estaba garantizada. Él confiaba en asustarte a ti, pero consiguió alarmar a la señora Stanton. Muy efectivo en los dos casos.

—Y nadie me contó nada —dije en voz baja—. No puedo entenderlo.

—Él quería que usted se asustara, pero nadie quería darle esa satisfacción.

—No se me había ocurrido verlo de esa manera.

—Lo que más lamento —continuó— es no haber estado pendiente de Cary. Me equivoqué, y lo pagó él.

Gideon tampoco vio venir el ataque de Nathan a Cary. Y bien sabe Dios que yo también me sentía culpable; fue nuestra amistad lo que puso a Cary en peligro.

Pero me conmovió que él se preocupara. Se le notaba en su voz ronca. Tenía razón; yo era algo más que un trabajo para él. Era un hombre bueno que se entregaba por entero en todo lo que hacía. Lo cual hizo que me preguntara si tendría tiempo para las demás cosas de su vida.

—¿Tienes novia, Clancy?

—Estoy casado.

Me sentí como una imbécil por no saberlo. ¿Cómo sería la mujer casada con aquel hombre tan duro y sombrío? ¿Un hombre que llevaba chaqueta todo el año para esconder en el costado el arma de la que nunca se separaba? ¿Se ablandaría con ella y le mostraría ternura? ¿La protegería con uñas y dientes? ¿Mataría por ella?

—¿Hasta dónde serías capaz de llegar para cuidar de ella? —le pregunté.

Redujo la velocidad ante un semáforo y se volvió a mirarme.

—Hasta dónde no sería capaz de llegar.

9

—¿**P**ERO QUÉ LE pasaba a ese chico? —preguntó Megumi, viendo alejarse al chico en cuestión—. ¡Si tenía hoyuelos!

Puse los ojos en blanco y despaché mi vodka con jugo de arándanos. «Primal», la cuarta parada en nuestro recorrido de clubes, estaba a tope. La cola para entrar daba la vuelta a la manzana y la música *heavy* de guitarras eléctricas le iba de maravilla al nombre del club, pues resonaba en el espacio oscuro con un ritmo primitivo y seductor. La decoración era una mezcla electrizante de metales relucientes y maderas oscuras, con luces de colores que creaban estampados de animales.

Podría haber sido demasiado, pero como ocurría con las demás cosas de Gideon, estaba al borde del exceso decadente sin caer en él. La atmósfera era de abandono hedonista y estaba haciendo locuras con mi libido, estimulada ya por el alcohol. No podía estar quieta, y no dejaba de dar golpecitos con los pies en los travesaños de la silla.

Lacey, la compañera de piso de Megumi, gruñó, levantando la mirada al techo, con un peinado que le recogía hacia arriba su pelo rubio oscuro y que a mí me encantaba.

—¿Pero por qué no ligas con él?

—Podría hacerlo yo —dijo Megumi, con la cara sonrojada, los ojos brillantes y muy sexy con aquel ajustado vestido de tirantes de color dorado—. A lo mejor *él* no tiene miedo al compromiso.

—¿Tú qué esperas del compromiso? —preguntó Shawna, con una copa entre las manos de un rojo tan chillón como su pelo—. ¿Monogamia?

—La monogamia está sobrevalorada. —Lacey se bajó del taburete de la mesa alta en la que estábamos y meneó el trasero, con los brillantes de los jeans reluciendo en la semioscuridad del club.

—No, no es cierto —protestó Megumi—. Da la casualidad de que a mí me gusta la monogamia.

—¿Se acuesta Michael con otras mujeres? —pregunté, inclinándome hacia delante para no tener que gritar.

Tuve que echarme hacia atrás enseguida para dejar sitio a la camarera, que nos trajo otra ronda y se llevó las copas vacías de la anterior. El uniforme del club, botas negras de tacón alto y minivestidos rosa neón sin tirantes, facilitaba saber a quién había que hacer señales. Además era muy sexy, como el personal que lo llevaba. ¿Le habían ayudado a Gideon a elegir el atuendo? Y en el caso de que así fuera, ¿le había hecho alguien de modelo?

—No lo sé. —Megumi cogió su copa y sorbió la paja con cara triste—. No me atrevo a preguntar.

Yo agarré uno de los cuatro vasitos que había en la mesa y un pedazo de lima.

—¡Vanos, de un trago y salgamos a bailar! —grité

—¡Carajo, sí! —Shawna se tomó su vasito de Patrón sin esperarnos a las demás, y, a continuación, se metió el trozo de limón en la boca. Dejó la cáscara sin bagazo en el vaso vacío y nos lanzó una mirada—. ¡Deprisa, tardonas!

Yo fui la siguiente, estremeciéndome cuando el tequila se llevó el sabor del arándano. Lacey y Megumi se lo tomaron a la vez, brindando entre ellas con un «*Kanpai!*» a voz en grito antes de trincárselo.

Llegamos en grupo a la pista de baile, Shawna a la cabeza, con su vestido azul eléctrico, que era casi tan brillante bajo las luces oscuras como el uniforme del club. Nos engulló una masa de contorsionados danzantes, y enseguida nos vimos apretadas entre voluptuosos cuerpos masculinos.

Me desaté, me dejé llevar por el ritmo estridente de la música y el tórrido ambiente de la discoteca. Levanté las manos y empecé a menearme, liberándome de la tensión acumulada durante la larga e inútil tarde con mi madre. En un momento determinado, creí que había perdido la confianza en ella. Por mucho que me prometiera que las cosas serían diferentes ahora que Nathan no estaba, me costaba creerle. Se había pasado de la raya demasiadas veces.

—Eres guapísima —me gritó alguien al oído.

Miré por encima del hombro y me encontré con un tipo de pelo oscuro encorvado sobre mí.

—Gracias.

Era mentira, por supuesto. El pelo me caía sobre las sienes y el cuello sudorosos en una pegajosa maraña. Me daba igual. La música seguía atronando, encadenándose una canción con otra.

Me deleitaba en la absoluta sensualidad del lugar y en la descarada pulsión hacia el sexo esporádico que el mundo parecía rezumar. Me encontraba entre una pareja —una chica a mi espalda y su novio delante de mí— cuando vislumbré a alguien conocido. Debió de verme él a mí primero, porque se dirigía hacia mí.

—¡Martin! —grité, escapando de aquel sándwich de choques y frotamientos. Anteriormente sólo me había encontrado con el sobrino de Stanton durante las vacaciones. Sólo nos habíamos visto una vez desde que me trasladé a Nueva York, pero entonces me figuré que con el tiempo nos veríamos más.

—Hola, Eva. —Me estrechó en un fuerte abrazo, y a continuación se echó hacia atrás para mirarme.

—Estás fantástica. ¿Qué tal te va?

—¡Vamos a tomar algo! —grité, notándome la boca demasiado reseca como para mantener una conversación con el nivel de decibelios que se necesitaba entre la multitud.

Agarrándome de la mano, me sacó de la aglomeración y yo señalé hacia mi mesa. En cuanto nos sentamos, apareció la camarera con otro vodka con jugo de arándanos.

Y así toda la noche, aunque me había fijado en que la bebida era más oscura a medida que pasaban las horas, señal inequívoca de que la proporción vodka-jugo iba convirtiéndose en jugo más que otra cosa. Sabía que era algo deliberado y, como era de esperar, Gideon se las había ingeniado para hacer llegar sus instrucciones a todos los clubes. Como nadie me impedía complementarla con *shots*, no me importaba mucho.

—Bueno —empecé a hablar, tomando un agradable sorbo antes de pasarme el vaso helado por la frente—. ¿Cómo te ha ido?

—Fenomenal. —Sonrió, muy apuesto, vestido con una camiseta beis de cuello de pico y unos vaqueros negros. El pelo, oscuro, no lo llevaba tan largo como Gideon, pero le caía en la frente de manera atractiva, enmarcándole unos ojos que yo sabía que eran grises pero que nadie habría sido capaz de distinguir con la iluminación que había en el club—. ¿Qué tal te trata el mundo de la publicidad?

—¡Me encanta mi trabajo!

Rio ante mi entusiasmo.

—Ojalá todos pudiéramos decir lo mismo.

—Creía que te gustaba trabajar con Stanton.

—Me gusta. Y el dinero también. Pero no puedo decir que me guste el trabajo.

La camarera le trajo su whisky con hielo y entrechocamos los vasos.

—¿Estás con alguien?

—Con unos amigos —miró a su alrededor— que se han perdido en la jungla. ¿Y tú?

—También. —Crucé la mirada con Lacey, que seguía en la pista de baile, y me dio el visto bueno levantando los dos pulgares—. ¿Sales con alguien, Martin?

Esbozó una amplia sonrisa.

—No.

—¿Te gustan las rubias?

—¿Te me estás insinuando?

—No exactamente. —Enarqué las cejas en dirección a la Lacey y señalé a Martin con la cabeza. Por un momento pareció sorprenderse, luego sonrió y se acercó corriendo.

Los presenté y me gustó mucho ver que hacían buenas migas. Martin siempre era divertido y encantador, y Lacey era vivaz y atractiva de una manera muy especial, más que guapa, carismática.

Megumi volvió a la mesa y nos pedimos otra ronda de *shots* antes de que Martin le preguntara a Lacey si quería bailar.

—¿Tienes más chicos buenos en el bolsillo? —preguntó Megumi, cuando la pareja se escabulló.

Me habría gustado tener el *smartphone* en el bolsillo.

—Estás fatal, chica.

Se me quedó mirando durante un minuto largo. Luego torció los labios.

—Estoy borracha.

—Eso también. ¿Quieres otro?

—¿Por qué no?

Nos pedimos otro *shot* cada una, que despachamos justo cuando Shawna volvía con Lacey, Martin y dos amigos de éste, Kurt y Andre. Kurt era guapísimo, con el pelo rubio arenoso, mandíbula cuadrada y una sonrisa petulante. Andre era mono también, con un brillo travieso en sus ojos oscuros y unas rastas que le llegaban a los hombros. Se fijó en Megumi, lo cual le levantó el ánimo.

Poco después nuestro grupo ampliado estaba partiéndose de risa.

—Y cuando Kurt volvió del baño —terminó Martin la anécdota— se embolsó a todo el restaurante.

Andre y Martin empezaron a carcajearse. Kurt les tiraba trozos de limón.

—¿Y eso qué quiere decir? —pregunté, sonriendo pese a que no había entendido la gracia del final.

—Es cuando te dejas la «bolsa» colgando fuera de la bragueta —explicó Andre—. Al principio la gente no acaba de entender lo que está viendo, luego se figuran que de alguna manera no te has dado cuenta de que llevas las bolas al aire. Y nadie dice ni una palabra.

—¡No es cierto! —Shawna casi se cae de la silla.

Alborotábamos tanto que la camarera nos pidió que bajáramos un poco la voz... con una sonrisa. La tomé del codo antes de que se marchara.

—¿Hay algún teléfono que pueda utilizar?

—Pregunta en la barra —dijo—. Diles que Dennis, el encargado, dio el permiso y ellos te comunicarán.

—Gracias. —Me levanté de mi asiento cuando ella se fue. No tenía ni idea de quién era Dennis, pero me había dejado llevar toda la noche a sabiendas de que Gideon habría dispuesto todo de manera impecable—. ¿Alguien quiere agua? —pregunté a los demás.

Todos me abuchearon y me lanzaron servilletas de papel arrugadas. Riendo, fui a la barra y esperé a que se abriera un hueco para pedir Pellegrino y el teléfono. Marqué el número del teléfono móvil de Gideon, dado que era el que me sabía de memoria. Imaginé que sería seguro, ya que llamaba desde un lugar público de su propiedad.

—Cross —contestó, enérgicamente.

—Hola, campeón. —Me apoyé en la barra y me tapé el otro oído con la mano—. Te llamo con unas cuantas copas encima.

—Se nota. —Enseguida empezó a hablar más despacio, con una voz más cálida. Era cautivadora incluso por encima de la música—. ¿La estás pasando bien?

—Sí, pero te echo de menos. ¿Te tomaste las vitaminas?

Se le notaba una sonrisa en la voz cuando preguntó:

—¿Estás cachonda, cielo?

—¡Por tu culpa! Este club es como el Viagra. Estoy sofocada, sudorosa y chorreando feromonas. Y fui una chica mala, ¿sabes? Bailé como si no tuviera pareja.

—A las chicas malas se les castiga.

—Entonces quizá debería ser mala de verdad, para que el castigo valga la pena.

Gruñó.

—Vuelve a casa y sé mala conmigo.

Imaginarlo en casa, preparado para mí, me hizo desearlo aún más.

—Estoy atrapada hasta que las chicas estén listas, y parece que aún van a tardar un buen rato.

—Puedo ir yo. En veinte minutos podrías tener mi verga dentro de ti. ¿Quieres?

Paseé la mirada por el club, vibrando mi cuerpo entero con la energizante música que sonaba. Imaginarlo allí, cogiendo con él en aquel lugar sin restricciones, hacía que me retorciera de gusto sólo de pensarlo.

—Sí que quiero.

—¿Ves la pasarela elevada?

Dándome la vuelta, levanté la vista y vi una pasarela suspendida entre las paredes. Varias parejas se frotaban al ritmo de la música seis metros por encima de la pista de baile.

—Sí.

—Hay una parte que gira en una esquina con espejos. Nos vemos allí. Prepárate, Eva —exigió—. Cuando te encuentre, tienes que estar ya con el coño desnudo y húmedo.

Me estremecí al oír aquella orden tan familiar, consciente de que eso suponía que sería brusco e impaciente. *Justo lo que yo quería.*

—Llevo puesto un...

—Cielo, ni una multitud de millones de personas bastaría para esconderte de mí. Te encontré una vez, y siempre lo haré.

El deseo me abrasaba las venas.

—Date prisa.

Estiré el brazo para dejar el auricular en su sitio, junto a la caja, y cogí la botella de agua mineral, que me bebí entera. Luego me dirigí al baño, donde hice cola durante una eternidad con el fin de prepararme para Gideon. Estaba mareada por el alcohol y toda aquella animación, e ilusionadísima porque mi novio —posiblemente uno de los hombres más ocupados del mundo— lo dejara todo para... ocuparse de mí.

Me lamí los labios, cambiando el peso de mi cuerpo de un pie a otro. Entré corriendo en una cabina del servicio de señoras y me deshice de los calzones antes de plantarme delante de un lavabo y un espejo para refrescarme con una toallita húmeda. Del maquillaje casi no quedaba ni rastro, salvo por el rímel corrido, y tenía las mejillas encendidas por el calor y el esfuerzo. Del pelo era mejor no hablar, todo alborotado y pegado a la cara.

Curiosamente, no estaba nada mal. Se me veía sexy y dispuesta.

Lacey se encontraba en la cola y me paré un momento a hablar con ella cuando me dirigía hacia la salida del abarrotado baño.

—¿Te la estás pasando bien? —le pregunté.

—¡Ya lo creo! —Sonrió—. Gracias por presentarme a tu primo.

No me molesté en sacarla del error.

—De nada. ¿Puedo preguntarte algo? Es sobre Michael.

Se encogió de hombros.

—Adelante —dijo.

—Tú saliste con él primero. ¿Qué era lo que no te gustaba?

—No había química. Un tipo guapo y triunfador. Pero, por desgracia, no me apetecía tirar con él.

—Devuélvelo —terció la siguiente chica que estaba en la cola.

—Eso hice.

—Entiendo. —Respetaba totalmente que no se siguiera adelante con una relación carente de ardor sexual, pero seguía preocupándome aquella situación. No me gustaba ver a Megumi tan abatida—. Voy a ver si me tiro a un buenorro.

—A ello, chica —dijo Lacey con un movimiento de cabeza.

Salí en busca de las escaleras que conducían a la pasarela elevada. Las encontré vigiladas por un gorila que controlaba el número de cuerpos a los que se permitía subir. Había cola y la miré con consternación.

Mientras consideraba el retraso al que me enfrentaba, el gorila descruzó los brazos del pecho y se apretó el auricular que llevaba en el oído, a todas luces concentrándose en lo que le estuvieran diciendo por el receptor. Parecía samoano o maorí, con aquella piel color caramelo, la cabeza afeitada y el pecho y los bíceps enormes y macizos. Tenía cara de niño, aún más adorable cuando su temible expresión se vio sustituida por una amplia sonrisa.

Bajó la mano de la oreja y me señaló con un dedo.

—¿Tú eres Eva?

Hice un gesto afirmativo.

Echó un brazo atrás y descolgó el cordón de terciopelo que bloqueaba la escalera.

—Sube.

Hubo un clamor de protesta entre los que estaban esperando. Me disculpé con una sonrisa y subí corriendo las escaleras todo lo deprisa que me permitían los tacones. Cuando llegué arriba, una gorila me dejó pasar y me señaló a la izquierda. Vi el rincón que había mencionado Gideon, donde se unían dos paredes espejo y la pasarela hacía un giro en forma de ele.

Me abrí camino entre cuerpos que se retorcían, acelerándoseme el pulso a cada paso que daba. Allí arriba la música estaba menos alta y el aire más húmedo. El sudor brillaba en la piel expuesta y la altura daba sensación de peligro, pese a que la barandilla de cristal que rodeaba la pasarela llegaba hasta el hombro. Ya casi había alcanzado la zona de espejos cuando un hombre me agarró por la cintura y, tirando de mí hacia atrás, se me pegó a la espalda meneando las caderas sin parar.

Mirando por encima del hombro, vi al tipo con el que había bailando antes, el que me había llamado guapa. Sonreí y empecé a bailar, cerrando los ojos, dejándome llevar por la música. Cuando comenzó a deslizarme las manos por encima de la cintura, se las cogí y volví a bajárselas hasta las caderas, junto con las mías. Él se rio y bajó las rodillas para alinear su cuerpo con el mío.

Estuvimos así tres canciones, hasta que tuve la íntima convicción de que Gideon andaba cerca. Aquella descarga eléctrica me recorrió la piel, acentuando todas las sensaciones. De repente, la música era más alta, la temperatura también, la sensualidad del club más excitante.

Sonreí y abrí los ojos, y lo vi que venía hacia mí como una flecha. Me enardecí al instante, y se me hacía la boca agua mientras me comía con los ojos a aquel hombre vestido con camiseta negra y jeans, y el pelo retirado de aquella cara que quitaba el hipo. Nadie que lo viera reconocería en él a Gideon Cross, el magnate de fama internacional. Aquel tipo parecía más joven y más rudo, inconfundible sólo porque rezumaba sexualidad por todos los poros de su piel. Me lamí los labios ante la perspectiva, arrimándome al tipo que tenía a mis espaldas, restregando voluptuosamente el culo contra él mientras él seguía meneando las caderas.

Gideon iba con las manos apretadas a los lados, en una actitud agresiva y depredadora. No aminoró el paso cuando se acercó a mí, su cuerpo en rumbo de colisión con el mío. Salí a su encuentro en el último paso y me arroje a él. Nuestros cuerpos chocaron; le eché los brazos al cuello y le bajé la cabeza para atraparle la boca en un húmedo y ardiente beso.

Con un gruñido, Gideon me abarcó el trasero y me apretó contra él, despegándome del suelo. Me magullaba los labios con la furia de su pasión, inundándome la boca con unas duras y penetrantes zambullidas de lengua, que me advertían de las violentas sombras de su lujuria.

El tipo con el que había estado bailando surgió detrás de mí, poniéndome las manos en el pelo y los labios en los omóplatos.

Gideon se echó para atrás, con una preciosa expresión furibunda en la cara.

—¡Piérdete!

Miré al chico y me encogí de hombros.

—Gracias por el baile.

—Cuando quieras, hermosa. —Agarró de la cintura a una chica que pasaba por allí y se marchó.

—Cielo. —Con un gruñido, Gideon me apretó contra el espejo, clavándome el muslo entre las piernas—. Eres una chica mala.

Con ansia y sin asomo de pudor, cabalgué sobre él, sofocando un grito al tacto de la tela de jeans contra mi delicado sexo.

—Sólo para ti.

Me agarró las nalgas desnudas por debajo del vestido, espoleándome. Me mordía la oreja, me rozaban en el cuello mis pendientes *chandelier* de plata. Él respiraba con dificultad, y en su pecho resonaba un murmullo. Olía muy bien, y mi cuerpo respondía, acostumbrado a asociar su aroma con el más desenfrenado y tórrido de los placeres.

Bailamos, apretadísimos, moviendo el cuerpo como si no hubiera ropa entre nosotros. La música retumbaba a nuestro alrededor, dentro de nosotros, y él movía su increíble cuerpo siguiendo el ritmo, embelesándome. Ya habíamos bailado antes, pero nunca de aquella forma, no con aquellos movimientos sensuales y lascivos. Estaba sorprendida, excitada, más enamorada, si cabía.

Gideon me miraba con los párpados caídos, seduciéndome con su avidez y su inhibición. Estaba perdida en él, envuelta en él, arañando por acercarme más.

Me amasaba el pecho a través del fino corpiño negro de mi vestido de tirantes. La tira incorporada que hacía las veces de sujetador no le suponía ningún obstáculo. Acariciaba y luego tiraba de la punta endurecida de mi pezón.

Con un gemido, apoyé la cabeza contra el espejo. Había decenas de personas a nuestro alrededor, pero no me importaba. Sólo quería tener sus manos encima, su cuerpo contra el mío, su aliento en mi piel.

—¿Quieres? —preguntó con voz ronca—. ¿Aquí mismo?

Me estremecí ante la idea.

—¿Lo harías?

—Quieres que lo vean. Quieres que vean cómo penetro con mi verga ese coñito voraz hasta inundarte de leche. Quieres que demuestre que eres mía. —Me clavó los dientes en el hombro—. Que te lo haga sentir.

—Quiero que demuestres que *tú* eres mío —lo solté, metiendo las manos en los bolsillos de sus jeans para palpar su culo macizo—. Quiero que lo sepa todo el mundo.

Gideon encajó un brazo debajo de mi trasero y me levantó, plantando la otra mano contra una especie de almohadilla que había en la pared junto al espejo. Oí un tenue pitido, luego se abrió una puerta en el espejo que tenía a mis espaldas y entramos en una oscuridad casi absoluta. La entrada oculta se cerró detrás de nosotros, amortiguando la música. Estábamos en un despacho, con una mesa, una zona de descanso y una vista de ciento ochenta grados del club a través de un espejo de cristal polarizado.

Me dejó en el suelo y me giró, sujetándome de cara en el lado transparente del cristal. El club se extendía ante mí, y la gente que bailaba en la pasarela estaba a escasos centímetros de distancia. Las manos de Gideon ascendieron por la falda hasta el canesú de mi vestido, deslizando los dedos por el escote y retorciéndome un pezón.

Estaba atrapada. Su cuerpazo cubría el mío, me rodeaba con sus brazos, su torso contra mis caderas, con los dientes en mi hombro, inmovilizándome. Le pertenecía.

—Tú dime cuándo es demasiado —susurró, desplazando los dientes hacia el cuello—. Di la contraseña antes de que te asuste.

Me invadía la emoción, una sensación de agradecimiento por aquel hombre que siempre —*siempre*— pensaba en mí primero.

—Yo te provoqué, así que quiero que me tomes, como un salvaje.

—Estás más que preparada... —ronroneó, metiéndome dos dedos rápidamente y con fuerza—. Estás hecha para coger.

—Hecha para ti —dije con la respiración entrecortada, empañando el cristal con el aliento. Estaba enardecida por él, el deseo se me derramaba desde dentro, desde un pozo de amor que no podía contener.

—¿Lo olvidaste esta noche? —Quitó la mano que tenía en mi sexo e, introduciéndola entre los dos, se bajó la bragueta—. ¿Cuando te tocaban otros hombres, frotándose contra ti?, ¿te olvidaste de que me perteneces?

—Nunca. Nunca me olvido de ello. —Cerré los ojos, al notar su erección, dura y cálida, contra mis nalgas desnudas. Él también estaba preparado. Para mí—. Yo te llamé. Te deseaba.

Me recorrió la piel con los labios, dejando una estela abrasadora hasta mi boca.

—Entonces, tómame, cielo —dijo, persuasivo, su lengua tocando la mía con juguetonas lameduras—. Méteme dentro de ti.

Arqueando la espalda, alargué un brazo entre las piernas y le rodeé la verga con la mano. Él flexionó las rodillas, acoplándose a mí.

Hice una pausa, girando la cabeza para apretar mi mejilla contra la suya. Me encantaba que pudiera experimentar aquello con él, que pudiera estar de aquella manera con él. Moviendo las caderas en círculo, me froté el clítoris contra el ancho capullo de su verga, dejándolo resbaladizo con mi excitación.

Gideon me apretaba mis pechos hinchados, mulléndolos.

—Ven hacia mí, Eva. Apártate del cristal.

Puse las palmas en el espejo polarizado, y me eché hacia atrás, descansando la cabeza en su hombro. Me puso una mano en el cuello, me agarró de la cadera y me penetró con tanta fuerza que me levantó en el aire. Me mantuvo así, suspendida en sus brazos, henchida de su verga, inundándome los sentidos con los sonidos de placer que emitía.

Al otro lado del espejo, el club seguía atronando. Me abandoné al perverso e intensísimo placer del sexo aparentemente exhibicionista, una fantasía ilícita que siempre nos volvía locos.

Me retorcí, incapaz de aguantar aquel placer excesivo. Alargué un poco más la mano que tenía entre las piernas y le agarré la bolsa. Estaba tan duro y lleno, tan preparado... Y dentro de mí...

—¡Oh, Dios! Estás tan duro...

—Estoy hecho para coger contigo —susurró, provocándome temblores de placer por todo el cuerpo.

—Hazlo. —Puse las dos manos en el cristal, a punto de estallar—. ¡Ya!

Gideon me inclinó hasta los pies, sujetándome mientras me doblaba por la cintura, abriéndome para él, para que pudiera deslizarse hasta el fondo. Dejé escapar un tenue y agudo grito cuando me cogió por las caderas y me dirigió, sabiendo exactamente cómo colocarme para encajar dentro de mí. La tenía demasiado grande, demasiado larga y gruesa. El estiramiento era intenso. Delicioso.

Me temblaba la vagina, se contraía desesperadamente en torno a su miembro. Él emitió un bronco sonido de placer, saliéndose un poco antes de deslizarse de nuevo lentamente. Una y otra vez. Frotándome con el ancho capullo de su verga el racimo de nervios que, en lo más profundo de mí, sólo él había alcanzado.

Gemía, clavando los dedos con frenesí, dejando rastros de vapor en el cristal. Era dolorosamente consciente del latido distante de la música y de la multitud de personas que yo veía con la misma claridad que si estuvieran en la habitación con nosotros.

—Eso es, cielo —dijo, con tono de urgencia—. Quiero oír cuánto te gusta.

—Gideon. —Las piernas se me sacudieron violentamente por un movimiento especialmente hábil, el peso de mi cuerpo sosteniéndose sólo en el cristal y en el firme control de Gideon.

Estaba tan excitada que casi no podía soportarlo, ávida, sintiendo la sumisión de mi postura y la dominación de ser montada. No podía hacer nada salvo aceptar lo que Gideon me daba, el deslizamiento y la retirada, rítmicos, los sonidos de la sed que lo devoraba. El roce de sus jeans contra mis muslos me sugería que se los había bajado lo suficiente para liberar la verga, una señal de impaciencia que me estremecía.

Retiró una mano de mi cadera y me la posó en el culo. Notaba la yema de su pulgar, húmeda de saliva, frotándome el estrecho pliegue de mi trasero.

—No —supliqué, temiendo volverme loca. Pero ésa no era mi contraseña (*Crossfire*) y me abrí como una flor para él, cediendo a la exigente presión.

Él bramó, reclamando ese oscuro lugar. Se me echó encima, moviendo una mano para tocarme el sexo, para abrirme y frotar mi clítoris palpitante.

—Mía —dijo con voz ronca—. Eres mía.

Era demasiado. Me vine con un grito, sacudiéndome violentamente, chirriando mis manos en el cristal al resbalárseme las palmas sudorosas. Él empezó a bombear el éxtasis dentro de mí; su pulgar en mi trasero era un tormento irresistible, sus inteligentes dedos en mi clítoris me enloquecían. Un orgasmo se encadenaba con el siguiente, mi sexo tremolaba a lo largo de aquella verga que se me clavaba.

Él emitió un ronco sonido de deseo y se hinchó dentro de mí, buscando el clímax.

—¡No te vengas! ¡Aún no! —exclamé, jadeando.

Gideon disminuyó el tempo, áspera su respiración en la oscuridad.

—¿Cómo me quieres?

—Quiero mirarte. —Gemí cuando noté que la vagina se me tensaba otra vez—. Quiero verte la cara.

Él se retiró y me puso derecha. Me giró y me levantó. Me sujetó contra el cristal y me ensartó con fuerza. En aquel momento de posesión, me dio lo que necesitaba. La vidriosa mirada de indefenso placer, el instante de vulnerabilidad antes de que el deseo incontenible tomara el control.

—Quieres mirarme mientras me derramo —dijo ásperamente.

—Sí. —Me bajé los tirantes de los hombros y me descubrí los pechos, levantándolos y apretándolos, jugueteando con mis pezones. El cristal vibraba con los golpes en mi espalda; Gideon vibraba frente a mí, sin apenas freno en el cuerpo.

Apreté mis labios contra los suyos, absorbiendo sus jadeos.

—Déjate ir —susurré.

Sosteniéndome sin esfuerzo, se retiró, arrastrando la gruesa y pesada corona por los tejidos hipersensibles de mi interior. Luego me penetró con poderío, llevándome al límite.

—¡Oh, Dios! —Me retorcí entre sus manos—. Estás tan adentro...

—*Eva.*

Me cogió con fuerza, embistiendo como un poseído. Temblando, me agarré y abrí las piernas completamente para acoger las implacables acometidas de su enhiesto pene. Se había abandonado al instinto, al apremiante deseo de aparearse. Dejaba escapar unos gemidos salvajes que me excitaban y lubrificaban de tal manera que mi cuerpo no ofrecía resistencia y daba la bienvenida a su desesperada necesidad.

Fue rudo, lascivo y sexy a más no poder. Arqueó el cuello y musitó mi nombre.

—Vente para mí —exigí, contrayendo los músculos de la vagina, apretándole.

Su cuerpo entero se sacudió con fuerza, se estremeció. Torció la boca en una mueca de agónica dicha, con la mirada perdida ante el clímax inminente.

Gideon se vino con un rugido animal, derramándose con tanta fuerza que yo lo sentí. Una y otra vez, calentándome desde dentro con espesas ráfagas de semen.

Yo lo besaba por doquier, mis piernas y brazos aguantando con fuerza.

Se derrumbó sobre mí, pugnando por respirar.

Viniéndose aún.

10

LO PRIMERO QUE vi cuando me desperté el domingo por la mañana fue un frasco con una etiqueta como las de antes en la que se leía REMEDIO PARA LA RESACA. Un lazo de rafia adornaba el cuello de dicho frasco y un tapón de corcho mantenía el nauseabundo contenido a buen recaudo. El «remedio» funcionaba, como había comprobado la vez anterior que Gideon me había dado aquel mejunje, pero verlo me recordó el mucho alcohol que había consumido la noche anterior.

Apretando los ojos, solté un gruñido y hundí la cabeza en la almohada, deseando volver a dormirme.

La cama se movía. Noté unos labios, cálidos y firmes, recorriéndome la espalda desnuda.

—Buenos días, cielo mío.

—Pareces muy contento y satisfecho de ti mismo —musité.

—Satisfecho de ti, en realidad.

—Maníaco.

—Me refería a tus sugerencias sobre gestión de crisis, pero ni qué decir tiene que el sexo fue fenomenal, como siempre. —Deslizó una mano bajo la sábana que tenía enredada en la cintura y me pellizcó el culo.

Levanté la cabeza y me lo encontré a mi lado, apoyado contra la cabecera de la cama, con el portátil en el regazo. Estaba para comérselo, como era habitual, con unos pantalones de cordón holgados, y se le veía muy tranquilo. Seguro que yo no estaba ni de lejos tan atractiva. Había vuelto a casa en la limusina con las chicas y después me reuní con Gideon en su apartamento. Casi había amanecido cuando terminé con él, y estaba tan cansada que caí rendida en la cama con el pelo todavía mojado tras una ducha rápida.

Me produjo una agradable sensación de placer verlo allí a mi lado. Él había dormido en la habitación de invitados y tenía un despacho dónde trabajar. El hecho de que eligiera hacerlo en la cama donde yo había dormido significaba que, sencillamente, quería estar cerca de mí, aun cuando estuviera inconsciente.

Volví la cabeza para mirar el reloj de la mesilla, pero la mirada se me quedó enganchada en la muñeca.

—Gideon... —El reloj que me había colocado en el brazo mientras dormía me fascinaba. En aquella pieza de inspiración *art déco* brillaban cientos de diminutos diamantes. La correa era de un satén crema y la esfera de madreperla llevaba las marcas de Patek Philippe y Tiffany & Co.—. Es *precioso*.

—Sólo hay veinticinco como ése en el mundo, así que en absoluto es tan único como tú, pero, claro, ¿qué lo es? —Bajó hacia mí la cabeza y sonrió.

—Me encanta. —Me puse de rodillas—. Te quiero.

Dejó el portátil a un lado justo cuando me puse a horcajadas sobre él para abrazarlo con todas mis fuerzas.

—Gracias —susurré, emocionada por el detalle. Debió de salir a comprarlo mientras yo estaba en casa de mi madre o justo después de irme con las chicas.

—Humm. Dime cómo ganarme uno de esos abrazos desnudos todos los días.

—Siendo tú, campeón. —Acerqué mi mejilla a la suya—. Tú eres lo único que necesito.

Me levanté de la cama y me dirigí al baño con la pequeña botella ámbar en la mano. Tragué el contenido con un escalofrío, me cepillé los dientes y el pelo, y me lavé la cara. Me puse una bata y regresé al dormitorio, donde me encontré con que Gideon se había ido y dejado el portátil abierto en mitad de la cama.

Pasé por delante de su despacho y vi que estaba de pie, con las piernas separadas y los brazos cruzados, de cara a la ventana. La ciudad se extendía ante él. No era la vista que tenía desde su despacho en el Crossfire o en el ático, sino a más corta distancia. Más cercana e inmediata.

—No comparto tu preocupación —dijo enérgicamente dirigiéndose al micrófono del auricular—. Soy consciente del riesgo... No digas más. No hay nada que discutir. Redacta el acuerdo como se especifica.

Reconocí al instante ese acerado tono de voz que adoptaba cuando hablaba de negocios, y no me detuve. Seguía sin saber exactamente qué contenía el frasco, pero imaginaba que eran vitaminas con alguna clase de licor. Una copa más para que se pasara la resaca. Estaba entonándome el estómago, y amodorrándome también, así que fui a la cocina a prepararme un café.

Provista de cafeína, me dejé caer en el sofá y miré si tenía mensajes en el *smartphone*. Fruncí el ceño cuando vi que tenía tres llamadas perdidas de mi padre, todas ellas antes de las ocho de la mañana en California. Vi que también tenía una docena de llamadas de mi madre, pero no tenía intención de hablar con ella otra vez hasta el lunes, al menos. Y había un mensaje de texto de Cary en el que gritaba: «¡LLÁMAME!».

Llamé a mi padre primero, procurando tomar un trago de café antes de que respondiera.

—Eva.

La angustia con la que mi padre pronunció mi nombre me dijo que algo iba mal. Me senté más derecha.

—Papá... ¿va todo bien?

—¿Por qué no me contaste lo de Nathan Barker? —Su voz era áspera y llena de aflicción. Se me puso la piel de gallina.

¡Demonios! Se había *enterado*. Me temblaba tanto la mano que se me derramó el café caliente en la mano y el muslo. Me había asustado tanto la angustia de mi padre que ni siquiera lo noté.

—Papá, yo...

—No puedo creer que no me lo dijeras. Ni Monica. Dios mío... Ella tendría que haberme dicho algo. Tú deberías habérmelo dicho. —Su respiración era trémula—. ¡Tenía derecho a saberlo!

La pena me caló hasta lo más hondo. Parecía que mi padre —un hombre cuyo autodominio era comparable al de Gideon— estaba llorando.

Dejé la taza encima de la mesa de centro, respirando de manera acelerada y superficial. Los antecedentes juveniles de Nathan habían salido a la luz a raíz de su muerte, exponiendo el horror de mi pasado a cualquiera que tuviera el conocimiento y los medios para buscarlo. Mi padre, que era policía, contaba con esos medios.

—No podrías haber hecho nada —le dije, anonadada, pero procurando mantener la compostura por su bien. Oí en mi *smartphone* el pitido de una llamada, pero hice caso omiso—. Ni antes ni después.

—Podría haber estado contigo. Podría haber cuidado de ti.

—Y lo hiciste, papá. Conocer al doctor Travis me cambió la vida. Realmente no empecé a enfrentarme a nada hasta ese momento. No te imaginas lo mucho que me ayudó.

Gruñó, y fue un tenue sonido de pesadumbre.

—Debería haber luchado contra tu madre por ti. Tendrías que haber estado conmigo.

—Oh, Dios. —Sentí una punzada en el estómago—. No puedes culpar a mamá. Durante mucho tiempo ella no supo lo que sucedía. Y cuando se enteró, hizo todo...

—¡*A mí* no me lo dijo! —gritó, haciéndome dar un respingo—. ¡Tendría que habérmelo dicho, carajo! ¿Y cómo podía ella no saberlo? Tuvo que haber señales... ¿Cómo pudo no verlas? ¡Jesús! Las vi yo cuando viniste a California.

Sollozaba, incapaz de contener la angustia.

—Le supliqué que no te lo dijera. Se lo hice prometer.

—No eras tú quien debía tomar esa decisión, Eva. Eras una niña. Ella tendría que haberse dado cuenta.

—¡Lo siento! —Lloré. El insistente e incesante pitido de una llamada en espera me estaba poniendo nerviosa—. Lo siento mucho. No quería que Nathan hiciera daño a ninguna persona más de las que yo amaba.

—Voy a ir a verte —dijo, con repentina tranquilidad—. Voy a tomar el primer vuelo que haya. Te llamaré cuando llegue.

—Papá...

—Te quiero, cariño. Lo eres todo para mí.

Colgó. Hecha polvo, me quedé allí sentada completamente aturdida. Sabía que el conocimiento de lo que me habían hecho sería un tormento para mi padre, pero no sabía cómo luchar contra esa oscuridad.

Mi teléfono empezó a vibrarme en la mano y me quedé mirando la pantalla, viendo el nombre de mi madre e incapaz de decidir qué hacer.

Vacilante, me levanté y lo dejé en la mesita como si me quemara. No podía hablar con ella. No quería hablar con nadie. Sólo quería a Gideon.

Fui a trompicones por el pasillo, rozando la pared con el hombro. Oí la voz de Gideon al acercarme a su despacho, aceleré el paso, las lágrimas se me agolpaban en los ojos.

—Te agradezco que pienses en mí, pero no —dijo con una voz tenue y firme que era diferente de la que le había oído poco antes. Era amable, más íntima—. Claro que somos amigos. Tú sabes por qué... no puedo darte lo que quieres de mí.

Llegué a su despacho y lo vi en su mesa, con la cabeza baja mientras escuchaba.

—Basta ya —dijo, gélidamente—. Por ahí, no, Corinne.

—Gideon —susurré, aferrándome a la jamba de la puerta con todas mis fuerzas.

Él levantó la vista, se irguió bruscamente y se levantó como movido por un resorte. Su expresión ceñuda desapareció.

—Tengo que dejarte —dijo, quitándose el auricular de la oreja y dejándolo en la mesa al rodearla—. ¿Qué pasa? ¿Estás enferma?

Me detuvo cuando me precipité en sus brazos. Lo necesitaba, y me inundó una sensación de alivio cuando me acercó a él y me abrazó estrechamente.

—Mi padre se enteró. —Apreté la cara contra su pecho, con ecos del dolor de mi padre en la cabeza—. Lo sabe.

Gideon me mecía en sus brazos. Su teléfono empezó a sonar. Farfullando exabruptos, salió de la habitación.

En el pasillo, oí el traqueteo de mi teléfono encima de la mesa de centro. El irritante sonido de dos teléfonos sonando a la vez incrementó mi angustia.

—Dime si tienes que atender esa llamada —dijo Gideon.

—Es mi madre. Seguro que mi padre ya la llamó, y está muy enfadado... Dios mío, Gideon. Está desolado.

—Entiendo cómo se siente.

Me llevó a la habitación de invitados y cerró la puerta tras él de una patada. Acostándome en la cama, cogió el mando a distancia de encima de la mesilla y encendió el televisor, bajando el volumen a un nivel que impedía que se oyera cualquier otro sonido excepto mis sollozos. Luego se tumbó a mi lado y me abrazó, pasándome las manos por la espalda una y otra vez. Lloré hasta que me dolieron los ojos y no me quedó nada.

—Dime qué puedo hacer —dijo cuando me serené.

—Va a venir. A Nueva York. —Se me hizo un nudo en el estómago ante la idea—. Creo que va a intentar tomar un avión hoy mismo.

—Cuando lo sepas, iré contigo a buscarlo.

—No puedes.

—¡Y una mierda no puedo! —exclamó sin vehemencia.

Le ofrecí la boca y suspiré cuando me besó.

—Debo ir sola. Está herido. No querrá que nadie más lo vea en ese estado.

Gideon asintió.

—Llévate mi coche.

—¿Cuál de ellos?

—El DB9 de tu nuevo vecino.

—¿Eh?

Se encogió de hombros.

—Lo reconocerás cuando lo veas.

No lo dudaba. Fuera el que fuese, el coche sería elegante, rápido y peligroso... como su dueño.

—Tengo miedo —murmuré, entrelazando aún más mis piernas con las suyas. Era tan fuerte y sólido... Quería aferrarme a él y no soltarme nunca.

Me pasó los dedos por el pelo.

—¿De qué?

—Las cosas ya están bastante jodidas entre mi madre y yo. Si mis padres se pelean, no quiero que me pongan en el medio. Sé que no lo llevarían bien, en especial mi madre. Están locamente enamorados el uno del otro.

—No me había dado cuenta.

—No los has visto juntos. Saltan chispas —expliqué, recordando que Gideon y yo nos habíamos separado cuando me enteré de que la química entre mis padres seguía al rojo vivo—. Y mi padre me confesó que aún estaba enamorado de ella. Me entristece pensarlo.

—¿Porque no están juntos?

—Sí, pero no porque yo quiera tener una gran familia feliz —aclaré—. Simplemente me disgusta la idea de pasar la vida sin la persona de la que estás enamorado. Cuando te perdí...

—*Nunca* me perdiste.

—Fue como si una parte de mí hubiera muerto. Vivir toda una vida así...

—Sería un infierno. —Gideon me pasó las yemas de los dedos por la mejilla y vi la desolación en sus ojos, el persistente espectro de Nathan obsesionándolo—. Deja que yo me encargue de Monica.

Lo miré con perplejidad.

—¿Cómo vas a hacerlo?

Frunció los labios a un lado.

—La llamaré y le preguntaré cómo estás llevando todo y qué tal te va. Empezaré el proceso de acercamiento a ti, públicamente.

—Sabe que te lo he contado todo. Puede que se venga abajo contigo.

—Mejor conmigo que contigo.

Eso fue casi suficiente para hacerme sonreír.

—Gracias.

—La distraeré y la haré pensar en otra cosa. —Me alcanzó la mano y tocó el anillo.

Campanas de boda. No lo dijo, pero entendí el mensaje. Y, efectivamente, eso es lo que mi madre pensaría. Un hombre de la posición de Gideon no volvía con una mujer valiéndose de la madre —en particular de una como Monica Stanton— a menos de que sus «intenciones» fueran serias.

Ése era un asunto que abordaríamos otro día.

DURANTE la hora siguiente, Gideon fingió estar en otra cosa; pero, en realidad, no se apartaba de mí y me seguía de una habitación a otra con cualquier pretexto. Cuando me sonó el estómago, me llevó a la cocina inmediatamente y preparó un plato de sándwiches, papas fritas y una ensalada de macarrones.

Comimos en la isla de cocina, y dejé que el consuelo de la atención que me prodigaba me calmara los nervios. Por muy complicadas que estuvieran las cosas, podía apoyarme en él. Eso hacía que muchos de los problemas a los que nos enfrentábamos parecieran superables.

¿Qué no *podríamos* conseguir estando juntos?

—¿Qué quería Corinne? —pregunté—. Además de a ti.

Se le endureció la expresión.

—No quiero hablar de Corinne.

Lo dijo con un tono que me inquietó.

—¿Va todo bien?

—¿Qué acabo de decir?

—Algo poco convincente que prefiero pasar por alto.

Emitió un sonido de exasperación, pero se aplacó.

—Está disgustada.

—¿Gritando de disgusto o llorando de disgusto?

—¿Acaso importa?

—Sí. Hay una diferencia entre estar enojada con un hombre y estar hecha un mar de lágrimas por él. Por ejemplo: Deanna está enojada y puede planear tu destrucción; yo no paraba de llorar y apenas podía levantarme de la cama todos los días.

—¡Dios, Eva! —Puso una mano encima de la mía—. Lo siento.

—Déjate de disculpas. Ya harás las paces conmigo cuando tengas que vértelas con mi madre. Entonces, ¿Corinne está enfadada o llorosa?

—Estaba llorando. —Gideon hizo una mueca de dolor—. ¡Dios!, perdió los estribos.

—Siento mucho que tengas que pasar por eso, pero no dejes que te haga sentir culpable.

—La utilicé —dijo en un susurro—, para protegerte a ti.

Dejé mi sándwich en el plato y lo miré aguzando los ojos.

—¿Le dijiste que lo único que podías ofrecerle era tu amistad o no?

—Sabes que sí. Pero también alenté la impresión de que podía haber algo más, por la prensa y la policía. No fui muy claro. De *eso* es de lo que me siento culpable.

—Bueno, vamos a ver. Esa bruja quiso hacerme creer que te la habías tirado —levanté dos dedos— *dos veces*. Y la primera vez que lo hizo, me dolió tanto que aún no me he recuperado. Además, está casada, ¡por el amor de Dios! No tiene por qué andar seduciendo a mi hombre cuando ella tiene el suyo.

—Volviendo a lo de que me la tiraba. ¿De qué hablas?

Le expliqué los incidentes: el desastre del carmín en el puño y mi visita de improviso al apartamento de Corinne, cuando actuó como si acabara de coger con él.

—Bueno, eso cambia mucho las cosas —dijo—. Ya no tenemos nada más que decirnos.

—Gracias.

Alargó una mano para remeterme el pelo detrás de la oreja.

—Al final saldremos de todo esto.

—¿Qué haremos entonces? —musité.

—Seguro que se me ocurre algo.

—Sexo, ¿verdad? —Meneé la cabeza—. He creado un monstruo.

—No te olvides del trabajo... juntos.

—Oh, Dios mío. Nunca te das por vencido.

Masticó una papa frita y tragó.

—Me gustaría que echaras un vistazo a las webs renovadas de Crossroad y Cross Industries cuando terminemos de almorzar.

Me limpié los labios con una servilleta.

—¿En serio? Eso sí que fue rápido. Estoy impresionada.

—Tú espera a verlas antes de formarte una opinión.

GIDEON me conocía bien. El trabajo era para mí una válvula de escape y él me puso a ello. Me colocó con su portátil en el salón, se encargó de que mi teléfono dejara de sonar y se fue a su despacho para llamar a mi madre.

Durante los primeros minutos después de que me dejara sola, oí el tenue murmullo de su voz y traté de concentrarme en las páginas web que me había puesto delante, pero era inútil. Me resultaba muy difícil concentrarme, y terminé llamando a Cary.

—¿Dónde coños estás? —ladró a modo de saludo.

—Ya sé que es una locura —me apresuré a decir, convencida de que tanto mi madre como mi padre me habrían llamado al apartamento que compartía con Cary al no contestar al *smartphone*—. Lo siento.

Por el sonido de fondo imaginé que Cary se encontraba en la calle.

—¿Te importaría decirme qué está ocurriendo? Me está llamando todo el mundo: tus padres, Stanton, Clancy... Todos te están buscando y tú no respondes el celular. Me estoy poniendo histérico pensando qué te habrá pasado.

Mierda. Cerré los ojos.

—Mi padre se enteró de lo de Nathan.

Se quedó callado, el ruido distante del tráfico y los cláxones era la única indicación de que él seguía en el teléfono.

—¡Mierda! Nena, ¡qué putada!

Se me puso tal nudo en la garganta al oír la compasión que se reflejaba en su voz que no podía hablar. No quería llorar más.

De repente el ruido de fondo se amortiguó, como si hubiera entrado en algún lugar tranquilo.

—¿Cómo está? —preguntó Cary.

—Destrozado. Cary, fue *horrible*. Creo que lloraba, y estaba furioso con mamá. Probablemente por eso ha estado llamando tanto.

—¿Qué va a hacer?

—Va a venir a Nueva York. No sé cuándo, pero me dijo que me llamaría en cuanto llegara.

—¿Está de camino *ya*? ¿Hoy?

—Eso creo —respondí apenada—. No sé cómo se las está arreglando para conseguir días libres en el trabajo otra vez tan pronto.

—Prepararé la habitación de los invitados en cuanto llegue a casa, si no lo hiciste tú ya.

—Yo me encargo. ¿Dónde estás?

—Quedé con Tatiana para comer e ir al cine. Tengo que salir un poco.

—Siento mucho que te haya tocado atender mis llamadas.

—Da igual —respondió, restando importancia al asunto, como era habitual en Cary—. Estaba más preocupado que otra cosa. No has parado mucho en casa últimamente. No sé a qué te dedicas o a *quién* te dedicas. Estás muy rara.

El tono de acusación que delataba su voz aumentó mi remordimiento, pero no podía decirle nada.

—Lo siento.

Se quedó como esperando una explicación, luego dijo en voz baja.

—Estaré en casa dentro de un par de horas.

—De acuerdo. Hasta luego.

Colgué, y entonces llamó mi padrastro.

—Eva.

—Hola, Richard. —Fui derecha al grano—. ¿Ya llamó mi padre a mi madre?

—Un momento. —Hubo un momento de silencio al teléfono, luego oí que se cerraba una puerta—. Sí, llamó. Fue... muy desagradable para tu madre. Este fin de semana ha sido muy difícil para ella. No está bien, y me preocupa.

—Esto es duro para todos —dije—. Quería que supieras que mi padre viene a Nueva York y querré pasar unos días tranquila con él.

—Tienes que decirle a Victor que sea un poco más comprensivo con lo que ha pasado tu madre. Estaba sola, con una criatura traumatizada.

—Y tú has de comprender que tenemos que darle un tiempo para que lo asimile —repliqué, en un tono más áspero de lo que pretendía, pero que reflejaba mis sentimientos. Iban a obligarme a que tomara partido entre mis padres—. Y me gustaría que te encargaras de que mi madre dejara de llamarnos a mí y a Cary constantemente. Habla con el doctor Petersen si es necesario —sugerí, refiriéndome al terapeuta de mi madre.

—Monica está al teléfono ahora. Cuando esté libre, se lo comentaré.

—No se lo comentes sin más. Haz algo al respecto. Esconde los teléfonos en alguna parte si hace falta.

—Eso es exagerado e innecesario.

—No si no deja de hacerlo. —Tamborileaba sobre la mesa de centro—. Tú y yo somos culpables de andar siempre arropando a mamá (*¡Oh, no, no vamos a disgustar a Monica!*), porque preferimos darnos por vencidos antes que lidiar con sus crisis nerviosas. Pero eso se llama chantaje emocional, Richard, y ya estoy harta de pagar.

Se quedó callado.

—Ahora estás sometida a mucha tensión. Y...

—¿Tú crees? —Por dentro estaba pegando gritos—. Dile a mamá que la quiero y que la llamaré cuando pueda, que no será hoy.

—Puedes llamarnos a Clancy y a mí si necesitas algo —dijo con frialdad.

—Gracias, Richard. Te lo agradezco.

Colgué y tuve que contenerme para no lanzar el teléfono contra la pared.

HABÍA conseguido calmarme un poco y revisar la web de Crossroads antes de que Gideon saliera de su despacho. Parecía hecho polvo y un poco aturdido, lo cual no era de extrañar, dadas las circunstancias. Tratar con mi madre cuando estaba disgustada era un reto para cualquiera, y Gideon no podía recurrir a la experiencia.

—Ya te lo advertí —dije.

Levantó los brazos por encima de la cabeza y se estiró.

—Se recuperará. Creo que es más fuerte de lo que aparenta.

—Se pondría loca de contenta al oírte, ¿verdad?

Gideon se sonrió.

Yo puse los ojos en blanco.

—Cree que me hace falta un hombre rico que cuide de mí y me proteja.

—Ya lo tienes.

—Voy a dar por hecho que no lo dijiste en plan troglodita. —Me levanté—. Tengo que irme y preparar todo para la visita de mi padre. Tendré que quedarme en casa por la noche mientras esté él aquí, y quizá no sea buena idea que te cueles a hurtadillas en mi apartamento. Como te tome por un ladrón, te arresta.

—Y es una falta de respeto, también. Aprovecharé para dejarme ver por el ático.

—Entonces quedamos en eso. —Me froté la cara antes de contemplar mi nuevo reloj—. Al menos tendré una forma bonita de contar los minutos hasta que volvamos a estar juntos.

Se acercó a mí y me tomó por la nuca. Con el pulgar empezó a trazar incitantes círculos.

—Necesito saber que estás bien.

Asentí.

—Estoy cansada de que Nathan me dirija la vida. Me propongo empezar de nuevo.

Imaginé un futuro en el que mi madre no me acosara, a mi padre volvieran a irle bien las cosas, Cary fuera feliz, Corinne estuviera en un país lejano y Gideon y yo pudiéramos olvidarnos de nuestros pasados.

Y por fin estaba lista para luchar por ese futuro.

11

LUNES POR LA mañana. Hora de ir al trabajo. No sabía nada de mi padre, así que me preparé para salir. Estaba revolviendo en el vestidor cuando llamaron a la puerta del dormitorio.

—Adelante —grité.

Un minuto después oí a Cary, gritando a su vez:

—¿Dónde demonios estás?

—Aquí dentro.

Su sombra oscureció la entrada.

—¿Sabes algo de tu padre?

Dirigí la vista hacia él.

—Todavía no. Le mandé un mensaje pero no me ha respondido.

—O sea, que aún está en el avión.

—O perdió alguna conexión, ¿quién sabe?

Yo miraba la ropa con el ceño fruncido.

—Toma —entró, me rodeó y sacó del estante de abajo unos pantalones *palazzo* de lino y una blusa negra de encaje con manga japonesa.

—Gracias. —Y, como estaba muy cerca, le di un abrazo.

Él me lo devolvió tan fuerte que me dejó sin aire. Sorprendida por tanta efusión, permanecí un buen rato abarcándolo con los brazos y la mejilla apoyada en su pecho, a la altura del corazón.

Era la primera vez en varios días que se ponía jeans y camiseta y, como siempre, conseguía que pareciera un atuendo caro y llamaba la atención.

—¿Va todo bien? —le pregunté.

—Te echo de menos, nena —susurró con la boca en mi pelo.

—Es que no quería que te cansaras de mí. —Intenté que sonara a broma, pero su tono me había inquietado; le faltaba la jovialidad a la que me tenía acostumbrada—. Voy a tomar un taxi para ir al trabajo, así que me queda un poco de tiempo. ¿Tomamos un café?

—Sí. —Se echó hacia atrás y sonrió. Se le veía guapísimo y juvenil. Me tomó de la mano para salir del vestidor. Tiré las prendas sobre un sillón de camino a la cocina.

—¿Vas a salir? —le pregunté.

—Hoy tengo una sesión de fotos.

—¡Vaya!, ¡qué buena noticia! —Me acerqué a la cafetera mientras él sacaba de la nevera una mezcla de crema y leche—. Parece que tenemos otra razón para buscar una botella de vino Cristal.

—De ningún modo —bufó—. No con todo lo que está pasando con tu padre.

—¿Y qué vamos a hacer? ¿Sentarnos y mirarnos el uno al otro? No hay otra cosa. Nathan está muerto y, aunque no lo estuviera, lo que me hizo pasó hace mucho tiempo. —Empujé hacia él una taza humeante y llené otra—. Estoy lista para echar su recuerdo a un hoyo oscuro y frío y olvidarme de él.

—Pasó para ti. —Puso crema en mi café y volvió a su sitio—. Pero todavía es una novedad para tu padre. Seguro que quiere hablar de ello contigo.

—*No* voy a hablar de ello con mi padre. No voy a hablar de ello *nunca*.

—Puede que él no esté de acuerdo con eso.

Me giré para mirarlo, apoyada en la encimera con la taza entre las manos.

—Lo único que necesita es ver que todo marcha perfectamente. No se trata de él, sino de mí, y estoy sobreviviendo. Bastante bien, creo yo.

Cary removió el café, pensativo.

—Pues sí —dijo un poco después—. ¿Vas a contarle lo de tu novio misterioso?

—No es misterioso. Simplemente, no puedo hablar de él, y eso no tiene nada que ver con nuestra amistad. Confío en ti y te quiero igual que siempre.

Por encima del borde de la taza, sus ojos verdes mostraban recelo.

—Pues no lo parece.

—Eres mi mejor amigo. Cuando sea viejecita y tenga el pelo gris, tú seguirás siendo mi mejor amigo. No vale la pena decir que el hombre con el que estoy saliendo no va a cambiar eso.

—¿Y esperas que no me dé la sensación de que te falta confianza en mí? ¿Qué pasa con ese tipo para que no puedas decirme ni siquiera su nombre o alguna otra cosa?

Suspiré y le dije una verdad a medias.

—No sé cómo se llama.

Cary se quedó quieto y me miró fijamente.

—Me tomas el pelo.

—Nunca se lo he preguntado. —Respuesta evasiva donde la hubiera, era como para cuestionarla. Cary me dirigió una larga mirada.

—¿Y se supone que no tengo que preocuparme?

—Pues no. Yo me siento a gusto con la situación tal como está. Ambos tenemos lo que necesitamos y él me cuida.

Se quedó observándome.

—¿Qué le dices mientras te vienes? Algo tienes que gritar si es bueno en la cama, y supongo que lo será ya que resulta evidente que no se conocen por hablar mucho, precisamente.

—Bueno... —aquello me tomó de sorpresa—, creo que sólo digo: «¡Ay, Dios mío!».

Se echó a reír, con la cabeza hacia atrás.

—Y tú, ¿cómo te las arreglas para compatibilizar dos relaciones? —le pregunté.

—Lo hago bien. —Se metió una mano en el bolsillo y empezó a balancearse sobre los talones—. Me parece que Tat y Trey están tan cerca de la monogamia como yo. En lo que a mí respecta, funciona.

Yo encontraba fascinante aquella componenda.

—¿No te preocupa equivocarte de nombre cuando te vienes?

Le brillaron los ojos.

—No. Siempre los llamo *baby*.

Sacudí la cabeza. Cary era incorregible.

—¿Vas a hacer que se conozcan?

Se encogió de hombros.

—No me parece la mejor idea.

—¿No?

—Tatiana es rara en el mejor de los casos y Trey un buen tipo. En mi opinión, no resulta una combinación apropiada.

—Una vez me dijiste que Tatiana no te gustaba mucho. ¿Has cambiado en ese sentido?

—Ella es como es —se limitó a decir— y yo la acepto así.

Yo lo miraba sin pestañear.

—Eva, Tatiana me necesita —dijo suavemente—. Trey me desea y creo que también me quiere, pero no me necesita.

Eso sí que lo comprendía bien. A veces es muy agradable que te necesiten.

—Entiendo.

—¿Quién dice que sólo hay una persona en el mundo que pueda dárnoslo todo? —gruñó—. No me trago yo eso. Fíjate en ti y tu novio sin nombre.

—Puede que un revoltijo resulte bien con gente que no sea celosa. Conmigo no funcionaría.

—Ya. —Cary levantó su taza y yo le di un golpecito con la mía.

—Entonces ¿vino Cristal y...?

—Mmm... —frunció la boca— ..., ¿tapas?

Parpadeé por la sorpresa.

—¿Quieres llevar a mi padre por ahí?

—¿Te parece mala idea?

—Es una idea estupenda, si conseguimos que él esté de acuerdo. —Le sonreí—. Eres genial, Cary.

Él me hizo un guiño y yo me sentí un poco más tranquila.

Todo en mi vida parecía estar alterado, especialmente mi relación con las personas a las que más quería. Me resultaba difícil resolverlo porque yo contaba con ellas para mantener la estabilidad. Pero quizás cuando todo se calmara, me sentiría más fuerte, capaz de sostenerme por mí misma. Si el efecto era ése, valdrían la pena la confusión y el dolor.

—¿Quieres que te arregle el cabello?

—Sí, gracias.

Cuando llegué al trabajo me disgustó encontrarme a Megumi tan triste. Me saludó con un gesto indolente con la mano a la vez que presionaba el botón para abrirme la puerta y luego se dejó caer contra el respaldo de la silla.

—Chica, tienes que librarte de Michael —le dije—; las cosas no funcionan bien.

—Ya lo sé —se echó hacia atrás el largo flequillo de su melena asimétrica—. Voy a romper con él la próxima vez que lo vea. No tengo noticias suyas desde el viernes y me estoy volviendo loca pensando si ligaría con alguien mientras andaba de bar en bar en plan soltero.

—¡Agg!

—Lo sé, ¿OK? No es muy sensato andar preocupándose de si el hombre con quien te acuestas está tirándose a alguien más por ahí.

No pude evitar acordarme de la conversación que había tenido con Cary un poco antes.

—Ben y Jerry's y yo estamos sólo a un telefonazo de ti. Grita si nos necesitas.

—¿Es ése tu secreto? —se rio brevemente—. ¿Qué te hizo olvidar a Gideon Cross?

—No le he olvidado —reconocí.

Ella asintió con solemnidad.

—Lo sabía. Pero tú te la pasaste muy bien el sábado, ¿no? Y él es idiota, por cierto. Un día va a darse cuenta y volverá arrastrándose.

—Llamó a mi madre el fin de semana —le dije, inclinándome sobre la mesa y bajando la voz— preguntando por mí.

—¡Vaya! —Megumi se inclinó hacia delante también—. ¿Y qué le dijo?

—No sé los detalles.

—¿Volverías con él?

Me encogí de hombros.

—No sé. Depende de lo bien que se arrastre.

—Desde luego. —Chocamos las palmas en alto—. A propósito, tienes muy bien el pelo.

Le di las gracias y me dirigí a mi cubículo, preparando mentalmente la solicitud de permiso para salir si mi padre llamaba. Apenas había doblado la esquina del extremo del corredor cuando salió Mark de su despacho con una sonrisa de oreja a oreja.

—¡Ay, Dios! —Me paré a medio camino—. Pareces locamente feliz. A ver si lo adivino: te comprometiste.

—¡Efectivamente!

—¡Super! —Dejé en el suelo el bolso de mano y la bolsa de plástico y me puse a aplaudir—. ¡Me hace tanta ilusión por ti! Felicidades.

Se agachó y recogió mis cosas.

—Ven a mi despacho.

Me hizo un gesto para que pasara antes que él y después cerró la puerta de cristal.

—¿Fue difícil? —le pregunté y tomé asiento delante de su mesa.

—Lo más difícil que he hecho en mi vida. —Mark me entregó mis cosas, se hundió en la silla y empezó a balancearse de adelante hacia atrás—. Y Steven me dejó sufrir un buen rato, ¿puedes creerlo? Sabía de antemano que iba a pedirle que se casara conmigo. Dijo que se adivinaba por lo nervioso que estaba yo.

Sonreí.

—Te conoce muy bien.

—Y tardó un minuto o dos en contestarme, pero créeme si te digo que me parecieron horas.

—Apuesto a que sí. Entonces, ¿toda su retórica antimatrimonio era sólo una fachada?

Asintió con la cabeza, aún sonriente.

—Le había herido en su orgullo que yo se lo quitara de la cabeza anteriormente y quería vengarse un poquito. Me dijo que siempre había sabido que al final yo entraría en razón. Y, cuando por fin me decidí, él hizo que me costara lo mío.

Me daba la impresión de estar oyendo a Steven, tan festivo y sociable.

—¿Y dónde te declaraste?

Se echó a reír.

—No pude hacerlo en ningún sitio con el ambiente adecuado, como un restaurante iluminado con velas o un local acogedor, con poca luz, después de un espectáculo. No, tuve que esperar hasta que la limusina nos dejó en casa de noche y estábamos parados en la puerta y yo iba a perder la oportunidad, así que se lo solté allí mismo, en la calle.

—Me parece muy romántico.

—Y a mí me parece que la romántica *eres tú* —me respondió.

—¿A quién le importan el vino y las rosas? Cualquiera puede hacerlo así. Expresarle a alguien que no puedes vivir sin él, *eso* sí que es romanticismo.

—Como de costumbre, tienes razón.

Me soplé las uñas y las froté contra la blusa.

—¿Qué puedo yo decir?

—Voy a dejar que Steven te cuente todos los detalles durante la comida del miércoles. Lo ha descrito tantas veces ya que te lo recitará de memoria.

—Tengo muchas ganas de verlo. —Por muy entusiasmado que estuviera Mark, estaba segura de que Steven daría saltos de alegría. El contratista grandote y musculoso tenía una personalidad tan radiante como el brillo de su pelo rojo—. Estoy contentísima por los dos.

—Steven va a engancharte para que ayudes a Shawna con los preparativos, ya sabes. —Se sentó y apoyó los codos en la mesa—. Además, su hermana está reclutando a todas las mujeres que conocemos. Estoy seguro de que todo esto a va ser una locura desmesurada.

—¡Qué divertido!

—Eso dices ahora —me advirtió, con ojos risueños—. Vamos a tomar un café y empezamos el trabajo de esta semana, ¿te parece?

Me levanté.

—Mmm... me fastidia pedirte esto, pero mi padre tiene que venir aquí esta semana en un viaje urgente. No estoy segura de cuándo va a llegar; podría ser hoy mismo. Tendré que recogerlo y dejarlo acomodado.

—¿Necesitas algún tiempo de permiso?

—Sólo para instalarlo en el apartamento. Unas horas, como mucho.

Mark movió la cabeza en sentido afirmativo.

—Dijiste «viaje urgente». ¿Está todo bien?

—Estará bien.

—Muy bien, no hay ningún problema por mi parte para que te tomes el tiempo que necesites.

—Gracias.

Mientras dejaba mis cosas en la mesa, pensé por enésima vez en lo mucho que me gustaban mi trabajo y mis jefes. Comprendía que Gideon quisiera tenerme más cerca y valoraba la idea de construir algo en común, pero mi empleo me enriquecía como persona. No quería dejar aquello ni terminar guardándole rencor a él si seguía presionándome para que renunciara. Tendría que ocurrírseme algún argumento que Gideon pudiera aceptar.

Empecé a pensar en ello mientras Mark y yo nos dirigíamos a la sala de descanso.

AUNQUE Megumi no había roto con Michael todavía, me la llevé a comer a un *deli* donde tenían unos *wraps* exquisitos y había un surtido bastante bueno de postres Ben & Jerry. Yo elegí un Chunky Monkey y ella un Cherry Garcia. Ambas disfrutamos de aquel fresco placer en medio de un día caluroso.

Estábamos sentadas al fondo, en una mesita metálica, con la bandeja de la comida —los restos— entre las dos. El *deli* no estaba tan abarrotado a mediodía como los otros restaurantes convencionales de la zona, lo cual era conveniente para nosotras. Podíamos charlar sin tener que levantar la voz.

—Mark está en el séptimo cielo —dijo Megumi, lamiendo la cuchara. Llevaba puesto un vestido verde limón que le iba muy bien con el pelo oscuro y el tono pálido de la piel. Siempre se vestía con colores y estilos atrevidos. Yo envidiaba su habilidad para hacerlo tan bien.

—Ya —sonreí—. Es estupendo ver a alguien tan feliz.

—Felicidad libre de culpa. No como este helado.

—¿Y qué supone un poquito de culpa de vez en cuando?

—¿Un culo gordo?

Yo refunfuñé.

—Gracias por recordarme que tengo que ir al gimnasio hoy. Llevo varios días sin hacer ejercicio.

A menos que se tenga en cuenta la gimnasia de cama...

—¿Cómo consigues estar motivada? —me peguntó—. Yo sé que debería ir, pero siempre encuentro algún pretexto para no hacerlo.

—¿Y, aun así, tienes esa increíble figura? —Moví la cabeza de lado a lado—. ¡Qué rabia me da!

Ella hizo una mueca con los labios.

—¿Adónde vas a entrenarte?

—Alterno un gimnasio normal con uno de Krav Maga que hay en Brooklyn.

—¿Vas antes o después del trabajo?

—Después. *No* soy madrugadora. Me encanta dormir.

—¿Te importaría que te acompañase alguna vez? No sé si al de Krav ese o como se llame, pero sí al gimnasio.

Tragué un poco de chocolate, y estaba a punto de contestar cuando oí que sonaba un teléfono.

—¿Vas a contestar? —preguntó Megumi, y me hizo caer en la cuenta de que era el mío.

Se trataba del celular de prepago, por eso no lo había reconocido.

Lo saqué a toda prisa y respondí casi sin aliento.

—¿Sí?

—Cielo.

Durante unos segundos saboreé la voz profunda de Gideon.

—¡Hola!, ¿qué hay?

—Mis abogados acaban de notificarme que quizás la policía tenga un sospechoso.

—¿Qué? —Se me paró el corazón y la comida se me revolvió toda en el estómago— ¡Oh, Dios mío!

—No soy yo.

No me acuerdo de mi vuelta a la oficina. Cuando Megumi quiso saber el nombre del gimnasio tuvo que preguntármelo dos veces. El miedo que sentía no tenía nada que ver con ningún otro sufrimiento anterior. Era mucho peor cuando lo sentías por alguien a quien amabas.

¿Cómo podía la policía sospechar de otra persona?

Tenía la horrible sensación de que sólo estaban intentando alterar a Gideon. Alterarme a mí.

Si ése era su objetivo, estaban consiguiéndolo, por lo menos conmigo. A Gideon se lo oía tranquilo y sereno durante nuestra breve conversación. Me había dicho que no me inquietara, que él sólo quería advertirme de que tal vez vinieran a hacerme más preguntas. O tal vez no.

¡Dios! Me dirigí lentamente hacia mi mesa, con los nervios deshechos. Era como si me hubiera tomado de un trago todo el café de una cafetera. Me temblaban las manos y el corazón me latía demasiado deprisa.

Me senté y traté de trabajar, pero no podía concentrarme. Miraba fijamente la pantalla y no veía nada.

Y si la policía tenía un sospechoso que no era Gideon, ¿qué íbamos a hacer nosotros? No podíamos permitir que fuera a la cárcel una persona inocente.

Y, sin embargo, había en mi interior una vocecita susurrándome que Gideon quedaría libre de acusaciones si declaraban culpable del delito a otro. En el mismo momento en que esa idea se formó en mi mente, me sentí fatal. Se me fueron los ojos a la foto de mi padre, vestido de uniforme y muy apuesto, de pie junto a su coche patrulla.

Yo estaba confundida y asustada.

Cuando mi *smartphone* comenzó a vibrar sobre la mesa, me sobresalté. En la pantalla aparecieron el nombre y el número de papá. Contesté rápidamente.

—¡Hola! ¿Dónde estás?

—En Cincinnati, cambiando de avión.

—Espera, que voy a tomar nota de los datos del vuelo. —Tomé un bolígrafo y anoté a toda prisa los detalles que me dio—. Estaré esperándote en el aeropuerto. Estoy deseando verte.

—Bueno... Eva, cariño —suspiró profundamente—. Hasta luego.

Colgó, y el silencio subsiguiente fue ensordecedor. Comprendí entonces que el sentimiento más fuerte que tenía era el de culpabilidad. A él le empañaba la voz y a mí me ponía un nudo en el estómago.

Me levanté y fui al despacho de Mark.

—Acabo de hablar con mi padre. Su vuelo llega a la LaGuardia dentro de un par de horas.

Levantó la vista hacia mí, con el ceño fruncido y la mirada escrutadora.

—Vete a casa, prepárate y recoge a tu padre.

—Gracias. —Esa única palabra tendría que bastarle. Mark parecía comprender que yo no quería pararme a dar explicaciones.

$\sim$

USÉ el celular de prepago para enviar un mensaje mientras me dirigía a casa en un taxi: «Voy al apart°. En 1 h. recojo papá. ¿Pueds hablar?». Necesitaba saber qué pensaba Gideon..., cómo se sentía. Yo estaba hundida y no se me ocurría qué hacer al respecto.

Cuando llegué a casa, me puse un vestido de verano ligero y sencillo y unas sandalias. Contesté un mensaje de Martin coincidiendo con él en lo bien que la habíamos pasado el sábado y en que deberíamos repetirlo. Revisé minuciosamente la cocina, asegurándome de que todas las cosas de comer favoritas de papá que había ido comprando estaban exactamente donde yo las había colocado. Repasé la habitación de invitados, aunque ya lo había hecho el día anterior. Me conecté a internet y comprobé el vuelo de mi padre.

Todo hecho. Me quedaba tiempo suficiente para volverme loca.

Hice una búsqueda en Google, concretamente en Imágenes, sobre «Corinne Giroux y esposo».

Lo que averigüé fue que Jean-François Giroux era realmente guapo. Un tío bueno de verdad. No tanto como Gideon, pero ¿quién podía serlo? Gideon estaba en primera división él solito. Pero Jean-François era de los que no pasaban desapercibidos, con el pelo oscuro y ondulado y unos ojos de color jade claro. Estaba bronceado y llevaba perilla, que le quedaba estupendamente. Él y Corinne formaban una pareja espectacular.

Sonó mi celular de prepago y me levanté de un salto para llegar hasta él, tropezándome de paso con la mesa de centro. Lo saqué del bolso a toda prisa y contesté:

—¿Sí?

—Estoy al lado —dijo Gideon—, y no tengo mucho tiempo.

—Ya voy.

Agarré mi bolso y salí. Una vecina estaba en ese momento abriendo la puerta de su casa y yo le dirigí una sonrisa cortés y distante mientras fingía esperar el ascensor. En cuanto la oí entrar en el apartamento, me fui como una flecha hasta la puerta de Gideon, que se abrió antes de que yo usara mi llave.

Gideon me recibió en jeans y camiseta, con una gorra de béisbol en la cabeza. Me tomó de la mano para llevarme dentro y se quitó la gorra antes de acercar su boca a la mía. El beso que me dio fue asombrosamente dulce; y sus labios, firmes pero suaves y cálidos.

Dejé caer el bolso y lo rodeé con los brazos, arrimándome a él. La sensación de fuerza que me transmitió mitigó mi ansiedad lo suficiente como para poder respirar hondo.

—Hola —susurró.

—No tenías que venir a casa. —Me imaginaba lo que eso le habría trastornado la jornada: cambiarse de ropa, el desplazamiento de ida y vuelta...

—Sí que tenía que venir. Tú me necesitas —deslizó las manos por mi espalda y se apartó lo justo para mirarme a la cara—. No te angusties, Eva, que ya me ocuparé yo.

—¿Cómo?

Había serenidad en sus ojos azules y seguridad en su expresión.

—Ahora mismo estoy esperando que me llegue más información: a quién están investigando y por qué. Hay muchas posibilidades de que no les salga bien, ya lo sabes.

Le escruté el semblante.

—¿Y si les sale bien?

—¿Que si voy a dejar que otro pague por mi delito? —Apretó las mandíbulas—. ¿Es eso lo que estás preguntando?

—No. —Le alisé la frente con las yemas de los dedos—. Me consta que tú no permitirías semejante cosa. Sólo quería saber cómo vas a evitarlo.

Su ceño fruncido se acentuó.

—Estás pidiéndome que prediga el futuro, Eva, y no puedo hacerlo. Tú sólo tienes que confiar en mí.

—Y confío —afirmé con vehemencia—, pero aún estoy asustada; no puedo evitar ponerme nerviosa.

—Lo sé. Yo también estoy preocupado. —Me pasó un dedo por el labio inferior—. La detective Graves es una mujer muy inteligente.

En eso estábamos de acuerdo.

—Tienes razón. Eso me hace sentir mejor.

Yo no conocía bien a Shelley Graves en realidad, pero en los pocos contactos que habíamos tenido siempre me dio la impresión de que era lista y muy espabilada. Yo no la había tenido en cuenta, pero debería haberlo hecho. Resultaba curioso encontrarse en una situación en la que al mismo tiempo la temía y la valoraba.

—¿Organizaste ya la estancia de tu padre?

La pregunta me trajo los nervios de vuelta.

—Todo está preparado, excepto yo.

Su mirada se suavizó.

—Alguna idea de qué vas a hacer con él?

—Cary volvió a trabajar hoy, así que lo celebraremos con champán y luego saldremos a cenar por ahí.

—¿Crees que él estará dispuesto?

—No sé si *estoy* dispuesta *yo* —admití—. Es disparatado hacer planes para beber Cristal y celebrar cosas con todo lo que está pasando, pero ¿qué puedo hacer? Si mi padre no ve que estoy bien, tampoco pasará de hacer averiguaciones acerca de Nathan. Tengo que demostrarle que toda aquella sordidez pertenece al pasado.

—Y me dejarás que yo me encargue del resto —me advirtió—. Yo *cuidaré* de ti, de *nosotros*. Céntrate en tu familia durante un tiempo.

Retrocedí un poco, lo tomé de la mano y lo conduje al sofá. Era una sensación extraña estar en casa tan temprano después de haberme presentado en el trabajo. Ver por la ventana el sol esplendoroso cayendo sobre la ciudad me hacía sentir con el paso cambiado y reforzaba la idea de que habíamos perdido tiempo de estar juntos.

Me senté con las piernas dobladas, frente a él, viendo cómo se acomodaba a mi lado. Nos parecíamos mucho en algunas cosas, incluido nuestro pasado. ¿Era preciso que también Gideon se lo revelara todo a su familia? ¿Sería eso lo que le hacía falta para curarse completamente?

—Ya sé que tienes que volver al trabajo —le dije—, pero me alegro de que hayas venido a casa por mí. Tienes razón: necesitaba verte.

Se llevó mi mano a los labios.

—¿Sabes cuándo volverá tu padre a California?

—No.

—De todos modos, mañana saldré tarde de la cita con el doctor Petersen. —Me miró con una leve sonrisa—. Ya encontraremos una manera de estar juntos.

Tenerlo cerca..., tocarlo..., verlo sonreír..., oírlo decir aquellas palabras... Yo podría superar cualquier cosa siempre que lo tuviera a mi lado después de un largo día.

—¿Me concedes cinco minutos? —le pedí.

—Lo que tú quieras, cielo —contestó con ternura.

—Sólo esto. —Me aproximé más a él y me acurruqué en su costado.

Gideon me pasó un brazo por los hombros. Enlazamos las manos de ambos en el regazo. Formamos un círculo perfecto. No tan brillante como los anillos que llevábamos puestos, pero de un valor inestimable igualmente.

Después de un ratito, se inclinó hacia mí y suspiró.

—Yo necesitaba esto también.

Lo abracé con más fuerza.

—Está muy bien que me necesites, campeón.

—Me gustaría necesitarte un poco menos, lo justo para que fuera soportable.

—¿Y qué tendría eso de divertido?

Su risa suave me hizo quererlo todavía más.

GIDEON había estado acertado respecto al DB9. Mientras observaba al encargado del aparcamiento trayendo el magnífico Aston Martin de color gris metalizado hasta donde yo me encontraba, pensé que era algo así como Gideon con neumáticos. Era sexo con acelerador. Tenía una especie de elegancia animal que me hacía encoger los dedos de los pies.

Me horrorizaba ponerme al volante.

Conducir en Nueva York no se parecía en nada a conducir por el sur de California. Vacilé antes de aceptar las llaves de manos del empleado, con pajarita, razonando que tal vez fuera más sensato pedir una limusina.

El teléfono empezó a sonar y rápidamente lo busqué.

—¿Sí?

—Decídete —me susurró Gideon—. Deja de preocuparte y condúcelo.

Empecé a dar vueltas buscando con los ojos las cámaras de seguridad. Un escalofrío me recorrió la espalda. *Notaba* la mirada de Gideon sobre mí.

—¿Qué estás haciendo?

—Pensando que ojalá estuviera contigo. Me encantaría tumbarte sobre el capó y cogerte bien despacio. Meterte la verga muy adentro. Darles trabajo a los amortiguadores. Uy, Dios mío, ya la tengo dura.

Y a mí me estaba poniendo húmeda. Podía pasar una eternidad escuchándolo. ¡Cuánto me gustaba su voz!

—Tengo miedo de estropearte este coche tan bonito.

—No me importa el coche, sino tu seguridad. Así que rózalo todo lo que quieras, pero no te hagas daño.

—Si esperabas que eso fuera a tranquilizarme, no funcionó.

—Podemos practicar sexo telefónico hasta que te vengas. Eso sí funcionaría.

Les hice una mueca a los empleados del estacionamiento que hacían como si no estuvieran observándome.

—¿Qué te puso tan caliente en el rato tan corto que pasó desde que te dejé? No sé si preocuparme.

—Me excita pensar en ti conduciendo el DB9.

—¿No me digas? —Intenté reprimir una sonrisa—. Recuérdame quién de los dos es el fetichista del transporte.

—Ponte al volante —me dijo, persuasivo—. Imagina que voy en el asiento de al lado, con una mano entre tus piernas y metiendo los dedos en tu coño suave y resbaladizo.

Me acerqué al coche con las piernas temblorosas y le dije entre dientes:

—Debes de tener un deseo de muerte.

—Me sacaría la verga y la acariciaría con una mano mientras te tocaría a ti con la otra, excitándonos los dos a la vez.

—Tu falta de respeto a la tapicería de este vehículo es horrorosa.

—Me acomodé en el asiento del conductor y tardé un minuto en saber cómo ponerlo en marcha.

La voz profunda de Gideon llegaba a través del equipo de sonido del coche.

—¿Qué te parece?

Estaba segura de que había sincronizado mi teléfono de prepago con el Bluetooth del automóvil. Gideon siempre pensaba en todo.

—Muy caro —respondí—. Estás loco por dejarme conducir esto.

—Estoy loco por *ti* —respondió, provocándome descargas de placer por todo el cuerpo—. LaGuardia está programada en el GPS.

Me hacía bien notar que estaba de mejor humor por haber venido a verme a casa. Ahora sabía cómo se sentía él. Significaba mucho para mí que nos sintiéramos del mismo modo.

Levanté el GPS y apreté el botón para poner la transmisión en marcha.

—¿Sabes una cosa, campeón? Que quiero chuparte mientras conduces esta cosa. Poner una almohada entre los dos asientos y chuparte la verga durante *kilómetros*.

—Te tomo la palabra. Dime qué te parece el coche.

—Suave. Potente. —Me despedí de los empleados agitando la mano al salir del aparcamiento subterráneo—. Responde muy bien.

—Igual que tú —murmuró—. Por supuesto, tú eres mi automóvil favorito.

—¡Qué bonito! Y tú, mi palanca preferida. —Entonces me incorporé al tráfico.

Se echó a reír.

—Espero ser tu única palanca.

—Pero yo no soy tu único coche —repliqué, sintiendo cuánto lo quería en aquel momento porque sabía que él estaba cuidándome y asegurándose de que yo me encontrara cómoda. En California, conducir había sido para mí como respirar, pero, desde que me trasladé a Nueva York, no me había puesto al volante de un solo coche.

—Eres el único que me gusta desnudo —dijo él.

—Menos mal, porque soy muy posesiva.

—Ya lo sé. —Su voz sonaba plena de satisfacción masculina.

—¿Dónde estás?

—En el trabajo.

—Haciendo de todo un poco, estoy segura. —Pisé el acelerador y recé cuando cambié de carril—. ¿Y qué es un poco de relajante distracción para tu novia en medio de la dominación del mundo del entretenimiento?

—Por ti yo haría que el mundo dejara de dar vueltas.

Curiosamente, aquella tonta frase me enterneció.

—Te quiero.

—Te gustó, ¿eh?

Yo sonreí, asombrada y complacida a la vez por su absurdo sentido del humor.

Era más que consciente del entorno en el que me movía. Había señales en todas las direcciones prohibiéndolo todo. Conducir en Manhattan era un veloz viaje a ninguna parte.

—Oye, no puedo girar ni a derecha ni a izquierda. Creo que voy a ir hacia el Midtown Tunnel. Puede que te pierda.

—Tú no me perderás nunca, cielo —me aseguró—. Dondequiera que vayas, por lejos que sea, allí estaré yo contigo.

CUANDO divisé a mi padre fuera de la zona de recogida de equipajes, desapareció toda la seguridad que me había infundido Gideon desde que salí del trabajo. Papá estaba demacrado y ojeroso, tenía los ojos enrojecidos y barba de varios días.

Noté el escozor de las lágrimas cuando me dirigía hacia él, pero las contuve, decidida a tranquilizarlo. Con los brazos abiertos, lo observé mientras dejaba la maleta en el suelo, y luego me quedé sin aire en los pulmones cuando me abrazó con fuerza.

—Hola, papá —le dije, con un temblor en la voz que no quería que él notase.

—Eva. —Me besó con fuerza en la sien.

—Pareces cansado. ¿Cuándo fue la última vez que dormiste?

—Al salir de San Diego. —Se echó hacia atrás y me miró a la cara escrutadoramente con sus ojos grises, que eran iguales que los míos.

—¿Tienes más equipaje?

Dijo que no con la cabeza, sin dejar de contemplarme.

—¿Tienes hambre? —le pregunté.

—Comí algo en Cincinnati. —Finalmente, se volvió y recogió su equipaje—. Pero si tienes hambre tú...

—No, yo no, pero estaba pensado que podíamos sacar a Cary a cenar una poco más tarde, si estás de acuerdo. Volvió hoy a trabajar.

—Pues claro. —Se detuvo con la maleta en la mano; daba la impresión de estar un poco perdido e inseguro.

—Papá, yo estoy bien.

—*Yo* no. Tengo ganas de pegarle a algo y no encuentro nada dónde dar.

Eso me dio una idea.

Lo tomé de la mano y nos encaminamos a la salida del aeropuerto.

—No te olvides de lo que dijiste.

12

—Está obligando a Derek a esforzarse de verdad —comentó Parker mientras se secaba con una toalla el brillo de sudor de su cabeza afeitada.

Me giré y vi a mi padre luchando con el instructor, que era el doble de su tamaño, y eso que mi padre no era un hombre bajito. Con más de un metro ochenta de altura y noventa kilos de peso y músculos marcados, Victor Reyes era un magnífico oponente. Además, me había dicho que iba a probar el Krav Maga después de que yo le hablara de mi interés por él y parecía que así había sido. Algunos de los movimientos ya los había aprendido.

—Gracias por dejarlo entrar.

Parker me miró con aquella mirada inmutable y calmada tan propia de él. Me había enseñado más cosas aparte de a defenderme. También me había enseñado a concentrarme en los pasos que debía dar, no en el miedo.

—Normalmente te diría que la clase no es el lugar idóneo para traer la rabia —contestó—, pero Derek necesitaba un desafío así.

Aunque no la formuló, pude sentir la pregunta que quedó flotando en el aire. Decidí que lo mejor sería responderla, pues Parker me estaba haciendo un favor al dejar que mi padre monopolizara a su compañero instructor.

—Acaba de enterarse de que alguien me hizo daño hace mucho tiempo. Ahora es demasiado tarde para poder hacer algo al respecto y no lo lleva bien.

Alargó la mano para coger la botella de agua que estaba justo al lado de la colchoneta.

—Yo tengo una hija —dijo poco después—. Puedo imaginar cómo se siente.

Cuando me miró antes de beber, vi la comprensión en sus ojos oscuros de pestañas espesas y estuve segura de que había traído a mi padre al lugar correcto.

Parker era una persona agradable con una gran sonrisa. Y tenía una autenticidad que pocas veces había visto. Pero había algo en él que advertía a los demás que se anduvieran con pies de plomo. Enseguida sabías que era una estupidez tratar de engañarlo. Su actitud desenvuelta era tan obvia como sus tatuajes tribales.

—Así que lo traes aquí para que se entrene y, de paso, para que vea por sí mismo que te estás encargando de tu propia protección —dijo—. Buena idea.

—No sé qué otra cosa hacer —confesé. El estudio de Parker estaba situado en una zona de Brooklyn que estaba reactivándose. Se trataba de un antiguo almacén remodelado y el ladrillo aparente y las gigantes puertas correderas del muelle de carga le daban un toque moderno y duro. Era un lugar donde yo disfrutaba de una sensación de seguridad y control.

—Se me ocurre una cosa. —Sonrió y señaló con el mentón hacia la colchoneta—. Vamos a enseñarle lo que sabes hacer.

Dejé caer la toalla sobre mi botella de agua y asentí.

—Vamos.

No vi a ninguno de los encargados uniformados del aparcamiento cuando entramos en el garaje de mi edificio de apartamentos. Como de todos modos quería ser yo quien hiciera los honores, no me importó. Deslicé el DB9 hacia una de las plazas vacías y detuve el coche.

—Estupendo. Justo al lado del ascensor.

—Ya lo veo —dijo mi padre— ¿Es tuyo este coche?

Había estado esperando esa pregunta.

—No. De un vecino.

—Un vecino muy generoso —observó con tono seco.

—Un cielo. Es un Aston Martin. No está mal, ¿eh? —Lo miré de reojo con una sonrisa.

Parecía cansado y exhausto, y no por el ejercicio. Su agotamiento venía de dentro y me estaba destrozando el corazón.

Apagué el coche, me quité el cinturón de seguridad y me giré para mirarlo.

—Papá, yo... Me duele verte tan destrozado por esto. No puedo soportarlo.

—Sólo necesito un poco de tiempo —dijo tras soltar un resoplido.

—Yo no quería que lo supieras. —Extendí la mano para tomar la suya—. Pero me alegraré de que así sea si podemos olvidarnos de Nathan para siempre.

—Leí las denuncias...

—Dios mío. Papá... —Tragué la bilis que subió hasta mi garganta—. No quiero que tengas esas cosas en la cabeza.

—Sabía que pasaba algo malo. —Me miró con tanta pena y sufrimiento en sus ojos que dolía verlos—. Por el modo en que Cary fue a sentarse a tu lado cuando la detective Graves pronunció el nombre de Nathan Barker... supe que había algo que no me habías contado. Esperaba que lo hicieras.

—He intentado con todas mis fuerzas dejar a Nathan atrás. Tú eras una de las pocas cosas de mi vida que él no había infectado. Quería que siguiera siendo así.

Apretó mi mano con más fuerza.

—Dime la verdad. ¿Estás bien?

—Papá, soy la misma hija a la que viniste a ver hace un par de semanas. La misma que vivía contigo en San Diego. Estoy *bien*.

—Estabas embarazada... —La voz se le rompió y una lágrima se deslizó por su mejilla.

Se la limpié sin hacer caso de la que caía por la mía.

—Y volveré a estarlo algún día. Puede que más de una vez. Quizá termines invadido de nietos.

—Ven aquí.

Se inclinó sobre el compartimento que había entre los dos asientos y me abrazó. Nos quedamos sentados en el coche un largo rato. Desahogándonos.

¿Estaba Gideon vigilando las imágenes de las cámaras de seguridad para hacerme llegar su silencioso apoyo?

Me consoló pensar que quizá sí.

LA cena esa noche en un restaurante no fue tan animada como era habitual entre Cary, mi padre y yo, pero tampoco tan triste como me había temido. La comida era estupenda, el vino mejor y Cary estuvo muy sarcástico.

—Era peor que Tatiana —dijo refiriéndose a la modelo con la que había compartido la sesión de fotos de ese día—. No dejaba de hablar de su «lado bueno», que personalmente pensé que sería su culo cuando la vi salir por la puerta.

—¿Has hecho sesiones de fotos con Tatiana? —pregunté—. Es una chica con la que está saliendo Cary —le expliqué a continuación a mi padre.

—Sí, claro. —Cary se lamió la gota de vino tinto de su labio inferior—. La verdad es que trabajamos mucho juntos. Soy el domador de Tatiana. Ella empieza con uno de sus arranques y yo la calmo.

—¿Y cómo...? No importa —me corregí rápidamente—. No quiero saberlo.

—Ya lo sabes —contestó guiñándome un ojo.

Miré a mi padre y puse los ojos en blanco.

—¿Y qué tal tú, Victor? —preguntó Cary mientras daba un bocado al salteado de setas—. ¿Estás saliendo con alguien?

Mi padre se encogió de hombros.

—Nada serio.

Eso era porque él quería. Yo había visto cómo actuaban las mujeres a su alrededor. Se desvivían por captar su atención. Mi padre era muy atractivo, tenía un cuerpo estupendo, un rostro precioso y una sensualidad latina. Conseguía a las mejores féminas y yo sabía que no era ningún santo, pero nunca parecía conocer a ninguna que de verdad le gustara. Hacía poco tiempo me había dado cuenta de que se debía a que era mi madre quien ocupaba el primer puesto.

—¿Crees que algún día tendrás más hijos? —le preguntó Cary, sorprendiéndome con esa pregunta.

Hacía mucho tiempo que me había resignado a ser hija única.

Mi padre negó con la cabeza.

—No es que me oponga a esa idea, pero Eva es más de lo que nunca pensé que tendría en mi vida. —Me miró con tanto amor que se me hizo un nudo en la garganta—. Y es perfecta. Más de lo que habría podido esperar. No estoy seguro de que haya espacio en mi corazón para nadie más.

—Ay, papaíto. —Recosté la cabeza sobre su hombro, contenta de que estuviese conmigo, pese a que se debiese al peor de los motivos.

Cuando volvimos al apartamento, decidimos ver una película antes de dar por terminada la velada. Fui a mi dormitorio para cambiarme y me emocioné al ver un precioso ramo de rosas blancas en mi vestidor. La tarjeta, escrita con la inconfundible letra enérgica de Gideon, casi hizo que sintiera vértigo.

«ESTOY PENSANDO EN TI, COMO SIEMPRE.
Y ESTOY AQUÍ».

Me senté en la cama abrazada a la tarjeta, segura de que estaba pensando en mí en ese mismo momento. Empezaba además a asimilar que también había estado pensando en mí a cada momento durante las semanas que habíamos estado separados.

Esa noche me quedé dormida en el sofá después de ver *Dredd*. Me desperté brevemente al sentir que me levantaban y me llevaban a mi habitación, sonriendo entre sueños mientras mi padre me metía en la cama como a una niña y me besaba en la frente.

—Te quiero, papá —murmuré.

—Yo también te quiero, cariño.

A LA mañana siguiente, me desperté antes de que sonara la alarma y me sentí mejor de lo que me había sentido en mucho tiempo. Dejé una nota sobre la barra de la cocina en la que le decía a mi padre que me llamara si quería que nos viéramos para comer. No estaba segura de si tenía algún plan para ese día. Sabía que Cary tenía una sesión fotográfica por la tarde.

Durante el trayecto en taxi hasta el trabajo, respondí a un mensaje que me había enviado Shawna celebrando el compromiso de su hermano con Mark. «Estoy muy contenta por todos ustedes», respondí.

«Conseguiré que seas la siguiente», contestó ella.

Sonreí mirando el teléfono.

«¿Qué quieres decir? Se va la señal... No puedo leerte...».

Cuando el taxi se detuvo delante del edificio Crossfire, la visión del Bentley en la acera me provocó el entusiasmo habitual. Al salir, miré en el asiento delantero y saludé con la mano cuando vi a Angus sentado en su interior.

Salió y se colocó su sombrero de chofer en la cabeza. Al igual que Clancy, no se notaba que portara un arma escondida en el costado, pues la llevaba con toda naturalidad.

—Buenos días, señorita Tramell —me saludó. Aunque no era un hombre joven y su pelo rojo se mezclaba con el plateado, nunca dudé de la capacidad de Angus para proteger a Gideon.

—Hola, Angus. Me alegro de verte.

—Está muy guapa.

Bajé la mirada a mi vestido amarillo claro. Lo había elegido porque era luminoso y alegre, que era la impresión que quería que mi padre tuviera de mí.

—Gracias. Que tengas un buen día. —Me dirigí hacia la puerta giratoria—. ¡Hasta luego!

Sus ojos azules claros me miraron amables mientras se tocaba la punta del sombrero para despedirse de mí.

Cuando subí, vi que Megumi volvía a tener su aspecto habitual. Su sonrisa era amplia y auténtica y sus ojos tenían el brillo que a mí me gustaba ver cada mañana.

Me detuve en su mesa.

—¿Cómo estás?

—Bien. Voy a ver a Michael para comer y voy a cortar con él. De una forma agradable y civilizada.

—Llevas un atuendo matador —le dije admirando el vestido verde esmeralda que se había puesto. Era ajustado y tenía unos ribetes de piel que le daban la dosis justa de modernidad.

Se puso de pie para enseñarme sus botas hasta las rodillas.

—Muy al estilo de Kalinda Sharma* —dije—. Va a desear aferrarse a ti.

—¡Para! —se burló—. Estas botas son para darle la patada. No me ha vuelto a llamar hasta ayer por la noche, lo cual hace que hayan sido cuatro los días sin dar señales de vida. No es que sea demasiado, pero estoy dispuesta a buscar a un hombre que esté loco por mí. Uno que piense en mí tanto como yo en él y que no le guste que estemos separados.

Asentí y pensé en Gideon.

—Vale la pena esperar a que aparezca. ¿Quieres que te haga una llamada de auxilio durante la comida?

—No —sonrió—. Pero gracias.

—De acuerdo. Si cambias de opinión, dímelo.

---

* Atractiva investigadora privada que aparece en la serie de televisión *The good wife*. [N. del T.].

Volví a mi mesa y me puse enseguida a trabajar, decidida a adelantar trabajo para compensar el haber salido antes el día anterior. Mark también estaba entusiasmado y sólo hizo una pausa en el trabajo lo suficientemente larga para decirme que Steven tenía una carpeta llena de ideas para bodas que llevaba varios años coleccionando.

—¿Por qué no me sorprende? —pregunté.

—A mí no me debería sorprender. —La boca de Mark se curvó con una sonrisa de cariño—. La ha tenido guardada todo este tiempo en su despacho para que yo no la viera.

—¿La ojeaste?

—La repasó entera conmigo. Estuvimos horas con ella.

—Van a tener la boda del siglo —me burlé.

—Sí. —Aquella palabra denotaba cierta exasperación, pero su expresión continuaba siendo tan feliz que no pude dejar de sonreír.

Mi padre llamó poco antes de las once.

—Hola, cariño —dijo respondiendo a mi habitual saludo del trabajo—. ¿Cómo llevas el día?

—Genial. —Apoyé la espalda en mi sillón y miré su fotografía—. ¿Dormiste bien?

—Mucho. Aún estoy tratando de despertarme.

—¿Por qué? Vuelve a la cama a retozar.

—Quería decirte que no voy a ir a comer. Lo haremos mañana. Hoy necesito hablar con tu madre.

—Ah —conocía ese tono. Era el mismo que utilizaba cuando detenía a la gente, la mezcla perfecta entre autoridad y reprobación—. Oye, no voy a meterme en medio de ustedes dos en esto. Los dos son adultos y no voy a tomar partido por ninguno. Pero debo decirte que mamá quería contártelo.

—Debió haberlo hecho.

—Estaba sola —insistí, dando una patada nerviosa a la alfombra—. Estaba enfrentándose a un divorcio y al juicio contra Nathan y encargándose de mi recuperación. Estoy segura de que deseaba con desesperación un hombre sobre el que apoyarse, ya sabes cómo es. Pero se estaba ahogando por la culpa. En aquel momento, podría haberla convencido de que hiciera lo que yo quisiera, y lo hice.

Él se quedó en silencio al otro lado de la línea.

—Sólo quiero que lo tengas en cuenta cuando hables con ella —concluí.

—De acuerdo. ¿A qué hora estarás en casa?

—Poco después de las cinco. ¿Quieres ir al gimnasio? ¿O volver al estudio de Parker?

—Deja que vea cómo me encuentro cuando llegues —contestó.

—De acuerdo. —Me obligué a no hacer caso de la inquietud que me provocaba la inminente conversación entre mis padres—. Llámame si necesitas algo.

Colgamos y volví al trabajo, agradecida por la distracción.

Cuando llegó la hora del almuerzo, decidí comprar algo rápido y llevármelo a mi mesa para trabajar durante la hora de la comida. Me enfrenté al sauna que era el mediodía en la calle para ir a la tienda Duane Reade por un paquete de cecina y una botella de bebida isotónica. Me había saltado el entrenamiento con bastante frecuencia desde que Gideon y yo habíamos vuelto a estar juntos y supuse que había llegado el momento de pagar por ello.

Estaba considerando si sería apropiado enviarle a Gideon una nota de «Estoy pensando en ti» cuando atravesé la puerta giratoria del Crossfire. Un pequeño detalle para darle las gracias por las flores que habían hecho más soportable un día duro.

Entonces, vi a la mujer que habría preferido no volver a ver. Corinne Giroux. Y estaba hablando con mi hombre, con la palma de la mano apoyada de forma íntima sobre el pecho de él.

Estaban apartados, protegidos por una columna, lejos del flujo de gente que entraba y salía por los torniquetes de seguridad. El cabello largo y moreno de Corinne le llegaba casi a la cintura, una cortina brillante que resaltaba incluso sobre su vestido negro de corte clásico. Tanto ella como Gideon estaban de perfil, de modo que no pude ver los ojos de Corinne, pero sabía que eran de un precioso tono aguamarina.

Justo ahí, con los dos vestidos de negro, el único punto de color era la corbata azul de Gideon. Mi favorita.

De repente, Gideon giró la cabeza y me vio, como si hubiese sentido que lo estaba observando. En el momento en que nuestras miradas se cruzaron, sentí que algo me atravesaba hasta lo más hondo, aquella conciencia primitiva que sólo había sentido con él. De una forma muy primaria, algo en mi interior sabía que él era mío. Lo había sabido desde la primera vez que mis ojos lo miraron.

Y otra mujer tenía sus manos sobre él.

Levanté las cejas con un silencioso «¿Qué coño es esto?». En ese momento, Corinne siguió la mirada de él. No pareció contenta de verme parada en mitad de aquel enorme vestíbulo, mirándolos.

Tuvo suerte de que no fuera por ella y la arrastrara del pelo.

Entonces, colocó la mano sobre el mentón de él instándole a que volviera a dirigir su atención hacia ella y se puso de puntillas para darle un beso en su boca cerrada. En ese momento, consideré de verdad hacerlo. Incluso di un paso al frente.

Gideon se retiró justo antes de que ella consiguiera su objetivo, agarrándola por los brazos y empujándola hacia atrás.

Controlé mi mal humor, solté mi irritación con un suspiro y lo dejé. No puedo decir que no sintiera celos, porque por supuesto que los sentí. Corinne podía estar con él en público y yo no. Pero no apareció en mi vientre el miedo enfermizo que había sentido antes, aquella terrible inseguridad que me decía que iba a perder al hombre que amaba más que a nada.

Fue raro no sentir pánico. Seguía oyendo una vocecita en mi cabeza que me advertía que no me confiara demasiado, que era mejor mostrarme temerosa, protegerme para que no me hicieran daño. Pero por una vez, conseguí no hacerle caso. Después de todo lo que Gideon y yo habíamos pasado, lo que seguíamos pasando, todo lo que él había hecho por mí... era más difícil desconfiar que creer.

Subí al ascensor y me dirigí a mi trabajo. Dejé que mis pensamientos se centraran en mis padres. Decidí tomar como una buena señal que ni mi madre ni Stanton hubiesen llamado para quejarse de mi padre. Crucé los dedos con la esperanza de que, cuando llegara a casa, todos pudiésemos olvidarnos de Nathan para siempre. Yo estaba dispuesta a hacerlo. Más que dispuesta a seguir adelante para afrontar la siguiente etapa de mi vida, cualquiera que ésta fuera.

El ascensor se detuvo en la planta décima y las puertas se abrieron a un agudo zumbido de herramientas eléctricas y al rítmico golpeteo de martillos. Justo delante del ascensor, una tela de plástico colgaba del techo. No me había dado cuenta de que hubiese obras en el Crossfire y miré por encima de la gente que me rodeaba para echar un vistazo.

—¿Va a salir alguien? —preguntó el tipo que estaba junto a la puerta mirando hacia atrás.

Me puse derecha y negué con la cabeza, aun cuando no me estaba hablando a mí directamente. Nadie se movió. Esperamos a que las puertas se cerraran y desapareciera el ruido de las obras.

Pero tampoco ellas se movieron.

Cuando el hombre empezó a pulsar los botones del ascensor en vano, me di cuenta de lo que pasaba.

Gideon.

—Disculpen, por favor —dije sonriendo.

Los ocupantes del ascensor se hicieron a un lado para dejarme salir y otro hombre salió conmigo. Las puertas se cerraron detrás de nosotros y el ascensor siguió su camino.

—¿Qué demonios pasa? —preguntó el tipo con su ceño fruncido mientras se giraba para comprobar los otros tres ascensores. Era un poco más alto que yo, pero no mucho, y llevaba pantalones de vestir con una camisa de manga corta y corbata.

La señal que anunciaba la llegada de otro ascensor casi no se oyó entre el ruido de las obras. Cuando se abrieron sus puertas, salió Gideon, con un aspecto cortés, elegante y molesto.

Quise saltar sobre él al verlo tan guapo. Además, tenía que admitir que me excitaba mucho cuando actuaba conmigo como un macho alfa.

«Por ti haría que el mundo dejara de dar vueltas». A veces, sentía que lo hacía.

Gruñendo en voz baja, el hombre de la camisa de manga corta entró en el ascensor vacío de Gideon y se fue.

Gideon se llevó la mano a los labios y la chaqueta se le abrió dejando ver la pulcritud de su traje. Las tres piezas eran de color negro con un lustre sutil que mostraba sin lugar a dudas que era caro. La camisa era negra y los gemelos de un familiar dorado y ónice.

Iba vestido igual que el día que lo conocí. En ese momento, quise alzarme sobre su delicioso cuerpo y cogérmelo hasta dejarlo sin sentido.

Después de tantas semanas, eso no había cambiado.

—Eva —empezó a decir con aquella voz suya que hacía que se me encogieran los dedos de los pies—. No es lo que piensas. Corinne vino porque no contesto a sus llamadas...

Levanté la mano para interrumpirlo y miré su regalo, mi precioso reloj, en la otra muñeca.

—Tengo treinta minutos. Preferiría coger contigo a estar hablando de tu ex, si no te importa.

Durante un largo rato, se quedó en silencio e inmóvil, mirándome, tratando de calibrar mi estado de ánimo. Vi cómo los interruptores de su cerebro y su cuerpo pasaban de la exasperación a la concentración. Entrecerró los ojos y la mirada se le oscureció. Las mejillas se le ruborizaron y sus labios se separaron con un fuerte suspiro. Cambió el peso de su cuerpo de un pie a otro mientras la sangre se le calentaba y la verga se le endurecía, su sexualidad se despertó como una pantera que se estira tras una siesta.

Casi pude sentir el chisporroteo de la corriente sexual que cobraba vida entre nosotros. Yo reaccioné ante aquello como había aprendido a hacer, enterneciéndome y despertándome mientras por dentro me tensaba suavemente. Suplicando por tenerlo. El ruido que nos rodeaba no hizo más que ponerme más caliente, haciendo que los latidos de mi corazón se aceleraran.

Gideon se metió la mano en un bolsillo interior de la chaqueta y sacó el teléfono. Pulsó la marcación rápida y se llevó el teléfono al oído con la vista clavada en mí.

—Llegaré treinta minutos tarde. Si no le viene bien a Anderson, concierta otra cita.

Colgó y volvió a dejar caer el teléfono en el bolsillo con despreocupación.

—Me acabas de poner muy caliente —le dije con voz ronca y llena de deseo.

Dejó caer las manos y recobró la compostura. Entonces, se acercó a mí con los ojos en llamas.

—Vamos.

Colocó una mano en la parte inferior de mi espalda de esa forma que tanto me gustaba, ejerciendo presión y calor sobre un punto que me hacía sentir un hormigueo en todo el cuerpo ante la expectativa. Levanté los ojos hacia él y vi la ligera sonrisa de su boca, prueba de que él sabía lo que aquella inocente caricia provocaba en mí.

Nos abrimos paso entre las telas de plástico dejando atrás los ascensores. Delante de nosotros había luz del sol, cemento y telas colgando por todas partes. Al otro lado de los plásticos pude ver las sombras diluidas y neblinosas de los obreros. Oí una música que casi quedaba ahogada por el estruendo y los gritos que los hombres se daban entre sí.

Gideon me condujo a través de los plásticos, sabiendo adónde se dirigía. Su silencio me estimulaba y el peso de lo que nos esperaba crecía a cada paso que dábamos. Llegamos a una puerta y él la abrió. Me metió en una sala que sería el despacho de algún ejecutivo.

La ciudad se extendía ante mí con la visión de aquella jungla urbana moderna salpicada de edificios que mostraban con orgullo su historia. El humo subía ondulándose hacia un cielo azul y sin nubes a intervalos irregulares y los coches parecían fluir por las calles como afluentes.

Oí el pestillo de la puerta cerrarse detrás de mí y me giré para mirar a Gideon justo cuando se quitaba la chaqueta. La habitación estaba amueblada. Un escritorio con sillas y unos sillones en el rincón. Todos ellos envueltos en lonas en aquel espacio aún sin terminar.

Con metódica lentitud se quitó el chaleco, la corbata y la camisa. Yo lo miraba, obsesionada con su perfección masculina.

—Puede que nos interrumpan —dijo—. O que nos oigan.

—¿Eso te preocupa?

—Sólo si te preocupa a ti. —Se acercó a mí con la cremallera abierta y la pretina de sus calzoncillos bóxer claramente visible a través de ella.

—Me estás provocando. Nunca consentirías que corriéramos el riesgo de que nos interrumpieran.

—No me detendría. No se me ocurre nada que pueda pararme una vez estoy dentro de ti. —Me quitó el bolso de la mano y lo dejó caer en uno de los sillones—. Llevas puesta demasiada ropa.

Envolviéndome con sus brazos, Gideon me bajó la cremallera de la espalda con experta facilidad mientras sus labios susurraban sobre los míos.

—Intentaré no ensuciarte mucho.

—Me gusta ensuciarme. —Me saqué el vestido por los pies y estaba a punto de desabrocharme el sujetador cuando me agarró y me puso sobre sus hombros.

Di un grito de sorpresa y abofeteé su culo firme con las dos manos. Él me dio un azote tan fuerte que me escoció y, a continuación, lanzó mi vestido a un lado de un modo tan perfecto que aterrizó directamente sobre su chaqueta. Estaba atravesando la habitación cuando levantó la mano y me bajó las medias bajo la curva de mi trasero.

Cogió el filo de la lona que envolvía el sofá y lo echó hacia atrás, después, me sentó y se agachó delante de mí.

—¿Va todo bien, cielo? —me preguntó mientras me deslizaba la ropa interior por mis tacones de tiras cruzadas.

—Sí. —Sonreí y le acaricié la mejilla, sabiendo que aquella pregunta lo abarcaba todo, desde mis padres hasta mi trabajo. Siempre comprobaba en qué estaba mi cabeza antes de tomar el control de mi cuerpo—. Todo va bien.

Gideon tiró de mis caderas hasta el mismo filo del sofá con mis piernas a cada lado de él, mostrando mi coño ante sus ojos.

—Entonces, dime qué es lo que ha hecho que hoy este coñito esté tan glotón.

—Tú.

—Excelente respuesta.

Le di un empujón en el hombro.

—Te pusiste el traje que llevabas cuando te conocí. Deseé con todas mis ganas coger contigo en ese momento, pero no pude hacer nada al respecto. Ahora sí puedo.

Abrió más mis muslos con sus suaves manos y con el dedo pulgar me acarició el clítoris. Mi sexo se estremeció mientras el placer me recorría el cuerpo.

—Y ahora puedo yo también —murmuró bajando su oscura cabeza.

Me agarré con desesperación al cojín que tenía debajo y el estómago se me puso tenso mientras su lengua me lamía lentamente la raja. Rodeó con la lengua la trémula abertura de mi sexo, provocándome antes de hundirla dentro de mí. Arqueé el cuerpo con fuerza doblando la espalda mientras él mortificaba mi tierna carne.

—Deja que te diga cómo te imaginé ese día —dijo con un ronroneo mientras rodeaba mi clítoris con la punta de la lengua y con las manos me sujetaba ante las sacudidas que me provocaba aquella caricia—. Abierta debajo de mí sobre sábanas de satén negro, el pelo revuelto a tu alrededor, tu mirada salvaje y caliente por la sensación de mi verga aporreando el interior de tu coño tenso y sedoso.

—Dios, Gideon —gruñí, seducida al ver cómo me saboreaba de una forma tan íntima. Era una fantasía hecha realidad, aquel dios del sexo oscuro y peligroso vestido con su imponente traje prestándome sus servicios con aquella boca esculpida hecha para volver locas a las mujeres.

—Imaginé tus muñecas apresadas entre mis manos —continuó con tono brusco—, obligándome a tomar tu cuerpo una y otra vez. Tus pezones duros y pequeños hinchados bajo mi boca. Tus labios rojos y húmedos de haber estado chupándome la verga. La habitación inundada de esos sonidos sensuales que tú emites... esos gemidos desesperados cuando no puedes dejar de venirte.

En ese momento, gemí, mordiéndome el labio mientras él revoloteaba sobre mi clítoris con el malvado látigo de su lengua. Doblé una pierna por encima de su hombro desnudo y el calor de su piel abrasó la carne sensible de la parte posterior de mi rodilla.

—Quiero lo que tú quieras.

Su sonrisa se iluminó.

—Lo sé.

Chupó tirando de aquel tenso manojo de nervios. Yo me vine con un grito de desesperación y agité las piernas con aquella descarga.

Seguía estremeciéndome de placer cuando me instó a que me tumbara en el sofá, colocando su cuerpo sobre el mío y empujando su verga hacia arriba mientras se bajaba lo suficiente los calzoncillos para liberarla. Yo bajé los brazos deseando sentirla en mis manos, pero él me tomó de las muñecas y me sujetó los brazos.

—Me gusta verte así —dijo amenazante—. Prisionera de mi lujuria.

Los ojos de Gideon miraban fijamente mi rostro, los labios le brillaban por mi orgasmo y el pecho se le elevaba y se le hundía. Yo estaba fascinada por la diferencia entre el hombre viril que estaba a punto de cogerme como un animal y el empresario civilizado que había inspirado mi mordaz deseo al principio.

—Te quiero —le dije jadeando mientras el ancho capullo de su verga se deslizaba pesadamente por mi coño hinchado. Empujó su cuerpo contra el mío separando la resbaladiza abertura.

—Oh, cielo... —Con un gruñido, enterró la cara en mi cuello y se tensó dentro de mí. Pronunciando mi nombre entre jadeos, enterró sus caderas en mí mientras trataba de llegar más adentro, acariciándome y moviéndose en círculos, taladrándome—. Dios mío, cómo te necesito.

La desesperación de su voz me tomó por sorpresa. Quise tocarlo, pero siguió sujetándome mientras movía las caderas sin cesar. Sentirlo dentro de mí, tan caliente, con su gruesa verga frotándome y masajeándome, me estaba volviendo loca. Yo también me movía, incapaz de permanecer quieta, retorciéndonos los dos juntos.

Presionó los labios contra mi sien.

—Cuando te vi ahora en el vestíbulo, con tu bonito vestido amarillo, estabas radiante y preciosa. Perfecta.

Se me hizo un nudo en la garganta.

—Gideon.

—El sol brillaba detrás de ti y pensé que quizá no fueses real.

Traté de liberar mis manos.

—Deja que te toque.

—Vine detrás porque no podía alejarme de ti. Y cuando te encontré, tú me estabas deseando. —Agarró mis dos muñecas con una mano y la otra la colocó sobre mis nalgas, levantándome mientras él se salía y, después, embestía con fuerza.

Yo gemí, revolviéndome alrededor de él, y mi sexo succionó vorazmente su gruesa verga.

—Oh, Dios, cómo me gusta. Me gusta sentirte...

—Quiero venirme encima de ti, dentro de ti. Quiero tenerte de rodillas y de espaldas. Y *tú me quieres así.*

—Te necesito así.

—Me meto dentro de ti y no puedo soportarlo. —Bajó su boca hasta encontrar la mía y la chupó de una forma muy erótica—. Te necesito tanto...

—Gideon. Deja que te toque.

—He capturado un ángel. —Su beso era salvaje y húmedo, apasionado. Sus labios inclinados sobre los míos y su lengua saliendo y entrando con movimientos profundos y rápidos—. Y he puesto mis manos codiciosas sobre todo tu cuerpo. Te estoy profanando. Y a ti te encanta.

—Te quiero.

Me acariciaba por dentro y yo me retorcía, tratando de sujetar con mis muslos sus caderas, que no paraban de moverse.

—Cógeme, Gideon. Cógeme fuerte.

Clavó sus rodillas y me dio lo que yo le suplicaba, propulsándose dentro de mí. Me clavaba la verga una y otra vez y soplaba sus gruñidos y palabras febriles de lujuria en mis oídos.

El coño se me tensó y el clítoris me palpitaba con cada impacto de su pelvis contra la mía. Sus pesadas pelotas golpeaban contra la curva de mis nalgas y el sofá producía un ruido sordo sobre el cemento, moviéndose mientras Gideon aporreaba su cuerpo y se introducía en el mío, flexionando cada músculo de su cuerpo con sus movimientos descendentes.

Los sonidos obscenos del sexo salvaje pasaron inadvertidos a los obreros que estaban a pocos metros. La corriente hacia el orgasmo nos llevaba a los dos y nuestros cuerpos eran la válvula de escape de la violencia de nuestras emociones.

—Voy a venirme en tu boca —dijo con un gruñido y con el sudor deslizándose por su sien.

Sólo pensar que él iba a terminar de esa forma me hizo explotar. Mi sexo empezó a palpitar con el orgasmo, apretaba y agarraba su verga en movimiento, y los infinitos latidos del orgasmo se propagaron hacia fuera en dirección a los dedos de mis pies y mis manos. Y aun así, no se detuvo, siguió moviendo sus caderas en círculo y embistiendo, dando placer con destreza hasta que me hundí sin fuerzas debajo de él.

—*Ahora*, Eva. —Se salió y yo lo seguí, poniéndome de rodillas y deslizando la boca por su reluciente erección.

Al primer atisbo de succión por mi parte, él empezó a venirse, derramándose sobre mi lengua con potentes estallidos. Yo tragué repetidamente, bebiéndolo, disfrutando de los ásperos sonidos de satisfacción que salían de su pecho.

Tenía las manos en mi pelo, la cabeza inclinada hacia mí y el sudor relucía en sus abdominales. Deslicé la boca arriba y abajo por su verga, hundiendo mis mejillas cada vez que succionaba.

—Para —dijo entre jadeos apartándome—. Vas a conseguir que se me vuelva a poner dura.

Seguía estándolo, pero no dije nada.

Gideon colocó las manos sobre mi cara y me besó, y nuestra saliva se mezcló.

—Gracias.

—¿Por qué me das las gracias? Hiciste tú todo el esfuerzo.

—No es ningún esfuerzo cogerte, cielo. —Su lenta sonrisa era la de un hombre completamente saciado—. Te doy las gracias por darme el privilegio.

Volví a ponerme los tacones.

—Me vas a matar. No puedes ser tan guapo y sensual y decir cosas como ésas. Es demasiado. Me fríe las neuronas. Me derrite.

Su sonrisa se amplió y me volvió a besar.

—Conozco esa sensación.

13

QUIZÁ FUERA PORQUE yo misma acababa de tener sexo por lo que advertí los síntomas de Megumi. O quizá fuera porque mi radar sexual, como lo llamaba Cary, ya no estaba estropeado. Cualquiera que fuera el motivo, supe que mi amiga se había acostado con el hombre con el que tenía pensado romper y estuve segura de que no se alegraba de ello.

—¿Rompiste o no? —pregunté inclinándome sobre el mostrador de recepción.

—Creo que sí —contestó abatida—. Pero después de haberme acostado otra vez con él. Supuse que sería liberador. Además, quién sabe cuánto me va a durar la época de sequía.

—¿Estás replanteándote tu decisión de cortar?

—La verdad es que no. Él se mostró muy dolido, como si lo hubiese utilizado para el sexo. Y supongo que fue así, pero es de los que no quieren comprometerse. Imaginé que no habría problemas con echarnos un revolcón rápido a mediodía sin compromiso alguno.

—Así que ahora estás hecha un lío —le dije dedicándole una sonrisa compasiva—. Recuerda que se trata del mismo hombre que no te había llamado desde el viernes. Logró comer con una chica guapa y, después, un orgasmo. No está nada mal.

Inclinó la cabeza a un lado.

—Sí.

—Sí.

El ánimo se le levantó visiblemente.

—¿Vas a ir al gimnasio esta noche, Eva?

—Debería, pero mi padre está en la ciudad y dependerá de lo que tenga planeado. Si vamos, serás bienvenida para acompañarnos. Pero no lo sabré hasta que termine de trabajar.

—No quiero molestar.

—¿Es eso una excusa?

Sonrió avergonzada.

—Puede que un poco.

—Si quieres, puedes venir a casa conmigo al salir del trabajo y así lo conoces. Si quiere ir al gimnasio puedo prestarte algo mío para que te lo pongas. Si no, ya se nos ocurrirá otra cosa que hacer.

—Me parece bien.

—Muy bien, quedamos en eso. —Nos vendría bien a las dos. Mi padre podría tener otra visión de normalidad en mi vida y a Megumi le evitaría estar torturándose mientras pensaba en Michael—. Salimos a las cinco.

—¿Vives aquí? —Megumi inclinó la cabeza hacia atrás para ver mi edificio—. Es bonito.

Como el resto de los edificios de la calle bordeada de árboles, tenía historia y hacía alarde de ella con detalles arquitectónicos que los constructores actuales ya no utilizaban. El edificio había sido remodelado y ahora cobijaba a los residentes con un moderno saliente de cristal sobre la puerta de entrada. Aquella incorporación engranaba sorprendentemente bien con la fachada.

—Vamos —le dije sonriendo a Paul cuando éste nos abrió la puerta.

Cuando salimos del ascensor en mi planta, me obligué a no mirar hacia la puerta de Gideon. ¿Cómo sería llevar a una amiga a una casa que compartiera con Gideon?

Deseé hacerlo. Quería construir algo así con él.

Abrí la cerradura de mi apartamento y cogí el bolso de Megumi cuando entramos.

—Estás en tu casa. Voy a decirle a mi padre que estamos aquí.

Miró con los ojos abiertos de par en par la espaciosa sala de estar y la cocina.

—Esta casa es enorme.

—La verdad es que no necesitamos tanto espacio.

—Pero ¿quién se iba a quejar? —dijo sonriendo.

—Es verdad.

Me estaba girando hacia el pasillo que llevaba al cuarto de invitados cuando mi madre salió del distribuidor que daba a mi dormitorio y al de Cary y que estaba enfrente de la sala de estar. Me detuve, asombrada al ver que llevaba puesta una falda y una blusa mías.

—¿Mamá? ¿Qué haces aquí?

Sus ojos enrojecidos se fijaron en algún lugar a la altura de mi cintura y tenía la piel lo suficientemente pálida como para hacer que su maquillaje pareciera recargado. Fue entonces cuando me di cuenta de que también había utilizado mis productos de cosmética. Aunque en algunas ocasiones nos habían tomado por hermanas, mis ojos grises y el tono de mi piel de un suave color oliva venían de mi padre y necesitaba una paleta de colores diferente a los tonos pastel que usaba mi madre.

Tuve una sensación de mareo.

—¿Mamá?

—Tengo que irme. —No me miró a los ojos—. No me había dado cuenta de que era tan tarde.

—¿Por qué llevas puesta mi ropa? —pregunté, a pesar de *saber* la respuesta.

—Me manché el vestido. Te la devolveré. —Pasó rápidamente por mi lado y, de nuevo, se detuvo de repente al ver a Megumi.

Yo no podía moverme. Sentía los pies clavados en la alfombra. Cerré las manos en un puño. Sabía identificar cuando alguien acababa de tener sexo sólo con verlo. Sentí un nudo en el pecho por la rabia y la decepción.

—Hola, Monica. —Megumi se acercó para darle un abrazo—. ¿Cómo estás?

—Hola, Megumi. —Mi madre se esforzaba claramente, tratando de buscar algo más que decir—. Me alegro de verte. Ojalá pudiera quedarme para salir con ustedes, pero lo cierto es que tengo prisa.

—¿Está Clancy aquí? —pregunté, pues no había prestado atención al resto de vehículos que había en la calle al llegar.

—No. Tomaré un taxi. —Seguía sin mirarme a los ojos, pese a haber girado la cabeza hacia mí.

—Megumi, ¿te importaría compartir un taxi con mi madre? Siento dejarte plantada, pero, de repente, no me encuentro bien.

—Claro. —Me miró a la cara y vi que se había dado cuenta del cambio en mi estado de ánimo—. Sin problema.

Mi madre me miró entonces y no se me ocurrió nada que decirle. Me indignaba su mirada de culpa casi tanto como la idea de que hubiese engañado a Stanton. Si iba a hacerlo, podría, al menos, admitirlo.

Mi padre eligió ese momento para unirse a nosotras. Entró en la habitación vestido con unos jeans y una camiseta, descalzo y con el pelo aún mojado de la ducha.

Como siempre, mi suerte no podía ser peor.

—Papá, ésta es mi amiga Megumi. Megumi, éste es mi padre, Victor Reyes.

Mientras él se acercaba a Megumi para darle la mano, mis padres evitaron mirarse. Aquella precaución no sirvió para ocultar la electricidad que había entre ellos.

—Había pensado que podríamos salir —le dije para llenar aquel repentino e incómodo silencio—, pero ya no quiero.

—Tengo que irme —volvió a decir mi madre cogiendo su bolso—. Megumi, ¿vienes conmigo?

—Sí, por favor. —Mi amiga se despidió de mí con un abrazo—. Te llamo luego para ver cómo estás.

—Gracias. —La cogí de la mano y se la apreté antes de que se apartara.

En el momento en que la puerta se cerró tras ellos, me dirigí a mi habitación.

Mi padre vino detrás.

—Eva, espera.

—Ahora mismo no quiero hablar contigo.

—No seas pueril con esto.

—¿Perdona? —Me di la vuelta para mirarle—. Mi padrastro paga este apartamento. Quería que yo tuviera un lugar con un buen sistema de seguridad para así estar a salvo de Nathan. ¿Estabas pensando en eso cuando te tirabas a su mujer?

—Cuidado con lo que dices. Sigues siendo mi hija.

—Tienes razón. ¿Y sabes qué? —Caminé de espaldas hacia el pasillo—. Nunca me había sentido avergonzada de ello hasta ahora.

ME tumbé en la cama mirando al techo, deseando poder estar con Gideon. Pero sabía que estaba en terapia con el doctor Petersen.

Le envié un mensaje a Cary: «Te necesito. Ven a casa cuanto antes».

Eran casi las siete cuando alguien llamó a la puerta de mi habitación.

—Nena, soy yo. Déjame entrar.

Me abalancé sobre la puerta para abrirla y me eché en sus brazos, abrazándolo con fuerza. Él me levantó del suelo y me metió en la habitación cerrando la puerta con una patada.

Me dejó en la cama y se sentó a mi lado con su brazo alrededor de mis hombros. Olía bien, a su habitual agua de colonia. Me eché sobre él, agradecida por su amistad incondicional.

—Mis padres se acuestan juntos —dije un rato después.

—Sí, ya lo sé.

Incliné la cabeza hacia atrás para mirarlo.

Hizo una mueca.

—Los oí cuando salía hacia la sesión de fotos esta tarde.

—¡Puaj! —El estómago se me revolvió.

—Sí, a mí tampoco me parece bien —murmuró. Me pasó los dedos por el pelo—. Tu padre está en el sofá y parece hecho polvo. ¿Le dijiste algo?

—Por desgracia, sí. Fui mezquina y ahora me siento fatal. Necesito hablar con él, pero se me hace raro, porque la persona con la que quiero ser más leal es con Stanton. Ni siquiera me gusta ese hombre la mitad de las veces.

—Ha sido bueno contigo y con tu madre. Y que lo engañen a uno nunca es plato de buen gusto.

Dejé escapar un gruñido.

—Me habría enfadado menos si hubiesen ido a otro sitio. Es decir, seguiría pareciéndome mal, pero esto es territorio de Stanton. Eso hace que sea aún peor.

—Es verdad —confirmó él.

—¿Qué te parecería si nos mudáramos?

Me miró sorprendido.

—¿Porque tus padres tiraron aquí?

—No. —Me puse de pie y empecé a caminar por la habitación—. La seguridad fue la razón por la que elegimos este apartamento. Era lógico dejar que Stanton me ayudara cuando Nathan era una amenaza y la seguridad una prioridad, pero ahora... —Lo miré—. Ahora todo es diferente. Ya no me parece que sea lo correcto.

—¿Mudarnos adónde? ¿A algún sitio de Nueva York que nos podamos permitir nosotros solos? ¿O fuera de Nueva York?

—Yo no quiero irme de Nueva York —dije para tranquilizarlo—. Tu trabajo está aquí. Y el mío también.

Y Gideon.

Cary se encogió de hombros.

—Claro. Lo que tú digas. Estoy de acuerdo.

Me acerqué hasta donde él seguía sentado y lo abracé.

—¿Te importaría pedir que trajeran algo para cenar mientras hablo con mi padre?

—¿Se te ocurre algo en particular?

—No. Sorpréndeme.

Fui con mi padre al sofá. Había estado mirando cosas en internet con mi tableta, pero la dejó a un lado cuando me senté.

—Siento lo que te dije antes —empecé—. No era en serio.

—Sí que lo era. —Se rascó la nuca con actitud de agotamiento—. Y no te culpo. No me siento muy orgulloso de mí mismo en este momento. Y no tengo excusas. Debería haberlo hecho mejor. Y ella también.

Subí las piernas y me senté mirándolo con el hombro apoyado en el respaldo del sofá.

—Hay entre ustedes mucha química. Yo sé lo que es eso.

Me lanzó una mirada interrogante, con sus grises ojos tormentosos y serios.

—Es lo que tienes con Cross. Lo vi cuando vino a cenar. ¿Vas a tratar de arreglar las cosas con él?

—Me gustaría. ¿Te plantea eso algún problema?

—¿Te quiere?

—Sí. —Sonreí—. Pero más que eso, me... necesita. No hay nada que no esté dispuesto a hacer por mí.

—Entonces, ¿por qué no están juntos?

—Bueno... es algo complicado.

—¿No lo es siempre? —preguntó con tristeza—. Mira, debes saber que... He querido a tu madre desde el momento en que la vi. Lo que pasó hoy no debería haber ocurrido, pero para mí significó algo.

—Lo entiendo. —Le tomé la mano—. ¿Y qué va a pasar ahora?

—Me voy a casa mañana. Voy a intentar aclararme la mente.

—Cary y yo hemos estado hablando de ir a San Diego dentro de dos fines de semana. Habíamos pensado ir a casa y quedarnos allí. Verte a ti, y al doctor Travis.

—¿Hablaste con Travis sobre lo que te pasó?

—Sí. Me salvaste la vida al ponerme en contacto con él —dije con sinceridad—. No puedo estarte más agradecida. Mamá me había estado enviando a un montón de psiquiatras estirados y no supe conectar con ninguno de ellos. Me sentía como un caso práctico de estudio. El doctor Travis hizo que me sintiera normal. Además, allí conocí a Cary.

—¿Dejaron ya de hablar de mí? —Justo en ese momento, Cary entró en la habitación enarbolando un menú de comida para llevar—. Sé que soy fascinante, pero quizá deberían ahorrar saliva para la comida tailandesa que van a traer. Pedí una tonelada.

Mi padre tomaba el vuelo de las once que salía de Nueva York, así que tuve que dejar que fuese Cary quien lo despidiera. Nos dijimos adiós antes de irme a trabajar, prometiéndonos hacer planes para el viaje a San Diego la próxima vez que habláramos.

Yo iba en el asiento trasero de un taxi camino del trabajo cuando Brett me llamó. Por un momento, consideré desviar la llamada al buzón de voz pero, después, decidí afrontarla y respondí.

—Hola.

—Hola, preciosa. —Su voz hizo que mi sentido común se aplastara como si se tratara de chocolate caliente—. ¿Lista para mañana?

—Lo estaré. ¿A qué hora es el lanzamiento del video? ¿Cuándo tenemos que estar en Times Square?

—Se supone que llegamos a las seis.

—Bien. No sé qué ponerme.

—Estarás fantástica con cualquier cosa.

—Esperemos que sí. ¿Cómo va la gira?

—Me la estoy pasando como nunca —respondió riéndose, y aquel sonido ronco y sensual me trajo recuerdos—. Ha sido un larguísimo camino desde el bar de Pete.

—Ah, Pete. —Nunca olvidaría ese bar, aunque algunas de las noches que pasé allí estaban un poco confusas—. ¿Estás nervioso por lo de mañana?

—Sí. Voy a verte. Estoy deseándolo.

—No es a eso a lo que me refería, y lo sabes.

—También estoy nervioso por el lanzamiento del video. —Volvió a reírse—. Ojalá pudiese verte esta noche, pero voy a tomar un vuelo nocturno a JFK. Aunque sí quiero que cenemos mañana.

—¿Puede venir Cary? Ya lo invité al lanzamiento del video. Los dos se conocen, así que supuse que no te importaría. Al menos, no mucho.

Soltó un bufido.

—No necesitas ninguna carabina, Eva. Sé controlarme.

El taxi se detuvo delante del edificio Crossfire y el conductor paró el taxímetro. Le pasé dinero por la ranura del plexiglás y me bajé, dejando la puerta abierta para el hombre que se abalanzaba corriendo para subirse.

—Creía que Cary te caía bien.

—Y me cae bien, pero me gusta más tenerte para mí solo. ¿Qué te parece si los dos cedemos y acordamos que Cary venga al lanzamiento y tú vengas sola a cenar?

—De acuerdo. —Supuse que no estaría mal hacer que aquella situación fuera más fácil para Gideon si elegía un restaurante suyo—. ¿Hago yo la reservación?

—Genial.

—Tengo que dejarte. Estoy llegando al trabajo.

—Envíame tu dirección por mensaje para saber dónde recogerte.

—Luego lo hago. —Pasé por la puerta giratoria y me dirigí a los torniquetes de entrada—. Mañana hablamos.

—Lo estoy deseando. Te veo a eso de las cinco.

Me guardé el teléfono y entré en el ascensor más cercano que estaba abierto. Cuando estuve arriba y me abrieron las puertas de seguridad de cristal, Megumi me saludó poniéndome el teléfono delante de la cara.

—¿Te lo puedes creer? —preguntó

Me retiré lo suficiente para poder enfocar la vista en la pantalla.

—Tres llamadas perdidas de Michael.

—*Odio* a los tipos como él —se quejó—. Inconstantes y dispersos. Te quieren hasta que te tienen y, después, a otra cosa.

—Pues díselo.

—¿En serio?

—Desde luego. Podrías no hacer caso de sus llamadas, pero eso te volvería loca. Pero no aceptes salir con él. Volver a acostarte con él estaría mal.

—De acuerdo —asintió Megumi—. El sexo es malo, incluso cuando es bueno.

Riéndome, me dirigí a mi mesa. Tenía otras cosas que hacer aparte de dirigir la vida amorosa de los demás. Mark estaba compatibilizando varias cuentas a la vez y tenía tres campañas a punto de terminar. Los creativos estaban trabajando y las maquetas estaban poco a poco inundando su mesa. Ésa era mi parte favorita, ver cómo todos los diseños de estrategia se juntaban.

A las diez, Mark y yo estábamos debatiendo en profundidad los distintos enfoques de una campaña de publicidad de un abogado de divorcios. Tratábamos de encontrar la combinación exacta de comprensión por un momento difícil en la vida de una persona y las cualidades más valoradas en un abogado, su capacidad de ser astuto e implacable.

—Yo nunca voy a necesitar a uno de éstos —dijo él de buenas a primeras.

—No —respondí yo después de que mi cerebro captara que se estaba refiriendo a abogados de divorcios—. Nunca lo vas a necesitar. Estoy deseando ver a Steven en la comida para felicitarlo. Estoy contentísima por ustedes dos.

La sonrisa de Mark dejó a la vista sus dientes torcidos y me parecieron bonitos.

—Nunca he sido más feliz.

Eran casi las once y habíamos pasado a la campaña de un fabricante de guitarras cuando sonó mi teléfono. Fui corriendo a mi mesa para tomarlo y mi saludo habitual se vio interrumpido por un chillido.

—¡Dios mío, Eva! ¡Acabo de enterarme de que las dos vamos a estar mañana en esa cosa de los Six-Ninths!

—¿Ireland?

—¿Quién iba a ser? —La hermana de Gideon estaba tan emocionada que parecía aún más joven que sus diecisiete años—. Me *encantan* los Six-Ninths. Brett Kline está buenísimo. Y también Darrin Rumsfeld. Es el de la batería. Está que se derrite.

Me reí.

—¿Por casualidad te gusta también la música que hacen?

—¡Uf! Desde luego. —Su voz se volvió seria—. Oye, creo que mañana deberías tratar de hablar con Gideon. Ya sabes, en plan ir de paso y saludar. Si abres esa puerta estoy segura de que va a ir por todo. Te lo juro. Te echa mucho de menos.

Me apoyé en el respaldo de mi silla y le seguí el juego.

—¿Tú crees?

—Está clarísimo.

—¿De verdad? ¿Por qué?

—No lo sé. Por cómo le cambia la voz cuando habla de ti. No sé explicártelo, pero te lo digo en serio, se muere porque vuelvas con él. Fuiste tú quien le dijiste que me llevara con él mañana, ¿verdad?

—No exactamente...

—¡Ja! Lo sabía. Siempre te hace caso. —Se rio—. Gracias, por cierto.

—Dale las gracias a él. Yo sólo tenía ganas de volver a verte.

Ireland era la única persona de la familia de Gideon por la que él sentía un cariño sin lacra, aunque se esforzaba mucho porque no se le notara. Yo creía que tenía miedo de que lo decepcionara o de echarlo a perder de alguna forma. No estaba segura de qué ocurría, pero sí sabía que Ireland adoraba a su hermano y él mantenía las distancias, pese a estar tan terriblemente necesitado de amor.

—Prométeme que intentarás hablar con él —insistió—. Sigues queriéndolo, ¿verdad?

—Más que nunca —contesté fervientemente.

Ella se quedó en silencio un momento.

—Ha cambiado desde que te conoció —dijo después.

—Eso creo. Yo también he cambiado. —Me incorporé cuando Mark salió de su despacho—. Tengo que seguir trabajando, pero nos pondremos al día mañana. Y haremos planes para ese día sólo para chicas del que hablamos.

—Eres un cielo. ¡Hasta luego!

Colgué, encantada de que Gideon hubiese cumplido haciendo planes con Ireland. Estábamos avanzando, juntos y por separado.

—Pasos de bebé —susurré. Y a continuación, volví al trabajo.

A mediodía, Mark y yo salimos para reunirnos con Steven en un bistró francés. Cuando entramos en el restaurante fue fácil localizar a la pareja de Mark, incluso a pesar de las dimensiones del lugar y la cantidad de comensales.

Steven Ellison era un hombre grande —alto, de espaldas anchas y muy musculoso—. Era dueño de su propia empresa de construcción y le gustaba trabajar en las obras mismas con sus hombres. Pero era su pelo de un rojo magnífico lo que de verdad llamaba la atención. Su hermana Shawna tenía el mismo color de pelo y el mismo carácter divertido.

—¡Hola! —Lo saludé con un beso en la mejilla, pues podía mostrarme más familiar con él que con mi jefe—. Felicidades.

—Gracias, querida. Mark va a convertirme por fin en un hombre honesto.

—Para eso hace falta algo más que el matrimonio —respondió Mark retirando una silla para que yo me sentara.

—¿Cuándo no he sido honesto contigo? —protestó Steven.

—Pues, veamos. —Mark me acomodó en mi silla y, a continuación, se sentó en la que estaba a mi lado—. ¿Qué me dices de esa vez que juraste que el matrimonio no era para ti?

—Ah, yo nunca dije que no fuera para *mí*. —Steven me guiñó sus ojos azules y traviesos—. Sólo dije que no era para la mayoría de la gente.

—Estaba muy nervioso antes de preguntártelo —le dije—. Me dio pena.

—Sí —Mark ojeó el menú—. Ella es testigo de tu cruel e inusual castigo.

—Le doy pena —replicó Steven—. Yo lo cortejé con vino, rosas y música de violines. Pasé días ensayando mi declaración. Aún sigo abatido.

Puso los ojos en blanco, pero estuve segura de que ahí había una herida que aún no había cicatrizado del todo. Cuando Mark colocó su mano sobre la de su pareja y la apretó, supe que tenía razón.

—¿Y cómo lo hizo? —pregunté, pese a que Mark ya me lo había contado.

La camarera nos interrumpió para preguntarnos si queríamos agua. La entretuvimos un momento y le pedimos la comida también y, a continuación, Steven empezó a contar cómo fue la noche de su aniversario.

—Él sudaba como un loco —continuó—. Y se secaba la cara a cada minuto.

—Es verano —murmuró Mark.

—Y los restaurantes y los cines están climatizados —repuso Steven—. Durante toda la noche estuvo así y, por fin, nos fuimos a casa. Yo llegué a pensar que no iba a hacerlo. Que la noche iba a terminar y que él no iba a pronunciar aquellas malditas palabras. Y ahí me tienes a mí, preguntándome si tendría que ser yo quien lo preguntara de nuevo para terminar de una vez por todas con aquello. Y si me vuelve a decir que no...

—No dije que no la primera vez —intervino Mark.

—... le doy una paliza. Lo dejo inconsciente, lo meto en un avión y nos vamos para Las Vegas, porque ya no soy ningún jovencito.

—Y está claro que con la edad tampoco has madurado —refunfuñó Mark.

Steven le lanzó una mirada amenazante.

—Así que salimos de la limusina y estoy tratando de acordarme de aquella proposición tan fantástica que le hice aquella vez y va él y me agarra del codo y desembucha: «Steve, maldita sea. Tienes que casarte conmigo».

Me reí echándome hacia atrás mientras la camarera dejaba mi ensalada delante de mí.

—¿Tal cual?

ATADA A TI · 211

—Tal cual —confirmó Steven de forma categórica.

—Muy sentido. —Miré a Mark levantando el pulgar—. Eres estupendo.

—¿Ves? —dijo Mark—. Lo conseguí.

—¿Vas a escribirte tú mismo los votos? —pregunté—. Porque eso sería muy interesante.

Steven se rio a carcajadas llamando la atención de todos los que nos rodeaban.

—Sabes que me muero por ver tu carpeta de bodas, ¿no?

—Pues da la casualidad...

—No puede ser verdad. —Mark negó con la cabeza mientras Steven metía la mano en un bolso que había en el suelo junto a su silla y sacaba una carpeta abultada.

Estaba tan llena que los papeles se le salían por arriba, por abajo y por el lado.

—Espera a ver esta tarta que encontré. —Steven puso a un lado la cesta del pan para dejar espacio para abrir la carpeta.

Yo reprimí una sonrisa cuando vi los separadores y la lista de lo que contenían.

—*No* vamos a tener una tarta de bodas con la forma de un rascacielos con grúas y vallas publicitarias —dijo Mark con firmeza.

—¿En serio? —pregunté intrigada—. Déjame verla.

CUANDO llegué a casa esa noche, dejé caer el bolso en el sitio de siempre, me quité los zapatos de una patada y fui directa al sofá. Me tumbé en él y miré al techo. Megumi iba a reunirse conmigo en el CrossTrainer a las seis y media, así que no disponía de mucho tiempo, pero sentía que necesitaba un respiro. El hecho de haber empezado con el periodo esa misma tarde me tenía al borde de la irritación y el mal humor, y eso añadido al agotamiento por tantas risas y bromas.

Solté un suspiro. En algún momento iba a tener que enfrentarme a mi madre. Teníamos que resolver muchas cosas y empezaba a molestarme el estar posponiéndolo. Deseé que fuera tan fácil solucionar con ella los problemas como lo era con mi padre, pero aquello no era excusa para no abordarlos. Era mi madre y la quería. La pasaba muy mal cuando nos enojábamos.

Después, pensé en Corinne. Supongo que debía haberme imaginado que una mujer que dejaba a su marido y se mudaba de París a Nueva York por otro hombre no iba a olvidarse de él tan fácilmente. Y aun así, ella debía conocer a Gideon lo suficiente como para saber que acosándolo no lo iba a conseguir.

Y Brett... ¿Qué iba a hacer con él?

Sonó el portero automático. Fruncí el ceño y me puse de pie para ir a contestar. ¿Se había equivocado Megumi y había entendido que nos teníamos que ver aquí? No es que me importara, pero...

—¿Sí?

—Hola, Eva —me saludó con tono alegre el recepcionista—. Están aquí unos policías, los detectives Michna y Graves.

Mierda. En ese momento, todo lo demás dejó de tener importancia. El miedo me empezó a recorrer el cuerpo con sus dedos de hielo.

Deseé tener conmigo a un abogado. Había demasiadas cosas en juego.

Pero no quería que pareciera que tenía nada que esconder.

Tuve que tragar saliva dos veces antes de responder.

—Gracias. ¿Puedes decirles que suban, por favor?

14

El corazón me latía con fuerza mientras me abalanzaba sobre mi bolso para silenciar el otro teléfono y guardarlo en un bolsillo cerrado con cremallera. Me di la vuelta, buscando algo que estuviera fuera de su sitio, algo que debiera esconder. Estaban las flores de mi dormitorio y la tarjeta.

Aunque, a menos de que los detectives tuvieran una orden de registro, sólo podrían tomar nota de lo que estaba a la vista.

Fui corriendo a cerrar mi puerta y, a continuación, fui a cerrar también la de Cary. Estaba respirando con fuerza cuando sonó el timbre de la puerta. Me obligué a tranquilizarme e ir despacio hacia la sala de estar. Cuando llegué a la puerta, respiré hondo para calmarme antes de abrir.

—Hola, detectives.

Graves, una mujer extremadamente delgada de rostro serio y ojos azules y astutos, apareció en primer lugar. Su compañero, Michna, era el más callado de los dos, un hombre mayor con entradas, cabello gris y barriga. Había un equilibrio entre ellos. Graves era la más seria y se ocupaba de mantener ocupados a los sujetos y desconcertarlos. A Michna se le daba claramente bien permanecer en segundo plano mientras sus ojos de policía lo registraban todo. El índice de éxito de los dos debía ser bastante alto.

—¿Podemos pasar, señorita Tramell? —preguntó Graves con un tono que convertía la pregunta en exigencia. Se había recogido su pelo castaño y rizado y llevaba puesta una chaqueta para ocultar la funda de su pistola. En la mano llevaba una cartera.

—Claro. —Abrí más la puerta—. ¿Quieren tomar algo? ¿Café? ¿Agua?

—Agua estaría bien —contestó Michna.

Los conduje a la cocina y saqué la botella de agua de la nevera. Los detectives esperaron en la barra de la cocina. Graves con los ojos clavados en mí mientras Michna echaba un vistazo a lo que le rodeaba.

—¿Acaba de llegar a casa del trabajo? —preguntó él.

Supuse que sabían la respuesta, pero contesté de todos modos.

—Hace unos minutos. ¿Quieren sentarse en la sala de estar?

—Aquí está bien —respondió Graves con su tono serio, dejando la cartera de piel gastada sobre la barra—. Nos gustaría hacerle unas cuantas preguntas, si no le importa. Y mostrarle unas fotografías.

Me quedé helada. ¿Podría soportar ver alguna de las fotos que Nathan me había hecho? Por un momento, pensé que serían fotos tomadas en el escenario del crimen o incluso durante la autopsia. Pero sabía que era muy poco probable.

—¿De qué se trata?

—Ha aparecido nueva información que podría estar relacionada con la muerte de Nathan Barker —explicó Michna—. Estamos investigando todas las pistas y usted podría sernos de ayuda.

Respiré hondo y de forma temblorosa.

—Lo intentaré, claro. Pero no sé cómo.

—¿Conoce a Andrei Yedemsky? —preguntó Graves.

—No —respondí frunciendo el ceño—. ¿Quién es?

Metió la mano en el bolso, sacó un montón de fotos y las colocó delante de mí.

—Este hombre. ¿Lo ha visto antes?

Extendí la mano con dedos temblorosos y me acerqué la foto que había encima de todas. Era de un hombre con una gabardina que hablaba con otro hombre que estaba a punto de subir a la parte de atrás de una limusina. Era atractivo, con el pelo extremadamente rubio y la piel bronceada.

—No. Y no es de esas personas que se te olvidan. —Levanté la vista hacia ella—. ¿Debería conocerlo?

—Tenía en su casa fotos de usted. Tomadas a escondidas en la calle, yendo y viniendo. Barker tenía las mismas fotos.

—No lo entiendo. ¿Cómo las consiguió?

—Supuestamente, se las dio Barker —contestó Michna.

—¿Es eso lo que les dijo este tal Yedemsky? ¿Por qué iba a darle Nathan unas fotos mías?

—Yedemsky no ha dicho nada —me explicó Graves—. Está muerto. Asesinado.

Sentí que me acechaba un dolor de cabeza.

—No lo comprendo. No sé nada de este hombre y no tengo ni idea de por qué él sabía de mí.

—Andrei Yedemsky es un conocido miembro de la mafia rusa —continuó explicando Michna—. Además de dedicarse al contrabando de alcohol y armas de asalto, también se sospecha que trafican con mujeres. Es posible que Barker estuviese haciendo tratos para venderla o comerciar con usted con ese fin.

Me retiré de la barra negando con la cabeza, incapaz de procesar lo que estaban diciendo. Podía creer que Nathan me estuviese acechando. Me odió desde el primer momento, odiaba que su padre se hubiese vuelto a casar en lugar de guardar luto eternamente por su madre. Me había odiado por hacer que lo encerraran en un centro psiquiátrico y porque me hubiesen dado una asignación de cinco millones de dólares que él consideraba que era su herencia. Pero ¿la mafia rusa? ¿Trata de blancas? Aquello no me cabía en la cabeza.

Graves pasó las fotos hasta que llegó a una de una pulsera de zafiros y platino. La rodeaba una regla en forma de ele. No había duda de que se trataba de una foto del forense.

—¿Reconoce esto?

—Sí. Pertenecía a la madre de Nathan. La cambió para adaptársela a él. Nunca iba a ningún sitio sin ella.

—Yedemsky la llevaba puesta en el momento de su muerte —dijo ella sin ninguna entonación—. Posiblemente como recuerdo.

—¿De qué?

—Del asesinato de Barker.

Me quedé mirando a Graves, que ya sabía lo que iba a preguntarle.

—¿Está sugiriendo que Yedemsky podría ser el responsable de la muerte de Nathan? Entonces, ¿quién mató a Yedemsky?

Me sostuvo la mirada, comprendiendo qué era lo que me llevaba a hacer aquella pregunta.

—Lo eliminó su propia gente.

—¿Está segura? —Necesitaba saber que tenían claro que Gideon no estaba implicado. Sí, había matado por mí, por protegerme, pero nunca mataría simplemente por evitar la cárcel.

Michna frunció el ceño al escuchar mi pregunta. Fue Graves quien contestó:

—No nos cabe ninguna duda. Tenemos las imágenes de seguridad. Uno de sus socios no llevaba muy bien que Yedemsky se estuviese acostando con su hija menor de edad.

Sentí una oleada de esperanza seguida de un miedo escalofriante.

—Entonces, ¿qué pasa ahora? ¿Qué significa esto?

—¿Conoce a alguien que esté relacionado con la mafia rusa? —preguntó Michna.

—Dios mío, no —contesté con vehemencia—. Eso es... de otro mundo. Ya me cuesta creer que Nathan lo estuviera. Pero han pasado muchos años desde que lo conocí.

Me froté el pecho para quitarle tensión y miré a Graves.

—Quiero olvidar todo esto. Quiero que Nathan deje ya de destrozarme la vida. ¿Voy a conseguirlo alguna vez? ¿Va a seguir persiguiéndome después de muerto?

Graves recogió las fotos con eficiencia y rapidez y con el rostro impasible.

—Nosotros hemos hecho todo lo posible. Lo que usted haga a partir de ahora es cosa suya.

APARECÍ en el CrossTrainer a las seis y cuarto. Fui porque le había dicho a Megumi que lo haría y ya le había dado un plantón. También sentía una tremenda inquietud, un deseo de moverme que tenía que saciar antes de terminar volviéndome loca. Le envié un mensaje a Gideon nada más marcharse la policía para decirle que necesitaba verlo después, pero cuando dejé el bolso en el vestuario, aún no había tenido noticias suyas.

Como todo lo que era de Gideon, el CrossTrainer era impresionante tanto en tamaño como en prestaciones. Aquel gimnasio de tres plantas, uno más de los cientos que tenía por todo el país, contaba con todo lo que un entusiasta del mantenimiento físico podría desear, además de servicios de spa y un bar de jugos.

Megumi estaba algo abrumada y necesitaba ayuda con algunas de las máquinas de alta tecnología, así que se estaba aprovechando de la sesión de ejercicios supervisada por un entrenador para nuevos miembros e invitados. Yo me subí en la cinta de correr. Empecé con un paso ligero para calentar y, después, fui aumentando el ritmo hasta empezar a correr. Una vez entrada en calor, dejé que mis pensamientos también echaran a andar.

¿Era posible que Gideon y yo fuéramos libres para retomar nuestras vidas y seguir adelante? ¿Cómo? ¿Por qué? Por mi mente pasaban a toda velocidad preguntas que necesitaba hacerle a Gideon, con la esperanza de que él tuviera tan poca información como yo. No podía estar implicado en la muerte de Yedemsky. No me creería nunca que fue así.

Estuve corriendo hasta que los muslos y las pantorrillas me empezaron a arder, hasta que el sudor me recorría el cuerpo a chorros y los pulmones me dolían y me costaba respirar.

Fue Megumi la que por fin me hizo parar haciéndome señales con la mano ante mis ojos mientras se movía delante de mi cinta.

—Ahora mismo estoy absolutamente impresionada. Eres una máquina.

Fue bajando el ritmo hasta convertirlo en paso y, finalmente, me detuve. Cogí la toalla y la botella de agua, me bajé y sentí los efectos de haberme esforzado tanto y durante tanto rato.

—No me gusta nada correr —confesé aún jadeante—. ¿Cómo te fue en tus ejercicios?

Megumi era atractiva incluso con ropa de gimnasia. Su sujetador de espalda cruzada de color verde amarillento tenía unos lazos azules que hacían juego con sus mallas de licra. El conjunto era alegre y moderno.

Me dio un empujón con los hombros.

—Me haces sentir una floja. Sólo hice un circuito y he estado buscando tipos buenos. La entrenadora con la que estuve era buena, pero ojalá me hubiese tocado *aquel* tipo.

Seguí la dirección de su dedo.

—Ése es Daniel. ¿Quieres conocerlo?

—¡Sí!

Me acerqué con ella a las colchonetas que había en el centro de aquel espacio abierto y saludé a Daniel con la mano cuando él levantó la mirada y nos vio. Megumi se soltó enseguida la goma que le recogía su pelo negro, pero a mí me pareció que con ella puesta estaba igual de estupenda. Tenía una piel preciosa y le envidiaba la forma de su boca.

—Eva, me alegro de verte. —Daniel extendió la mano hacia mí—. ¿Quién viene contigo?

—Mi amiga Megumi. Ha venido hoy por primera vez.

—Te vi haciendo ejercicio con Tara. —Exhibió ante Megumi su brillantísima sonrisa—. Soy Daniel. Si alguna vez necesitas ayuda con algo, dímelo.

—Te tomo la palabra —le advirtió ella mientras le estrechaba la mano.

—Por supuesto. ¿Hay algo en particular en lo que te gustaría entrenar?

Mientras empezaban a conversar con mayor profundidad, yo paseé la vista por mi alrededor. Me fijé en los equipos, buscando algo fácil que pudiera hacer mientras esperaba a que terminaran. Pero en lugar de ello, vi a alguien a quien conocía.

Me eché la toalla al hombro y vi a mi reportera nada favorita en el suelo. Respiré hondo y me acerqué mientras veía cómo hacía abdominales con una mancuerna de cuatro kilos y medio. Su cabello castaño oscuro estaba recogido en una coleta, sus largas piernas quedaban a la vista bajo unos pantalones cortos ajustados y tenía el vientre tirante y plano. Tenía un aspecto estupendo.

—Hola, Deanna.

—Te preguntaría si sueles venir por aquí, pero eso es demasiado típico —contestó cambiándose la pesa de una mano a otra—. ¿Qué tal estás, Eva?

—Bien. ¿Tú?

Su sonrisa tenía esa expresión que me hizo no bajar la guardia.

—¿No te molesta que Gideon Cross entierre sus pecados bajo todo su dinero?

Así que Gideon tenía razón al decir que Ian Hager desaparecería después de que le pagaran.

—Si realmente creyera que buscas saber la verdad, te daría la razón.

—Es todo verdad, Eva. He estado hablando con Corinne Giroux.

—¿Sí? ¿Qué tal está su marido?

Deanna se rio.

—Gideon debería contratarte para que te encargues de su imagen pública.

Aquello casi se me clavó en lo más hondo.

—¿Por qué no vas sin más a su despacho y le echas la bronca? Haz que se entere. Tírale una copa a la cara o dale una bofetada.

—No le importaría. Le daría exactamente igual.

Me limpié el sudor que seguía cayéndome por la sien y admití que aquello podría ser verdad. Sabía muy bien que Gideon podía tener el corazón de piedra.

—De todas formas, es probable que tú sí te sintieras mucho mejor.

Deanna tomó su toalla del banco.

—Yo sé exactamente qué es lo que haría que me sintiera mejor. Disfruta del resto de tus ejercicios, Eva. Seguro que volveremos a hablar pronto.

Se fue con paso tranquilo y yo no pude evitar pensar que tramaba algo. Me ponía nerviosa no saber qué era.

—Bien, ya terminé —dijo Megumi acercándose a mí—. ¿Quién era ésa?

—Nadie importante. —Mi estómago eligió ese momento para gruñir con fuerza, anunciando que ya había quemado el filete de buey que me había comido a mediodía.

—Hacer ejercicio siempre me da hambre también. ¿Quieres que vayamos a cenar?

—Sí. —Salimos hacia las duchas bordeando los aparatos y al resto de la gente—. Voy a llamar a Cary por si quiere venir con nosotras.

—Ah, sí. —Se lamió los labios—. ¿Te he dicho ya que me parece delicioso?

—Más de una vez. —Me despedí de Daniel levantando la mano antes de salir de allí.

Llegamos a los vestuarios y Megumi lanzó su toalla al cubo que había justo en la puerta. Yo me detuve antes de tirar la mía, acariciando con el dedo pulgar el logotipo bordado de CrossTrainer. Me acordé de las toallas que colgaban en el baño de Gideon.

Quizá la próxima vez lo llamaría también a él para pedirle que se uniera a mis amigos y a mí para cenar.

Quizá lo peor ya había pasado.

ENCONTRAMOS un restaurante indio cerca del gimnasio y Cary apareció en la cena con Trey, entrando los dos tomados de la mano. Nuestra mesa estaba justo delante de la ventana que había al mismo nivel de la calle, junto a la puerta, lo cual hacía que el pulso de la ciudad se uniera a la experiencia gastronómica.

Nos sentamos sobre cojines en el suelo, bebimos un poco de vino de más y dejamos que Cary hiciera continuos comentarios sobre la gente que pasaba. Casi pude ver corazoncitos en los ojos de Trey cuando miraba a mi mejor amigo y me alegré al ver que Cary se mostraba a cambio abiertamente cariñoso. Cuando Cary estaba realmente interesado en alguien se contenía a la hora de tocarlo. Decidí deliberadamente ver sus frecuentes y despreocupadas caricias como un síntoma de dos hombres que se estaban acercando, más que como una pérdida de interés por parte de Cary.

Megumi recibió otra llamada de Michael mientras cenábamos, pero ella no hizo caso. Cuando Cary le preguntó si se estaba haciendo la dura, ella le contó toda la historia.

—Si vuelve a llamar, deja que conteste yo —dijo él.

—No, Dios mío —gruñí yo.

—¿Qué? —Cary parpadeó con mirada inocente—. Puedo decir que ella está demasiado ocupada como para atender la llamada y Trey podría gritar obscenidades sexuales de fondo.

—¡Qué diabólico! —Megumi se frotó las manos—. Michael no es el tipo adecuado para esas cosas, pero estoy segura de que algún día aceptaré tu oferta, sabiendo la suerte que tengo con los hombres.

Yo negué con la cabeza y busqué a hurtadillas en mi bolso el otro teléfono. Me fastidió ver que aún no tenía respuesta de Gideon.

Cary miró por encima de la mesa.

—¿Estás esperando una llamada caliente de tu señor amante?

—¿Qué? —Megumi me miró con la boca abierta—. ¿Estás saliendo con alguien y no me lo has contado?

Lancé a Cary una mirada furiosa.

—Es complicado.

—Es exactamente lo contrario de complicado —intervino Cary arrastrando las palabras y echándose sobre su cojín—. Es pura lujuria.

—¿Y qué pasa con Cross? —preguntó ella.

—¿Quién? —repuso Cary.

—Quiere volver con ella —insistió Megumi.

Entonces, fue Cary el que me miró.

—¿Cuándo hablaste con él?

Negué con la cabeza.

—Llamó a mi madre. Y no dijo que quería que volviera con él.

Cary lanzó una sonrisa ladina.

—¿Abandonarías a tu nuevo amante por repetir con Cross, el corredor de fondo?

Megumi me dio un pellizco en la pierna.

—¿Gideon Cross es un corredor de fondo en la cama? Joder... Y tan guapo. Dios mío. —Se abanicó con la mano.

—¿Podemos dejar de hablar de mi vida sexual, *por favor?* —murmuré mirando a Trey en busca de un poco de ayuda.

—Cary me dijo que irán al estreno de un video mañana —intervino—. No sabía que los videos musicales fuesen todavía importantes.

Me agarré con fuerza a aquella tabla de salvación.

—Sí, es verdad. A mí también me sorprendió.

—Y además, está nuestro viejo amigo Brett —dijo Cary inclinándose sobre la mesa hacia Megumi, como si estuviese a punto de contarle un secreto—. Nosotros lo conocemos como el hombre entre bastidores. O el del asiento de atrás.

Sumergí los dedos en mi copa y le salpiqué agua.

—¡Oye, Eva! Me estás mojando.

—Sigue así y terminarás empapado.

Aún no había tenido noticias de Gideon cuando llegamos a casa a las diez menos cuarto. Megumi había tomado el metro hasta su casa y Cary, Trey y yo compartimos un taxi hasta el apartamento. Ellos dos se fueron directos a la habitación de Cary, pero yo me quedé en la cocina, pensando si debía ir corriendo a la casa de al lado para ver si estaba Gideon allí.

Estaba a punto de sacar mis llaves del bolso cuando Cary entró en la cocina sin camisa y descalzo.

Sacó la crema batida de la nevera pero se detuvo antes de irse.

—¿Estás bien?

—Sí, estoy bien.

—¿Hablaste ya con tu madre?

—No, pero pienso hacerlo.

Apoyó la cadera en la barra.

—¿Tienes alguna otra cosa en la cabeza?

—Ve a divertirte. Estoy bien —contesté para que se fuera—. Podemos hablar mañana.

—En cuanto a eso, ¿a qué hora tengo que estar listo?

—Brett quiere recogernos a las cinco. ¿Nos vemos en el edificio Crossfire?

—Sin problema. —Se acercó a mí y me dio un beso en la cabeza—. Que duermas bien, nena.

Esperé hasta que oí la puerta de Cary cerrarse, después cogí las llaves y fui a la casa de al lado. En el momento en que entré en la oscuridad y la quietud del apartamento, supe que Gideon no estaba allí, pero miré en las habitaciones de todos modos. No podía quitarme de la cabeza la sensación de que pasaba algo... raro.

¿Dónde estaba?

Decidí llamar a Angus. Volví a mi apartamento, cogí el otro teléfono y fui a mi habitación.

Y encontré a Gideon en medio de una pesadilla.

Sorprendida, cerré la puerta y eché el pestillo. Él se revolvía en mi cama y arqueaba la espalda con sonidos de dolor. Seguía vestido con jeans y una camiseta, con su enorme cuerpo tendido sobre el edredón, como si se hubiese quedado dormido mientras me esperaba. Su computador portátil se había caído al suelo, aún abierto, y había papeles crujiendo por la violencia de sus movimientos.

Me abalancé sobre él, tratando de buscar un modo de despertarlo que no me pusiera en peligro, pues sabía que se odiaría si me hacía daño sin querer.

Gruñó con un sonido grave y salvaje de agresividad.

—Nunca —dijo con los dientes apretados—. No vas a volver a tocarla *nunca*.

Me quedé paralizada.

Su cuerpo se sacudió con fuerza y, después, gimió y se acurrucó de lado, temblando.

El sonido de su dolor hizo que me moviera. Me subí a la cama y le toqué en el hombro con la mano. Un momento después, yo estaba tumbada de espaldas, atrapada, con él encima de mí, con la mirada fija y cegada. El miedo me paralizó.

—Vas a saber lo que se siente —susurró con voz oscura, embistiendo con su cadera contra la mía en una imitación nauseabunda del amor que compartíamos.

Giré la cabeza y lo mordí en el bíceps y mis dientes apenas hicieron mella en su rígido músculo.

—¡Mierda! —Se separó de mí y yo lo aparté como me había enseñado a hacer Parker, lanzándolo a un lado y liberándome de un salto de la cama—. ¡Eva!

Me di la vuelta y lo miré, con mi cuerpo listo para luchar.

Él se deslizó desde la cama, casi dejándose caer de rodillas antes de recobrar el equilibrio e incorporarse.

—Lo siento. Me quedé dormido... Dios, lo siento.

—Estoy bien —dije con una calma forzada—. Tranquilo.

Se pasó una mano por el pelo mientras su pecho palpitaba. La cara le brillaba por el sudor y los ojos se le enrojecieron.

—Dios mío.

Me acerqué dando un paso adelante y combatiendo el miedo que aún sentía. Aquello formaba parte de nuestras vidas. Los dos teníamos que enfrentarnos a ello.

—¿Recuerdas lo que soñabas?

Gideon tragó saliva con esfuerzo y negó con la cabeza.

—No te creo.

—Maldita sea, tienes que...

—Estabas soñando con Nathan. ¿Con qué frecuencia te ocurre?
—Extendí la mano y le agarré la suya.

—No lo sé.

—No me mientas.

—¡No lo hago! —espetó encrespado—. Rara vez recuerdo los sueños.

Lo llevé al baño, haciendo que se moviera tanto física como mentalmente

—Hoy vino a verme la policía.

—Lo sé.

Su voz ronca me preocupó. ¿Cuánto tiempo había estado dormido y soñando? La idea de que lo atormentara su propia mente, solo y sintiendo dolor, me destrozaba.

—¿También te visitaron a ti?

—No, pero han estado haciendo preguntas.

Encendí la luz y se detuvo, apretándome la mano para que yo también me parara.

—Eva.

—Métete en la ducha, campeón. Hablaremos cuando hayas acabado.

Tomó mi cara entre sus manos y con el dedo pulgar me acarició la mejilla.

—Vas demasiado rápido. Frena.

—No quiero tener que preocuparme cada vez que tengas una pesadilla.

—Dame un minuto —murmuró bajando la frente para apoyarla en la mía—. Te asusté y yo *estoy* asustado. Vamos a darnos un minuto para asimilarlo.

Me serené y subí la mano para descansarla sobre su corazón acelerado.

Él enterró la nariz en mi pelo.

—Deja que te huela, cielo. Que te sienta. Que te diga que lo lamento.

—Estoy bien.

—Eso no vale —protestó con su voz aún grave y mimosa—. Debería haberte esperado en nuestra casa.

Apoyé la mejilla en su pecho, encantada de oír aquello de «nuestra» casa.

—Estuve mirando el teléfono toda la noche, esperando un mensaje.

—Trabajé hasta tarde. —Deslizó sus manos por debajo de mi blusa, acariciando la piel desnuda de mi espalda—. Luego vine aquí. Quería darte una sorpresa... hacerte el amor.

—Creo que somos libres —susurré agarrándome a su camisa—. La policía... creo que vamos a estar bien.

—Explícate.

—Nathan tenía una pulsera que siempre llevaba puesta...

—Zafiros. Muy femenina.

Levanté los ojos hacia él.

—Sí.

—Continúa.

—La encontraron en el brazo de un mafioso muerto. De la mafia rusa. Tienen la teoría de que se trata de una relación criminal que terminó mal.

Gideon se quedó inmóvil con los ojos entrecerrados.

—Interesante.

—Es *raro*. Me hablaron de fotos mías y de trata de blancas, y eso no encaja con...

Apretó los dedos contra mis labios para callarme.

—Es interesante porque Nathan llevaba esa pulsera cuando yo lo dejé.

OBSERVÉ a Gideon en la ducha mientras yo me lavaba los dientes. Sus manos enjabonadas se deslizaban por su cuerpo con indiferencia, con breves movimientos enérgicos y violentos. No con la adoración íntima con la que yo lo acariciaba, ni con asombro ni amor. Terminó en un momento y salió de la ducha con toda su gloriosa desnudez antes de tomar una toalla, frotarse con ella y secarse el agua de la piel.

Se acercó a mí por detrás cuando hubo terminado, agarrándome por las caderas y besándome en la nunca.

—Yo no tengo ninguna relación con la mafia —murmuró.

Terminé de enjuagarme la boca y lo miré por el espejo.

—¿Te molesta tener que decírmelo?

—Prefiero decírtelo a que tengas tú que preguntármelo.

—Alguien se ha tomado muchas molestias para protegerte. —Me giré para mirarlo directamente—. ¿Puede haber sido Angus?

—No. Dime cómo murió ese mafioso.

Mis dedos se pasearon por las ondulaciones de su abdomen, encantados por el modo en que aquellos músculos se contraían y estiraban como reacción a mis caricias.

—Uno de los suyos lo ha eliminado. Represalias. Estaba bajo vigilancia, así que Graves dice que tienen pruebas de ello.

—Entonces, se trata de alguien que sí está relacionado con ellos. O con la mafia o con las autoridades, o con las dos. Quienquiera que sea el responsable, ha elegido a un muerto para que cargue con la culpa sin tener que pagar por ello.

—No me importa quién lo haya arreglado mientras tú estés a salvo.

Me besó en la frente.

—Sí nos tiene que importar —dijo con voz suave—. Para poder protegerme antes tienen que saber lo que hice.

15

Poco después de las cinco de la mañana pasé en un abrir y cerrar de ojos del estado inconsciente al de completamente despierta. Los retazos de un sueño seguían aferrados a mí, un sueño en el que seguía creyendo que Gideon y yo habíamos roto. La soledad y la pena me ahogaban, haciendo que me mantuviera inmóvil en la cama durante varios minutos. Deseé que Gideon estuviera a mi lado. Deseé poder darme la vuelta sin más y apretar mi cuerpo contra el suyo.

Debido en parte a que tenía el periodo, no habíamos tenido sexo la noche anterior. En lugar de ello, habíamos disfrutado del sencillo consuelo de estar juntos. Nos habíamos acurrucado en mi cama para ver la televisión hasta que el agotamiento por mi excesivo rato en la cinta de correr pudo conmigo.

Me encantaban aquellos momentos de tranquilidad en los que simplemente nos abrazábamos. Cuando la atracción sexual permanecía bajo la superficie. Me encantaba sentir su aliento sobre mi piel y el modo en que mis curvas se amoldaban a las líneas planas y duras de él como si hubiésemos sido diseñados el uno para el otro.

Suspiré y supe qué era lo que me tenía preocupada. Era jueves y Brett venía a Nueva York, si es que no estaba ya en la ciudad.

Gideon y yo acabábamos de encontrar un nuevo ritmo, lo cual hacía que ése fuera el peor momento posible para que Brett regresara de nuevo a mi vida. Me preocupaba que algo saliera mal, que algún gesto o mirada fuese malinterpretado y fuera el causante de nuevos problemas que Gideon y yo tuviéramos que solucionar.

Ésta sería la primera vez que íbamos a estar juntos en público desde nuestra «ruptura». Iba a ser una tortura. Estar junto a Brett mientras mi corazón estaba con Gideon.

Salí de la cama y fui al baño para lavarme y, después, me puse unos pantalones cortos y una camiseta sin mangas. Necesitaba estar con Gideon. Necesitábamos pasar un tiempo juntos para empezar el día con ganas.

Pasé en silencio de mi apartamento al suyo, sintiéndome algo traviesa mientras corría por el pasillo hasta su —nuestra— puerta.

Una vez dentro, dejé mis llaves sobre la barra de la cocina y tomé el pasillo para ir al dormitorio de invitados. Me entristecí al no verlo allí, pero seguí buscando, pues podía sentirlo. Notaba cierto cosquilleo que solamente experimentaba cuando él estaba cerca.

Lo encontré en el dormitorio principal, con los brazos rodeando mi almohada mientras dormía apoyado parcialmente sobre su vientre. La sábana se le había bajado hasta la cintura y dejaba desnudos su poderosa espalda y sus brazos esculpidos e insinuaba también levemente la magnífica curva de su increíble trasero.

Parecía una fantasía erótica hecha realidad. Y era mío.

Lo quería tanto...

Y quería que, al menos una vez, se despertara a mi lado con placer en lugar de con miedo, tristeza y remordimiento.

Me desnudé en silencio con las primeras luces del alba, mientras mi cabeza le daba vueltas a distintas formas de complacer a mi hombre.

Quería pasar mis manos y boca por todo su cuerpo, hacer que se excitara y jadeara, sentir su cuerpo estremeciéndose. Quería reafirmar la conexión del uno con el otro, mi absoluto e irrevocable compromiso con él, antes de que entre nosotros apareciera la cruda realidad a la que nos enfrentábamos.

Cuando hundí la rodilla en el colchón, se despertó. Fui andando a gatas hasta él y lo besé en la parte inferior de la espalda para después ir subiendo.

—Oh, Eva —dijo con voz ronca, estirándose ligeramente bajo mi boca.

—Más te vale esperar que sea yo, campeón. —Lo mordí en el omóplato—. Tendrías problemas de no ser así.

Bajé mi cuerpo hasta apoyarlo sobre el suyo. Su calor era maravilloso y me detuve un momento para disfrutarlo.

—Es muy temprano para ti —murmuró permaneciendo cómodamente tumbado, tan contento como yo de estar tocándonos.

—Mucho —asentí—. Estás abrazado a mi almohada.

—Huele a ti. Me ayuda a dormir.

Me aparté el cabello y apreté los labios contra su cuello.

—Es bonito que digas eso. Ojalá pudiera estar aquí tumbada contigo todo el día.

—Recuerda que quiero llevarte fuera este fin de semana.

—Sí. —Pasé la mano por su bíceps y deslicé los dedos por el duro músculo—. Estoy deseándolo.

—Nos iremos en cuanto salgas de trabajar el viernes y tomaremos el avión de vuelta justo a tiempo para llegar al trabajo el lunes. No vas a necesitar nada más que el pasaporte.

—Y a ti. —Lo besé en el hombro y, después, hablé apurada y nerviosa—: Te deseo y he venido preparada para tenerte dentro, pero puede que sea sucio. Es decir, es el final, así que puede que no lo sea, pero si tener sexo durante el periodo no te gusta... yo lo entendería, porque a mí *nunca* me ha gustado...

—*Tú eres* lo que me gusta, cielo. Te tomaré de todas las formas posibles.

Flexionó el cuerpo, avisándome de que iba a darse la vuelta. Yo me hice a un lado y vi cómo su cuerpo se giraba con una tensión fluida de sus músculos.

—Siéntate —le dije, pensando que él era aún más increíble de lo que yo había pensado hasta entonces. O más excitante, cosa que nunca le reprocharía—. Con la espalda sobre la cabecera.

Se colocó como le dije, con los ojos somnolientos y sensuales y el mentón ensombrecido por la incipiente barba. Me subí a horcajadas sobre su regazo. Dediqué un momento largo a saborear la atracción que había entre los dos, la sensación deliciosa y provocativa de peligro que él exudaba incluso cuando estaba en reposo. Igual que una pantera sigue conservando sus garras aun teniéndolas escondidas bajo la piel.

Ésa era una de las cosas que más me gustaban de él. Era dulce conmigo pero seguía siendo fiel a sí mismo. Seguía siendo el hombre del que me había enamorado, duro y tosco, pero también había cambiado. Lo era todo para mí, todo lo que yo quería y necesitaba de un hombre imperfecto.

Apartándole el pelo de la cara, recorrí la curva de su labio inferior con mi lengua. Sus manos, cálidas y fuertes, me agarraban de las caderas. Abrió la boca y su lengua tocó la mía.

—Te quiero —susurré.

—Eva. —Inclinó la cabeza y tomó el control de aquel beso haciéndolo más profundo. Sus labios, firmes pero suaves, se presionaron contra los míos. La lengua se movía bien dentro, lamiendo y saboreando. Su suave raspado sobre la carne tierna del interior de mi boca me hizo sentir escalofríos. Su verga empezó a ponerse más gruesa y grande entre nuestros cuerpos, y su piel sedosa y caliente se apretó contra la parte inferior de mi vientre.

Los pezones se me pusieron duros, excitados, mientras yo me contoneaba frotándolos contra su pecho.

Colocó una de sus manos sobre mi nuca, agarrándome, sujetándome mientras me besaba apasionadamente. Inclinó la boca sobre la mía, ansiosa y voraz, chupándome los labios y la lengua. Con un gemido, arqueé mi cuerpo sobre el suyo agarrándome con los dedos a su pelo negro.

—Dios, cómo me excitas —dijo con un gruñido mientras levantaba las rodillas. Me echó hacia atrás, formando con su cuerpo una cuna sobre la que yo me apoyaba. Puso las palmas de las manos sobre mis pechos y con sus pulgares empezó a dar vueltas alrededor de las duras puntas de mis pezones—. Mírate. Eres jodidamente hermosa.

El calor me recorrió todo el cuerpo.

—Gideon...

—A veces eres una rubia fría a la que no se puede tocar. —Apretó la mandíbula y metió una mano entre mis piernas, deslizando suavemente sus dedos entre mi coño—. Y luego te pones así. Excitante y necesitada. Deseosa de que mis manos te recorran todo el cuerpo y de que mi verga se meta dentro de ti.

—Me pongo así *por ti*. Esto es lo que me haces. Lo que me has estado haciendo desde el momento en que te vi.

Gideon recorrió mi cuerpo con sus ojos, seguidos de su mano. Cuando las yemas de sus dedos me acariciaron la curva del pecho y el clítoris a la misma vez, yo me estremecí.

—Quiero tenerte —dijo con brusquedad.

—Aquí me tienes... desnuda.

Su boca se curvó con una lenta y sensual sonrisa.

—Eso ya lo había visto.

Con la punta de su dedo dio vueltas alrededor de mi abertura. Yo me levanté un poco para que pudiera entrar mejor, deslizando las manos sobre sus hombros.

—Pero no estaba hablando de sexo —murmuró—. Aunque eso también lo quiero.

—Conmigo.

—Sólo contigo —asintió—. Acarició muy levemente mi pezón con su dedo—. Por siempre jamás.

Yo solté un gemido y le agarré la verga con las dos manos, acariciándola desde abajo hasta la punta.

—Te miro, cielo, y deseo tenerte con todas mis fuerzas. Quiero estar contigo, escucharte, hablar contigo. Quiero oírte reír y abrazarte cuando llores. Quiero sentarme a tu lado, respirar el mismo aire, compartir contigo la vida misma. Quiero despertarme contigo así todos los días de mi vida. *Quiero* tenerte.

—Gideon. —Me incliné hacia delante y lo besé con dulzura—. Yo también quiero estar contigo.

Jugueteó con mi pecho, tirando de él y dándole vueltas a la punta endurecida entre sus dedos. Me frotó el clítoris y de mi cuerpo salió un suave sonido. Gideon se puso más duro entre mis manos, respondiendo así su cuerpo a mi creciente deseo.

La habitación se fue iluminando a medida que el sol se elevaba, pero el mundo que había afuera parecía estar muy lejos. La intimidad de aquel momento era tan ardiente como dulce, y me inundaba de alegría.

Mis manos acariciaron su erección con tierna reverencia, y mi único objetivo era darle placer y mostrarle lo mucho que lo amaba. Él me tocaba de la misma forma y sus ojos eran ventanas que daban a un alma herida que me necesitaba tanto como yo a él.

—Soy feliz contigo, Eva. Tú me haces feliz.

—Te haré feliz el resto de tu vida —le prometí. Agité las caderas mientras el caliente y denso deseo recorría mis venas—. No hay nada que desee más.

Gideon se inclinó hacia delante y me lamió el pezón con la lengua, una pasada rápida hizo que el deseo recorriera mi pecho.

—Me encantan tus tetas, ¿lo sabías?

—Ah, así que fue eso lo que pudo contigo... mis tetas.

—Sigue burlándote de mí, cielo. Dame una excusa para darte un azote. También me encanta tu culo.

Apretó una mano sobre mi espalda haciendo que me arqueara hacia su boca. Una humedad caliente rodeaba la sensible punta de mi pecho. Sus mejillas se hundieron con una profunda succión y mi sexo se hizo eco de su boca, ansioso por su verga.

Lo sentía por todo mi cuerpo. Su calor y su calidez. Su pasión. En mis manos, su verga estaba dura y palpitaba, y su afelpado capullo se resbalaba con el fluido preseminal.

—Dime que me quieres —le supliqué.

Gideon me miró a los ojos.

—Ya sabes que sí.

—Imagina que no te lo hubiera dicho yo. Que nunca lo hubieses escuchado de mis labios.

Su pecho se ensanchó con una profunda bocanada de aire.

—Crossfire.

Mis manos se quedaron quietas sobre su cuerpo.

Tragó saliva mientras su garganta se movía.

—Es tu palabra para cuando las cosas se ponen demasiado intensas. También es la mía, porque así es como me haces sentir. Todo el tiempo.

—Gideon, yo... —Me dejó sin palabras.

—Cuando tú lo dices, quieres decir que pare. —Sus dedos dejaron mi pecho y se deslizaron por mi mejilla—. Cuando lo digo yo, quiero decir que no pares nunca. Lo que sea que me estés haciendo, necesito que continúes con ello.

Me elevé y me quedé en el aire por encima de él.

—Suéltame.

—Sí. —Sacó los dedos de mi coño y, un instante después, su verga me estaba invadiendo, con su ancho capullo estirando mis sensibles tejidos.

—Despacio —me ordenó con voz suave, sus ojos entornados mientras se chupaba los dedos con largas y sensuales lamidas de su lengua. Tenía una mirada pícara, descaradamente lujuriosa.

—Ayúdame. —Siempre me resultaba más difícil que me cogiera de esa forma, utilizando solamente la gravedad y el peso de mi cuerpo. Por muy desesperada que me hiciera sentir, no dejaba de ser un espacio muy justo.

Se agarró a mis caderas y me deslicé arriba y abajo, sin prisa, trabajándome su gruesa erección.

—Siente cada centímetro, cielo —canturreó—. Siente lo dura que la tengo.

Los muslos me temblaban mientras él frotaba un punto sensible dentro de mí. Me agarré a sus muñecas mientras mi sexo se tensaba.

—No te vengas —me advirtió con un tono autoritario que prácticamente garantizaba que no lo haría—. No hasta que te la haya metido entera.

—Gideon. —La lenta y constante fricción de su penetración me estaba volviendo loca.

—Piensa en lo bien que te sientes cuando estoy contigo, cielo. Cuando tu coñito glotón tiene algo sobre lo que ajustarse o cuando te estás viniendo.

En ese momento, me tensé, provocada por el tono áspero y persuasivo de su voz.

—Date prisa.

—Eres tú la que tiene que dejarme entrar. —En sus ojos había un resplandor de buen humor. Hizo que me echara hacia atrás cambiando el ángulo de mi descenso.

Me deslicé sobre él, llevándomelo hasta el fondo con un movimiento suave y resbaladizo.

—¡Ah!

—Joder. —Dejó caer la cabeza hacia atrás y su respiración se volvió rápida y fuerte—. Es una sensación increíble. Me aprietas como si fuese un puño.

—Cariño. —No pude ocultar el tono de súplica de mi voz. Estaba tan duro y tan grueso dentro de mí, tan profundo que apenas podía respirar.

Me lanzó una mirada que me abrasó.

—Quiero esto. Tú y yo, sin nada entre los dos.

—Nada —repetí fervientemente, jadeante. Retorciéndome. Perdiendo la cabeza. Necesitaba venirme con todas mis fuerzas.

—Calla. Ya te tengo. —Llevándose el dedo pulgar a la boca, Gideon lo lamió y, después, metió la mano entre los dos, frotándome el clítoris con una presión aplicada con habilidad. El calor salía por mi piel empapándola de sudor y su descarga se extendió hasta que me sentí febril.

Llegué al orgasmo con un torrente de placer que hizo que mi sexo se moviera con espasmos fuertes y desesperados. Su gemido fue un sonido de auténtica sexualidad animal y su verga se hinchó como respuesta a la forma ansiosa con que mi cuerpo lo ordeñaba. Y me vio desmoronarme con aquellos ojos azules y acechantes, manteniendo un control absoluto. El hecho de que no se moviera, de que se mantuviera muy dentro, aumentó la sensación de conexión entre los dos.

Una lágrima se deslizó por mi mejilla, pues el orgasmo hizo que las emociones se me dispararan.

—Ven aquí —dijo con voz áspera mientras me pasaba las manos por la espalda y me atraía hacia él. Me limpió la lágrima con la lengua y, a continuación, me acarició dulcemente con la punta de la nariz. Apreté mis pechos contra el suyo y coloqué los brazos alrededor de su cintura, deslizándose en el espacio que había entre él y la cabecera. Lo mantuve apretado a mí mientras mi cuerpo se estremecía con los temblores posteriores.

—Eres tan hermosa —murmuró—. Tan tierna y dulce... Bésame, cielo.

Incliné la cabeza y le ofrecí mi boca. La unión era caliente y húmeda, una erótica mezcla de su deseo no saciado y mi amor abrumador.

Metí los dedos entre su pelo y coloqué la palma de la mano en la parte posterior de su cabeza para que no la moviera. Él hizo lo mismo conmigo, y los dos nos comunicamos sin palabras. Sus labios sellaron los míos y su lengua me penetró la boca mientras su verga permanecía quieta dentro de mí.

Sentí la tensión que había bajo su beso y sus caricias y supe que él también estaba preocupado por los acontecimientos de ese día. Arqueé la espalda, que se curvó hacia él, deseando que pudiésemos ser inseparables. Sus dientes mordieron mi labio inferior y se hundieron suavemente en la hinchada curva. Yo gimoteé y él murmuró algo calmándome con las caricias de su lengua.

—No te muevas —dijo con voz ronca, impidiendo que lo hiciera al tenerme agarrada por la nuca—. Quiero venirme sólo con la sensación de que me rodeas.

—Por favor —jadeé—. Vente dentro de mí. Deja que te sienta.

Estábamos completamente entrelazados, agarrándonos y tirando el uno del otro, con su verga rígida dentro de mí, nuestras manos en el pelo del otro, nuestros labios y lenguas encajadas con frenesí.

Gideon era mío, completamente mío. Pero aun así, una parte de mi mente estaba asombrada de que pudiera tenerlo así, de que estuviera desnudo, en una cama que compartíamos, en un apartamento que compartíamos, de que estuviese dentro de mí, de una parte de mí, aceptando cada pedazo de mi amor y pasión y devolviéndome mucho más.

—Te quiero —dije con un gemido, apretando mi coño para estrujarlo—. Te quiero tanto.

—Dios mío, Eva. —Se estremeció, viniéndose. Gimió dentro de mi boca, sus manos flexionadas contra mi cabeza, soplando su aliento con fuerza entre mis labios.

Sentí sus chorros dentro de mí, llenándome, y yo me estremecí con otro orgasmo, mientras el placer recorría mi cuerpo suavemente.

Movía sus manos sin parar, acariciándome la espalda de arriba abajo, sus besos con una perfecta mezcla entre amor y deseo. Sentí su gratitud y necesidad. Las reconocí porque yo sentía lo mismo.

Era un milagro haberlo encontrado, que pudiera hacerme sentir así, que pudiese amar a un hombre de una forma tan profunda, completa y sexual con todo el bagaje que arrastraba. Y que pudiese ofrecerle a cambio el mismo refugio.

Apoyé la mejilla en su pecho y escuché los fuertes latidos de su corazón, mientras su sudor se mezclaba con el mío.

—Eva —exhaló con fuerza—. Esas respuestas que quieres que te dé... Necesito que tú me hagas las preguntas.

Me abracé a él durante un largo rato, esperando a que nuestros cuerpos se recuperaran y que mi propio pánico remitiera. Estábamos todo lo cerca que podíamos estar, pero no era suficiente para él. Tenía que tener más, en todos los sentidos. No iba a rendirse hasta que poseyera cada parte de mí e impregnara cada aspecto de mi vida.

Me aparté para mirarlo.

—No voy a irme a ningún sitio, Gideon. No tienes que exigirte más si no estás preparado.

—Lo estoy. —Me miró fijamente, resplandeciente de tanto poder y determinación—. Y necesito que *tú* estés preparada, porque no tardaré mucho tiempo en hacerte una pregunta, Eva. Y voy a necesitar que me des la respuesta adecuada.

—Es demasiado pronto —susurré con la garganta casi cerrada. Me incorporé un poco, tratando de conseguir cierta distancia, pero él me atrajo y me apretó contra él—. No sé si podré.

—Pero no vas a ir a ningún sitio —me recordó con la mandíbula apretada—. Y yo tampoco. ¿Por qué postergar lo inevitable?

—No es así como hay que verlo. Tenemos demasiados detonantes. Si no vamos con cuidado, uno de nosotros o los dos podría cerrarse, hacer daño al otro...

—Pregúntame, Eva —me ordenó.

—Gideon...

—Ahora.

Frustrada por su obstinación, me sentí molesta por un momento y, después, decidí que cualquiera que fuera el motivo, sí *había* preguntas que necesitaban una respuesta, fuese la que fuese.

—El doctor Lucas... ¿sabes por qué mintió a tu madre?

Movió la mandíbula al apretar los dientes y su mirada se volvió dura y fría.

—Estaba protegiendo a su cuñado.

—¿*Qué*? —Me eché hacia atrás mientras la cabeza me daba vueltas—. ¿El hermano de Anne? ¿La mujer con la que estabas?

—Con la que cogía —me corrigió con tono severo—. En la familia de Anne todos se dedican al campo de la salud mental. Todos ellos, los muy cabrones. Ella es psiquiatra. ¿No lo descubriste en alguna de tus búsquedas en Google?

Asentí distraídamente, más preocupada por la vehemencia con la que pronunció la palabra psiquiatra, prácticamente escupiéndola. ¿Por eso no le habían prestado ayuda antes? ¿Y cuánto debía amarme como para hacer el esfuerzo de ver al doctor Petersen a pesar de su aversión?

—Al principio, no lo supe —continuó—. No entendía por qué Lucas había mentido. Es pediatra, por el amor de Dios. Se supone que tiene que cuidar a los niños.

—A la mierda con eso. ¡Se supone que es humano! —La rabia me inundó, un deseo candente de encontrarme a Lucas para hacerle daño—. No me puedo creer que me mirara a los ojos como hizo para soltarme toda esa mierda que me contó.

Culpando a Gideon de todo... tratando de abrir una brecha entre nosotros dos...

—Hasta que te conocí no empecé a comprenderlo —dijo apretando las manos alrededor de mi cintura—. Quiere a Anne. Quizá tanto como yo a ti. Lo suficiente como para hacer la vista gorda ante el hecho de que ella lo engañara y encubrir al hermano de Anne para ocultarle a ella la verdad. O para evitarle la vergüenza.

—Ese hombre no debería practicar la medicina.

—Eso no te lo discuto.

—¿Y por qué tiene su consulta en uno de tus edificios?

—Compré el edificio porque tiene allí su consulta. Me ayuda a tenerlo vigilado y ver si hace bien las cosas... o no.

Hubo algo en su forma de decir «o no» que hizo que me preguntara si no tendría él algo que ver con la pérdida de beneficios de Lucas. Recordé cuando llevaron a Cary al hospital y los preparativos especiales que habían organizado para él y para mí por el hecho de que Gideon era un generoso benefactor. ¿Hasta dónde podía llegar su influencia?

Si había alguna forma de colocar a Lucas en una situación de desventaja, estaba segura de que Gideon la conocería.

—¿Y el cuñado? —pregunté—. ¿Qué pasó con él?

Gideon levantó el mentón y entrecerró los ojos.

—El delito prescribió, pero me enfrenté a él y le dije que si alguna vez ejercía o le ponía una mano encima a otro niño, yo dedicaría unos fondos ilimitados a su procesamiento civil y criminal en nombre de sus víctimas. Poco después, se suicidó.

Dijo aquello último sin ninguna entonación, lo cual hizo que se me erizara el pelo de la nuca. Sentí un escalofrío repentino que procedía de mi interior.

Pasó sus manos arriba y abajo por mis brazos, tratando de darme calor, pero no me atrajo hacia él.

—Hugh estaba casado. Tenía un hijo. Un niño. De pocos años.

—Gideon. —Lo abracé, comprendiéndolo. Su padre también se había suicidado—. Lo que Hugh decidiera hacer no es culpa tuya. No eres responsable de las decisiones que él tomó.

—¿No? —preguntó con voz glacial.

—No. No lo eres. —Lo abracé con todas mis fuerzas, deseando que mi amor entrara en su cuerpo rígido y tenso—. Y el niño... La muerte de su padre puede haber impedido que sufriera lo que sufriste tú. ¿Has pensado en eso?

Su pecho se elevaba y se hundía con fuerza.

—Sí, lo he pensado. Pero él no sabe lo que era su padre. Sólo sabe que su padre se fue, porque quiso, y lo dejó. Creerá que su padre no lo quería lo suficiente como para quedarse.

—Cariño. —Atraje su cabeza hacia mí para que la apoyara en mi pecho. No sabía qué decirle. No se me ocurría ninguna excusa para Geoffrey Cross y sabía que Gideon estaba pensando en él y en el niño que él mismo había sido—. Tú no hiciste nada malo.

—Necesito que te quedes conmigo, Eva —susurró envolviéndome por fin con sus brazos—. Y tú te estás resistiendo. Eso me está volviendo loco.

Me balanceé suavemente, acunándolo.

—Estoy siendo cautelosa porque eres muy importante para mí.

—Sé que no es justo que te pida que estés conmigo —dijo, echando la cabeza hacia atrás—, cuando ni siquiera podemos dormir en la misma cama, pero te querré más de lo que ningún otro pueda hacerlo. Cuidaré de ti y te haré feliz. Sé que puedo hacerlo.

—Y lo haces. —Le retiré el pelo de la sien y sentí ganas de llorar cuando vi el anhelo que había en su rostro—. Quiero que me creas cuando digo que voy a seguir contigo.

—Tienes miedo.

—De ti no. —Suspiré tratando de reunir las palabras de modo que tuvieran sentido—. No puedo... no puedo ser simplemente una prolongación de ti.

—Eva. —Sus facciones se suavizaron—. No puedo dejar de ser quien soy y no quiero que tú lo hagas tampoco. Sólo quiero que seamos lo que somos... juntos.

Lo besé. No sabía qué decir. Yo también quería que compartiéramos la misma vida, que estuviésemos juntos en todos los aspectos que nos fueran posibles. Pero también creía que ninguno de los dos estaba listo.

—Gideon. —Volví a besarlo y dejé mis labios pegados a los suyos—. Tú y yo apenas somos lo suficientemente fuertes por nuestra cuenta. Estamos mejorando, pero aún no lo somos del todo. No se trata sólo de las pesadillas.

—Entonces, dime de qué se trata.

—Todo, no sé... A mí no me parece bien seguir viviendo en una casa que está pagando Stanton ahora que Nathan ya no es una amenaza. Y sobre todo, ahora que mis padres están teniendo una relación.

—¿Cómo dices? —preguntó sorprendido.

—Sí —le confirmé—. Un verdadero lío.

—Vente a vivir conmigo —dijo acariciándome la espalda para tranquilizarme.

—Así que... ¿me salto lo de vivir por mi cuenta? ¿Siempre me va a estar manteniendo otra persona?

—¡Argh! —Soltó un bufido de frustración—. ¿Te sentirías mejor si compartiéramos el alquiler?

—¡Ja! Como si yo pudiese permitirme tu lujoso ático. Ni siquiera la tercera parte. Y desde luego, Cary no podría.

—Pues nos quedamos aquí o en el departamento de al lado, si quieres, y compartimos los gastos. No me importa dónde sea, Eva.

Me quedé mirándolo, deseando que fuese verdad lo que me ofrecía, pero temiendo no tener en cuenta algún gran inconveniente que pudiera hacernos daño.

—Has venido a mí nada más levantarte esta mañana —observó—.

A ti tampoco te gusta estar lejos de mí. ¿Por qué seguir torturándonos? Compartir el mismo espacio sería el menor de nuestros problemas.

—No quiero estropear esto —respondí pasando los dedos por su pecho—. *Necesito* que lo nuestro funcione, Gideon.

Me agarró la mano y la apretó contra su corazón.

—Yo también necesito que lo nuestro funcione, cielo. Y quiero mañanas como ésta y noches como la de anoche mientras lo conseguimos.

—Nadie sabe que nos estamos viendo. ¿Cómo vamos a pasar de haber roto a vivir juntos?

—Empezamos hoy. Vas a llevar a Cary al lanzamiento del video. Yo me presentaré ante ustedes con Ireland para saludar...

—Me llamó —lo interrumpí—. Y me dijo que me acerque a ti. Quiere que volvamos a estar juntos.

—Es una chica lista. —Sonrió y sentí cierta emoción al pensar que quizá él se estaba abriendo a ella—. Así que uno de los dos se acercará al otro, charlará un poco y yo saludaré a Cary. Tú y yo no tendremos que disimular la atracción que hay entre los dos. Mañana te llevaré a comer. El Bryant Park Grill sería ideal. Lo haremos público.

Todo parecía maravilloso y fácil, pero...

—¿Es seguro?

—Haber encontrado la pulsera de Nathan en el cadáver de un criminal abre la puerta de la duda razonable. Es lo único que necesitamos.

Nos miramos, compartiendo la misma sensación de esperanza, la emoción y la ilusión de un futuro que un día antes había parecido más incierto.

Me acarició la mejilla.

—Hiciste una reservación en Tableau One para esta noche.

Asentí.

—Sí, tuve que utilizar tu nombre para que me incluyeran en la lista, pero Brett me pidió que saliéramos a cenar y yo quería ir a algún sitio que estuviera relacionado contigo.

—Ireland y yo tenemos una reservación a la misma hora. Nos sentaremos con ustedes.

Me revolví incómoda, nerviosa al pensarlo, y Gideon se tensó dentro de mí.

—Ah...

—No te preocupes —murmuró, centrándose ahora en pensamientos más calenturientos—. Será divertido.

—Sí, claro.

Envolviendo mis caderas con sus brazos, Gideon me levantó y se movió, dándose la vuelta y colocándome debajo de él.

—Confía en mí.

Iba a responder, pero me calló con un beso y me cogió hasta perder el sentido.

ME di una ducha y me vestí en casa de Gideon, después salí corriendo por el pasillo hasta mi apartamento para recoger mi bolso y la mochila, tratando de que no pareciera que estaba entrando a hurtadillas. Era fácil arreglarse en el apartamento de Gideon, pues había equipado el baño con todos mis artículos de aseo y cosmética habituales y había comprado suficiente ropa y mudas para mí como para no tener que tomar nada de mi armario.

Era demasiado, pero así es como él actuaba.

Estaba enjuagando la taza que había utilizado para un café rápido cuando Trey entró en la cocina.

Sonrió tímidamente. Vestido con unos pantalones deportivos de Cary y con la camiseta de la noche anterior, parecía sentirse en casa.

—Buenos días.

—Lo mismo digo. —Dejé la taza en el lavavajillas y lo miré—. Me alegro de que vinieras anoche a cenar.

—Yo también. La pasé muy bien.

—¿Café? —le pregunté.

—Sí, por favor. Tengo que arreglarme para ir a trabajar, pero me estoy haciendo el remolón.

—Yo he tenido días así. —Le preparé una taza y se la di.

Él la cogió y la levantó con un gesto de gratitud.

—¿Puedo preguntarte una cosa?

—Dispara.

—¿A ti también te gusta Tatiana? ¿Te resulta raro tenernos a los dos por aquí?

Me encogí de hombros.

—Si te soy sincera, la verdad es que no conozco a Tatiana. No sale con Cary y conmigo como lo haces tú.

—Ah.

Empecé a moverme hacia la puerta y le apreté el hombro al pasar por su lado.

—Que tengas un buen día.

—Tú también.

Miré mi teléfono mientras iba en taxi al trabajo. Casi deseé haber ido andando, pues el taxista llevaba las ventanillas de delante bajadas y, al parecer, no le gustaba ponerse desodorante. Lo único que lo salvaba era que aquello era más rápido que caminar.

Había un mensaje de Brett que me había enviado cerca de las seis de la mañana: «Ya aquí. Deseando vert sta noche».

Le respondí con un emoticono sonriente.

Megumi tenía buen aspecto cuando la vi en el trabajo, y eso también me puso contenta a mí, pero Will parecía triste. Mientras dejaba mi bolso en un cajón, se detuvo junto a mi cubículo y apoyó los brazos en el pequeño muro.

—¿Qué te pasa? —le pregunté levantando la vista desde mi silla.

—Socorro. Necesito carbohidratos.

Me reí y negué con la cabeza.

—Creo que es muy bonito que estés pasando por esta dieta por amor a tu chica.

—No debería quejarme —contestó—. Ha perdido más de dos kilos, cosa que yo no creía que tuviera que hacer, por cierto. Y ahora tiene un aspecto estupendo y está llena de energía. Pero, Dios mío... yo me siento como una babosa. Mi cuerpo no está hecho para esto.

—¿Me estás pidiendo que salga contigo a comer?

—Por favor. —Juntó las manos como si estuviese rezando—. Tú eres una de las pocas mujeres que conozco que disfruta de verdad de las comidas.

—También tengo un trasero que lo demuestra —respondí con remordimiento—. Pero sí, iré contigo.

—Eres la mejor, Eva. —Se fue caminando hacia atrás y chocó con Mark—. ¡Uy, lo siento!

Mark sonrió.

—No pasa nada.

Will volvió a su mesa y Mark dirigió su sonrisa hacia mí.

—El equipo de Drysdel viene a las nueve y media —le recordé.

—De acuerdo. Y tengo una idea que me gustaría comentar sobre la estrategia antes de que lleguen.

Cogí mi tableta y me puse de pie, pensando que sería una carrera contrarreloj.

—Vives siempre al límite, jefe.

—Sólo así se puede vivir. Vamos.

El día pasó volando y durante todo el tiempo me esforcé al máximo, invadida por una inquieta energía. El hecho de haberme levantado tan temprano y haber comido después un plato de pasta rellena para almorzar no hizo que aminorara el ritmo.

Recogí a las cinco en punto y me cambié rápidamente en el baño, sustituyendo la falda y la blusa por un vestido azul claro. Me puse un par de sandalias de suela de cuña, me quité los pendientes de diamantes y me puse aros de plata y convertí la cola de caballo en un moño despeinado. A continuación, bajé al vestíbulo.

Mientras me dirigía a la puerta principal, vi a Cary hablando con Brett en la acera. Me detuve para así darme un minuto para asimilar el estar viendo aquella antigua llama.

El color natural del pelo rapado de Brett era rubio oscuro, pero se había teñido las puntas de platino y aquello le daba un estupendo aspecto a su piel bronceada y a sus ojos de un bonito verde esmeralda. Sobre el escenario aparecía a veces sin camiseta, pero hoy iba vestido con pantalones militares negros y una camiseta de color rojo intenso, sus brazos cubiertos por unas mangas de tatuajes que se retorcían sobre sus músculos.

En ese momento, giró la cabeza para mirar al interior del vestíbulo y yo empecé a caminar de nuevo, sintiendo que el estómago se me agitaba un poco cuando me vio y su rostro atractivo y de facciones duras se suavizó con una sonrisa que revelaba un hoyuelo en la mejilla.

¡Dios, qué guapo estaba!

Sintiéndome un poco expuesta de más, saqué las gafas de sol y me las puse. Entonces, respiré hondo mientras pasaba por las puertas giratorias y dirigí la mirada al Bentley que había aparcado justo detrás de la limusina de Brett.

Brett soltó un silbido.

—Maldita sea, Eva. Cada vez que te veo estás más guapa.

Lancé una sonrisa tensa a Cary y el pulso se me aceleró frenéticamente.

—Hola.

—Estás estupenda, nena —dijo tomándome de la mano.

Por el rabillo del ojo vi a Angus saliendo del Bentley. En ese momento de distracción no advertí que Brett alargaba una mano hacia mí. Una milésima de segundo después de notar sus manos en mi cintura, me di cuenta de que iba a besarme y giré ligeramente la cabeza a tiempo. Sus labios tocaron la comisura de mi boca. Di un traspiés y tropecé con Cary, que me agarró de los hombros.

Ruborizada por la vergüenza y confundida, miré a todas partes excepto a Brett.

Y me encontré mirando a los gélidos ojos azules de Gideon.

16

ME QUEDÉ INMÓVIL justo al lado de las puertas giratorias del edificio Crossfire y Gideon me miró con tal intensidad, que me sentí violenta.

«Perdona», dije en silencio moviendo los labios, sintiéndome fatal y sabiendo qué habría pensado yo si Corinne le hubiera tocado los labios aquel día.

—Hola —me saludó Brett, demasiado concentrado en mí como para prestar atención a la oscura figura que permanecía con los puños y la mandíbula apretados a pocos metros de distancia.

—Hola. —Podía sentir cómo Gideon me miraba y me dolió no poder acercarme a él—. ¿Listos?

Sin esperar a los otros dos, abrí la puerta de la limusina y me metí. Apenas me había acomodado en el asiento cuando saqué el teléfono de prepago del bolso para enviarle un mensaje rápido a Gideon: «Te quiero».

Brett se sentó a mi lado en el asiento corrido y, a continuación, entró Cary.

—Veo tu bonito careto por todas partes, tío —le dijo Brett a Cary.

—Sí. —Cary me lanzó una sonrisa torcida. Estaba guapísimo con sus jeans gastados y su camisa de diseño y con unas pulseras de cuero en las muñecas que combinaban con sus botas.

—¿Vino contigo el resto del grupo? —pregunté.

—Sí, están aquí todos. —Brett volvió a enseñar su hoyuelo—. Darrin se quedó dormido en cuanto llegó al hotel.

—No sé cómo puede pasar tantas horas tocando la batería. Sólo con verlo ya te agota.

—Cuando tienes el subidón de estar en el escenario, la energía no es ningún problema.

—¿Cómo está Eric? —preguntó Cary con algo más que simple interés, haciendo que me preguntara, y no era la primera vez, si él y el bajista del grupo habían tenido algo en algún momento. Por lo que yo sabía, Eric era hetero, pero había visto algunas señales que me hicieron pensar que podría haber experimentado un poco con mi mejor amigo.

—Eric está enfrentándose a ciertos problemas que surgieron durante la gira —respondió Brett—. Y Lance se ha enrollado con una chica a la que conoció cuando estuvimos en Nueva York por última vez. Los verás a todos dentro de un rato.

—La vida de una estrella del rock —bromeé.

Brett se encogió de hombros y sonrió.

Yo aparté la mirada, arrepentida de mi decisión de haber llevado a Cary. Porque tenerlo allí significaba que no podría decir lo que necesitaba decirle a Brett: que estaba enamorada de otra persona y que no había esperanzas para lo nuestro.

Una relación con Brett sería completamente distinta de la que tenía con Gideon. Habría pasado mucho tiempo sola mientras él estaba de gira. Pasaría todo lo que yo quisiera antes de asentarme. Vivir por mi cuenta y pasar tiempo con mis amigos y a solas. Casi lo mejor de las dos cosas: tener un novio pero disfrutar de bastante independencia.

Pero aunque me preocupaba dar el salto de la vida de estudiante a un compromiso de por vida, no tenía dudas de que Gideon era el hombre que quería. Simplemente no estábamos sincronizados. Yo creía que no había motivos para correr, mientras que él pensaba que no los había para esperar.

—Hemos llegado —dijo Brett mirando por la ventanilla hacia la muchedumbre.

A pesar del calor húmedo de ese día, Times Square estaba tan abarrotado como siempre. Las escaleras de color rojo de Duffy Square estaban llenas de gente haciéndose fotografías y de peatones que taponaban las rebosantes aceras. Unos oficiales de policía salpicaban las esquinas vigilando que no hubiese problemas. Los artistas callejeros se gritaban unos a otros y los olores que emanaban de los carros de comida competían con el olor mucho menos delicioso de la calle.

Los enormes paneles electrónicos que cubrían los laterales de los edificios luchaban por llamar la atención, incluyendo uno de Cary con una modelo femenina que se abrazaba a él desde atrás. Había cámaras y operadores alrededor de una pantalla móvil de video que estaba sujeta a una plataforma con ruedas colocada delante de una tribuna de asientos.

Brett salió el primero de la limusina y de inmediato fue bombardeado por los gritos excitados de sus ávidos admiradores, la mayoría chicas. Mostró su seductora sonrisa y saludó con la mano y, a continuación, me la tendió para ayudarme a salir. Mi recibimiento fue mucho menos cálido, sobre todo, después de que Brett colocara su brazo alrededor de mi cintura. Sin embargo, la aparición de Cary desató murmullos. Cuando se puso sus gafas de sol, obtuvo su propia tanda de gritos y silbidos de excitación.

Yo estaba abrumada ante aquella percepción sensorial, pero enseguida me centré y localicé a Christopher Vidal hijo, que hablaba con el presentador de un programa de chismes. El hermano de Gideon llevaba atuendo de negocios, con camisa, corbata y pantalones azul marino. Su pelo caoba oscuro llamaba la atención incluso bajo la sombra del anochecer que proyectaban los altos edificios que nos rodeaban. Me saludó con la mano al verme, lo cual hizo que el presentador también me mirara. Yo le devolví el saludo.

El resto de los componentes de Six-Ninths estaba delante de las gradas firmando autógrafos, disfrutando claramente de tanta atención. Miré a Brett.

—Ve a hacer tu trabajo.

—¿Sí? —Me miró con cautela, tratando de asegurarse de que no me molestaba que me dejara.

—Sí. —Hice un gesto con la mano para que se fuera—. Esto es por ti. Estaré aquí cuando empiece el espectáculo.

—Perfecto —sonrió—. No te vayas a ningún sitio.

Se fue. Cary y yo nos acercamos a la carpa que tenía el logotipo de Vidal Records. Protegida de la multitud por guardias de seguridad privada, constituía un diminuto oasis en medio de la locura de Times Square.

—Bueno, nena. Lo tienes en tus manos. Había olvidado cómo son los dos cuando están juntos.

—La forma verbal correcta sería «eran» —puntualicé.

—Ya no es como antes —continuó—. Está más... centrado.

—Me alegro por él. Sobre todo, teniendo en cuenta cómo es su vida ahora mismo.

Me examinó con la mirada.

—¿No te interesa ni un poquito ver si aún sabe cogerte hasta volverte loca?

Lo fulminé con la mirada.

—La química es la química. Y estoy segura de que ha tenido muchas oportunidades de poner a punto sus ya fabulosas habilidades.

—Ponerlas a punto, ¡ja! Graciosa forma de decirlo. —Meneó las cejas mirándome—. Parece que lo tienes claro.

—Eso sí que es una fantasía.

—Vaya, mira quién está aquí —murmuró, haciendo que dirigiera mi atención a Gideon, que se acercaba con Ireland a su lado—. Y viene directamente hacia nosotros. Si empieza una pelea por ti, yo miraré desde las gradas.

Le di un empujón.

—Gracias.

Me sorprendió que Gideon pareciera tan fresco con su traje cuando seguía haciendo tanto calor. Ireland estaba fantástica con una falda de cintura baja acampanada y una camiseta de tirantes con el vientre descubierto.

—¡Eva! —exclamó corriendo hacia mí y dejando atrás a su hermano. Me dio un abrazo y, después, se retiró para mirarme—. ¡Impresionante! Tiene que estar tirándose de los pelos.

Miré detrás de ella hacia Gideon, buscando en su rostro alguna señal de enfado por lo de Brett. Ireland se dio la vuelta y se abrazó también a Cary, a quien tomó de sorpresa. Mientras tanto, Gideon vino directo hacia mí, me agarró suavemente de los brazos y me besó en las dos mejillas, al estilo francés.

—Hola, Eva. —Su voz sonó con cierto tono áspero que hizo que los dedos de los pies se me encogieran—. Me alegro de verte.

Parpadeé sin tener que fingir mi sorpresa.

—Eh... Hola, Gideon.

—¿A que está guapísima? —preguntó Ireland sin hacer intento alguno de mostrarse sutil.

Los ojos de Gideon se apartaron de mi cara.

—Siempre lo está. Necesito hablar contigo un minuto, Eva.

—Claro. —Le lancé a Cary una mirada de «qué coño querrá» y dejé que Gideon me llevara a un rincón de la carpa. Habíamos dado unos cuantos pasos cuando dije—: ¿Estás enojado? Por favor, no lo estés.

—Por supuesto que lo estoy —dijo sin alterar la voz—. Pero no contigo ni con él.

—OK. —No tenía ni idea de lo que aquello quería decir.

Se detuvo y me miró, pasándose la mano por su precioso pelo.

—Esta situación es intolerable. Podía soportarla cuando no había otro remedio, pero ahora... —Me miró a la cara con furia—. Eres mía. Necesito que todo el mundo lo sepa.

—Le dije a Brett que estoy enamorada de ti. También a Cary. A mi padre. A Megumi. Nunca he mentido sobre lo que siento por ti.

—¡Eva! —Christopher se acercó y me atrajo hacia sí para darme un beso en la mejilla—. Me alegra mucho que Brett te haya traído. ¿Sabes? No tenía ni idea de que los dos habían sido pareja.

Conseguí poner una sonrisa, consciente de la mirada de Gideon.

—Fue hace mucho tiempo.

—No tanto. —Sonrió abiertamente—. Están aquí, ¿no?

—Christopher —dijo Gideon a modo de saludo.

—Gideon. —La sonrisa de Christopher no vaciló, pero claramente se enfrió—. No tenías por qué venir. Ya me encargué yo de todo.

Eran hermanastros, pero tenían muy poco en común físicamente. Gideon era más alto, más corpulento e innegablemente oscuro, tanto en su tono de piel como en su conducta. Christopher era un hombre atractivo con una sonrisa seductora, pero no tenía el sensual magnetismo de Gideon.

—Vine por Eva —se explicó Gideon sin cambiar el tono—, no por el evento.

—¿De verdad? —Christopher me miró—. Creía que tú y Brett estaban arreglando lo suyo.

—Brett es un amigo —respondí.

—La vida personal de Eva no es asunto tuyo —dijo Gideon.

—Tampoco debería ser asunto tuyo. —Christopher lo miró con tal hostilidad que me hizo sentir incómoda—. El hecho de que «Rubia» esté basada en una historia real y de que Brett y Eva hayan venido juntos es una buena estrategia de márketing para Vidal y para el grupo.

—La canción es el final de esa historia.

Christopher frunció el ceño y se metió la mano en el bolsillo para sacar su teléfono. Leyó la pantalla y miró a su hermano con seriedad.

—Llama a Corinne, ¿eh? Se está volviendo loca tratando de localizarte.

—Hablé con ella hace una hora —contestó Gideon.

—Deja de mandarle señales confusas —replicó Christopher—. Si no quieres hablar con ella, no deberías haber ido a su casa anoche.

Yo me puse tensa y el pulso se me aceleró. Miré a Gideon, vi que apretaba la mandíbula y recordé que yo había estado esperando un mensaje de respuesta suyo. Estaba en mi casa cuando yo llegué, pero no me dijo por qué no me había respondido. Y desde luego, no había dicho nada de que iría al apartamento de Corinne.

¿Y no me había dicho que no respondía a sus llamadas?

Me aparté con un nudo en el estómago. Me había sentido rara todo el día y tener que enfrentarme a la creciente aversión entre Gideon y Christopher fue demasiado.

—Discúlpenme.

—Eva —dijo Gideon con brusquedad.

—Me alegro de haberlos visto a los dos —murmuré, interpretando mi papel antes de alejarme para ir con Cary, que estaba a pocos metros.

Gideon me alcanzó tras dar tan sólo un par de pasos y me agarró por el codo.

—Me llama al celular y al trabajo a todas horas. Tenía que hablar con ella —me susurró al oído.

—Debiste decírmelo.

—Teníamos cosas más importantes de las que hablar.

Brett miró hacia nosotros. Estaba demasiado lejos como para que yo pudiera ver su expresión, pero su gesto parecía tenso. La gente, empujando para acercarse lo rodeaba, pero él tenía su atención puesta en mí en lugar de en ellos.

Maldita sea. Me había visto con Gideon y eso iba a echar a perder lo que se suponía que iba a ser una experiencia maravillosa para él. Tal y como yo me había temido, aquella salida era un desastre.

—Gideon —dijo Christopher con voz firme desde atrás—. Aún no he terminado de hablar contigo.

Gideon lo miró.

—Estaré contigo en un minuto.

—Vas a hablar conmigo ahora.

—Vete, Christopher. —Gideon miró a su hermano con tal frialdad que sentí un escalofrío a pesar del calor—. Antes de que montes una escena y desvíes la atención que deben tener los Six-Ninths.

Christopher se mostró furioso durante unos momentos y, después, pareció darse cuenta de que su hermano no estaba bromeando. Maldijo en voz baja y se dio la vuelta, encontrándose de bruces con Ireland.

—Déjalos solos —dijo ella con las manos en la cintura—. Quiero que vuelvan a estar juntos.

—Tú no te metas.

—Lo que tú digas. —Lo miró arrugando la nariz—. Enséñame todo esto.

Él se detuvo y entrecerró los ojos. Después, soltó un suspiro y la cogió del codo para alejarla de allí. Me di cuenta de que tenían una relación estrecha.

Me entristeció que Gideon no tuviera ese tipo de vínculo con ellos.

Gideon volvió a llamar mi atención al pasarme sus dedos por la mejilla, una suave caricia que expresaba mucho amor... y posesión. Nadie que nos estuviera mirando podría negarlo.

—Dime que sabes que no ha pasado nada con Corinne.

Suspiré.

—Sé que no hiciste nada con ella.

—Bien. Está fuera de sí. Nunca la había visto tan... Diablos... No sé. Vulnerable. Irracional.

—¿Destrozada?

—Puede que sí. —Sus rasgos se suavizaron—. No era así cuando rompimos nuestro compromiso.

Me sentí mal por los dos. Las despedidas desagradables no eran plato de gusto para nadie.

—En aquella ocasión se alejó ella. Esta vez eres tú. Siempre es más difícil cuando es a uno al que dejan.

—Estoy tratando de tranquilizarla, pero necesito que me prometas que no va a interponerse entre nosotros.

—No se lo permitiré. Y tú no vas a preocuparte por Brett.

Tardó unos segundos en responder.

—Me preocuparé, pero sabré sobrellevarlo —dijo por fin.

Estuve segura de que no le fue fácil hacer aquella concesión.

Apretó los labios.

—Tengo que ir a hablar con Christopher. ¿Estamos bien?

Asentí.

—Yo estoy bien. ¿Tú?

—Siempre que Kline no te bese. —La advertencia sonó clara.

—Lo mismo digo.

—Si Brett me besa le doy un puñetazo.

Me reí.

—Ya sabes a lo que me refiero.

Me tomó de la mano y acarició mi anillo con el dedo pulgar.

—Crossfire.

El corazón se me partió en el mejor de los sentidos.

—Yo también te quiero, campeón.

BRETT se deshizo de sus admiradoras y se dirigió a la carpa con expresión triste.

—¿Te estás divirtiendo? —le pregunté esperando que mantuviera una actitud positiva.

—Quiere volver contigo —respondió cortante.

Yo no vacilé.

—Sí.

—Si vas a darle una segunda oportunidad a él, también deberías dármela a mí.

—Brett...

—Sé que es difícil cuando tengo que estar viajando siempre...

—Y viviendo en San Diego —puntualicé.

—... pero puedo venir aquí con bastante frecuencia y tú siempre podrás venir a verme, conocer sitios nuevos. Además, la gira termina en noviembre. Puedo venir a pasar aquí las vacaciones. —Me miró con esos ojos verdes suyos y la atracción empezó a bullir entre los dos—. Tu padre sigue en el sur de California, así que tienes más de un motivo para ir.

—Tú serías motivo suficiente. Pero Brett... No sé qué decir. Estoy enamorada de él.

Cruzó los brazos y, en ese momento, pareció exactamente aquel chico malo y deliciosamente peligroso que solía ser.

—No me importa. Lo tuyo con él no va a salir bien y yo estaré aquí, Eva.

Me quedé mirándolo y me di cuenta de que sólo el paso del tiempo podría convencerlo.

Brett dio un paso adelante y extendió la mano para pasarla por mi brazo. Se acercó curvando su cuerpo hacia el mío. Recordé otras ocasiones en las que estuvimos así, los momentos inmediatamente anteriores a que me empujara contra algo y me cogiera con fuerza.

—Sólo hará falta una vez —murmuró en mi oído con su voz pecaminosa de siempre—. Una vez dentro de ti y recordarás lo que había entre los dos.

Tragué saliva con la boca seca.

—Eso no va a pasar, Brett.

Curvó su boca con una lenta sonrisa, mostrando aquel hoyuelo tan seductor.

—Ya lo veremos.

—No puedo creerme que estén mucho más buenos en persona —dijo Ireland mirando hacia donde los chicos estaban haciendo la entrevista con el presentador de televisión antes del lanzamiento—. Tú también, Cary.

Él sonrió mostrando sus resplandecientes y blancos dientes.

—Vaya, gracias, querida.

—Y bien... —Me miró con aquellos ojos azules tan parecidos a los de Gideon—. ¿Antes salías con Brett Kline?

—La verdad es que no. Para ser sincera, simplemente nos enrollábamos.

—¿Lo querías?

Pensé la respuesta un momento.

—Creo que quizá estuve a punto. Podría haberme enamorado de él en otras circunstancias. Es un chico estupendo.

Frunció los labios.

—¿Y tú? —pregunté—. ¿Estás saliendo con alguien?

—Sí —torció la boca con pesar—. La verdad es que me gusta... mucho... pero es raro, porque sus padres no pueden saber que está saliendo conmigo.

—¿Por qué no?

—Sus abuelos perdieron la mayor parte de su dinero por aquella estafa del padre de Gideon.

Dirigí la mirada a Cary, que levantó las cejas por encima de sus gafas de sol.

—Eso no es culpa tuya —dije, enfadada por ella.

—Rick dice que sus padres creen que es mucha «casualidad» que Gideon sea ahora tan rico —murmuró.

—¿Mucha casualidad? ¿Creen que es mucha *casualidad*?

—Cielo.

Me giré al oír la voz de Gideon, pues no me había dado cuenta de que estaba detrás de mí.

—¿Qué?

Se quedó mirándome. Yo estaba tan molesta que tardé un momento en notar la leve sonrisa que había en su cara.

—No empieces —le dije entrecerrando los ojos a modo de aviso. Volví a dirigirme a Ireland—. Dile a los padres de Rick que echen un vistazo a la Fundación Crossroads.

—Si ya dejaste de estar ofendida por mí —dijo Gideon acercándose tanto que rozó su cuerpo contra el mío—, quedan cinco minutos para que empiece el video.

Busqué con la mirada a Brett, que había vuelto a reunirse con la multitud, y vi que me hacía señas con la mano.

Miré a Cary.

—Ve —dijo moviendo el mentón—. Yo me quedo aquí con Ireland y Cross.

Fui hacia donde estaba el grupo y sonreí al ver lo nerviosos que estaban.

—Qué gran momento, chicos —les dije.

—Bueno —dijo Darrin con una sonrisa—, todo este evento se ha organizado para que saliéramos en ese programa de televisión y en una transmisión simultánea por internet. Era la única forma de que Vidal Records consiguiera que nos dieran cobertura. Esperemos que sirva de algo porque, puf, aquí hace más calor que en el infierno.

El presentador anunció el estreno en exclusiva del video y, a continuación, de la pantalla desapareció el logotipo del programa para dar comienzo al video mientras empezaban a sonar los primeros acordes de la canción.

La pantalla negra se iluminó de repente, mostrando a Brett sentado en un taburete delante de un micrófono en medio de un haz de luz, tal y como lo había hecho en el concierto. Empezó a cantar con su voz profunda y áspera. Muy sensual. El efecto que su voz tuvo sobre mí fue poderoso e inmediato, como había sido siempre.

La cámara se fue retirando lentamente de Brett para mostrar una pista de baile delante del escenario donde él cantaba. Había gente bailando, pero estaban en blanco y negro mientras que una chica rubia y sola llamaba la atención por sus colores.

Me quedé helada por la sorpresa. La cámara tuvo cuidado de grabarla sólo por detrás y de perfil, pero no había duda de que aquella chica se suponía que era yo. Tenía mi altura, con el mismo color y corte de pelo que tenía yo antes de cortármelo hacía poco tiempo. Tenía mi trasero y mi cintura curvados y su perfil era lo suficientemente parecido al mío como para comprender de inmediato quién pretendía ser.

Los siguientes tres minutos de mi vida pasaron en un terrible aturdimiento. «Rubia» era una canción de enorme carga sexual y la actriz hacía todo lo que Brett contaba en la canción, arrodillándose ante un doble de Brett, enrollándose con él en los baños de un bar y sentándose a horcajadas encima de él en el asiento trasero de un Mustang del 67 como el que Brett tenía. Aquellos recuerdos tan íntimos se alternaban con tomas del verdadero Brett cantando en el escenario con el resto de los componentes del grupo. El hecho de que unos actores estuviesen interpretándonos me ayudó a llevarlo un poco mejor, pero con una mirada al rostro pétreo de Gideon supe que eso a él no le importaba. Estaba viendo cómo volvía a revivir una de las épocas más salvajes de mi vida y le estaba pareciendo muy real.

El video terminó con una imagen de Brett con expresión conmovedora y atormentada mientras una sola lágrima le caía por la mejilla.

Me aparté para mirarlo.

Su sonrisa fue desapareciendo poco a poco cuando vio cuál era mi expresión.

No podía creerme que aquel video fuera tan personal. Se me ponían los pelos de punta al pensar que iban a verlo millones de personas.

—¡Vaya! —exclamó el presentador acercándose a la banda, micrófono en mano—. Brett, te abriste de verdad con esto. ¿Ha sido esta canción lo que ha hecho que Eva y tú vuelvan a estar juntos?

—En cierto modo, sí.

—Y Eva, ¿te interpretaste a ti misma en el video?

Parpadeé, dándome cuenta de que me estaba proclamando como la verdadera Eva en un programa de televisión que se veía en todo el país.

—No. No soy yo. —Me lamí los labios secos—. Se trata de una canción increíble de un grupo igual de increíble.

—Y sobre una increíble historia de amor. —El presentador sonrió a la cámara y siguió hablando, pero yo dejé de hacerle caso y busqué a Gideon con la mirada. No pude localizarlo por ningún sitio.

El presentador habló con el grupo un poco más y yo me alejé para seguir buscando. Cary se acercó a mí acompañado de Ireland.

—Menudo video —dijo él arrastrando las palabras.

Lo miré con tristeza antes de dirigir mis ojos a Ireland.

—¿Sabes dónde está tu hermano?

—Christopher está chachareando. Gideon se fue. —Hizo una mueca de disculpa—. Le pidió a Christopher que me lleve a casa.

—Maldita sea. —Metí la mano en el bolso para coger el celular de prepago y escribí un mensaje rápido: «TQ. Dime q vendrás sta noche».

Esperé una respuesta. Como seguía sin obtenerla pasados unos minutos, me quedé con el móvil en la mano esperando a que vibrara.

Brett vino hasta donde yo estaba.

—Ya acabamos aquí. ¿Quieres que nos larguemos?

—Claro. —Me giré hacia Ireland—. Voy a estar fuera de la ciudad los siguientes dos fines de semana, pero vamos a vernos después.

—Mantendré libre mi agenda —contestó abrazándome con fuerza.

Miré a Cary, le cogí la mano y se la apreté.

—Gracias por venir.

—¿Estás bromeando? Hacía mucho tiempo que no me entretenía tanto. —Él y Brett hicieron un complicado saludo con la mano—. Buen trabajo, tío. Soy un gran admirador de ustedes.

—Gracias por venir. Nos vemos.

Brett apoyó su mano en la parte inferior de mi espalda y nos fuimos.

G IDEON NO APARECIÓ en el Tableau One.

En cierto modo, se lo agradecí, pues no quería que Brett pensara que había planeado aquella interrupción. Aparte de sus esperanzas a largo plazo sobre nuestra relación, Brett era alguien que había sido importante para mí en el pasado y yo deseaba que fuésemos amigos, si es que eso era posible.

Pero estaba preocupada imaginando lo que Gideon podría estar pensando y sintiendo.

Picoteé mi cena, demasiado inquieta como para comer. Cuando Arnoldo Ricci se detuvo para saludar, muy elegante y apuesto con su bata blanca de chef, me sentí mal porque en mi plato siguiera habiendo tanta cantidad de una comida tan buena.

El famoso chef era amigo de Gideon. Y Gideon era socio capitalista del restaurante Tableau One. Si tenía alguna duda de cómo iría la cena con Brett, podría acudir a varias personas de su confianza para preguntarles.

Por supuesto, yo esperaba que Gideon confiara en mí lo suficiente como para creerme, pero sabía que nuestra relación tenía ciertos problemas y nuestros celos mutuos eran uno de ellos.

—Me alegro de verte, Eva —dijo Arnoldo con su encantador acento italiano. Me dio un beso en la mejilla y, a continuación, retiró una de las sillas vacías de nuestra mesa para sentarse.

Arnoldo le extendió la mano a Brett.

—Bienvenido a Tableau One.

—Arnoldo es admirador de los Six-Ninths —le expliqué—. Vino al concierto con Gideon y conmigo.

Brett retorció la boca con pesar mientras se estrechaban las manos.

—Encantado de conocerte. ¿Viste los dos espectáculos?

Se refería a la pelea que había tenido con Gideon. Arnoldo lo entendió.

—Sí. Eva es muy importante para Gideon.

—También lo es para mí —contestó Brett agarrando su jarra escarchada de cerveza Nastro Azzurro.

—Pues entonces, *che vinca il migliore* —dijo Arnoldo con una sonrisa—. Que gane el mejor.

—Eh. —Me eché en el respaldo de la silla—. Yo no soy ningún premio, como decía la canción.

Arnoldo me fulminó con la mirada. Claramente no estaba del todo de acuerdo conmigo. No lo culpé. Él sabía que yo había besado a Brett y había visto el efecto que aquello tuvo sobre Gideon.

—¿Había algún problema con tu comida, Eva? —preguntó Arnoldo—. Si te hubiese gustado, habrías dejado el plato vacío.

—Pones raciones muy grandes —señaló Brett.

—Y Eva come mucho.

Brett me miró.

—¿Sí?

Me encogí de hombros. ¿Se estaba dando cuenta de lo poco que sabíamos en realidad el uno del otro?

—Es sólo uno de mis muchos defectos.

—Para mí no lo es —dijo Arnoldo—. ¿Cómo ha ido la presentación del video?

—Creo que ha ido bien. —Brett estudió mi cara mientras respondía.

Asentí, pues no quería echar a perder lo que se suponía que era un momento feliz para el grupo. Lo hecho, hecho estaba. No podía juzgar las intenciones de Brett, sólo la forma en que las había puesto en práctica.

—Van camino del megaestrellato.

—Y yo podré decir que los conocía desde antes de ser famosos —le dijo Arnoldo a Brett con una sonrisa—. Compré su primer sencillo en iTunes cuando aún era el único que tenían.

—Gracias por tu apoyo, hombre —contestó Brett—. No lo habríamos conseguido sin nuestros seguidores.

—No lo habrían conseguido si no hubiesen sido tan buenos. —Arnoldo me miró—. Van a tomar postre, ¿no? Y más vino.

Mientras Arnoldo se echaba hacia atrás en su silla, me di cuenta de que tenía la intención de cumplir con el papel de carabina. Cuando miré a Brett, estuve segura por su irónica sonrisa de que él también lo había comprendido.

—Bueno —empezó a decir Arnoldo—, cuéntame qué tal está Shawna, Eva.

Suspiré disimuladamente. Al menos, Arnoldo era un canguro divertido.

El chofer que había contratado Brett me dejó en mi apartamento poco después de las diez. Invité a Brett a que subiera porque no veía forma alguna de evitarlo sin ser maleducada. Miró el exterior del edificio con cierta sorpresa, lo mismo cuando vio al portero y al recepcionista.

—Debes tener un trabajo estupendo —dijo mientras nos dirigíamos a los ascensores.

Un repiqueteo de tacones sobre el mármol nos siguió.

—¡Eva!

Me encogí al oír la voz de Deanna.

—Peligro, periodistas —susurré antes de darme la vuelta.

—¿Eso es malo? —preguntó él dándose la vuelta conmigo.

—Hola, Deanna —la saludé con una sonrisa forzada.

—Hola. —Sus ojos oscuros barrieron a Brett de la cabeza a los pies y, a continuación, le tendió la mano—. Brett Kline, ¿verdad? Deanna Johnson.

—Mucho gusto, Deanna —dijo poniendo en marcha su encanto.

—¿Qué puedo hacer por ti? —pregunté mientras se estrechaban las manos.

—Siento interrumpir su cita. No supe que habían vuelto a estar juntos hasta que los vi hoy en el evento de Vidal Records. —Sonrió a Brett—. Entiendo que no ha pasado nada desde tu altercado con Gideon Cross.

Brett la miró sorprendido.

—Me perdí.

—Me enteré de que tú y Cross intercambiaron unos cuantos puñetazos en una discusión.

—Por ahí hay alguien con mucha imaginación.

¿Había hablado Gideon con él? ¿O la experiencia con los medios de comunicación le había enseñado a Brett las trampas que debía evitar?

Odiaba que Deanna hubiese estado ese día vigilándome. O, para ser más precisos, vigilando a Gideon. Era con él con quien estaba obsesionada. Pero a mí era más fácil acceder.

La sonrisa con la que me respondió era de crispación.

—Supongo que unas malas fuentes.

—Suele pasar —dijo él con tono tranquilo.

Deanna volvió a fijar su atención en mí.

—Vi hoy a Gideon contigo, Eva. Mi fotógrafo tomó algunas fotos maravillosas de ustedes dos. Vine para pedirte una declaración, pero ahora veo con quién estás. ¿Quieres decir algo sobre el estado de tu relación con Brett?

Dirigió su pregunta a mí, pero Brett intervino con una gran sonrisa y luciendo su deslumbrante hoyuelo.

—Creo que «Rubia» lo dice todo. Tenemos un pasado y somos amigos.

—Ése es un buen titular, gracias. —Deanna me miró. Yo le devolví la mirada—. Muy bien. No quiero molestarlos. Muchas gracias por concederme su tiempo.

—De nada. —Cogí a Brett de la mano y tiré de él—. Buenas noches.

Lo llevé rápidamente a los ascensores y no me tranquilicé hasta que se cerraron las puertas.

—¿Puedo preguntar por qué hay una periodista tan interesada en saber con quién sales?

Lo miré de reojo. Estaba apoyado en el pasamanos y se agarraba al metal a ambos lados de sus caderas. La pose era seductora y no había duda de que él era muy atractivo, pero mis pensamientos estaban con Gideon. Estaba deseando estar con él para poder hablar.

—Es una ex de Gideon y está resentida.

—¿Y eso no hace que te salten las alarmas?

Negué con la cabeza.

—No en el sentido en que probablemente estés pensando.

El ascensor llegó a mi planta y me dirigí hacia mi apartamento, odiando el hecho de tener que pasar por el de Gideon para llegar al mío. ¿Había sentido él lo mismo cuando pasaba el tiempo con Corinne? ¿Una sensación de culpa y pena?

Abrí la puerta y lamenté que Cary no estuviese en el sofá. Ni siquiera parecía que mi compañero de apartamento estuviese en casa. Las luces estaban apagadas, lo cual era un claro indicativo de que había salido. Siempre dejaba las luces encendidas cuando estaba en casa.

Pulsé el interruptor y me di la vuelta a tiempo para ver la cara de Brett cuando las luces empotradas en el techo iluminaron la habitación. Siempre me sentía rara cuando la gente se daba cuenta por primera vez de que yo tenía dinero.

Me miró con el ceño fruncido.

—Me estoy replanteando la profesión que elegí.

—No pago esto con mi trabajo. Lo paga mi padrastro. Al menos, por ahora. —Fui a la cocina y dejé caer el bolso y la mochila en un taburete.

—¿Cross y tú se mueven por los mismos círculos?

—A veces.

—¿Soy demasiado diferente para ti?

Aquella pregunta me inquietó, aunque era perfectamente aceptable.

—Yo no juzgo a la gente por su dinero, Brett. ¿Quieres tomar algo?

—No, estoy bien.

Señalé el sofá y nos acomodamos allí.

—Entonces, no te gustó el video —dijo echando el brazo por el respaldo del sofá.

—¡Yo no dije eso!

—No tenías por qué hacerlo. Vi tu cara.

—Es que es muy... personal.

Sus ojos verdes se iluminaron lo suficiente como para hacer que me ruborizara.

—No he olvidado una sola cosa de ti, Eva. El video es una muestra de ello.

—Eso es porque no había mucho que recordar —puntualicé.

—Crees que no lo sé, pero apuesto a que yo he visto partes de ti que Cross no ha visto ni verá nunca.

—También es verdad al revés.

—Puede —admitió, golpeteando silenciosamente los dedos sobre el cojín—. Se supone que tengo que tomar un avión mañana al amanecer, pero tomaré otro vuelo más tarde. Ven conmigo. Tenemos conciertos en Seattle y San Francisco el fin de semana. Puedes estar de vuelta el domingo por la noche.

—No puedo. Tengo planes.

—El fin de semana siguiente estaremos en San Diego. Ven entonces. —Deslizó los dedos por mi brazo—. Será como en los viejos tiempos, pero con veinte mil personas más.

Parpadeé. ¿Cuáles eran las posibilidades de que estuviésemos en nuestra ciudad a la misma vez?

—Tengo planeado estar en el sur de California esos días. Sólo Cary y yo.

—Pues nos vemos ese fin de semana y estamos juntos.

—Sólo nos vemos —lo corregí poniéndome de pie cuando él lo hizo—. ¿Te vas?

Dio un paso adelante.

—¿Me estás pidiendo que me quede?

—Brett...

—De acuerdo. —Me dedicó una sonrisa triste y el corazón se me aceleró un poco—. Nos vemos dentro de dos fines de semana.

Fuimos juntos hacia la puerta.

—Gracias por invitarme a acompañarte hoy —le dije sintiéndome extrañamente apenada porque se fuera tan pronto.

—Siento que no te haya gustado el video.

—Sí que me gusta. —Le agarré la mano—. De verdad. Han hecho un trabajo estupendo. Sólo que se me hace raro verme desde fuera, ¿sabes?

—Sí. Lo comprendo. —Colocó la otra mano en mi mejilla y se inclinó para besarme.

Giré la cabeza y, en lugar de besarme, me acarició la mejilla con la punta de la nariz de arriba abajo. El ligero olor de su colonia mezclado con el de su piel me confundió y me trajo acalorados recuerdos. La sensación de su cuerpo tan cerca del mío era desgarradoramente familiar.

Había estado locamente enamorada de él. Había deseado que él sintiera lo mismo por mí y, ahora que lo había conseguido, era una sensación agridulce.

Brett me agarró de los brazos y gimió suavemente y aquel sonido hizo que todo mi cuerpo vibrara.

—Recuerdo lo que era estar contigo —susurró con voz profunda y áspera—. Por dentro. Estoy deseando volver a sentirte.

Yo respiraba muy rápido.

—Gracias por la cena.

Curvó los labios sobre mi mejilla.

—Llámame. Yo te llamaré de todos modos, pero me gustaría que tú me llamaras alguna vez. ¿De acuerdo?

Asentí y tuve que tragar saliva antes de contestar.

—De acuerdo.

Se fue un momento después y fui corriendo por mi bolso para tomar el teléfono de prepago. No había señales de Gideon. Ni una llamada perdida ni mensajes.

Tomé las llaves y salí de mi apartamento para ir corriendo al suyo, pero estaba oscuro y vacío. Nada más entrar supe que no estaba allí sin necesidad de mirar el cuenco de cristal de colores donde dejaba las cosas al vaciarse los bolsillos.

Sentí que algo iba muy mal y volví de nuevo a mi casa. Dejé las llaves en la barra y fui a mi habitación, dirigiéndome directamente al baño para darme una ducha.

La sensación de inquietud que tenía en el estómago no desapareció, ni siquiera cuando el agua hizo desaparecer por el desagüe la humedad y la suciedad del calor de la tarde. Me eché champú en la cabeza y pensé en aquel día, enfadándome más por momentos porque Gideon se hubiese ido a hacer lo que fuera en lugar de estar en casa conmigo arreglando las cosas.

Y entonces, lo oí.

Enjuagándome el jabón de los ojos, me giré y lo encontré sacándose la corbata mientras entraba en la habitación. Parecía cansado y exhausto, lo cual me afectaba más de lo que lo había hecho la rabia.

—Hola —lo saludé.

Me miró mientras se desnudaba con movimientos rápidos y metódicos. Gloriosamente desnudo, entró en la ducha, viniendo directamente hacia mí y abrazándome con fuerza.

—Hola —dije otra vez devolviéndole el abrazo—. ¿Qué te pasa? ¿Estás enfadado por lo del video?

—Odio ese video —contestó sin rodeos—. Debería haber impedido esa maldita presentación cuando supe que la canción hablaba de ti.

—Lo siento.

Se apartó y me miró. El vapor de la ducha le estaba humedeciendo el pelo poco a poco. Era infinitamente más atractivo que Brett. Y lo que sentía por mí... y lo que yo sentía a cambio por él... era infinitamente más profundo.

—Corinne me llamó justo antes de que terminara el video. Estaba... histérica. Fuera de control. Me preocupé y fui a verla.

Respiré hondo, sofocando un brote de celos. No tenía derecho a sentirme así, sobre todo, después del tiempo que había pasado con Brett.

—¿Cómo te fue?

Me echó la cabeza hacia atrás suavemente.

—Cierra los ojos.

—Háblame, Gideon.

—Lo haré. —Mientras me enjuagaba la espuma del pelo, dijo—: Creo que averigüé dónde está el problema. Está tomando antidepresivos y no son los más adecuados para ella.

—Ah, vaya.

—Se suponía que le tenía que decir al médico cómo le sentaban, pero ni siquiera ella se había dado cuenta de que estaba actuando de un modo tan extraño. Necesité horas de conversación con ella para que lo entendiera y, después, identificar los motivos.

Me incorporé y me sequé los ojos, tratando de contener la creciente irritación que me provocaba el hecho de que otra mujer monopolizara la atención de mi hombre. No podía descartar que ella se hubiese inventado un problema sólo para hacer que Gideon pasara un tiempo con ella.

Gideon cambió su posición con la mía esquivando el chorro de la ducha. El agua caía por su impresionante cuerpo, deslizándose maravillosamente por sus duras protuberancias y las ondulaciones de sus músculos.

—¿Y ahora qué? —pregunté.

Se encogió de hombros con expresión seria.

—Va a ir mañana a su médico para decirle que va a dejar esas pastillas y que le dé otras.

—¿Se supone que vas a estar con ella en esto? —me quejé.

—Ella no es responsabilidad mía. —Me miró fijamente, diciéndome sin palabras que comprendía mi temor, mi preocupación y mi rabia. Tal y como había hecho siempre—. Se lo dije. Después, llamé a Giroux y se lo dije también. Tiene que venir a cuidar de su mujer.

Cogió el champú, que estaba en un estante de cristal con el resto de sus productos de la ducha. Había traído sus cosas a mi casa casi en el mismo momento en que acepté salir con él, lo mismo que había llenado su casa de duplicados de mis productos diarios.

—Pero la provocaron, Eva. Deanna fue a verla esta misma noche con fotos que nos tomó a ti y a mí en el lanzamiento del video.

—Maravilloso —murmuré—. Eso explica por qué vino Deanna aquí para tenderme una emboscada.

—¿De verdad vino? —preguntó con tono peligroso, haciéndome sentir pena por Deanna... durante no más de medio segundo. Se estaba cavando ella sola una bonita tumba.

—Probablemente tenga fotografías tuyas apareciendo en casa de Corinne y quería que yo me enojara. —Me crucé de brazos—. Te está siguiendo los pasos.

Gideon echó la cabeza hacia atrás, poniéndola bajo el chorro para enjuagarse, flexionando los brazos mientras se pasaba los dedos por el pelo.

Era flagrante, sexual y hermosamente masculino.

Me lamí los labios, excitada al verlo a pesar de estar tan molesta con sus exnovias. Acorté la distancia entre los dos y me eché un poco de su gel en la palma de la mano. A continuación, pasé las dos por su pecho.

Lanzó un gemido y me miró.

—Me encanta sentir tus manos en mí.

—Menos mal, porque no puedo quitártelas de encima.

Me acarició la mejilla con ojos tiernos. Miró fijamente mi rostro, quizá calibrando si yo tenía o no la mirada de «cógeme». Yo creía que no la tenía. Lo deseaba, eso siempre, pero también quería disfrutar de estar con él sin más. Eso no resultaba fácil cuando me hacía perder la cabeza.

—Necesitaba esto —dijo—. Estar contigo.

—Parece que se nos viene encima una buena, ¿no? No podemos estar tranquilos. Si no es por una cosa, es por otra. —Pasé mis dedos por los duros bultos de su abdomen. El deseo bullía entre los dos, y también aquella maravillosa sensación de estar cerca de alguien que era amado y necesario—. Pero estamos bien, ¿verdad?

Sus labios acariciaron mi frente.

—Estamos aguantando bastante bien, diría yo. Pero estoy deseando irme contigo mañana. Salir un poco de aquí, lejos de todos, y tenerte toda entera para mí.

ME desperté cuando Gideon salió de mi cama.

Parpadeé y oí que la televisión seguía encendida, aunque sin volumen. Me había quedado dormida acurrucada contra él, disfrutando de nuestro tiempo a solas tras tantas horas y días de estar obligados a permanecer separados.

—¿A dónde vas? —susurré.

—A la cama. —Me acarició la mejilla—. Me estoy quedando dormido.

—No te vayas.

—No me pidas que me quede.

Solté un suspiro al comprender su temor.

—Te quiero.

Inclinándose sobre mí, Gideon apretó sus labios contra los míos.

—No olvides meter tu pasaporte en el bolso.

—No lo haré. ¿Estás seguro de que no debo llevar nada de equipaje?

—Nada. —Me volvió a besar, dejando sus labios sobre los míos. Después, se fue.

EL viernes llevé un ligero vestido cruzado al trabajo, algo que pudiera vestir tanto para trabajar como para un largo vuelo. No tenía ni idea de lo lejos que me llevaría Gideon, pero sabía que estaría cómoda fuese donde fuese.

Cuando llegué al trabajo, vi a Megumi al teléfono, así que nos saludamos con la mano y me dirigí directamente a mi mesa. La señora Field se detuvo a mi lado justo cuando me acomodé en mi silla.

La presidenta ejecutiva de Waters Field & Leaman tenía un aspecto poderoso y confiado con su traje sastre de color gris claro.

—Buenos días, Eva —dijo—. Dile a Mark que se pase por mi despacho cuando llegue.

Asentí, admirando su collar de perlas negras de tres vueltas.

—Lo haré.

Cuando le pasé a Mark el recado cinco minutos después, éste negó con la cabeza.

—Apuesto a que no pudimos conseguir la cuenta de Adriana Vineyards.

—¿Tú crees?

—Odio esas malditas ofertas de presentaciones de propuestas. No buscan calidad ni experiencia. Sólo quieren a alguien que esté lo suficientemente hambriento como para prestarle sus servicios gratis.

Lo habíamos dejado todo para llegar a la fecha límite de la presentación de propuestas. Le habían encargado a Mark que la encabezara porque había hecho una labor impresionante con la cuenta del vodka Kingsman.

—Peor para ellos —le dije.

—Lo sé, pero aun así... Quiero conseguirlas todas. Deséame suerte para que me equivoque.

Le hice un gesto con el pulgar señalando hacia arriba y se fue al despacho de Christine Field. El teléfono de mi mesa sonó cuando me estaba poniendo de pie para ir por una taza de café de la sala de descanso.

—Despacho de Mark Garrity —respondí—. Soy Eva Tramell.

—Eva, cariño.

Solté el aire sonoramente cuando oí la voz llorosa de mi madre.

—Hola, mamá. ¿Cómo estás?

—¿Quieres que nos veamos? Podríamos comer juntas.

—Claro. ¿Hoy?

—Si puedes. —Respiró hondo y me pareció que era un sollozo—. La verdad es que necesito verte.

—Entiendo. —Sentí un nudo en el estómago por la preocupación. No me gustaba oír a mi madre tan mal—. ¿Quieres que nos veamos en algún sitio en especial?

—Clancy y yo iremos por ti. Almuerzas a las doce, ¿verdad?

—Sí. Te veo en la acera.

—Bien. —Hizo una pausa—. Te quiero.

—Lo sé, mamá. Yo también te quiero.

Colgamos y me quedé mirando el teléfono.

¿Cómo le iba a ir a mi familia a partir de ahora?

Le envié a Gideon un mensaje rápido para decirle que tendría que salir a comer. Tenía que conseguir que la relación con mi madre volviera a encarrilarse.

Sabía que necesitaba más café para afrontar el día que me esperaba, así que fui por él.

Dejé mi mesa a las doce en punto del mediodía y bajé al vestíbulo. A medida que pasaban las horas, me iba emocionando más por el hecho de irme de viaje con Gideon. Lejos de Corinne, de Deanna y de Brett.

Acababa de pasar por los torniquetes de seguridad cuando lo vi.

Jean-François Giroux estaba en el mostrador del guardia de seguridad con un aspecto claramente europeo y muy atractivo. Llevaba su pelo ondulado y oscuro, más largo de lo que lo había visto en fotos, la cara menos bronceada y la boca más seria, enmarcada por una perilla. El verde claro de sus ojos era aún más llamativo en persona, pese a estar enrojecidos por el cansancio. Por la maleta de mano que vi a sus pies, supuse que había venido directamente al Crossfire desde el aeropuerto.

—*Mon Dieu.* ¿Tan lentos son los ascensores de este edificio? —preguntó al guardia de seguridad con entrecortado acento francés—. Es imposible que se tarde veinte minutos en bajar desde lo alto.

—El señor Cross viene en camino —respondió el guardia con firmeza sin abandonar su silla.

Como si hubiese notado mi mirada, la cabeza de Giroux giró en mi dirección y entrecerró los ojos. Se apartó del mostrador y se dirigió hacia mí.

El corte de su traje era más ajustado que el de Gideon, más estrecho por la cintura y por las pantorrillas. La impresión que tuve de él fue de pulcritud y rigidez, un hombre que asumía el poder haciendo cumplir las normas.

—¿Eva Tramell? —me preguntó sorprendiéndome por haberme reconocido.

—Señor Giroux —dije al tiempo que le ofrecía mi mano.

La estrechó y me volvió a sorprender cuando se inclinó sobre mí y me besó en ambas mejillas. Besos superficiales y distraídos, pero eso no era lo importante. Incluso aunque fuese francés, se trataba de un gesto familiar procedente de alguien que era un completo desconocido para mí.

Cuando di un paso hacia atrás, lo miré con las cejas levantadas.

—¿Tendría tiempo de hablar conmigo? —me preguntó agarrándome aún la mano.

—Me temo que hoy no. —Me solté suavemente. El anonimato se conseguía simplemente permaneciendo en un lugar enorme lleno de gente que iba de un sitio a otro, pero con Deanna acechando por ahí, tenía que ser muy cuidadosa con respecto a las personas con las que se me viera—. Tengo una cita para comer y, después, me voy fuera justo al salir de trabajar.

—¿Quizá mañana?

—Pasaré el fin de semana fuera de la ciudad. El lunes sería lo más pronto que podría.

—Fuera de la ciudad. ¿Con Cross?

Incliné la cabeza hacia un lado mientras lo examinaba, tratando de adivinar sus pensamientos.

—La verdad es que eso no es asunto suyo, pero sí.

Le dije la verdad para que supiera que Gideon tenía una mujer en su vida que no era Corinne.

—¿No le molesta —empezó a decir con un tono notablemente más frío— que él haya utilizado a mi esposa para darle celos a usted y así conseguir que volviera con él?

—Gideon quiere tener una amistad con Corinne. Los amigos pasan ratos juntos.

—Usted es rubia, pero seguro que no tan ingenua como para creerse eso.

—Está usted estresado —argumenté—, pero seguro que no lo suficiente como para darse cuenta de que se está comportando como un imbécil.

Me di cuenta de la presencia de Gideon antes de notar su mano sobre mi brazo.

—Discúlpese, Giroux —intervino con un tono suave y peligroso—. Y que sea una disculpa sincera.

Giroux le lanzó una mirada tan llena de rabia y odio que hizo que cambiara el peso de mi cuerpo de un pie a otro, inquieta.

—Hacerme esperar es de poca educación, Cross. Incluso tratándose de usted.

—Si la ofensa hubiese sido intencionada, ya lo sabría. —Gideon apretó los labios convirtiéndolos en una línea tan afilada como la hoja de un cuchillo—. Su disculpa, Giroux. Nunca he sido otra cosa que educado y respetuoso con Corinne. Mostrará ante Eva la misma cortesía.

Para un observador ocasional, su pose era desinhibida y relajada, pero se notaba la furia que había en él. La noté en los dos hombres —uno de ellos caliente, el otro frío como el hielo—, mientras la tensión aumentaba por momentos. El espacio que nos rodeaba parecía ir menguando, lo cual era una locura si se tenían en cuenta las dimensiones del vestíbulo y la altitud a la que se alzaba el techo.

Temerosa de que llegaran a las manos allí mismo pese a tratarse de un lugar tan transitado, extendí la mano, tomé la de Gideon y le di un ligero apretón.

Giroux bajó la mirada a nuestras manos entrelazadas y, a continuación, la levantó para mirarnos a los ojos.

—*Pardonnez-moi* —dijo inclinando la cabeza ligeramente hacia mí—. Usted no tiene la culpa de esto.

—No te hagas esperar más —me murmuró Gideon rozando su dedo pulgar sobre mis nudillos.

Pero seguí allí, temerosa de marcharme.

—Usted debería estar con su esposa —le dije a Giroux.

Me recordé a mí misma que no había ido tras ella cuando Corinne lo dejó. Estaba muy ocupado culpando a Gideon en lugar de arreglar su matrimonio.

—Eva —me llamó mi madre, que había entrado a buscarme. Se acercó con sus Louboutin de piel y su esbelto cuerpo envuelto en un vestido de suave seda con la espalda al aire del mismo tono que los zapatos. En aquel vestíbulo de mármol oscuro, ella era un punto luminoso.

—Ponte en marcha, cielo —dijo Gideon—. Deme un minuto, Giroux.

Vacilé antes de alejarme.

—Adiós, *monsieur* Giroux.

—Señorita Tramell —contestó él apartando los ojos de Gideon—. Hasta la próxima.

Me fui porque no tenía otra opción, pero no por gusto. Gideon me acompañó hasta mi madre y yo lo miré para que viera la preocupación en mi rostro.

Sus ojos me tranquilizaron. Percibí el mismo poder latente y control inflexible que adiviné la primera vez que nos vimos. Podría manejar a Giroux. Podía manejarlo todo.

—Disfruten de su comida —dijo Gideon besando la mejilla de mi madre antes de mirarme y darme un beso rápido y apretado en la boca.

Lo vi alejarse y me puso nerviosa la intensidad con la que los ojos de Giroux seguían su regreso.

Mi madre pasó su brazo entre el mío para atraer mi atención.

—Hola —dije tratando de alejar mi inquietud. Esperé que me preguntara si ellos dos se iban a unir a nosotras, pues nada le gustaba más que pasar el tiempo con hombres ricos y atractivos, pero no lo hizo.

—¿Están tratando de arreglar las cosas Gideon y tú? —me preguntó.

—Sí.

La miré de reojo antes de entrar delante de ella en las puertas giratorias. Parecía más frágil que nunca, con su pálida piel y sus ojos carentes del destello habitual. Esperé a que se uniera a mí en la calle, con mis sentidos tratando de acostumbrarse al cambio al salir del frío y cavernoso vestíbulo al calor sofocante y la explosión de ruido y actividad de la calle.

Sonreí a Clancy cuando éste abrió la puerta de atrás de la limusina.

—Hola, Clancy.

Mientras mi madre se deslizaba elegantemente en la parte de atrás del coche, él me devolvió la sonrisa. Al menos, creo que se trataba de una sonrisa. Su boca se retorció un poco.

—¿Cómo estás? —le pregunté.

Me brindó un enérgico asentimiento con la cabeza como respuesta.

—¿Y usted?

—Resistiendo.

—Se pondrá bien —dijo justo mientras yo entraba al coche junto a mi madre. Parecía más seguro al respecto que yo.

Los primeros minutos del almuerzo estuvieron sumidos en un incómodo silencio. La luz del sol inundaba el bistró New American que mi madre había elegido, lo cual hacía que la incomodidad entre las dos se hiciera más patente.

Esperé a que mi madre empezara, pues era ella la que quería hablar. Yo tenía muchas cosas que decir, pero primero necesitaba saber qué era lo prioritario para ella. ¿Era la pérdida de confianza en ella al haber puesto un dispositivo de rastreo en mi Rolex? ¿O el estar engañando a Stanton con mi padre?

—Bonito reloj —dijo, mirando el mío nuevo.

—Gracias. —Lo cubrí con la mano para protegerlo. Aquel reloj era muy valioso para mí y profundamente personal—. Me lo regaló Gideon.

Me miró horrorizada.

—No le habrás hablado del rastreador, ¿verdad?

—Le cuento todo, mamá. No tenemos secretos.

—Puede que *tú* no. ¿Y él?

—Somos una pareja sólida —le dije con tono de seguridad—. Y cada día nos vamos haciendo más fuertes.

—Ah —asintió y sus cortos rizos se movieron suavemente—. Eso es... maravilloso, Eva. Él podrá cuidar bien de ti.

—Ya lo hace, de la forma que necesito que lo haga. Y no tiene nada que ver con su dinero.

Mi madre apretó los labios ante mi tono más frío. No llegó a fruncir el ceño, algo que evitaba a propósito para proteger la perfección de su piel.

—No subestimes el dinero tan rápido, Eva. Nunca se sabe cuándo ni por qué motivo lo puedes necesitar.

El enojo me hirvió por dentro. Durante toda mi vida había visto cómo el dinero era para ella lo primero, sin importar a quién pudiera hacer daño en el proceso, como a mi padre.

—No lo hago —alegué—. Simplemente no dejo que rija mi vida. Y antes de que me sueltes algo como que para mí es fácil decirlo, te aseguro que si Gideon perdiera hasta el último céntimo que tiene, seguiría estando con él.

—Es demasiado inteligente como para perderlo todo —dijo con tono firme— Y si tienes suerte, nunca pasará nada que te deje sin recursos económicos.

Solté un suspiro, exasperada por el tema de la conversación.

—Nunca vamos a ser del mismo parecer en esto, ¿sabes?

Sus dedos bien cuidados acariciaron el mango de su cubierto de plata.

—Estás muy enfadada conmigo.

—¿Te das cuenta de que papá está enamorado de ti? Está tan enamorado que no puede pasar página. No creo que llegue a casarse nunca. No va a tener nunca a una mujer fija en su vida que cuide de él.

Tragó saliva y una lágrima se deslizó por su mejilla.

—No te atrevas a llorar —le ordené inclinándome hacia delante—. Esto no es sobre ti. Tú no eres aquí la víctima.

—¿No se me permite sentir dolor? —repuso con una voz más dura de lo que nunca le había oído—. ¿No se me permite llorar por un corazón roto? Yo también quiero a tu padre. Daría lo que fuera porque fuese feliz.

—No lo quieres lo suficiente.

—Todo lo que he hecho ha sido por amor. *Todo.* —Se rio sin ningún sentido del humor—. Dios mío... Me pregunto cómo puedes soportar estar conmigo si tienes una opinión tan mala sobre mí.

—Eres mi madre y siempre has estado a mi lado. Siempre has tratado de protegerme, incluso al equivocarte. Los quiero a ti y a papá. Él es un hombre bueno que merece ser feliz.

Dio un sorbo a su agua con manos temblorosas.

—Si no fuera por ti, desearía no haberlo conocido nunca. Los dos habríamos sido más felices así. No hay nada que ya pueda hacer al respecto.

—Podrías estar con él. Hacerlo feliz. Parece que eres la única mujer que puede hacerlo.

—Eso es imposible —susurró.

—¿Por qué? ¿Porque no es rico?

—Sí. —Se llevó la mano al cuello—. Porque no es rico.

Una sinceridad cruel. El corazón se me encogió. En sus ojos azules había una mirada sombría que nunca había visto antes. ¿Qué le hacía necesitar el dinero con tanta desesperación? ¿Lo sabría o lo comprendería alguna vez?

—Pero *tú eres* rica. ¿No es eso suficiente?

A lo largo de sus tres divorcios, había amasado un patrimonio personal de varios millones de dólares.

—No.

Me quedé mirándola, incrédula.

Ella apartó la mirada. Sus pendientes de diamantes de tres quilates atraparon la luz y resplandecieron con un arco iris de colores.

—No lo entiendes.

—Entonces, explícamelo, mamá. Por favor.

Volvió a mirarme.

—Puede que algún día. Cuando no estés enojada conmigo.

Apoyándome en el respaldo de mi silla, sentí que me empezaba a dar un dolor de cabeza.

—Bien. Estoy enojada porque no lo entiendo y tú no me das explicaciones porque estoy enojada. Así no vamos a llegar a ningún sitio.

—Lo siento, cariño. —Su expresión era de súplica—. Lo que ocurrió entre tu padre y yo...

—Victor. ¿Por qué no dices su nombre?

Se estremeció.

—¿Cuánto tiempo vas a estar castigándome? —preguntó en voz baja.

—No estoy tratando de castigarte. Simplemente, no lo entiendo.

Era una locura que estuviésemos sentadas en un lugar luminoso y lleno de gente y hablando de cosas personales y dolorosas. Deseé que en vez de allí, me hubiese llevado a su casa, la que compartía con Stanton. Pero supuse que había preferido la defensa de un lugar público para evitar que yo perdiera por completo los estribos.

—Oye —dije sintiéndome cansada—. Cary y yo vamos a irnos del apartamento, buscarnos algo por nuestra cuenta.

Los hombros de mi madre se tensaron.

—¿Qué? ¿Por qué? ¡No seas insensata, Eva! No es necesario...

—Pues sí que lo es. Nathan está muerto. Y Gideon y yo queremos pasar más tiempo juntos.

—¿Qué tiene eso que ver con que te mudes? —Sus ojos se inundaron de lágrimas—. Lo siento, Eva. ¿Qué más puedo decir?

—No se trata de ti, mamá. —Me pasé el pelo por detrás de la oreja, moviéndome nerviosa porque sus lágrimas siempre podían conmigo—. Bueno, la verdad es que se me hace incómodo vivir en un lugar que paga Stanton después de lo que pasó entre papá y tú. Pero más que eso, Gideon y yo queremos vivir juntos. Es lógico que queramos empezar en un sitio nuevo.

—¿Vivir juntos? —Las lágrimas de mi madre se secaron—. ¿Antes de casarse? Eva, no. Eso sería un error terrible. ¿Qué pasa con Cary? Tú lo trajiste a Nueva York contigo.

—Y va a seguir conmigo. —No me atreví a decirle que aún no había compartido con Cary la idea de tener a Gideon como compañero de apartamento, pero estaba segura de que le parecería bien. Yo estaría más tiempo en casa y el alquiler sería más fácil de afrontar al dividirlo entre tres—. Estaremos los tres.

—No se vive con un hombre como Gideon Cross si no se está casada con él. —Se inclinó hacia delante—. Tienes que confiar en mí en esto. Espera a que haya un anillo.

—No tengo prisa por casarme —le dije pese a que con mi dedo pulgar me estaba acariciando la parte posterior de mi anillo.

—Ay, Dios mío. —Mi madre negaba con la cabeza—. ¿Qué estás diciendo? Lo quieres.

—Es demasiado pronto. Soy muy joven.

—Tienes veinticuatro años. Es la edad perfecta. —Su determinación hizo que mi madre pusiera la espalda recta. Por una vez, no me molestó, porque de esa forma recobró parte de su buen ánimo—. No voy a permitir que eches esto a perder, Eva.

—Mamá...

—No. —Sus ojos adquirieron un brillo calculador—. Confía en mí y no corras tanto. Yo me encargaré de esto.

Mierda. No me tranquilizaba en absoluto que se pusiera del lado de Gideon y no del mío en el asunto del matrimonio.

18

Seguía pensando en mi madre cuando salí del Crossfire a las cinco de la tarde. El Bentley me esperaba en la acera y, al acercarme a él, Angus salió y me sonrió.

—Buenas tardes, Eva.

—Hola —respondí devolviéndole la sonrisa—. ¿Qué tal estás, Angus?

—Estupendamente. —Dio la vuelta por la parte posterior del coche y me abrió la puerta trasera.

Lo miré a la cara. ¿Cuánto sabía él de Nathan y Gideon? ¿Sabía tanto como Clancy? ¿O aún más?

Entré en el frescor del asiento trasero, saqué mi teléfono y llamé a Cary. Saltó el buzón de voz, así que dejé un mensaje.

—Hola. Sólo quiero recordarte que me voy el fin de semana. ¿Me harías el favor de pensar en la idea de mudarnos a una casa con Gideon? Podemos hablar de ello cuando vuelva. Una casa nueva que todos nos podamos permitir. No es que a él le preocupe eso —añadí imaginándome la expresión de Cary—. Bueno, si me necesitas y no me localizas en mi celular, envíame un correo electrónico. Te quiero.

Acababa de pulsar el botón para colgar cuando se abrió la puerta y Gideon entró conmigo.

—Hola, campeón.

Me agarró por la parte posterior del cuello y me besó, sellando mi boca con la suya. Lamió mi lengua con la suya, saboreándome, haciendo que mis pensamientos se detuvieran. Estaba sin respiración cuando me soltó.

—Hola, cielo —dijo con voz áspera.

—¡Vaya!

Sonrió.

—¿Qué tal la comida con tu madre?

Lancé un gruñido.

—¿Así de bien? —Me agarró de la mano—. Háblame de ello.

—No sé. Ha sido raro.

Angus ocupó el asiento del conductor y se incorporó al tráfico.

—¿Raro? ¿O incómodo?

—Las dos cosas. —Miré por el cristal tintado de la ventana cuando redujimos la velocidad por el tráfico. Las aceras estaban llenas de gente, pero se movían rápidamente. Eran los coches los que estaban atascados—. Está obsesionada con el dinero. Eso no es nuevo. Estoy acostumbrada a verla actuar como si lo más lógico fuera querer tener una seguridad económica. Pero hoy parecía... triste. Resignada.

Acarició suavemente mis nudillos con su dedo pulgar.

—Quizá se sienta culpable por sus engaños.

—¡Debería! Pero no creo que sea eso. Creo que se trata de algo más, pero no tengo ni idea de qué.

—¿Quieres que lo investigue?

Giré la cabeza para mirarlo a los ojos. No respondí de inmediato, pensándomelo.

—Sí que quiero. Pero también me hace sentir mal. Investigué sobre ti, el doctor Lucas, Corinne... No dejo de hurgar en los secretos de la gente en lugar de limitarme a preguntarles directamente.

—Pues pregúntale —dijo con su tono masculino y realista.

—Lo hice. Dijo que hablará de ello cuando yo deje de estar molesta.

—Mujeres —se burló con expresión cálida y divertida en los ojos.

—¿Qué quería Giroux? ¿Sabías que iba a venir?

Negó con la cabeza.

—Quiere culpar a alguien de los problemas de su matrimonio. Yo le vengo muy bien.

—¿Por qué no deja de buscar culpables y empieza a arreglar las cosas? Necesitan un consejero matrimonial.

—O un divorcio.

Yo me puse tensa.

—¿Es eso lo que quieres?

—Lo que yo quiero es a ti —ronroneó, soltando mi mano para agarrar mi cuerpo y montarme en su regazo.

—Malo.

—No sabes cuánto. Tengo planes diabólicos para ti este fin de semana.

La mirada de excitación con la que me barrió hizo que mis pensamientos se desviaran en una dirección más traviesa. Empecé a bajarle la cabeza para besarlo cuando el Bentley giró y, de repente, se hizo la oscuridad. Miré a mi alrededor y me di cuenta de que habíamos entrado a un garaje. Recorrimos dos plantas, nos detuvimos en una plaza de estacionamiento y, de inmediato, volvimos a arrancar.

Junto a otros cuatro todoterrenos Bentley.

—¿Qué pasa? —pregunté mientras volvíamos a dirigirnos hacia la salida con dos Bentleys delante y otros dos detrás.

—El juego del despiste. —Acarició mi cuello con la nariz.

Volvimos a incorporarnos al tráfico tomando diferentes direcciones.

—¿Nos están siguiendo?

—Sólo estoy siendo cauteloso. —Hundió suavemente sus dientes en mi piel, haciendo que los pezones se me endurecieran. Sosteniendo mi espalda con un brazo, acarició el lateral de mi pecho con el dedo pulgar—. Este fin de semana es para nosotros.

Había tomado mi boca con un beso largo y profundo cuando entramos en otro estacionamiento. Ocupamos una plaza del garaje y la puerta se abrió. Yo estaba tratando de saber qué estaba pasando cuando Gideon echó las piernas a un lado y salió del Bentley conmigo agarrada fuertemente a sus brazos, entrando inmediatamente después en el asiento trasero de otro coche.

En menos de un minuto volvíamos a estar en la carretera, con el Bentley avanzando delante de nosotros y yéndose en la dirección opuesta.

—Esto es de locos —dije—. Creía que íbamos a salir del país.

—Y lo vamos a hacer. Confía en mí.

—De acuerdo.

No tuvimos más paradas de camino al aeropuerto. Nos detuvimos en el asfalto tras un breve control de seguridad y yo subí por delante de Gideon los pocos escalones que conducían al interior de su avión privado. La cabina era lujosa pero de discreta elegancia, con un sofá a la derecha y una mesa y sillas a la izquierda. El auxiliar de vuelo era un joven atractivo que llevaba pantalones de vestir negros y un chaleco que tenía bordado el logotipo de Industrias Cross y su nombre, Eric.

—Buenas tardes, señor Cross. Señorita Tramell —nos saludó Eric con una sonrisa—. ¿Desean beber algo mientras nos preparamos para el despegue?

—Jugo de arándanos con Kingsman para mí —dije.

—Lo mismo —respondió Gideon sacándose la chaqueta y dándosela a Eric, que esperaba mientras Gideon se quitaba también el chaleco y la corbata.

Yo observaba con admiración, soltando además un silbido.

—Ya me está gustando este viaje.

—Cielo —dijo él negando con la cabeza y con ojos risueños.

Entró en el avión un señor con traje azul marino. Saludó a Gideon cordialmente, me estrechó la mano cuando me presentaron y, a continuación, nos pidió los pasaportes. Se fue tan rápido como había venido y la puerta de la cabina se cerró. Gideon y yo nos abrochamos los cinturones junto a la mesa con nuestras bebidas cuando el avión empezó a avanzar por la pista.

—¿Vas a decirme adónde vamos? —pregunté levantando mi copa para brindar.

Él chocó su vaso de cristal con el mío.

—¿No quieres que sea una sorpresa?

—Depende de cuánto tiempo se tarde en llegar. Puedo volverme loca de la curiosidad antes de aterrizar.

—Espero que estés demasiado ocupada como para pensar en ello. —Sonrió—. Al fin y al cabo, esto es un medio de transporte.

—Ah. —Miré hacia atrás y vi el pequeño pasillo con puertas de la trasera del avión. Una sería del baño, otra de un despacho y la otra de un dormitorio. La expectación me invadió todo el cuerpo—. ¿Con cuánto tiempo contamos?

—Horas —contestó con un ronroneo.

Los dedos de los pies se me encogieron.

—Vaya, campeón, la de cosas que voy a hacerte.

Negó con la cabeza.

—Olvidas que éste es mi fin de semana y voy a hacer contigo lo que quiera. Ése era el trato.

—¿Durante nuestro viaje? No me parece muy justo.

—Eso ya lo dijiste.

—También entonces era cierto.

Su sonrisa se hizo más amplia y cogió su copa.

—En cuanto el capitán nos dé permiso para levantarnos, quiero que vayas al dormitorio y te desnudes. Después, túmbate en la cama y espérame.

Arqueé una ceja.

—Te encanta la idea de tenerme por ahí desnuda y esperando que me cojas.

—Sí, así es. Recuerdo que lo contrario era una fantasía tuya.

—Ajá. —Di un sorbo disfrutando del modo en que el vodka caía frío y suave y, después, se calentaba en mi estómago.

El avión se estabilizó y el capitán hizo un breve anuncio dándonos libertad para movernos por la cabina.

Gideon me lanzó una mirada que decía: «Bueno, vete ya».

Lo miré con los ojos entrecerrados, me levanté y me llevé la copa. Me tomé mi tiempo, provocándolo. Y haciendo que yo misma me excitara más. Me gustaba estar a su merced. Tanto como me gustaba hacerle perder la cabeza por mí. No podía negar que su control me ponía muy caliente. Yo sabía hasta dónde podía llegar ese control, lo cual hacía posible que pudiera confiar en él por completo. Creía que no había nada que no le permitiría hacerme.

Y aquélla era una convicción que se pondría a prueba antes de lo que pensaba, cuando entré en el dormitorio y vi las esposas de seda y piel roja que yacían elegantes sobre el edredón blanco.

Giré la cabeza hacia Gideon y vi que se había ido. Su copa vacía seguía en la mesa, con los cubitos de hielo reluciendo como diamantes.

El corazón me empezó a latir con fuerza. Entré en la habitación y me bebí el resto de la copa. No podía soportar estar sujeta durante el sexo, a menos que me lo hiciera Gideon. Sus manos o el peso de su cuerpo musculoso. Nunca habíamos ido más lejos de eso. No estaba segura de poder hacerlo.

Dejé el vaso vacío en la mesilla de noche y la mano me tembló ligeramente. No supe si se debía al miedo o a la excitación.

Sabía que Gideon no me haría nunca daño. Se esforzaba mucho por asegurarse de que yo nunca pasara miedo. Pero ¿y si lo decepcionaba? ¿Qué pasaría si no podía darle lo que necesitaba? Él ya había mencionado antes las prácticas de *bondage* y yo sabía que una de sus fantasías era tenerme completamente atada y abierta ante él, con el cuerpo tendido e indefenso para que él lo utilizara. Yo comprendía ese deseo, la necesidad de sentir la posesión total y absoluta. Yo sentía lo mismo por él.

Me desnudé. Mis movimientos eran lentos y cautelosos, porque el pulso ya se me había acelerado demasiado. Prácticamente, estaba jadeando de tanta expectación. Colgué la ropa en una percha del pequeño armario y, después, me subí con cuidado a la cama elevada. Tenía las esposas en las manos, dudando y dándole vueltas, cuando entró Gideon.

—No estás tumbada —dijo con voz suave tras cerrar la puerta con llave.

Le enseñé las esposas.

—Hechas a medida, sólo para ti. —Se acercó y sus dedos ágiles ya estaban desabrochando los botones de su camisa—. El carmesí es tu color.

Gideon se desnudó tan despacio como había hecho yo, dándome la oportunidad de apreciar cada centímetro de la piel que dejaba al aire. Sabía que la tensión de sus músculos bajo la dura seda de su piel bronceada actuaría como un afrodisíaco para mí.

—¿Estoy preparada para esto? —pregunté en voz baja.

Fijó su mirada en mi rostro mientras se quitaba los pantalones. Cuando se puso de pie vestido únicamente con sus calzoncillos bóxer negros, formando su verga un grueso bulto por delante, respondió:

—Nunca más de lo que puedas resistir, cielo. Te lo prometo.

Respiré hondo, me tumbé y dejé las esposas sobre mi vientre. Él se acercó a mí con el rostro tenso por el deseo. Se tumbó en la cama junto a mí y se llevó mi mano a la boca para besarme la muñeca.

—Tienes el pulso acelerado.

Asentí sin saber qué decir.

Cogió las esposas y desabrochó hábilmente la tira de seda carmesí que unía las dos partes de piel de las muñecas.

—Estar atada te ayuda a entregarte, pero no tiene por qué ser literal. Sólo lo suficiente para ponerte en situación.

El estómago se me revolvió cuando colocó la tira sobre él. Se puso una esposa sobre el muslo y sostuvo en el aire la otra.

—Dame tu muñeca, cielo.

Extendí la mano hacia él y la respiración se me aceleró cuando abrochó la gamuza ajustándola. La sensación de aquel tejido tan primitivo contra mi pulso alterado era sorprendentemente excitante.

—No aprieta demasiado, ¿no? —preguntó.

—No.

—Debes sentir la opresión suficiente como para ser consciente de ella en todo momento, pero sin que te haga daño.

Tragué saliva.

—No me hace daño.

—Bien. —Amarró mi otra muñeca de igual forma y, a continuación, se incorporó para admirar su obra—. Qué hermoso —murmuró—. Me recuerda al vestido rojo que llevabas la primera vez que te tuve. Eso fue para mí, ¿sabes? Me abrumaste. A partir de ahí no había vuelta atrás.

—Gideon. —El miedo desapareció gracias a la calidez de su amor y su deseo. Yo era muy valiosa para él. Nunca me presionaría más de lo que yo pudiese soportar.

—Levanta la mano y agárrate a los lados de la almohada —ordenó.

Lo hice, y la presión en mis muñecas hizo que fuera aún más consciente de las esposas. Sentí que estaba atada. Presa.

—¿Lo sientes? —me preguntó, y yo lo comprendí.

Lo quise tanto en ese momento que me dolió.

—Sí.

—Voy a pedirte que cierres los ojos —continuó, poniéndose de pie y quitándose la única prenda de ropa que le quedaba. Estaba muy excitado, su gruesa verga oscilaba arriba y abajo por su propio peso y su ancho capullo brillaba con el fluido preseminal. La boca se me hizo agua y todo mi cuerpo vibraba de deseo. Él estaba tan caliente por mí, tan hambriento y, sin embargo, ni su voz ni la calma que irradiaba hacían que se le notara.

Su absoluto control me excitaba. Gideon era el mejor en todo para mí, un hombre que me deseaba ferozmente, lo cual era algo que yo necesitaba con urgencia para sentirme segura, pero con la suficiente serenidad como para evitar que me agobiara.

—Quiero que mantengas los ojos cerrados, si puedes —continuó, su voz baja y tranquilizadora—. Pero si es demasiado para ti, ábrelos. Pero antes di la palabra de seguridad.

—Sí.

Cogió la correa de satén y la pasó ligeramente por mi piel. El frío metal del cierre que había en un extremo se enganchó a mi pezón e hizo que se arrugara.

—Vamos a dejar una cosa clara, Eva. Tu palabra de seguridad no es para mí. Es para *ti*. Lo único que tienes que decirme es «no» o «para», pero lo mismo que llevar puestas las esposas hace que te sientas atada, decir la palabra de seguridad hará que te sientas tranquila. ¿Lo entiendes?

Asentí, y por momentos fui sintiéndome más cómoda y ansiosa.

—Cierra los ojos.

Obedecí su orden. Casi al instante, fui plenamente consciente de la presión que sentía en las muñecas. La vibración y el zumbido sordo de los motores del avión se volvieron más pronunciados. Separé los labios. La respiración se me aceleró.

La correa se deslizó por encima del escote de mi otro pecho.

—Eres muy hermosa, cielo. Perfecta. No tienes ni idea de lo que supone para mí verte así.

—Gideon —susurré amándolo con desesperación—. Dímelo.

Sus dedos extendidos me tocaron el cuello y, entonces, empezaron un lento descenso por mi torso.

—El corazón me late tan rápido como el tuyo.

Arqueé el cuerpo y me estremecí bajo aquella caricia que era casi una cosquilla.

—Bien.

—La tengo tan dura que me duele.

—Yo estoy húmeda.

—Enséñamelo —dijo con voz áspera—. Abre las piernas. —Deslizó los dedos por mi coño—. Sí. Estás resbaladiza y caliente, cielo.

Mi sexo se cerró hambriento. Todo mi cuerpo reaccionaba a su caricia.

—Ah, Eva. Tienes un coño muy glotón. Voy a pasar el resto de mi vida encargándome de que esté satisfecho.

—Deberías empezar ya.

Se rio suavemente.

—Lo cierto es que vamos a empezar con tu boca. Necesito que me la chupes para poder cogerte sin parar hasta que aterricemos.

—Oh, Dios mío —gemí—. Por favor, dime que no va a ser un vuelo de diez horas.

—Voy a tener que darte un azote por decir eso —ronroneó.

—¡Pero si soy una niña buena!

El colchón se hundió cuando subió a él. Sentí cómo se acercaba a mí hasta que se arrodilló junto a mi hombro.

—Sé una buena niña ahora, Eva. Gírate hacia mí y abre la boca.

Ansiosa, obedecí. El capullo suave y sedoso de su verga me acarició los labios y yo los abrí más, reduciendo el impacto del placer que sentí al oír su gruñido atormentado. Introdujo los dedos en mi pelo y colocó la palma de la mano en mi nuca. Sujetándome en la posición donde quería tenerme.

—Dios —jadeó—. Tu boca es igual de golosa.

La postura en la que yo estaba, boca arriba, con las manos sujetando la almohada, evitaba que pudiera abarcar más que su grueso capullo. Apreté los labios y moví la lengua sobre el sensible agujero de la punta, emocionada por el placer de estar concentrada en Gideon. Chupársela no era un acto desinteresado. De hecho, era más placentero para mí, de tanto que me gustaba.

—Así —me animó, moviendo la cadera para follarme la boca—. Chúpame la verga así... Muy bien, cielo. Haces que se me ponga muy dura.

Inhalé su olor, sintiendo cómo mi cuerpo respondía ante aquello y reaccionaba instintivamente a su hombre. Con todos los sentidos invadidos por Gideon, me entregué al placer mutuo.

SOÑÉ que me estaba cayendo y me desperté con una sacudida.

El corazón se me aceleró ante la sorpresa y, a continuación, me di cuenta de que el avión había bajado de pronto. Turbulencias. Yo estaba bien. Y también Gideon, que se había quedado dormido a mi lado. Aquello me hizo sonreír. Casi me desmayé cuando por fin hizo que tuviera un orgasmo tras haberme cogido tan a fondo que estuve a punto de volverme loca por la necesidad de venirme. Era justo que él también estuviera agotado.

Con un rápido vistazo al reloj supe que casi habían pasado tres horas. Supuse que habríamos dormido unos veinte minutos, quizá menos incluso. Estaba bastante segura de que me había estado cogiendo durante cerca de dos horas. Aún podía sentir el eco de su gruesa verga deslizándose dentro y fuera de mí, acariciando y restregándose por todos mis puntos sensibles.

Salí de la cama con cuidado, sin querer despertarlo, y fui más silenciosa cuando cerré la puerta corredera del baño que había en el dormitorio.

Cubierto de madera oscura y equipado con accesorios cromados, el baño era tan masculino como elegante. El retrete tenía apoyabrazos, lo que le daba el aspecto de un trono, y una ventana de cristal esmerilado permitía que entrara la luz del sol. Había una ducha con un grifo de mano que me pareció muy tentadora, pero seguía llevando las esposas carmesí. Así que, oriné, me lavé las manos y, entonces, vi una crema de manos en uno de los cajones.

Su fragancia era sutil, pero maravillosa. Mientras me la aplicaba, se me ocurrió una idea malvada. Tomé el tubo y me lo llevé al dormitorio.

La visión que me recibió cuando volví a entrar hizo que se me cortara la respiración.

Gideon despatarrado en la enorme cama, haciéndola parecer más pequeña con su hermoso cuerpo dorado. Tenía un brazo sobre la cabeza y el otro sobre sus pectorales. Una de sus piernas estaba doblada y caía a un lado y la otra la tenía extendida y el pie le colgaba por el otro extremo del colchón. Su verga yacía pesadamente sobre sus abdominales inferiores y el capullo casi le llegaba al ombligo.

¡Dios, qué viril era! Increíblemente viril. Y fuerte. Todo su cuerpo era un modelo de fuerza y belleza físicas.

Y sin embargo, yo podía hacer que se pusiera de rodillas. Que se humillara ante mí.

Se despertó cuando subí a la cama y me miró parpadeando.

—Hola —dijo con voz ronca—. Ven aquí.

—Te quiero —respondí bajando mi cuerpo hacia sus brazos extendidos. Su piel era como una seda cálida y me acurruqué junto a él.

—Eva. —Tomó mi boca con un dulce y hambriento beso—. Aún no he terminado contigo.

Tomando aire para infundirme valor, dejé el tubo de crema sobre su vientre.

—Quiero estar dentro de ti, campeón.

Él bajó la mirada con el ceño fruncido y, después, se quedó inmóvil. Yo estaba lo suficientemente cerca como para notar que la respiración le cambiaba.

—Eso no es lo que habíamos acordado —dijo con cautela.

—Creo que tenemos que revisar ese acuerdo y cambiarlo. Además, sigue siendo viernes, así que aún no estamos en fin de semana.

—Eva...

—Me excito sólo de pensarlo —susurré, pasando mis piernas por encima de su muslo y restregándome contra él, haciendo que sintiera que estaba húmeda. Los ásperos pelos frotándose sobre mi sexo sensible me hicieron gemir, al igual que la sensación de estar siendo descarada y traviesa—. Cuando me digas que pare lo haré. Pero déjame intentarlo.

Oí cómo apretaba los dientes.

Lo besé. Apreté mi cuerpo contra el suyo. Cuando Gideon me hacía experimentar alguna cosa nueva, me iba explicando los detalles. Pero con él, a veces, hablar no era lo mejor. Algunas veces era mejor ayudarlo a desconectar el cerebro.

—Cielo...

Me coloqué encima de él y dejé la crema a un lado para que no pensara tanto en ella. Si iba a llevarlo a un lugar nuevo, no quería que ninguno de los dos le diéramos demasiadas vueltas. Y si no salía de forma natural, no lo haría. Lo que compartíamos era demasiado valioso como para echarlo a perder.

Pasé mis manos por su pecho, tranquilizándolo, haciéndole sentir mi amor por él. Cómo lo adoraba. No había nada que no estuviera dispuesta a hacer por él, salvo dejarlo.

Me rodeó con sus brazos, metió una mano entre mi pelo y colocó la otra en la parte inferior de mi espalda, apretándome más hacia él. Abrió la boca para mí, lamiéndome y saboreándome con la lengua. Yo me sumergí en su beso, inclinando la cabeza para llegar a él.

Su verga se endureció entre los dos, apretándose contra mi vientre. Arqueó la cadera hacia arriba, aumentando la presión entre ambos, y gimió dentro de mi boca.

Pasé mi boca por su mejilla y su cuello, lamiendo la sal de su piel antes de apretarla contra él. Chupé de manera rítmica, marcándole mis dientes. Con su mano en mi nuca, me apretó más a él, emitiendo roncos sonidos de placer que vibraban contra mis labios.

Me aparté y miré el chupetón rojo fuerte que le había dejado.

—Mío —susurré.

—Tuyo —juró él con voz ronca y los ojos entrecerrados y excitados.

—Cada centímetro de tu cuerpo —fui bajando, buscando y provocando los círculos planos de sus pezones. Lamí por encima de aquellos diminutos puntos, después alrededor de ellos, con una caricia tan suave como una pluma hasta que me puse a mamarlos.

Gideon siseó mientras mis mejillas se hundían al chupar, y dejó caer sus manos para agarrarse al edredón a cada lado de sus caderas.

—Por dentro y por fuera —dije suavemente mientras cambiaba al otro pezón prodigándole la misma atención.

Mientras iba bajando por su cuerpo tirante, noté que su tensión aumentaba. Cuando con la lengua rodeé el borde del ombligo, dio una fuerte sacudida.

—Chisss —le tranquilicé, frotando mi mejilla contra su vibrante verga.

Se había lavado tras nuestro anterior asalto y tenía un sabor delicioso a limpio. Los huevos le colgaban pesadamente entre las piernas, con la piel satinada por su aseo meticuloso. Me encantaba que estuviese tan suave como yo. Cuando estaba dentro de mí, la conexión era completa en todos los aspectos, y las sensaciones se acentuaban por el roce de la piel contra la piel.

Con mis manos en el interior de sus muslos, hice que se abriera más y me dejara espacio para colocarme cómodamente. A continuación, lamí la unión de sus tensos huevos.

Gideon soltó un gruñido. Aquel sonido indómito y animal hizo que me recorriera una ola de recelo. Pero no me detuve. No podía. Lo deseaba demasiado.

Haciendo uso solamente de mi boca, lo adoré, chupándolo suavemente y acariciándolo con la lengua. Después, levanté sus testículos con la yema de mis dedos pulgares para acceder a la piel sensible que había debajo. Las pelotas se le levantaron y la piel se le tensó apretándose contra su cuerpo. Mi lengua fue un poco más abajo, una incursión exploratoria hacia mi objetivo final.

—Eva. Para —dijo jadeando—. No puedo. No.

Mi mente empezó a acelerarse mientras seguía tocándolo, agarrándole la polla con la mano y acariciándola. Seguía estando muy atento, demasiado concentrado en lo que vendría después y no en lo que estaba ocurriendo en ese momento.

Pero yo sabía cómo hacer que pensara en otra cosa.

—¿Por qué no lo hacemos juntos, campeón? —Me moví para darme la vuelta, montándome a horcajadas sobre él pero mirándole los pies.

Sus manos se aferraron a mis caderas antes de que yo recobrara por completo el equilibrio y tiró de mi sexo hacia su expectante boca. Di un grito de sorpresa cuando tomó mi clítoris, chupándolo con ansia. Hinchado y sensible por la cogida de antes, apenas pude soportar la repentina ola de placer. Él se mostró salvaje y voraz y su pasión se dejó llevar por su frustración y su miedo.

Envolviendo su verga con mis labios, le devolví lo que él me estaba dando.

Chupé con fuerza la punta de su erección y su gruñido vibró contra mi clítoris y casi hizo que me viniera. Me apretó contra él, clavando sus dedos sobre mis caderas con una fuerza agresiva.

Me encantaba. Se estaba deshaciendo y, mientras a él le daba miedo lo que eso implicaba, yo estaba entusiasmada. No se fiaba de sí mismo cuando estaba conmigo, pero yo sí confiaba en él. Era un nivel de confianza por el que nos habíamos esforzado mucho, por el que habíamos derramado lágrimas y sangre y para mí tenía más valor que cualquier otra cosa de mi vida.

Le apreté la verga y la bombeé, dando lengüetazos a las descargas de fluido preseminal que derramaba. Me acababa de dar cuenta de que él estaba temblando cuando nos giró poniéndonos de lado, colocándonos de perfil en lugar de uno encima del otro.

Me chupaba con fuerza y rápido, introduciendo la lengua en mi sexo y volviéndome loca con sus fuertes embestidas. Le acaricié el ano con la punta de mi dedo, deslizando mi boca con frenesí arriba y abajo por su verga. Se estremeció y el sonido grave que dejó escapar me hizo sentir escalofríos por toda mi piel sudorosa.

Las caderas se me movían solas, apretando mi resbaladizo sexo contra su boca que no dejaba de funcionar. Yo gemía sin control y el coño me vibraba con diminutos temblores de placer. Me estaba cogiendo tan bien con su lengua... volviéndome loca.

Y entonces, su dedo empezó a imitar al mío, restregándolo sobre mi abertura trasera. Con mi mano libre busqué a tientas la crema.

Gideon me puso el tubo en la mano, una valiosa señal de su consentimiento.

Apenas le había quitado el tapón cuando él me metió el dedo. Al arquear yo la espalda, su verga se salió de mi boca y pronuncié su nombre entre jadeos mientras mi cuerpo encajaba el impacto de su inesperada entrada. Se había lubricado los dedos antes de pasarme el tubo.

Por un momento, me sentí inundada por él. Estaba en todas partes, a mi alrededor, dentro de mí, pegado a mí. Y no fue suave. Con el dedo que tenía en mi culo, se sumergía y se salía, cogiéndome, con una contundencia aún teñida de una pizca de rabia. Yo lo estaba llevando adonde no quería ir y él me estaba castigando con un placer que llegó demasiado rápido como para saber manejarlo.

Yo fui más suave con él. Abrí la boca y le chupé la verga. Dejé que la crema se calentara en mis dedos antes de restregarla contra él. Y esperé a que él se abriera para mí, como una flor, antes de entrar con un solo dedo.

El sonido que salió de dentro de él en ese momento no se parecía a nada que hubiese oído antes. Fue el grito de un animal herido, pero lleno de un dolor que le llegaba hasta el alma. Se quedó inmóvil junto a mí, respirando con fuerza sobre mi sexo, con su dedo enterrado bien hondo y su cuerpo duro temblando.

—Ahora estoy dentro de ti, cariño —dije en voz baja separando mi boca de él—. Lo estás haciendo muy bien. Voy a hacer que te sientas mejor.

Soltó un gemido cuando me metí un poco más, deslizando la punta de mi dedo por su próstata.

—¡*Eva!*

La verga se le hinchó aún más, volviéndose roja mientras sus gruesas venas resaltaban por toda su largura, pre-eyaculando sobre su vientre. Su verga estaba tan dura como una piedra y se curvó hacia arriba hasta justo por encima del ombligo. Nunca lo había visto tan excitado y eso me puso muy caliente.

—Ya te tengo. —Lo acaricié suavemente por dentro mientras mi lengua lo lamía a lo largo de toda su embravecida verga empalmada—. Te quiero mucho, Gideon. Me encanta tocarte así... verte así.

—Ah, Dios. —Se sacudía con fuerza—. Cógeme, cielo. Ahora —espetó mientras yo volvía a frotarlo con mi dedo—. ¡*Fuerte!*

Me tragué su erección y le di lo que me pedía, masajeándole por dentro ese punto que lo hacía maldecir y retorcerse mientras su cuerpo se enfrentaba al bombardeo de aquella sensación. Sus manos me soltaron y todo su cuerpo se arqueó, pero yo seguí sujetándolo con mis labios y mis manos, obligándolo a seguir.

—Dios mío —dijo entre sollozos, tirando del edredón apretado entre sus puños. Y aquel sonido desgarrador reverberó en aquel espacio cerrado—. Para. Eva. No sigas. ¡Maldita sea!

Lo apreté por dentro al mismo tiempo que chupaba fuerte por fuera y se vino con tal violencia que me atraganté con el chorro caliente. Se vació entre mis labios mientras me retiraba, sobre su vientre y mis pechos, con un torrente a borbotones que hacía que costara creer que se había venido ya dos veces en dos horas. Pude sentir las contracciones sobre mi dedo, las fuertes palpitaciones que propulsaban el semen de su verga.

Hasta que su cuerpo se quedó quieto, no me separé y me di la vuelta temblorosa para agarrarlo entre mis brazos. Éramos un revuelto sudoroso y pegajoso y me encantó saber que no importaba.

Gideon enterró su rostro húmedo entre mis pechos y lloró.

19

EL LUGAR QUE había elegido Gideon era el paraíso. Su piloto nos llevó por encima de las Islas Windward, volando bajo sobre las increíblemente hermosas aguas del tranquilo Caribe hasta un aeropuerto privado que no estaba lejos de nuestro último destino, el complejo hotelero Crosswinds.

Los dos seguíamos bastante alterados cuando el avión aterrizó. Al fin y al cabo, Gideon había tenido el orgasmo de su vida. Nos sellaron los pasaportes con el pelo aún húmedo y nuestras manos entrelazadas fuertemente. Apenas hablamos, ni entre nosotros ni con nadie más. Creo que los dos estábamos demasiado sensibles.

Entramos los dos en una limusina que nos esperaba y Gideon se sirvió una bebida fría. Su rostro no revelaba nada, en guardia e impenetrable. Yo negué con la cabeza cuando levantó el decantador de cristal con una pregunta silenciosa.

Se acomodó en el asiento a mi lado y echó el brazo sobre mis hombros.

Yo me acurruqué contra él y eché mis piernas sobre su regazo.

—¿Estamos bien?

—Sí —dijo tras darme un beso fuerte en la frente.

—Te quiero.

—Lo sé. —Se bebió su copa y dejó el recipiente vacío en un posa-vasos.

No dijimos nada más durante el largo camino desde el aeropuerto hasta el hotel. Había oscurecido cuando llegamos, pero el vestíbulo al aire libre estaba muy iluminado. Enmarcado por exuberantes plantas y decorado con maderas oscuras y azulejos de cerámica de colores, la recepción daba la bienvenida a los huéspedes con un estilo fresco pero elegante.

El director del hotel nos esperaba en la entrada circular cuando nuestro coche se detuvo. Su aspecto era inmaculado y su sonrisa amplia. Estaba claramente emocionado por alojar a Gideon y el doble de excitado al ver que Gideon sabía su nombre. Claude.

Claude hablaba de forma animada mientras le seguíamos con nuestras manos firmemente enlazadas. Nadie podía decir al mirar a Gideon lo íntimos y expuestos que nos habíamos mostrado el uno con el otro tan sólo una hora antes. Mientras mi pelo se había secado y me había dejado unas greñas revueltas, el suyo parecía tan bonito y atractivo como siempre. Llevaba el traje bien planchado y le quedaba perfecto, mientras que el mío estaba un poco estropeado tras un día tan largo. Mi maquillaje había desaparecido en la ducha, dejándome pálida y con restos de manchas oscuras.

Pero el dominio de Gideon con respecto a mí quedaba claro por el modo en que me agarraba y me conducía al interior de nuestra suite, llevándome delante de él y apoyando la mano en la parte inferior de mi espalda. Me hacía sentir segura y aceptada, pese a que él iba con su atuendo de trabajo y yo no estaba con mi mejor aspecto, lo cual iba en detrimento de él.

Lo quise por ello.

Yo sólo deseaba que no estuviese tan callado. Eso me preocupaba. Y me hacía dudar por completo de mi decisión de haberlo forzado pese a que él me había dicho que parara más de una vez. ¿Qué demonios sabía yo sobre qué era lo que él necesitaba superar?

Mientras el director seguía hablando con Gideon, yo me movía despacio por aquella enorme sala de estar, con su amplia terraza con sofás blancos desperdigados por suelos de bambú. El dormitorio principal era igual de impresionante, con una enorme cama cubierta por una red antimosquitos y con otra terraza que conducía directamente a una piscina privada con efecto infinito que hacía parecer que formaba parte del reluciente océano que había más allá.

Soplaba una cálida brisa que me besaba la cara y me revolvía el pelo. La luna creciente dejaba una estela de luz sobre el mar y los lejanos sonidos de risas y música *reggae* me hicieron sentir aislada de un modo que no era del todo placentero.

Nada iba bien cuando Gideon estaba mal.

—¿Te gusta? —preguntó en voz baja.

Me di la vuelta para mirarlo y oí cómo se cerraba la puerta en la otra habitación.

—Es fantástico.

Asintió secamente.

—Pedí que trajeran la cena. Tilapia con arroz, un poco de fruta fresca y queso.

—Genial. Estoy muerta de hambre.

—Hay ropa para ti en el armario y en los cajones. También encontrarás biquinis, pero la piscina y la playa son privadas, así que no los necesitas si no quieres. Si te falta algo, dímelo y lo traeremos.

Me quedé mirándolo, consciente de los metros que nos separaban. Sus ojos relucían bajo la suave luz que emitía la tenue iluminación de las embarcaciones y las lámparas de las mesillas de noche. Se mostraba inquieto y distante y yo sentí cómo las lágrimas se iban acumulando en mi garganta.

—Gideon... —Extendí la mano hacia él—. ¿Cometí un error? ¿Hice que se rompiera algo entre nosotros?

—Cielo. —Soltó un suspiro. Se acercó lo suficiente como para tomarme la mano y llevársela a los labios. Al acercarse, pude ver cómo dirigía los ojos hacia otro lado, como si le costara mirarme. Sentí nauseas—. Crossfire.

Pronunció aquella única palabra tan bajo que casi creí que me la había imaginado. Después, me atrajo hacia sus brazos y me besó dulcemente.

—Campeón. —Me puse de puntillas, le coloqué la mano en la nuca y le devolví el beso con todas mis ganas.

Él se apartó rápidamente.

—Vamos a cambiarnos para la cena antes de que la traigan. Estoy deseando quitarme algo de ropa.

Di un paso atrás a regañadientes, admitiendo que debía tener calor con el traje, pero notando todavía que algo no iba bien. Aquella sensación empeoró cuando Gideon salió de la habitación para cambiarse y yo me di cuenta de que no íbamos a compartir el mismo dormitorio.

ME quité los zapatos de una patada en el vestidor, que estaba lleno de demasiada ropa para un viaje de fin de semana. La mayoría era blanca. A Gideon le gustaba que me vistiera de blanco. Yo imaginaba que era porque pensaba en mí como su ángel, su cielo.

¿Seguía pensando lo mismo ahora? ¿O era el diablo? ¿Una puta egoísta que lo hacía enfrentarse a demonios que preferiría olvidar?

Me puse un sencillo vestido negro de tirantes y ajustado, que iba bien con aquel estado de ánimo fúnebre. Sentía que algo se había muerto entre nosotros dos.

Gideon y yo habíamos tropezado muchas veces con anterioridad, pero nunca había sentido este nivel de lejanía en él. Este desasosiego e inquietud.

Lo había sentido con otros hombres, cuando se disponían a decirme que no querían seguir viéndome.

La cena llegó y yo estaba pulcramente vestida en la mesa de la terraza que daba a la playa solitaria. Vi una carpa blanca en la arena y recordé el sueño que había tenido Gideon en el que estábamos en una tumbona para dos junto al agua haciendo el amor.

Sentí un dolor en el corazón.

Me bebí dos copas de vino blanco afrutado y realicé mecánicamente los movimientos de la comida pese a que había perdido el apetito. Gideon estaba sentado en frente de mí, vestido nada más que con unos pantalones blancos de lino de cordón ajustable, lo cual lo empeoraba todo. Estaba tan guapo, tan increíblemente atractivo, que era imposible no mirarlo. Pero se encontraba a kilómetros de distancia de mí. Una presencia silenciosa y poderosa que me hacía *desearlo* con cada centímetro de mi cuerpo.

El abismo emocional que nos separaba iba creciendo. Yo no podía cruzarlo.

Aparté mi plato cuando lo vacié y me di cuenta de que Gideon apenas había comido. Simplemente había removido la comida y me había ayudado a vaciar la botella de vino.

—Lo siento —le dije tras respirar hondo—. Debería... No quería... —Tragué saliva—. Lo siento, cariño —susurré.

Me retiré de la mesa con un fuerte chirrido de las patas de la silla sobre las baldosas y salí rápidamente de la terraza.

—¡Eva! Espera.

Mis pies golpearon la cálida arena y corrí hacia el mar, me quité el vestido y entré en el agua, que estaba tan caliente como la de una bañera. Durante varios metros era poco profunda y, a continuación, caía de repente, hundiéndome por debajo de la cabeza. Doblé las rodillas y me sumergí, agradecida de estar oculta mientras lloraba.

La falta de gravedad calmó mi corazón apesadumbrado. El pelo ondeaba a mi alrededor y sentí el suave roce de los peces que pasaban junto a aquella invasora de su silencioso y tranquilo mundo.

Sentí una sacudida de vuelta a la realidad haciéndome escupir y removerme.

—Cielo —gimió Gideon. Tomó mi boca y me besó con fuerza y con furia mientras salía del agua hacia la playa. Me llevó a la carpa y me dejó sobre la tumbona, cubriéndome con su cuerpo antes de que yo recuperara del todo la respiración.

Yo seguía mareada cuando gimió y dijo:

—Cásate conmigo.

Pero no fue por eso por lo que respondí:

—Sí.

GIDEON se había metido en el agua tras de mí con los pantalones puestos. El lino empapado se aferraba a mis piernas desnudas mientras él estaba tumbado encima de mí y me besaba como si se estuviese muriendo de una sed que sólo yo podía saciar. Tenía las manos en mi pelo y me sujetaba para que no me moviera. Su boca se movía con frenesí con los labios tan hinchados como los míos y su lengua ávida y posesiva.

Yo estaba debajo de él sin moverme. Conmocionada. Mi sorprendido cerebro entendió lo que pasaba.

Él había estado angustiado por cómo plantear la pregunta, no porque fuera a dejarme.

—Mañana —dijo restregando su mejilla contra la mía. En su mandíbula se notaba el primer hormigueo de la barba incipiente, haciéndome ser más consciente de dónde estábamos y qué era lo que él quería.

—Yo... —Mi mente empezó a bloquearse de nuevo.

—La palabra es «sí», Eva. —Levantó la cabeza y me miró con intensidad—. Un sí real y sencillo.

Tragué saliva.

—No podemos casarnos mañana.

—Sí que podemos —respondió tajante—. Y lo vamos a hacer. Lo necesito, Eva. Necesito los votos matrimoniales, la legalidad... Me estoy volviendo loco sin ellos.

Sentí que todo me daba vueltas, como si estuviese en una de esas atracciones de feria que giran con tanta rapidez que te quedas clavada a la pared por la fuerza centrífuga cuando el suelo se separa de tus pies.

—Es demasiado pronto —protesté.

—¿Puedes decir eso después del vuelo hasta aquí? —espetó—. *Te* pertenezco, Eva. Me muero si tú no me perteneces a mí.

—No puedo respirar —jadeé sintiendo un inexplicable pánico.

Gideon se dio la vuelta y me puso encima de él, envolviéndome con sus brazos.

—Esto es lo que quiero —insistió—. Tú me quieres.

—Te quiero, sí. —Dejé caer mi frente sobre su pecho—. Pero me estás arrastrado precipitadamente a...

—¿Crees que te lo pediría a la ligera? Por el amor de Dios, Eva, sabes muy bien que no es así. Llevo semanas planeando esto. No he pensado en otra cosa.

—Gideon... no podemos casarnos a escondidas sin más.

—Claro que podemos.

—¿Y qué pasa con nuestras familias? ¿Y nuestros amigos?

—Nos volveremos a casar para ellos. Yo también lo deseo. —Me quitó el pelo mojado de la mejilla—. Quiero fotos de los dos en los periódicos, en las revistas... en todas partes. Pero para eso pasarán varios meses. No puedo esperar tanto tiempo. Esto es para nosotros. No tenemos que decírselo a nadie, si no quieres. Podemos llamarlo compromiso. Puede ser nuestro secreto.

Me quedé mirándolo, sin saber qué decir. Su urgencia era tan romántica como aterradora.

—Se lo pregunté a tu padre —continuó volviendo a dejarme de piedra—. No ha puesto ninguna...

—¿Qué? ¿Cuándo?

—Cuando estuvo en la ciudad. Vi la oportunidad y la aproveché.

Por algún motivo, aquello me dolió.

—No me dijo nada.

—Le pedí que no lo hiciera. Le dije que no iba a ser enseguida. Que aún tenía que esforzarme para recuperarte. Lo grabé para que puedas escuchar la conversación si es que no me crees.

Lo miré parpadeando.

—¿Lo grabaste? —repetí.

—No iba a dejar nada al azar —respondió sin disculparse.

—Le dijiste que no sería enseguida. Le mentiste.

Sonrió sin ninguna vergüenza.

—No le mentí. Han pasado varios días.

—Dios mío. Estás loco.

—Es posible. Y si es así, es porque tú me has vuelto así. —Me besó con fuerza en la mejilla—. No puedo vivir sin ti, Eva. Ni siquiera me imagino intentándolo. La simple idea me parece demencial.

—*Esto* es lo demencial.

—¿Por qué? —preguntó frunciendo el ceño—. Sabes que no existe nadie más para ninguno de los dos. ¿A qué esperas?

En mi mente aparecieron argumentos rápidamente. Cualquier motivo por el que deberíamos esperar, cualquier posible obstáculo me parecía tan claro como el agua. Pero ninguno salió de mi boca.

—No te voy a dar a elegir en esto —dijo con decisión retorciéndose y levantándose conmigo en brazos—. Lo vamos a hacer, Eva. Disfruta de las últimas horas que te quedan de soltera.

—*GIDEON* —dije entre jadeos echando la cabeza hacia atrás mientras el orgasmo me recorría el cuerpo.

Su sudor goteaba sobre mi pecho y movía sus caderas sin descanso restregando su magnífico pene dentro de mí una y otra vez, meneándose y embistiendo, hacia fuera y, después, bien dentro.

Me costaba respirar, agotada tras sus despiadadas exigencias. Ya me había despertado dos veces, follándome con una experta precisión, grabando en mi cerebro y en mi cuerpo que yo le pertenecía. Que era suya y que él podía hacer lo que quisiera conmigo.

Aquello me ponía muy caliente.

—Um... —ronroneó deslizando su verga hacia dentro—. Estás muy cremosa por el semen. Me gusta sentirte así cuando he estado dentro de ti toda la noche. Toda la vida así, Eva. No pararé nunca.

Puse la pierna sobre su cadera sujetándolo dentro de mí.

—Bésame.

Su boca maliciosamente curvada se restregaba sobre la mía.

—Ámame —le pedí clavándole las uñas a la cadera mientras él se flexionaba dentro de mí.

—Te amo, cielo —susurró ampliando su sonrisa—. Te amo.

CUANDO me desperté ya no estaba.

Me estiré en medio de un lío de sábanas que olían a sexo y a Gideon y respiré la brisa teñida de sal a través de la puerta abierta de la terraza.

Me quedé allí tumbada un rato, pensando en la noche y el día anterior. Después, en las semanas de antes y en los pocos meses que hacía que conocía a Gideon. Después, más allá. Recordé a Brett y a otros chicos con los que había salido. Regresé a una época en la que había estado segura de que nunca encontraría a un hombre que me quisiera tal cual soy, con todas mis cicatrices y bagaje emocional y mis necesidades.

¿Qué más podía decir aparte de sí, ahora que por algún milagro lo había encontrado a él?

Salí de la cama dándome la vuelta y sentí un pálpito de emoción ante la idea de buscar a Gideon y aceptar casarme con él sin reservas. Me encantaba la idea de casarme con él a escondidas, de que pronunciáramos nuestros primeros votos en privado, sin que nos viera nadie que pudiera albergar alguna duda, aversión o malos deseos. Después de todo lo que habíamos sufrido, era completamente lógico que nuestro comienzo estuviera lleno solamente de amor, esperanza y felicidad.

Debería haberme dado cuenta de que lo había planeado todo a la perfección, desde la cuestión de la privacidad hasta el exclusivo emplazamiento. Por supuesto, nos casaríamos en una playa. Las playas albergaban bonitos recuerdos para los dos, especialmente la última vez que nos fuimos a las Outer Banks.

Cuando vi la bandeja del desayuno en la mesita de la sala de estar de la suite, sonreí. Había también una bata de seda blanca apoyada en el respaldo de la silla.

A Gideon nunca se le pasaba una.

Me puse la bata y me serví una taza de café, deseando un estímulo de cafeína antes de ir en su busca y darle mi respuesta. Fue entonces cuando vi el acuerdo prematrimonial debajo de la bandeja cubierta del desayuno.

Mi mano se quedó inmóvil a medio camino hacia la jarra. El contrato estaba elegantemente colocado bajo una única rosa roja dentro de un fino jarrón blanco y la cubertería de plata relucía junto a una servilleta de tela laboriosamente doblada.

No sé por qué me quedé tan sorprendida y... aplastada. Por supuesto, Gideon lo había planeado todo hasta el último detalle, empezando por el contrato prematrimonial. Al fin y al cabo, ¿no había tratado de dar comienzo a nuestra relación con un contrato?

Toda mi vertiginosa felicidad desapareció en un momento. Desalentada, me alejé de la bandeja y me dirigí a la ducha. Me tomé mi tiempo para asearme, moviéndome en cámara lenta. Decidí que prefería decir no antes que leer un documento legal que pusiera precio a mi amor. Un amor que para mí tenía tanto valor que no tenía precio.

Aun así, temí que fuera demasiado tarde, que el daño ya estuviera hecho. La simple idea de saber que había elaborado un contrato prenupcial lo cambiaba todo y no podía culparlo por ello. Por el amor de Dios, era Gideon Cross. Uno de los veinticinco hombres más ricos del mundo. Era inconcebible que *no fuese* a exigir unas capitulaciones prematrimoniales. Y yo no era ninguna ingenua. Sabía muy bien que no podía soñar con un príncipe azul y castillos en el cielo.

Después de ducharme y vestirme con un vestido sin mangas ligero, me recogí el pelo mojado en una coleta y fui por el café. Me serví una taza, le añadí leche y edulcorante y, después, saqué el contrato y salí a la terraza. En la playa, estaban realizando los preparativos para la boda. Habían colocado un arco cubierto de flores junto al agua y engalanaron con cinta blanca la arena para marcar el improvisado pasillo.

Decidí sentarme de espaldas a aquellas vistas porque me dolía mirarlas.

Di un sorbo al café, dejé que me mojara por dentro y, a continuación, di otro más. Llevaba a medias la taza cuando reuní el coraje suficiente para leer el maldito documento. Las primeras páginas detallaban los activos que poseíamos cada uno antes del matrimonio. Las propiedades de Gideon eran asombrosas. ¿Cómo tenía tiempo para dormir? Pensé que la cifra de dinero que se me atribuía era errónea hasta que tuve en cuenta el tiempo que llevaba ese capital invertido.

Stanton había cogido mis cinco millones y los había duplicado.

Pensé entonces en lo tonta que había sido por haber estado sentada sin más sobre ese dinero en lugar de invertirlo donde pudiera ser de ayuda para aquellos que lo necesitaran. Había actuado como si aquel dinero manchado de sangre no hubiese existido en lugar de dedicarlo a algo. Tomé nota mentalmente para encargarme de ese proyecto en cuanto llegara a Nueva York.

Después, la lectura se puso interesante.

La primera estipulación de Gideon era que yo tomara el apellido Cross. Podía mantener el de Tramell como segundo apellido, pero sin ir unido con guion. Eva Cross. Era innegociable. Y muy propio de él. Mi autoritario amante no se disculpaba por sus tendencias cavernícolas.

La segunda estipulación era que yo aceptara diez millones de dólares de su parte tras la boda, doblando mi patrimonio personal sólo por decir «Sí, quiero». A partir de entonces, cada año me iría dando más. Recibiría bonificaciones por cada hijo que tuviésemos juntos y me pagaría por ir a terapia de pareja con él. Yo aceptaba acudir a consejeros y mediadores familiares en caso de divorcio. Acordaba compartir un lugar de residencia con él, vacaciones cada dos meses, salidas nocturnas...

Cuanto más leía, más lo comprendía. Aquel acuerdo prematrimonial no protegía en absoluto los bienes de Gideon. Me los regalaba libremente hasta el punto de estipular que el cincuenta por ciento de todo lo que adquiriera a partir de nuestro matrimonio sería irrefutablemente mío. A menos de que él me engañara. Si lo hiciera, le supondría un costo grave.

Aquel acuerdo estaba diseñado para proteger su corazón, para amarrarme y sobornarme, para permanecer con él pasara lo que pasara. Me estaba dando todo lo que tenía.

Entró en la terraza cuando terminé la última hoja, con unos jeans medio desabrochados y nada más. Sabía que su llegada perfectamente cronometrada no era ninguna coincidencia. Me había estado observando desde algún sitio, calibrando mi reacción.

Me limpié las lágrimas de las mejillas con estudiada despreocupación.

—Buenos días, campeón.

—Buenos días, cielo. —Se inclinó y me besó en la mejilla antes de ocupar la silla que había en el otro lado de la mesa, a mi izquierda.

Un miembro del personal salió con el desayuno y el café, disponiendo rápida y eficazmente los cubiertos antes de desaparecer con la misma velocidad con la que había venido.

Miré a Gideon, cómo la brisa tropical sentía fascinación por él y jugaba con aquella melena tan sensual. Sentado allí, tan viril y despreocupado, no tenía nada que ver con la definida y concreta presentación de cifras de dólares que había visto en el contrato.

Dejé que las páginas voltearan hasta llegar a la primera y puse la mano encima de ellas.

—Nada de lo que diga este documento podrá hacer que me case contigo.

Él tomó una rápida y profunda bocanada de aire.

—Entonces, lo revisaremos y haremos cambios. Pon tus condiciones.

—Yo no quiero tu dinero. Quiero esto. —Lo señalé—. Sobre todo, esto—. Me incliné hacia delante y coloqué la mano sobre su corazón—. Tú eres el único que puede retenerme, Gideon.

—No sé cómo hacer esto, Eva. —Me tomó la mano y la mantuvo apretada contra su pecho—. Voy a cagarla. Y tú vas a querer salir corriendo.

—Ya no —repuse—. ¿No te has dado cuenta?

—¡De lo que me doy cuenta es de que anoche saliste corriendo hacia el mar y te hundiste como una maldita piedra! —Se echó hacia delante y me miró fijamente—. No discutas el contrato prematrimonial por principios. Si no ves en él ninguna causa de ruptura, acéptalo. Por mí.

Me apoyé en mi respaldo.

—A ti y a mí nos queda un largo camino por recorrer —dije en voz baja—. Ningún documento puede obligarnos a creer el uno en el otro. Te estoy hablando de confianza, Gideon.

—Sí, bueno... —Vaciló—. Yo no confío en que yo mismo vaya a fastidiar esto y tú no confías en que tengas lo que necesito. Sí que confiamos el uno en el otro. El resto podemos trabajarlo juntos.

—De acuerdo. —Vi cómo sus ojos se iluminaban y supe que estaba tomando la decisión correcta, aunque no estaba segura del todo de si se trataba de una decisión que estábamos tomando demasiado pronto—. Sí que pido una corrección.

—Dímela.

—La cuestión del nombre.

—Innegociable —contestó con rotundidad, dando un golpe con la mano por si fuera poco.

Arqueé una ceja.

—No te comportes como un jodido Neandertal. Quiero tener también el apellido de mi padre. Él lo quiere así y me lleva fastidiando con ello toda la vida. Ésta es mi oportunidad de arreglarlo.

—Entonces, ¿Eva Lauren Reyes Cross?

—Eva Lauren Tramell Reyes Cross.

—Eso es un trabalenguas, cielo —dijo con voz cansina—. Pero haz lo que te haga feliz. Es lo único que deseo.

—Lo único que quiero es a ti —le dije, inclinándome hacia delante para ofrecerle mi boca para que la besara.

Sus labios tocaron los míos.

—Vamos a hacerlo oficial.

ME casé con Gideon Geoffrey Cross descalza en una playa del Caribe con el director del hotel y Angus McLeod como testigos. No me había dado cuenta de que Angus estaba allí, pero me alegré al saberlo.

Fue una ceremonia sencilla, bonita y rápida. Por las relucientes sonrisas del reverendo y Claude estuve segura de que se sentían honrados de oficiar el casamiento de Gideon.

Yo llevaba el vestido más bonito que encontré en el vestidor. Sin tirantes y fruncido desde el pecho hasta la cadera, con pétalos de organdí hasta los pies. Era un vestido romántico y dulce pero sensual. Llevaba el pelo en un recogido alto y elegantemente desordenado con una rosa roja sujeta a él. El hotel me proporcionó un ramillete de jazmines con un lazo blanco.

Gideon llevaba pantalones de color gris grafito y una camisa blanca de vestir por fuera del pantalón. Lloré cuando él repitió sus votos con su voz fuerte y segura, pese a que sus ojos revelaban un anhelo intenso.

Me quería mucho.

Toda la ceremonia fue íntima y muy personal. Perfecta.

Eché de menos a mi madre, a mi padre y a Cary. Eché de menos a Ireland, a Stanton y a Clancy. Pero cuando Gideon se inclinó para sellar nuestro matrimonio con un beso, susurró:

—Volveremos a hacerlo. Tantas veces como desees.

Lo quería tanto...

Angus dio un paso al frente para besarme en las dos mejillas.

—Estoy muy contento de verlos tan felices a los dos.

—Gracias, Angus. Has cuidado muy bien de él durante mucho tiempo.

Sonrió y sus ojos resplandecieron cuando miró a Gideon. Dijo algo con un acento tan marcadamente escocés que no estuve segura de que fuera en mi mismo idioma. Lo que quiera que fuese, hizo que los ojos de Gideon brillaran también. ¿Hasta qué punto no habría sido Angus un padre suplente para Gideon al cabo de los años? Yo siempre le estaría agradecida por el apoyo y el afecto que le había prestado a Gideon cuando lo necesitó con tanta desesperación.

Cortamos una pequeña tarta y brindamos con champán en la terraza de nuestra suite. Firmamos en el registro que el reverendo nos ofreció y nos dieron nuestro certificado de matrimonio para que lo firmásemos también. Los dedos de Gideon lo acariciaron con reverencia.

—¿Es esto lo que necesitabas? —me burlé—. ¿Este pedazo de papel?

—Te necesito a ti, señora Cross. —Me atrajo hacia él—. Necesitaba esto.

Angus se llevó los dos certificados y el contrato prenupcial cuando se marchó.

De ambos había dado debidamente fe pública el director del hotel y terminarían dondequiera que Gideon guardara esas cosas.

En cuanto a Gideon y yo, terminamos en la carpa, desnudos y entrelazados el uno con el otro. Dimos sorbos al frío champán, nos acariciamos juguetonamente y con avidez y nos besamos perezosamente mientras el día iba pasando.

Aquello también era perfecto.

—¿Y CÓMO vamos a hacerlo cuando regresemos? —le pregunté mientras cenábamos a la luz de las velas en el comedor de nuestra suite—. ¿Cómo vamos a explicar lo de que nos escapamos para casarnos a escondidas?

Gideon se encogió de hombros y se lamió la mantequilla derretida que tenía en el dedo pulgar.

—Como tú quieras.

Saqué la carne de una pata de cangrejo y consideré las opciones.

—Desde luego, quiero decírselo a Cary. Y creo que a mi padre le parecerá bien. Más o menos, lo hablamos cuando lo llamé y me dijo que tú se lo habías preguntado, así que está preparado. No creo que a Stanton le importe mucho, sin ánimo de ofender.

—Faltaría más.

—Pero me preocupa mi madre. Las cosas ya están difíciles entre nosotras. Se va a entusiasmar cuando sepa que nos casamos. —Hice una pausa durante un momento, asimilando aquello por milésima vez—. Pero no quiero que piense que la dejamos fuera porque estoy enojada con ella.

—Digámosle a ella y a todos los demás simplemente que nos comprometimos.

Mojé la carne de cangrejo en la mantequilla derretida pensando que estaba deseando acostumbrarme *mucho* a ver a Gideon sin camisa, saciado y relajado.

—Le va a dar algo si vivimos juntos antes de casarnos.

—Bueno, en ese caso tendrá que ser rápida con los preparativos —contestó él secamente—. Eres mi mujer. No me importa que lo sepa alguien o no. *Yo lo sé*. Y quiero llegar a mi casa contigo, tomarme el café por las mañanas contigo, subirte la cremallera de los vestidos y bajártela por las noches.

—¿Vas a llevar anillo de casado? —le pregunté mientras veía cómo partía una pata de cangrejo.

—Estoy deseándolo.

Eso me hizo sonreír. Hizo una pausa y se quedó mirándome.

—¿Qué? —pregunté cuando vi que no decía nada—. ¿Tengo manchas de mantequilla en la cara?

Se echó sobre su respaldo con una profunda exhalación.

—Eres preciosa. Me encanta mirarte.

Sentí que la cara me ardía.

—Tú tampoco estás tan mal.

—Está empezando a desaparecer —murmuró.

Mi sonrisa desapareció.

—¿Qué? ¿Qué es lo que empieza a desaparecer?

—La... preocupación. Nos sentimos seguros, ¿verdad? —Dio un sorbo a su vino—. Asentados. Es una buena sensación. Me gusta.

Yo no había tenido mucho tiempo de acostumbrarme a la idea de estar casada, pero allí sentada pensé en ello y tuve que admitirlo. Él era mío. Ahora nadie podría ponerlo en duda.

—A mí también me gusta.

Se llevó mi mano a sus labios. El anillo que me había regalado reflejó la luz de las velas y resplandeció con un fuego de multitud de colores.

Era un diamante de corte Asscher grande y elegante con un engaste antiguo. Me encantaba su sofisticación atemporal, pero aún más porque era el anillo con el que su padre había desposado a su madre.

Aunque Gideon estaba profundamente herido por las traiciones de sus padres, el tiempo que habían pasado juntos como familia de tres fue la última felicidad real que él recordaba antes de conocerme.

Y él juraba que no era romántico.

Me sorprendió admirando el anillo.

—Te gusta.

—Sí. —Lo miré—. Es único. Estaba pensando que podríamos hacer también algo diferente con nuestra casa.

—¿Qué? —Me apretó la mano y siguió comiendo.

—Comprendo que sea necesario que durmamos separados, pero no me gusta que haya puertas y paredes entre los dos.

—A mí tampoco, pero tu seguridad es lo primero.

—¿Qué te parece una *suite* con dos dormitorios unidos por un baño sin puertas. Sólo arcos o un pasillo. Así, técnicamente, seguimos en el mismo espacio.

Él se quedó pensando un momento y, a continuación, asintió.

—Diséñalo y traeremos a un arquitecto para que lo haga. Por ahora, continuaremos en el Upper West Side mientras arreglan el ático. Cary puede echar un vistazo al apartamento de un dormitorio que hay al lado y hacer los cambios que quiera al mismo tiempo.

Froté mi pie descalzo por la pantorrilla de él en señal de agradecimiento. Los sonidos de la música llegaban con el viento de la noche, recordándome que no estábamos solos en una isla desierta.

—¿Dónde está Angus? —pregunté.

—Por ahí.

—¿Vino también Raúl?

—No. Está en Nueva York averiguando cómo terminó la pulsera de Nathan donde la encontraron.

—Ah. —De repente, perdí el apetito. Tomé mi servilleta y me limpié los dedos—. ¿Debería preocuparme?

Se trataba de una pregunta retórica, pues nunca había dejado de preocuparme. El misterio sobre quién era el responsable de haber llevado a la policía en otra dirección estaba siempre presente en mi mente.

—Alguien me envió una tarjeta del Monopoly de «Salga de la cárcel» —dijo sin alterar la voz y lamiéndose el labio inferior—. Esperaba que fuera a costarme algo, pero nadie se ha puesto todavía en contacto conmigo. Así que, seré yo quien me ponga en contacto con ellos.

—Cuando los encuentres.

—Ah, los encontraré —murmuró con tono amenazante—. Y entonces, sabremos por qué.

Bajo la mesa, envolví con mis piernas las suyas y las dejé allí.

BAILAMOS en la playa a la luz de la luna. La exuberante humedad se volvía sensual por la noche y nos deleitamos en ella. Gideon compartió conmigo la cama esa noche, aunque yo estaba segura de lo difícil que le resultaba correr ese riesgo. No concebía dormir sola en mi noche de bodas y confié en que el medicamento que le habían recetado unido a la falta de sueño de la noche anterior lo ayudarían a dormir profundamente. Así fue.

Domingo. Me dio la posibilidad de elegir entre una catarata, salir con el catamarán del hotel o hacer piragüismo por un río de la jungla. Sonreí y le dije que lo haríamos en la siguiente ocasión y, a continuación, empecé a mostrarle mi lado perverso.

Vagueamos todo el día, bañándonos desnudos en la piscina privada y durmiendo cuando nos apetecía. Salimos de allí después de la medianoche y sentí pena porque nos fuéramos. El fin de semana había sido demasiado corto.

—Tenemos toda una vida llena de fines de semana —murmuró él leyéndome la mente mientras volvíamos en el coche al aeropuerto.

—Soy egoísta contigo. Te quiero todo para mí.

Cuando subimos al avión, la ropa que habíamos tenido a nuestra disposición en el hotel vino con nosotros. Aquello me hizo sonreír, pensando en la poca ropa que nos habíamos puesto durante esos dos días.

Llevé el neceser al dormitorio para poder cepillarme los dientes antes de acostarme durante el vuelo de camino a casa. Fue entonces cuando vi la etiqueta de charol y metal que colgaba de él con el nombre de «Eva Cross».

Gideon entró en el baño detrás de mí y me besó en el hombro.

—Vamos a dormir, cielo. Necesitamos descansar un poco antes de ir a trabajar.

—¿De verdad sabías de antemano que iba a decir que sí?

—Estaba dispuesto a tenerte como rehén hasta que lo hicieras. No lo dudé.

—Eres un lisonjero.

—Soy un hombre casado. —Me dio una palmada en el trasero—. Date prisa, señora Cross.

Le obedecí y me metí en la cama a su lado. De inmediato, me abrazó por detrás, apretándome contra él.

—Que tengas dulces sueños, cariño —susurré envolviendo su brazo con los míos alrededor de mi vientre.

Su boca se curvó en contacto con mi nuca.

—Mis sueños ya se hicieron realidad.

20

S E ME HIZO raro ir a trabajar el lunes por la mañana y que nadie se diera cuenta de que mi vida había cambiado enormemente. ¿Quién iba a decir lo que unas cuantas palabras y un anillo de metal podía cambiar la percepción de una persona sobre sí misma?

Yo ya no era simplemente Eva, la chica recién llegada a Nueva York que trataba de abrirse paso ella sola en la gran ciudad con su mejor amigo. Era la esposa de un magnate. Tenía un montón de responsabilidades y expectativas nuevas. Sólo pensarlo me intimidaba.

Megumi se puso de pie cuando apretó el botón para dejarme pasar por las puertas de seguridad de Waters Field & Leaman. Iba vestida con una formalidad poco habitual en ella, con un vestido negro sin mangas de bajo asimétrico y tacones de color fucsia fuerte.

—¡Vaya! ¡Traes un bronceado impresionante! Qué envidia.

—Gracias. ¿Qué tal te fue el fin de semana?

—Nada nuevo. Michael dejó de llamar. —Arrugó la nariz—. Echo de menos el acoso. Me hacía sentir deseada.

Negué con la cabeza mirándola.

—Estás loca.

—Lo sé. Pero cuéntame dónde has estado. ¿Fuiste con la estrella del rock o con Cross?

—Mis labios están sellados. —Aunque estuve tentada a revelarle todo. Lo único que me contuvo fue que aún no se lo había dicho a Cary y él tenía que ser el primero.

—¡Ni hablar! —Entrecerró los ojos—. ¿De verdad no me lo vas a contar?

—Por supuesto que sí —respondí guiñando un ojo—. Pero no ahora.

—Sé dónde trabajas, ¿sabes? —dijo a mis espaldas mientras yo me dirigía por el vestíbulo hacia mi cubículo.

Cuando llegué a mi mesa, me dispuse a enviarle un mensaje a Cary y descubrí que él ya me había enviado unos cuantos a lo largo del fin de semana y que no me habían llegado hasta después. Desde luego, no estaban cuando hice mi habitual llamada de los sábados a mi padre.

«¿Quieres ir a comer?», escribí.

Como no recibí una respuesta de inmediato, silencié el teléfono y lo dejé en el cajón de arriba.

—¿Dónde pasaste el fin de semana? —me preguntó Mark cuando llegó al trabajo—. Tienes un bronceado estupendo.

—Gracias. Estuve descansando en el Caribe.

—¿De verdad? Yo he estado mirando esas islas como posible destino para la luna de miel. ¿Me recomiendas el sitio donde estuviste?

Me reí, más contenta de lo que me había sentido en mucho tiempo. Puede que en toda mi vida.

—Por supuesto.

—Dame los detalles. Añadiré ese sitio a la lista de mis destinos posibles.

—¿Eres tú el encargado de buscar el lugar de la luna de miel? —Me puse de pie para que fuéramos juntos por una taza de café antes de empezar la jornada.

—Sí. —Mark arqueó la boca hacia un lado—. Voy a dejar las cosas de la boda a Steven, que lleva mucho tiempo planeándola. Pero el viaje de novios es cosa mía.

Parecía feliz y supe exactamente cómo se sentía. Su buen humor hizo que mi día tuviera un comienzo aún mejor.

LA suave travesía terminó cuando Cary llamó al teléfono de mi mesa poco después de las diez.

—Despacho de Mark Garrity —respondía—. Eva Tramell...

—... necesita una patada en el culo —dijo Cary terminando la frase—. No recuerdo cuándo fue la última vez que me enojé contigo.

Fruncí el ceño y sentí un nudo en el estómago.

—Cary, ¿qué te pasa?

—No voy a hablar por teléfono de cosas importantes, Eva, al contrario que otras personas a las que conozco. Nos vemos para comer. Y para que lo sepas, rechacé una entrevista con un agente esta tarde para aclarar las cosas contigo, porque eso es lo que hacen los amigos —dijo con tono rabioso—. Buscan un momento en sus agendas para hablar de las cosas importantes. ¡No dejan mensajes cursis en el buzón de voz pensando que con eso está todo hecho!

La línea se cortó. Yo me quedé allí sentada, aturdida y un poco asustada.

Mi vida entera se frenó con un derrape. Cary era mi ancla. Cuando las cosas no iban bien entre nosotros, yo me dispersaba rápidamente. Y sabía que a él le pasaba lo mismo. Cuando perdíamos el contacto, él empezaba a cagarla.

Saqué el móvil y lo llamé.

—¿Qué? —contestó con brusquedad. Pero era una buena señal que me hubiese respondido.

—Metí la pata —dije rápidamente—. Lo siento y lo voy a arreglar. ¿Está bien?

Soltó un gruñido.

—¡Puta madre, Eva, te pasaste de la raya!

—Sí, ya. Se me da muy bien hacer enojar a la gente, por si no lo habías notado, pero odio hacértelo a ti también. —Solté un suspiro—. Cary, me voy a volver loca hasta que podamos solucionarlo. Necesito que estemos bien, lo sabes.

—Últimamente no has actuado como si de verdad te importara —espetó—. Soy el último en el que piensas, y eso duele.

—Siempre pienso en ti. Si no te lo demuestro, es fallo mío.

No respondió.

—Te quiero, Cary. Incluso cuando lo echo todo a perder.

Exhaló sobre el auricular.

—Vuelve al trabajo y no te preocupes por esto. Lo hablaremos durante la comida.

—Lo siento. De verdad.

—Te veo a las doce.

Colgué y traté de concentrarme, pero me resultó difícil. Una cosa era que Cary estuviese enfadado conmigo y otra completamente distinta saber que le había hecho daño. Yo era una de las pocas personas que había en su vida en las que él confiaba que no le decepcionarían.

A las once y media recibí un pequeño montón de sobres de correo interno. Me emocioné al ver que uno de ellos traía una nota de Gideon.

«MI PRECIOSA Y ATRACTIVA ESPOSA,
NO DEJO DE PENSAR EN TI.
TUYO,
X»

Moví los pies con una pequeña danza bajo mi escritorio. Mi día torcido mejoró un poco.

Le respondí:

«Mi hombre oscuro y peligroso,
estoy locamente enamorada de ti.
Tu esposa atada a ti con cadenas,
la señora X»

Lo metí en un sobre y lo dejé en la bandeja de correo saliente.

Estaba redactando una respuesta al artista encargado de una campaña de tarjetas de regalo cuando sonó el teléfono de mi mesa. Respondí con mi saludo habitual y oí una respuesta en un familiar acento francés.

—Eva, soy Jean-François Giroux.

Apoyé la espalda en la silla antes de responder.

—*Bonjour, monsieur* Giroux.

—¿A qué hora le viene bien que nos veamos hoy?

¿Qué demonios quería de mí? Supuse que si quería saberlo, tendría que seguir hasta el final.

—¿A las cinco? Hay un bar que no está lejos del Crossfire.

—Me parece bien.

Le di la dirección y colgó, dejándome cierta sensación de haber recibido un latigazo con aquella llamada. Me giré en la silla, pensando. Gideon y yo estábamos intentando seguir adelante con nuestras vidas, pero la gente y algunos asuntos de nuestro pasado seguían siendo un lastre. ¿Cambiaría eso el anuncio de nuestra boda o incluso del compromiso?

Dios, esperaba que sí. ¿Pero alguna vez había resultado algo así de fácil?

Eché un vistazo al reloj. Volví a concentrarme en el trabajo y en el correo electrónico.

ESTABA en el vestíbulo de abajo a las doce menos cinco, pero Cary no había llegado aún. Mientras lo esperaba, empecé a ponerme nerviosa. Había repasado mi breve conversación con Cary una y otra vez y sabía que él tenía razón. Me había convencido a mí misma de que le parecería bien que Gideon se uniera a nuestro acuerdo de convivencia porque no podía imaginarme tener que enfrentarme a la alternativa: elegir entre mi mejor amigo y mi novio.

Y ya no había elección. Estaba casada. Estaba casada y eufórica.

Aun así, di gracias de haber guardado mi anillo de casada en el bolsillo de cremallera del bolso. Que Cary notara una distancia cada vez mayor entre nosotros y descubriera que me había casado durante el fin de semana, no sería de ayuda.

Sentí un nudo en el estómago. Los secretos entre nosotros se iban amontonando. No podía soportarlo.

—Eva.

Salí de mis pensamientos con un respingo al oír la voz de mi mejor amigo. Venía hacia mí con unas bermudas anchas y una camiseta de cuello de pico. Se dejó puestas las gafas de sol y llevaba las manos en los bolsillos. Parecía distante y frío. Las cabezas se giraban a su paso pero él no lo notaba, pues tenía su atención puesta en mí.

Mis pies se pusieron en marcha. Eché a correr hacia él antes de darme cuenta, me abalancé sobre él con tal fuerza que se le cortó la respiración con un gruñido. Lo abracé presionando la mejilla sobre su pecho.

—Te eché de menos —dije. Y lo decía de corazón, aunque él no supiera exactamente por qué.

Murmuró algo en voz baja y me abrazó.

—Nena, hay veces que eres un incordio.

Me aparté para mirarlo.

—Lo siento.

Entrelazó sus dedos con los míos y me sacó del Crossfire. Fuimos al lugar de los tacos tan buenos donde habíamos estado la última que vino a verme para almorzar. También tenían unas estupendas y dulzonas margaritas sin alcohol, perfectas para un tórrido día de verano.

Tras hacer una cola de unos diez minutos, pedí solamente dos tacos, pues no había ido al gimnasio desde hacía mucho. Cary pidió seis. Conseguimos una mesa justo cuando sus anteriores ocupantes se marchaban y Cary se comió un taco antes de que a mí me diera tiempo siquiera de quitarle el papel a mi pajita.

—Siento lo del buzón de voz —dije.

—No lo entiendes. —Se pasó una servilleta por unos labios que convertían a las mujeres sensatas en niñas tontas cuando sonreía—. Es toda esta situación, Eva. Me dejas un mensaje diciéndome que piensas compartir casa con Cross, *después* de haberle dicho a tu madre que esa historia está terminada y *antes* de marcharte al otro lado del mundo para pasar el fin de semana. Supongo que lo que yo piense al respecto no significa una mierda para ti.

—¡Eso no es cierto!

—Además, ¿por qué ibas a querer un compañero de apartamento cuando estés viviendo con tu novio? —preguntó claramente excitado—. ¿Y por qué pensabas que yo querría un tercero?

—Cary...

—No necesito ninguna jodida limosna, Eva. —Sus ojos esmeralda se entrecerraron—. Tengo muchos sitios a los que ir, otra gente con la que puedo vivir. No me hagas favores.

Sentí una presión en el pecho. Aún no estaba dispuesta a dejar marchar a Cary. Algún día, en el futuro, tomaríamos caminos distintos y puede que sólo nos viéramos en las fechas señaladas. Pero ese momento no había llegado. No podía ser así. Sólo pensarlo me hacía polvo.

—¿Quién te ha dicho que hago esto por ti? —repliqué—. Puede que simplemente no soporte la idea de no tenerte cerca.

Soltó un bufido y dio otro bocado a su taco. Masticó con fuerza y se tragó su comida con un largo sorbo de su pajita.

—¿Qué soy yo? ¿Tu insignia de que llevas tres años limpia? ¿Tu premio en la asociación de Eva Anónimos?

—¿Cómo? —Me incliné hacia delante—. Estás enojado, lo entiendo. Te dije que lo siento. Te quiero y quiero tenerte en mi vida, pero no voy a quedarme aquí sentada para que me des una paliza porque la cagué.

Me retiré de la mesa y me puse de pie.

—Te veré luego.

—¿Se van a casar Cross y tú?

Me detuve y lo miré.

—Me lo pidió. Respondí que sí.

Cary asintió, como si no le sorprendiera, y dio otro bocado. Cogí mi bolso del respaldo de mi silla, donde estaba colgado.

—¿Tienes miedo de vivir sola con él? —preguntó mientras masticaba.

Estaba claro que era eso lo que él pensaba.

—No. Va a dormir en otro dormitorio.

—¿Ha estado durmiendo en otro dormitorio las últimas semanas que has estado viviendo con él?

Me quedé mirándolo. ¿Sabía a ciencia cierta que Gideon era el «señor amante» con el que me había estado viendo? ¿O simplemente estaba lanzándose un farol? Decidí que no me importaba. Estaba cansada de mentirle.

—La mayoría de las veces, sí.

Dejó el taco en el plato.

—Por fin dices alguna verdad. Estaba empezando a pensar que se te había olvidado cómo ser sincera.

—Vete a la mierda.

Sonrió e hizo un gesto a mi silla vacía.

—Sienta el culo, nena. No hemos terminado de hablar.

—Estás siendo un capullo.

Su sonrisa desapareció y su mirada se volvió más dura.

—Cuando me mienten durante semanas me pongo de mal humor. Siéntate.

Me senté y lo miré con furia.

—Ya. ¿Contento?

—Come. Tengo que decirte una cosa.

Resoplé con frustración, colgué el bolso en la silla de nuevo y lo miré con las cejas levantadas.

—Si crees que por el hecho de que esté sobrio y trabajando sin parar ya no me funciona el detector de mentiras, vas mal. Sabía que estabas tirando con Cross otra vez desde el momento en que volvieron.

Dándole un mordisco a mi taco, le lancé una mirada de escepticismo.

—Eva, cariño, ¿no crees que si hubiese otro hombre en Nueva York que pudiese estar dándole toda la noche como Cross, yo ya lo habría encontrado?

Tosí y casi escupí la comida.

—Nadie tiene tanta suerte como para encontrar a dos hombres así uno detrás de otro —dijo arrastrando las palabras—. Ni siquiera tú. Habrías pasado primero por una época de sequía o, al menos, por un par de acostones malos.

Le lancé el papel arrugado de mi pajita y él lo esquivó con una carcajada.

Después, se puso serio.

—¿Creías que te iba a juzgar por volver con él tras su metida de patas?

—Es más complicado que eso, Cary. Todo era... un lío. Había mucha presión. Aún la hay, con una reportera que está acosando a Gideon...

—¿Acosándolo?

—Sin duda. Pero yo no quería que... —*Quedaras desprotegido. Vulnerable. Que fueras acusado de cómplice a posteriori*—. Simplemente tenía que dejar que todo siguiera su curso. —Terminé diciendo sin convicción.

Dejó un tiempo para asimilarlo y, a continuación, asintió.

—Y ahora vas a casarte con él.

—Sí. —Bebí, pues necesitaba deshacer el nudo que tenía en la garganta—. Pero tú eres el único que lo sabe aparte de nosotros.

—Por fin, un secreto en el que me dejas entrar. —Apretó los labios unos segundos—. Y aún quieren que viva con ustedes.

Volví a inclinarme hacia delante y extendí la mano para buscar la suya.

—Sé que puedes hacer otras cosas, irte a otros sitios. Pero preferiría que no lo hicieras. No estoy preparada todavía para estar sin ti, casada o no.

Me tomó la mano con tanta fuerza que me aplastó los huesos.

—Eva...

—Espera —dije rápidamente. De repente, se puso muy serio. No quería que me interrumpiera antes de decirle todo.

—El ático de Gideon tiene un apartamento contiguo de un dormitorio que no utiliza.

—Un apartamento de un dormitorio. En la Quinta Avenida.

—Sí. Es estupendo, ¿no? Todo para ti. Tu propio espacio, tu propio vestíbulo y vistas a Central Park. Pero aun así, junto a mí. Lo mejor de los dos mundos. —Me apresuré a decir, esperando haber dicho algo a lo que él se agarrara—. Seguiremos un tiempo en el Upper West Side mientras hago cambios en el ático. Gideon dice que podemos hacer los cambios que quieras en tu apartamento al mismo tiempo.

—Mi apartamento. —Se quedó mirándome, y eso me puso aún más nerviosa. Un hombre y una mujer trataron de pasar a duras penas entre nuestra mesa y el respaldo de una silla ocupada que impedía el paso, pero no les hice caso.

—No estoy hablando de ninguna limosna —le aseguré—. He estado pensando que me gustaría dedicar a algo el dinero que tengo. Crear una fundación o algo así y decidir cómo utilizarlo para ayudar a causas y organizaciones benéficas en las que creemos. Necesito tu ayuda. Y te pagaré. No sólo por tus ideas, sino por tu imagen. Quiero que seas el portavoz principal de la fundación.

Cary aflojó la mano.

Asustada, yo apreté la mía.

—¿Cary?

Sus hombros se hundieron.

—Tatiana está embarazada.

—¿Qué? —Sentí que me ponía pálida. El pequeño restaurante estaba repleto y los gritos de los pedidos tras la barra y el ruido estrepitoso de bandejas y utensilios hacía que fuera difícil oír, pero escuché aquellas tres palabras que salieron de la boca de Cary como si me las hubiese gritado—. ¿Es una broma?

—Ojalá. —Retiró la mano y se apartó el flequillo que le tapaba un ojo—. No es que no quiera tener un hijo. Eso me gusta. Pero... por Dios. No ahora, ¿entiendes? Y no con ella.

—¿Cómo diablos se quedó embarazada? —Cary era muy concienzudo en el tema de la protección, pues era muy consciente de que su estilo de vida era de alto riesgo.

—Pues le metí la verga, empujé...

—Basta —espeté—. Tú eres muy *cuidadoso*.

—Sí, bueno. Ponerse un calcetín no es un método de protección seguro del todo —dijo con voz de cansancio—. Y Tat no toma la píldora porque dice que le salen granos y le da mucha hambre.

—Dios mío. —Los ojos se me llenaron de lágrimas—. ¿Estás seguro de que es tuyo?

Soltó un bufido.

—No, pero eso no significa que no lo sea. Tiene seis semanas, así que es posible.

—¿Va a tenerlo? —Tenía que preguntarlo.

—No lo sé. Se lo está pensando.

—Cary... —No pude contener la lágrima que me caía por la mejilla. Me dio pena—. ¿Qué vas a hacer?

—¿Qué puedo hacer? —Se desplomó en su silla—. Es decisión de ella.

Su impotencia debía estar matándolo. Después de que su madre lo tuviera, sin quererlo, había utilizado el aborto como método anticonceptivo. Yo sabía que aquello lo atormentaba. Me lo había dicho.

—¿Y si decide continuar con el embarazo? Pedirás una prueba de paternidad, ¿no?

—Eva, por Dios. —Me miró con los ojos enrojecidos—. Aún no he pensado en eso. ¿Qué demonios se supone que le voy a decir a Trey? Las cosas acababan de empezar a calmarse entre los dos. ¿Y ahora le voy a ir con esto? Me va a dejar. Se ha acabado.

Tomé aire con fuerza y me incorporé en mi silla. No podía permitir que Cary y Trey se separaran. Ahora que Gideon y yo estábamos bien, había llegado el momento de poner en orden los demás aspectos de mi vida que había descuidado.

—Iremos paso a paso. Lo veremos sobre la marcha. Saldremos adelante.

Tragó saliva.

—Te necesito.

—Yo también te necesito. Estaremos juntos y lo solucionaremos. —Conseguí poner una sonrisa—. No me voy a ir a ningún sitio y tú tampoco, excepto a San Diego este fin de semana. —Me corregí rápidamente recordándome que tenía que hablar con Gideon sobre ello.

—Gracias a Dios. —Cary volvió a inclinarse hacia delante—. Cómo me gustaría echar unas canastas con el doctor Travis ahora mismo.

—Sí. —Yo no jugaba al baloncesto, pero sabía que podía tener un mano a mano con el doctor Travis.

¿Qué diría cuando supiera lo mucho que nos habíamos desviado de nuestro camino durante los pocos meses que llevábamos en Nueva York? Habíamos tejido grandes sueños la última vez que nos habíamos sentado juntos. Cary quería protagonizar un anuncio del Super Bowl y yo quería ser la que estuviese detrás de ese anuncio. Ahora él se enfrentaba a la posibilidad de tener un niño y yo estaba casada con el hombre más complicado que había conocido nunca.

—El doctor Travis va a enloquecer —murmuró Cary leyéndome la mente.

Por algún motivo, aquello hizo que los dos nos echáramos a reír hasta que se nos saltaron las lágrimas.

CUANDO volví a mi mesa encontré otro pequeño montón de sobres de correo interno. Me mordí el labio inferior y fui mirando de uno en uno hasta que encontré el que esperaba.

«SE ME OCURREN MUCHOS USOS
PARA ESAS CADENAS,
SEÑORA X.
CON TODOS ELLOS DISFRUTARÍAS
ENORMEMENTE.
TUYO,
X».

Algunas de las oscuras nubes del almuerzo desaparecieron.

⌒

Tras la alucinante revelación de Cary, la reunión con Giroux tras el trabajo apenas suponía nada en mi escala de «qué otra cosa puede salir mal».

Él ya estaba en el bar cuando yo llegué. Vestido a la perfección con unos pantalones caqui y una camisa de vestir blanca con las mangas remangadas y el cuello abierto, tenía buen aspecto. Informal. Pero eso no lo hacía parecer relajado. Estaba tenso como un arco, nervioso por la intranquilidad y por lo que fuera que lo estaba consumiendo.

—Eva —me saludó. Con aquella actitud manifiestamente amistosa que no me había gustado la primera vez, me besó de nuevo en las dos mejillas—. *Enchanté.*

—Supongo que hoy no voy demasiado rubia para usted.

—Ah. —Me dedicó una sonrisa que no se extendió a sus ojos—. Me lo merezco.

Me senté con él en su mesa junto a la ventana y, poco después, vinieron a servirnos.

El bar tenía la apariencia de esos establecimientos que llevan en el barrio toda la vida. El techo estaba revestido de placas metálicas y los suelos de madera vieja y la barra tallada de forma laboriosa indicaban que ese lugar había sido una taberna inglesa en algún momento de su historia. Había sido modernizado con elementos cromados y un botellero tras la barra que podría ser una escultura abstracta.

Giroux me observó abiertamente mientras el camarero nos servía el vino. Yo no tenía ni idea de qué era lo que quería encontrar, pero estaba claro que algo buscaba.

Mientras yo le daba un sorbo a mi delicioso vino Syrah, él se acomodó en su silla y le dio vueltas al vino de su copa.

—Conoce a mi esposa.

—Sí, la conozco. Muy guapa.

—Sí que lo es. —Bajó la mirada a su vino—. ¿Qué más piensa de ella?

—¿Qué importa lo que yo piense?

Me volvió a mirar.

—¿La considera una rival? ¿O una amenaza?

—Ninguna de las dos cosas. —Di otro sorbo y vi que un Bentley negro se detenía en la acera justo delante de la ventana junto a la que yo estaba sentada. Angus estaba al volante y, aparentemente, indiferente a la señal de no aparcar delante de la cual se había parado.

—¿Tan segura está de Cross?

Mi atención volvió con Giroux.

—Sí. Pero eso no significa que no desee que meta a su mujer en una maleta y se la lleve de vuelta a Francia con usted.

Torció su boca hacia un lado con una sonrisa triste.

—Usted está enamorada de Cross, ¿verdad?

—Sí.

—¿Por qué?

Eso me hizo sonreír.

—Si cree usted que puede averiguar qué ve Corinne en él sabiendo qué es lo que veo *yo*, olvídelo. Él y yo somos... diferentes el uno con el otro de cómo somos con los demás.

—Eso ya lo vi. Con él. —Giroux dio un trago y lo saboreó antes de tragárselo.

—Perdone, pero no sé por qué estamos aquí sentados. ¿Qué quiere de mí?

—¿Siempre es usted tan directa?

—Sí. —Me encogí de hombros—. Me impaciento cuando me desconciertan.

—Entonces, seré directo yo también. —Extendió el brazo y me agarró la mano izquierda—. Tiene una marca de anillo en el moreno de su piel. Bastante grande, al parecer. ¿Quizá un anillo de compromiso?

Me miré la mano y vi que tenía razón. Tenía un punto con forma cuadrada en el dedo anular que era un poco más claro que el resto de mi piel. Al contrario que mi madre, que era pálida, yo había heredado el tono cálido de piel de mi padre y me bronceaba con facilidad.

—Es usted muy observador. Pero le agradecería que se reservara sus especulaciones.

Sonrió y, por primera vez, fue de verdad.

—Puede que, al final, pueda recuperar a mi esposa.

—Creo que podría si lo intentara. —Me incorporé en mi silla decidiendo que había llegado el momento de marcharme—. ¿Sabe qué me dijo su esposa una vez? Que usted se mostraba indiferente. En lugar de esperar a que su mujer vuelva, debería llevársela sin más. Creo que es eso lo que ella quiere.

Se puso de pie cuando yo lo hice, mirándome.

—Ha estado persiguiendo a Cross. No creo que una mujer que persigue a los hombres encuentre atractivo a un hombre que la persigue a ella.

—Yo no sé de esas cosas. —Saqué un billete de veinte dólares y lo coloqué en la mesa, a pesar de su ceño fruncido al verlo—. Ella respondió que sí cuando le pidió que se casara con usted, ¿no? Lo que fuera que hizo usted antes, repítalo. Adiós, Jean-François.

Abrió la boca para hablar, pero yo ya casi había salido por la puerta.

ANGUS me esperaba junto al Bentley cuando salí del bar.

—¿Quiere ir a casa, señora Cross? —preguntó mientras yo entraba en la parte de atrás.

Su forma de referirse a mí me hizo sonreír. Eso, unido a mi reciente conversación con Giroux, hizo que se me ocurriera una idea.

—La verdad es que me gustaría hacer una parada, si no te importa.

Le di la dirección y apoyé la espalda en el asiento deleitándome con las expectativas.

ERAN las seis y media cuando estuve lista para dar el día por terminado, pero cuando le pregunté a Angus dónde estaba Gideon, me dijo que seguía en su despacho.

—¿Me llevas con él? —le pedí.

—Por supuesto.

Volver al Crossfire fuera del horario de trabajo se me hizo raro. Aunque aún había gente por el vestíbulo, la sensación era diferente a la que había durante el día. Cuando llegué a la planta superior, encontré abiertas las puertas de seguridad de cristal que daban acceso a Cross Industries y al personal de limpieza en acción, vaciando papeleras, limpiando los cristales y pasando la aspiradora.

Caminé directamente a la oficina de Gideon, fijándome en las mesas vacías, entre las que estaba la de Scott, su asistente. Gideon estaba tras la suya con un auricular en la oreja y su chaqueta colgada en el perchero del rincón. Tenía las manos en la cadera y hablaba moviendo los labios rápidamente y una expresión de concentración en el rostro.

La pared que tenía en frente de él estaba cubierta de pantallas planas que emitían noticias de todo el mundo. A la derecha, había una barra con decantadores adornados con piedras preciosas sobre estantes de cristal iluminados que eran el único punto de color en la fría paleta de negros, blancos y grises del despacho. Tres zonas distintas para sentarse ofrecían espacios confortables para reuniones menos formales, mientras que la mesa negra de Gideon era un milagro de tecnología moderna que servía como conducto para todos los aparatos electrónicos de la habitación.

Rodeado de todos sus caros juguetes, mi marido estaba para comérselo. Las preciosas líneas entalladas de su chaleco y sus pantalones mostraban la perfección de su cuerpo y verlo en su centro de mando, haciendo uso del poder con el que había construido su imperio, hizo que mi corazón se volviera loco. Las ventanas desde el suelo hasta el techo que lo rodeaban por dos lados hacían que las vistas de la ciudad se convirtieran en un fondo imponente, pero en modo alguno aquella panorámica podía con él.

Gideon era el dueño y señor de todo aquello. Y se notaba.

Cogí mi bolso, abrí la cremallera del pequeño bolsillo y saqué los anillos que había dentro. Me puse el mío. A continuación, me acerqué a la pared de cristal y a la puerta doble que lo separaba a él de todos los demás.

Giró la cabeza hacia mí y su mirada entró en calor al verme. Pulsó un botón de su escritorio y la puerta doble se abrió automáticamente. Un momento después, el cristal se volvió opaco, garantizando que nadie que estuviese en la oficina pudiera vernos.

Entré.

—Estoy de acuerdo —dijo a quien fuera que estuviese al teléfono—. Hazlo e infórmame.

Mientras se quitaba el auricular para dejarlo en la mesa, no apartó la vista de mí.

—Eres una estupenda sorpresa, cielo. Cuéntame cómo te fue en tu encuentro con Giroux.

Me encogí de hombros.

—¿Cómo lo supiste?

Torció la boca hacia un lado y me lanzó una mirada como diciendo: «¿De verdad me lo preguntas?».

—¿Vas a estar aquí mucho rato? —le pregunté.

—Tengo una conferencia telefónica con la división japonesa dentro de media hora. Después, habré terminado. Nos vamos a cenar luego.

—Vamos a comprar algo para llevar a casa y comer con Cary. Va a tener un hijo.

Gideon me miró sorprendido.

—¿Cómo dices?

—Bueno, puede que vaya a tener un hijo —dije suspirando—. Le cayó muy mal la noticia y quiero estar con él. Además, debería acostumbrarse a verte de nuevo por casa.

Me examinó con la mirada.

—A ti también te cayó muy mal. Ven aquí. —Dio la vuelta a la mesa y abrió sus brazos—. Deja que te abrace.

Dejé caer el bolso al suelo, me quité los tacones de una patada y fui directa a él. Sus brazos me envolvieron y sus labios, tan firmes y cálidos, se apretaron contra mi frente.

—Lo solucionaremos —murmuró—. No te preocupes.

—Te quiero, Gideon.

Su abrazo se hizo más fuerte.

Me eché hacia atrás y levanté la mirada hasta su precioso rostro. Sus ojos eran muy azules, y lo parecían aún más con el tono de sol que había tomado durante nuestro viaje.

—Tengo una cosa para ti.

—¿Sí?

Di un paso atrás y le tomé la mano izquierda antes de que la dejara caer. La sujeté y deslicé en su dedo el anillo que acababa de comprarle, girándolo para pasarlo por encima de su nudillo. Se quedó inmóvil durante todo ese rato. Cuando le solté la mano para que pudiera verlo mejor, no la movió de donde estaba mientras yo la sujetaba, como si se hubiese quedado congelada.

Incliné la cabeza para admirar el anillo en él, pensando que había conseguido el efecto justo que yo había buscado. Pero cuando pasó un rato sin que dijera una sola palabra, levanté los ojos y lo vi mirándose la mano como si nunca antes la hubiese visto.

El corazón se me rompió.

—No te gusta.

Las fosas nasales se le abrieron mientras tomaba aire y le daba la vuelta a la mano para mirarlo por el otro lado, que era igual. El dibujo que había elegido rodeaba todo el anillo.

Aquella alianza de bodas de platino era muy parecida a la que llevaba en la mano derecha. Tenía muescas biseladas en el valioso metal, lo cual le daba una similar apariencia masculina e industrial. Pero el anillo de bodas estaba aderezado con rubíes, haciendo que fuera imposible no mirarlo. El tono rojo resaltaba sobre su piel bronceada y su traje oscuro, una señal evidente de que era mío.

—Es demasiado —dije en voz baja.

—Siempre es demasiado —respondió con voz ronca. Y, a continuación, vino hasta mí, colocando las manos sobre mi cabeza y sus labios sobre los míos, besándome apasionadamente.

Lo agarré de las muñecas, pero él se movió con rapidez, levantándome del suelo por la cintura y llevándome después al mismo sofá donde había tumbado su cuerpo sobre el mío tantas semanas atrás.

—No tienes tiempo para esto —dije entre jadeos.

Me sentó dejando mi trasero en el filo del sofá.

—No tardaremos mucho.

No bromeaba. Me metió las manos por debajo de la falda, me bajó las medias por mis piernas y, a continuación, las abrió y bajó la cabeza.

Allí, en su despacho, donde yo acababa de estar admirando su poder y su imponente presencia, Gideon Cross estaba arrodillado entre mis muslos comiéndome con implacable destreza. Su lengua revoloteó sobre mi clítoris hasta que yo me empecé a retorcer deseando venirme, pero fue verlo a él, con su traje, en su despacho, sirviéndome de forma tan concienzuda, lo que me llevó al orgasmo mientras gritaba su nombre.

Yo me estremecía de placer mientras él me lamía por dentro y mis tejidos sensibles vibraban alrededor de las superficiales zambullidas de su lengua extremadamente experta. Cuando se abrió la cremallera para liberar su erección, yo estaba desesperada por él y arqueé mi cuerpo hacia el suyo con una súplica silenciosa y descarada.

Gideon cogió su pesada y larga verga en la mano y acarició mi coño con su grueso capullo, cubriéndose con la textura resbaladiza de mi orgasmo. El hecho de que los dos estuviésemos vestidos con excepción de lo que necesitábamos sacar hizo que todo fuera aún más sensual.

—Quiero que te entregues —dijo con tono amenazante—. Inclínate y ábrete. Voy a cogerte bien dentro.

Se me escapó un gemido al pensar en aquello y me revolví para obedecerlo. Consciente de lo alto que era, me moví a un lado del sofá y me doblé sobre el brazo, echando las manos hacia atrás para subirme la falda.

Él no vaciló. Con una fuerte embestida de sus caderas, se metió en mí, abriéndome.

—*Eva*.

Jadeando, me aferré a los cojines del sofá. Él la tenía gruesa y dura y muy, muy dentro. Con el vientre apretado contra la curva del brazo del sofá, juré que podía sentirlo abriéndose paso desde el interior.

Se echó sobre mí y me envolvió con sus brazos, hundiendo los dientes en el lateral de mi cuello. Aquella reivindicación primitiva hizo que mi sexo se aferrara a él acariciándolo.

Gideon gruñó deslizando sus labios por mi cuerpo, erosionándome suavemente con la barba incipiente de su mentón.

—Me gusta sentirte —dijo con voz áspera—. Me encanta cogerte.

—Gideon.

—Dame las manos.

Sin saber lo que quería, acerqué los brazos a mi cuerpo y él me rodeó las muñecas con los dedos, tirando de mis manos suavemente hasta ponerlas en la parte inferior de mi espalda.

Después, me siguió cogiendo. Golpeando dentro de mi sexo con incesantes embestidas, utilizando mis brazos para tirar de mí hacia atrás para recibir el embiste de sus caderas. Sus pesados huevos se golpeaban contra mi clítoris y aquellas rítmicas bofetadas me fueron llevando hacia otro orgasmo. Él gruñía en cada zambullida como un reflejo de mis gritos.

Su carrera hacia el orgasmo fue enormemente excitante, al igual que su absoluto control de mi cuerpo. Yo no podía hacer otra cosa que estar allí tumbada recibiéndolo, tomar su lujuria y su ansia, sirviéndole lo mismo que él me había servido a mí. La fricción de sus embistes, el continuo frotamiento y retirada, hizo que me volviera loca de deseo.

Quería verlo, ver sus ojos cuando se desenfocaran y el placer lo invadiera con su rostro en una mueca de éxtasis agonizante. Me encantaba poder afectarlo de aquella forma salvaje, que mi cuerpo le gustara tanto, que el sexo conmigo hiciera añicos sus defensas.

Se estremeció y maldijo. Su verga se hizo más grande, ensanchándose mientras las pelotas se le apretaban y se detenía.

—Eva... Dios mío. Te quiero.

Sentí el latigazo de su semen dentro de mí, bombeando caliente y denso. Me mordí el labio para contener un grito. Me puso muy caliente estar tan cerca de él.

Soltándome las muñecas, me abrazó y los dedos de una de sus manos se deslizaron hacia el interior de mi coño para frotarme el hinchado clítoris. Me vine mientras él seguía bombeando, con mi sexo ordeñándole la verga mientras se vaciaba a chorros. Tenía los labios en mi mejilla y su respiración soplaba caliente y húmeda sobre mi piel, mientras de su pecho se vertían unos ruidos sordos y graves al venirse con su verga dura y larga.

Los dos seguimos jadeando cuando nuestros orgasmos se fueron tranquilizando, echándonos pesadamente el uno sobre el otro.

—Supongo que sí te gustó el anillo —dije después de tragar saliva y hablando sin aliento.

Una fuerte carcajada suya me llenó de alegría.

Cinco minutos después, yo languidecía saciada en el sofá, incapaz de moverme. Gideon estaba sentado en su mesa con un aspecto pulcro y perfecto, irradiando la salud y la vitalidad de un macho que acaba de follar.

Hizo la conferencia telefónica sin ningún contratiempo, hablando la mayor parte en nuestro idioma, pero empezó y terminó en un japonés coloquial con su voz profunda y calmada. De vez en cuando, dirigía su mirada hacia mí y curvaba la boca con una mínima sonrisa teñida de inconfundible triunfo masculino.

Supuse que tenía derecho a ello, teniendo en cuenta que mi cuerpo lo estaban recorriendo tantas endorfinas posorgásmicas que casi me sentía como si estuviese borracha.

Gideon terminó su conferencia y se puso de pie, quitándose de nuevo la chaqueta. El brillo de sus ojos me dijo el porqué.

—¿No nos vamos? —pregunté haciendo acopio de energía para levantar las cejas.

—Claro que sí. Pero todavía no.

—Quizá deberías dejar de tomar esas vitaminas, campeón.

Retorció los labios mientras se desabrochaba los botones de su chaleco.

—He pasado muchos días fantaseando con cogerte en ese sofá. Ni siquiera hemos cumplido la mitad de esas fantasías.

Yo me estiré provocándolo deliberadamente.

—¿Podemos seguir siendo malos ahora que estamos casados?

Por la chispa que iluminó sus increíbles ojos, pude adivinar lo que opinaba al respecto.

Cuando salimos del Crossfire casi a las nueve, Gideon había dejado bien respondida esa pregunta.

21

GIDEON Y YO estábamos sentados en el suelo de mi sala de estar comiendo pizza y vestidos con ropa deportiva cuando entró Cary poco después de las diez. Tatiana estaba con él. Extendí la mano por encima de Gideon para tomar queso parmesano y susurré:

—La madre del niño.

Él hizo una mueca de dolor.

—Es conflictiva. Pobre de él.

Eso mismo pensé yo cuando aquella rubia alta entró y arrugó la nariz de forma grosera al oler nuestra pizza. Entonces, vio a Gideon y le dedicó una sonrisita tentadora.

Yo respiré hondo y me obligué a mí misma a dejarlo pasar.

—Hola, Cary. —Gideon saludó a mi mejor amigo antes de echar el brazo por encima de mi hombro y enterrar la cara en mi cuello.

—Hola —respondió Cary—. ¿Qué están viendo?

—*Sin tregua* —respondí—. Es muy buena. ¿Quieren verla con nosotros?

—Claro.

Cary agarró la mano de Tatiana y la llevó hasta el sofá.

Ella no tuvo la cortesía de ocultar su desaprobación ante aquella idea.

Se sentaron en el sofá entrelazando cómodamente los cuerpos en una postura que claramente era habitual en ellos. Gideon les acercó la caja de la pizza.

—Tomen si tienen hambre.

Cary tomó una porción mientras Tatiana se quejó de que él la empujase. Me fastidiaba que no fuera muy agradable pasar el rato con ella. Si iba a tener al bebé de Cary, iba a formar parte de mi vida y no me gustaba la idea de que nuestra relación fuese complicada.

Al final, no se quedaron mucho rato en la sala de estar. Ella no paraba de decir que las escenas de cámara al hombro de la película la estaban mareando y Cary se la llevó a su dormitorio. Poco después, me pareció oírla reír y aquello me hizo pensar que su mayor problema era la necesidad de querer tener a Cary para ella sola. Entendía aquella inseguridad. Yo misma estaba muy familiarizada con ella.

—Tranquila —murmuró Gideon haciendo que me echara sobre su pecho—. Todo se arreglará con ellos. Dales un poco de tiempo.

Le agarré la mano izquierda que colgaba por encima de mi hombro y jugueteé con su anillo.

Él apretó sus labios sobre mi sien y terminamos de ver la película.

Aunque Gideon dormía en el apartamento de al lado, vino temprano al mío para subirme la cremallera de mi vestido de tubo y prepararme un café. Yo acababa de ponerme unos pendientes de perlas y estaba saliendo al pasillo cuando apareció Tatiana desde la cocina con dos botellas de agua en la mano.

Estaba desnuda.

La rabia casi me hierve la sangre pero mantuve la calma. La verdad es que el embarazo no se le notaba, pero saber que existía fue motivo suficiente como para evitar el grito que le correspondía.

—Perdona. Deberías vestirte si vas a estar moviéndote por mi apartamento.

—Este apartamento no es sólo tuyo —repuso echándose su leonada melena por encima del hombro mientras avanzaba para pasar por mi lado.

Yo extendí el brazo en el pasillo para bloquearle el paso.

—No te andes con juegos conmigo, Tatiana.

—¿O qué?

—O perderás.

Se me quedó mirando un largo rato.

—Él me escogerá a mí.

—Si llegara a hacerlo, estaría resentido contigo y perderías igualmente. —Dejé caer el brazo—. Piénsalo bien.

La puerta de Cary se abrió detrás de mí.

—¿Qué coño estás haciendo, Tat?

Giré la cabeza y vi a mi mejor amigo ocupando la puerta vestido sólo con sus calzoncillos.

—Dándote una buena excusa para que le compres una bonita bata, Cary.

Apretó los dientes y me despidió con un movimiento de mano, abriendo más la puerta con una orden silenciosa para que Tatiana volviera dentro con su culo desnudo.

Retomé mi camino hacia la cocina con una amplia sonrisa. Mi buen humor desapareció cuando encontré a Gideon en la cocina, apoyado en la encimera bebiéndose su café tranquilamente. Llevaba puesto un traje negro con una corbata gris claro y estaba increíblemente guapo.

—¿Disfrutaste del espectáculo? —pregunté con tono serio. No me gustaba que hubiese visto desnuda a otra mujer. Y no se trataba de cualquier mujer, sino de una modelo con el tipo de cuerpo delgado y esbelto que todos sabían que era su preferido.

Levantó un hombro con gesto despreocupado.

—No especialmente.

—Te gustan altas y flacas. —Tomé la taza de café que me esperaba a su lado en la encimera.

Gideon colocó la mano izquierda sobre la mía. Los rubíes de su anillo de boda brillaron bajo las alegres luces de la cocina.

—Según mis últimas comprobaciones, la mujer a la que no me puedo resistir es pequeña y voluptuosa. Y muy espectacular.

Cerré los ojos tratando de dejar a un lado los celos.

—¿Sabes por qué escogí este anillo?

—El rojo es nuestro color —respondió en voz baja—. Vestidos rojos en limusinas. Tacones rojos y seductores en fiestas al aire libre. Una rosa roja en tu pelo cuando te casaste conmigo.

El hecho de que lo hubiese entendido me reconfortó.

—Humm —ronroneó abrazándome—. Eres una cosita suave y deliciosa, cielo.

Yo negué con la cabeza mientras mi rabia se convertía en exasperación.

Él restregó su nariz contra mi cuello.

—Te quiero.

—Gideon. —Incliné mi cabeza hacia atrás para ofrecerle mi boca y dejar que con un beso hiciera desaparecer mi mal humor.

La sensación de sus labios sobre los míos no dejaba nunca de provocar que los dedos de mis pies se encogieran.

—Esta noche tengo cita con el doctor Petersen. Te llamaré cuando haya terminado y vemos qué hacemos para la cena.

—De acuerdo.

Sonrió ante mi feliz y tranquila respuesta.

—Puedo concertar una cita para que vayamos a verlo el jueves.

—Que sea para el siguiente, por favor —dije recobrando la seriedad—. Odio faltar más a terapia, pero mamá quiere que Cary y yo vayamos a una gala benéfica este jueves. Me compró un vestido y todo. Me da miedo de que si no voy se lo tome a mal.

—Iremos juntos.

—¿Sí? —Gideon vestido con esmoquin era un afrodisíaco para mí.

Por supuesto, Gideon vestido con cualquier cosa o sin nada me ponía también caliente. Pero con esmoquin.... Dios, era de lo más sensual.

—Sí. Es una ocasión tan buena como cualquier otra para que nos vean juntos de nuevo. Y para anunciar nuestro compromiso.

Me lamí los labios.

—¿Te puedo meter mano en la limusina?

Me miró con ojos sonrientes.

—Por supuesto que sí, cielo.

CUANDO llegué al trabajo, Megumi no estaba en su mesa, así que no pude saber cómo le iba. Aquello me dio una excusa para llamar a Martin y ver si las cosas entre él y Lacey estaban bien tras nuestra noche salvaje en Primal.

Saqué mi teléfono para ponerme una nota y vi que mi madre había dejado un mensaje de voz la noche anterior. Lo escuché de camino a mi mesa. Quería saber si me gustaría que me peinaran y maquillaran antes de la cena del jueves y me sugería que podría venir con un equipo de esteticistas para arreglarnos juntas.

Cuando llegué a mi mesa le contesté con un mensaje diciéndole que me encantaba la idea, pero que andaría escasa de tiempo, pues no saldría del trabajo hasta las cinco.

Me disponía a trabajar cuando Will pasó por mi mesa.

—¿Tienes planes para comer? —preguntó, muy guapo con una camisa de cuadros que sólo él podía acompañar tan bien de una corbata azul marino lisa.

—Por favor, no más festines de carbohidratos. Mi trasero no puede permitírselo.

—No. —Sonrió—. Natalie pasó ya la fase más cruel de su dieta, así que ahora es mejor. Estaba pensando en sopa y ensalada.

Sonreí.

—Me apunto. ¿Le preguntas a Megumi si viene?

—Hoy no vino.

—Ah. ¿Está enferma?

—No lo sé. Me enteré simplemente porque tuve que llamar yo a la agencia de trabajo temporal para pedir a alguien que la sustituya.

Me eché sobre mi respaldo con el ceño fruncido.

—La llamaré durante mi descanso a ver cómo está.

—Salúdala de mi parte. —Golpeteó con los dedos sobre el borde de mi cubículo y se fue.

EL resto del día pasó en una nebulosa. Le dejé un mensaje a Megumi durante mi descanso y, luego, traté de ponerme de nuevo en contacto con ella después del trabajo mientras Clancy me llevaba a Brooklyn para mi clase de Krav Maga.

—Que me llame Lacey si no te encuentras muy bien —dije en mi mensaje de voz—. Sólo quiero saber cómo estás.

Colgué y, a continuación, me eché en el respaldo del asiento y aprecié la grandiosidad del puente de Brooklyn. Siempre que atravesaba aquellos enormes arcos de piedra que se alzaban sobre el East River me sentía como si estuviese viajando a un mundo distinto. Por debajo, el agua estaba salpicada de ferris que conducían a muchas personas de su lugar de trabajo a casa y un velero que se dirigía al concurrido puerto de Nueva York.

Llegamos a la salida del puente en menos de un minuto y volví a dirigir mi atención al teléfono.

Llamé a Martin.

—Eva —contestó con tono alegre, reconociendo claramente mi número de su lista de contactos—. Me alegro de oírte.

—¿Cómo estás?

—Bien. ¿Tú?

—Sobreviviendo. Deberíamos vernos alguna vez. —Sonreí a la policía que dirigía con maña el tráfico en un cruce complicado de la parte de Brooklyn. Hacía que todo se moviera con un silbato entre los dientes y fluidos gestos de la mano y actitud seria—. Podríamos ir a tomar una copa después del trabajo o salir a cenar en plan doble pareja.

—Eso me gustaría. ¿Estás saliendo con alguien en particular?

—Gideon y yo estamos arreglando lo nuestro.

—¿Gideon Cross? Bueno, si alguien puede lanzarle el anzuelo, ésa eres tú.

Me reí y deseé tener puesto mi anillo. No me lo ponía durante el día como Gideon llevaba el suyo. A él no le importaba si los demás sabían que estaba con alguien ni con quién, pero yo aún se lo tenía que decir a todas las personas que formaban parte de mi vida.

—Gracias por el voto de confianza. ¿Y tú? ¿Sales con alguien?

—Lacey y yo nos estamos viendo. Me gusta. Es muy divertida.

—Es estupendo. Me alegro de oírlo. Oye, si hablas hoy con ella, ¿puedes pedirle que me cuente cómo está Megumi? Está enferma y quiero asegurarme de que está bien y que no necesita nada.

—Por supuesto. —Oí en mi auricular un repentino ruido, el inconfundible sonido de que salía a la calle—. Lacey no está en la ciudad, pero se supone que tiene que llamarme esta noche.

—Gracias. Te lo agradezco de verdad. Veo que saliste, así que te dejo. Planeemos un encuentro para la semana que viene. Nos daremos los detalles en estos días.

—Suena muy bien. Me alegra que hayas llamado.

Sonreí.

—Y a mí.

Colgamos y, como quería ponerme en contacto con más gente, le envié un mensaje a Shawna y otro a Brett. Sólo unos rápidos saludos con emoticonos sonrientes.

Cuando levanté la mirada vi que Clancy me miraba por el espejo retrovisor.

—¿Qué tal está mamá? —pregunté.

—Se pondrá bien —contestó, con su habitual tono sin afectaciones.

Asentí, miré por la ventanilla y vi una reluciente parada de autobús de acero con un cartel publicitario de Cary.

—Las familias son complicadas a veces, ya sabes.

—Lo sé.

—¿Tienes hermanos, Clancy?

—Un hermano y una hermana.

¿Cómo eran? ¿Eran serios y aburridos como Clancy? ¿O era él la oveja negra?

—¿Están muy unidos? Si me permites la pregunta...

—Nos llevamos bien. Mi hermana vive en otro estado, así que no la veo mucho. Pero hablamos por teléfono al menos una vez a la semana. Mi hermano vive en Nueva York, así que nos vemos más a menudo.

—Qué bien. —Traté de imaginarme a un Clancy relajado tomando cervezas con alguien parecido a él, pero no lo conseguí—. ¿Él también trabaja como guardia de seguridad?

—Todavía no. —Su boca se retorció un poco con una especie de sonrisa—. Por ahora está en el FBI.

—¿Tu cuñada es policía?

—Está en la Marina.

—Vaya. Increíble.

—Sí, es estupenda.

Lo observé a él y a su corte de pelo a lo militar.

—¿Tú también fuiste militar, ¿no?

—Sí. —No pareció dispuesto a decir nada más.

Cuando abrí la boca para sonsacarle algo más, giró por una calle y me di cuenta de que habíamos llegado al antiguo almacén donde Parker tenía su estudio.

Cogí mi bolsa del gimnasio y salí antes de que Clancy pudiera abrirme la puerta.

—Te veo dentro de una hora.

—Dales fuerte, Eva —dijo él mirándome hasta que entré.

La puerta apenas se había cerrado tras de mí cuando vi a una chica morena que me resultaba familiar y que preferiría no haber vuelto a ver. Nunca. Estaba a un lado, justo fuera de las colchonetas de entrenamiento, con los brazos cruzados. Estaba vestida con unos pantalones negros de gimnasia con una llamativa raya azul a los lados a juego con su camiseta de manga larga. Llevaba el pelo, castaño y rizado, recogido en una elaborada coleta.

Se giró. Unos ojos fríos y azules me recorrieron de la cabeza a los pies.

Enfrentándome a lo inevitable, respiré hondo y me acerqué a ella.

—Detective Graves.

—Eva. —Me saludó con un seco movimiento de cabeza—. Bonito bronceado.

—Gracias.

—¿La llevó Cross de viaje el fin de semana?

No era exactamente una pregunta trivial. La espalda se me tensó.

—Pasé unos días de descanso.

Su boca apretada se torció hacia un lado.

—Aún sigue siendo recelosa. Eso está bien. ¿Qué opinión tiene su padre de Cross?

—Creo que mi padre se fía de mi criterio.

Graves asintió.

—Si yo fuera usted, seguiría pensando en la pulsera de Nathan Barker. Pero claro, a mí los cabos sueltos me ponen nerviosa.

Un escalofrío de inquietud me recorrió la espalda. Todo aquello me ponía nerviosa, pero ¿con quién podría hablar de ello? Con nadie aparte de Gideon, y lo conocía demasiado bien como para dudar de que estuviese haciendo todo lo que su considerable poder le permitía para resolver aquel misterio.

—Necesito una pareja para entrenar —dijo de repente la detective—. Vamos.

—Eh... ¿qué? —La miré pestañeando—. ¿Es...? ¿Podemos...?

—No hay más pistas para el caso, Eva. —Saltó sobre la colchoneta y empezó a hacer estiramientos—. Rápido. No tengo toda la noche.

GRAVES me dio una paliza. Para tratarse de una mujer tan delgada y enjuta, tenía fuerza. Estaba concentrada, era precisa e implacable. La verdad es que aprendí mucho de ella durante la hora y media que estuvimos entrenando, sobre todo, a no bajar nunca la guardia. Actuaba con la velocidad de un rayo a la hora de aprovecharse de cualquier ventaja.

Cuando llegué tambaleándome a mi apartamento poco después de las ocho, me fui directo a la bañera. Me sumergí en el agua con aroma a vainilla rodeada de velas y esperé a que Gideon apareciera antes de que me arrugara como una pasa.

Al final, llegó justo cuando me estaba envolviendo en una toalla, y por su pelo mojado y sus jeans supe que se había duchado tras haber ido a ver a su entrenador.

—Hola, campeón.

—Hola, esposa. —Se acercó a mí, me abrió la toalla y bajó la cabeza hacia mis pechos.

Me quedé sin respiración cuando me chupó un pezón, tirando de él rítmicamente hasta que se puso duro.

Se incorporó y admiró su obra.

—Dios, qué buena estás.

Me puse de puntillas y lo besé en el mentón.

—¿Cómo te fue esta noche?

Me miró con una sonrisa irónica.

—El doctor Petersen me felicitó por lo nuestro y, después, continuó con una terapia sobre lo importante que es la pareja.

—Piensa que nos casamos demasiado pronto.

Gideon soltó una carcajada.

—Ni siquiera quería que tuviéramos sexo, Eva.

Arrugué la nariz, me ajusté la toalla y tomé un cepillo para mi pelo mojado.

—Déjame a mí —dijo tomando el cepillo y llevándome hasta el ancho filo de la bañera. Me obligó a sentarme.

Mientras me peinaba, le hablé de mi encuentro con la detective Graves en mi clase de Krav Maga.

—Mis abogados me dijeron que el caso está archivado —dijo Gideon.

—¿Cómo te hace sentir eso?

—Estás a salvo. Eso es lo único que importa.

No había ninguna inflexión en su voz, por lo cual supe que le importaba más de lo que me decía. Yo sabía que en algún lugar, en lo más hondo de él, el asesinato de Nathan lo atormentaba. Porque a mí me atormentaba lo que Gideon había hecho por mí y los dos éramos las dos mitades de la misma alma.

Por eso es por lo que Gideon había deseado tanto que nos casáramos. Yo era el lugar donde se encontraba a salvo. La persona que conocía cada uno de sus oscuros y tormentosos secretos y, aun así, lo amaba desesperadamente. Y él necesitaba el amor más que ninguna otra persona que yo hubiese conocido nunca.

Sentí una vibración en mi hombro.

—¿Llevas en tu bolsillo un nuevo juguete, campeón?

—Debería haber apagado esta maldita cosa —murmuró sacando su teléfono. Miró la pantalla y, a continuación, respondió pulsando un botón—. Aquí Cross.

Oí la voz nerviosa de una mujer a través del auricular, pero no pude distinguir lo que decía.

—¿Cuándo? —Tras oír la respuesta, preguntó—: ¿Dónde? Sí, voy para allá.

Colgó y se pasó una mano por el pelo.

Me puse de pie.

—¿Qué pasa?

—Corinne está en el hospital. Mi madre dice que es grave.

—Voy a vestirme. ¿Qué pasó?

Gideon me miró. La piel se me puso de gallina. Nunca lo había visto tan... destrozado.

—Pastillas —dijo con voz áspera—. Se tragó un bote de pastillas.

Tomó el DB9. Mientras esperábamos a que nos trajeran el coche, Gideon llamó a Raúl para decirle que se reuniera con nosotros en el hospital y que se encargara del Aston Martin cuando llegáramos.

Cuando Gideon se puso tras el volante, condujo con expresión tensa y concentrada; cada giro del volante y pisada del acelerador era diestra y precisa. Metida en aquel pequeño espacio con él, supe que se había encerrado. Emocionalmente, era imposible llegar a él. Cuando le coloqué la mano en la pierna para darle consuelo y apoyo, ni siquiera se movió. No estuve segura del todo de que lo hubiera sentido.

Raúl nos estaba esperando cuando llegamos a urgencias. Me abrió la puerta y, a continuación, dio la vuelta por detrás para ocupar el asiento del conductor después de que Gideon saliera. El reluciente coche dejó la acera antes de que hubiésemos atravesado las puertas automáticas.

Cogí la mano de Gideon, pero tampoco estuve segura de que lo notara. Fijó la mirada en su madre, que se puso de pie cuando entramos en la sala de espera privada a la que nos habían conducido. Elizabeth Vidal apenas me miró y fue directa a su hijo para abrazarlo.

Él no le devolvió el abrazo. Pero tampoco se apartó. Su mano apretó más la mía.

La señora Vidal ni siquiera me saludó. En lugar de ello, me dio la espalda y señaló a la pareja que estaba sentada cerca de nosotros. Estaba claro que se trataba de los padres de Corinne. Estaban hablando con Elizabeth cuando Gideon y yo entramos, lo cual me pareció raro, pues Jean-François Giroux estaba de pie solo, junto a la ventana, con aspecto de sentirse tan intruso como Elizabeth me estaba haciendo sentir a mí.

Gideon aflojó mi mano cuando su madre lo acercó a la familia de Corinne. Me sentí incómoda al quedarme sola en la puerta, así que fui hasta Jean-François.

Lo saludé calladamente.

—Lo siento mucho.

Él me miró con ojos fríos y su cara parecía haber envejecido una década desde que nos habíamos visto el día anterior en el bar.

—¿Qué está haciendo aquí?

—La señora Vidal llamó a Gideon.

—Por supuesto que lo llamó —Dirigió la mirada hacia los sillones—. Cualquiera diría que es él su marido y no yo.

Seguí su mirada. Gideon estaba agachado delante de los padres de Corinne, tomando de la mano a la madre. Una desagradable sensación de pavor me recorrió el cuerpo y me hizo sentir frío.

—Prefiere estar muerta a vivir sin él —dijo Giroux de forma monótona.

Lo miré. De repente, lo comprendí.

—Se lo contó a ella, ¿verdad? Lo de nuestro compromiso.

—Y mire qué bien se tomó la noticia.

Dios mío. Di un paso tembloroso hacia la pared, pues necesitaba apoyarme. ¿Cómo no iba a saber ella lo que un intento de suicidio provocaría en Gideon? No podía estar tan ciega. ¿O era la reacción de él, su sentimiento de culpa, lo que ella buscaba? Sentí nauseas al pensar que era tan manipuladora, pero no se podía dudar del resultado. Gideon había vuelto a su lado. Al menos, por ahora.

Una médico entró en la sala, una mujer de aspecto amable, cabello rubio y plateado muy corto y descoloridos ojos azules.

—¿El señor Giroux?

—*Oui.* —Jean-François dio un paso adelante.

—Soy la doctora Steinberg. Estoy tratando a su esposa. ¿Podemos hablar un momento en privado?

El padre de Corinne se puso de pie.

—Nosotros somos su familia.

La doctora Steinberg lo miró con una dulce sonrisa.

—Lo comprendo. Sin embargo, es con el esposo de Corinne con quien tengo que hablar. Sí puedo decirles que Corinne se pondrá bien con unos días de descanso.

Giroux y ella salieron de la sala, lo cual efectivamente cortó el sonido de sus voces, pero aún se los seguía viendo a través de la pared de cristal. Giroux era mucho más alto que la doctora, pero lo que fuera que le dijese hizo que él se desmoronara visiblemente. La tensión en la sala de espera aumentó hasta un nivel insoportable. Gideon estaba de pie junto a su madre, con la atención puesta en la desgarradora escena que se desarrollaba ante nosotros.

La doctora Steinberg extendió una mano y la colocó sobre el brazo de Jean-François mientras seguía hablando. Un momento después, dejó de hablar y se fue. Él se quedó allí, mirando al suelo, con los hombros hundidos como si un enorme peso los empujara hacia abajo.

Estaba a punto de acercarme a él cuando Gideon se movió. En el momento en que salió de la sala de espera, Giroux le dio un empujón. El ruido sordo de los dos hombres al colisionar fue estruendoso por su violencia. La sala tembló cuando Gideon se golpeó contra la gruesa pared de cristal.

Alguien dio un grito de sorpresa y, a continuación, llamó al servicio de seguridad.

Gideon se quitó de encima a Giroux y bloqueó un puñetazo. Después, se agachó para esquivar un golpe en la cara. Jean-François bramó algo, su rostro retorcido por la rabia y el dolor.

El padre de Corinne salió corriendo hacia ellos al mismo tiempo que llegaban los agentes de seguridad blandiendo sus pistolas paralizantes y apuntando con ellas. Gideon volvió a quitarse de encima de un empujón a Jean-François, defendiéndose sin lanzar un solo puñetazo. Su rostro permanecía pétreo y sus ojos fríos, casi tan perdidos como los de Giroux.

Giroux le gritó a Gideon. Como el padre de Corinne había dejado la puerta a medio abrir, escuché parte de lo que dijo. La palabra «*enfant*» no necesitaba traducción. En mi interior todo quedó en un silencio sepulcral y todo sonido se perdió bajo el zumbido de mis oídos.

Todos salieron corriendo de la sala mientras los guardias conducían a Gideon y Giroux esposados y a empujones en dirección al ascensor de servicio. Yo parpadeé cuando Angus apareció en la puerta, segura de que era producto de mi imaginación.

—Señora Cross —dijo en voz baja acercándose a mí con cuidado y con su gorra en las manos.

Apenas puedo imaginar cuál era mi aspecto. Seguía aferrada a la palabra «niño» y a lo que pudiera significar. Al fin y al cabo, Corinne llevaba en Nueva York desde que yo había conocido a Gideon... pero no su marido.

—Vengo para llevarla a casa.

Fruncí el ceño.

—¿Dónde está Gideon?

—Me envió un mensaje pidiéndome que viniera por usted.

Mi confusión se convirtió en un dolor agudo.

—Pero él me necesita.

Angus respiró hondo con los ojos llenos de algo que pareció pena.

—Venga conmigo, Eva. Es tarde.

—No quiere que yo esté aquí —dije con voz monótona, agarrándome a lo único que podía comprender.

—Quiere que esté en casa y bien.

Sentí que los pies se me habían pegado al suelo.

—¿Es eso lo que dice en su mensaje?

—Eso es en lo que él está pensando.

—Estás siendo muy amable. —Empecé a caminar como con un piloto automático.

Pasé junto a uno de los celadores que estaba arreglando el desorden provocado al caer Giroux sobre un carro de medicinas. El modo en que evitó mirarme pareció confirmarme la cruda realidad.

Me habían dejado a un lado.

22

GIDEON NO VINO a casa esa noche. Cuando miré en su apartamento al salir para el trabajo encontré las camas hechas e impolutas.

Dondequiera que hubiese pasado la noche, no había sido cerca de mí. Tras la revelación del embarazo de Corinne, me sorprendía que me hubiese dejado sola sin darme una explicación. Me sentía como si una enorme bomba hubiese explotado delante de mí y yo me hubiese quedado entre los escombros, sola y confundida.

Angus y el Bentley me esperaban abajo cuando salí a la calle. Empecé a llenarme de rabia. Cada vez que Gideon se apartaba de mí enviaba a Angus como sustituto.

—Debería haberme casado *contigo*, Angus —murmuré mientras entraba en el asiento trasero—. Siempre estás a mi disposición.

—Gideon se asegura de que así sea —contestó antes de cerrar la puerta.

«Siempre tan leal», pensé con amargura.

Cuando llegué al trabajo y me dijeron que Megumi seguía de baja por enfermedad me sentí tan preocupada por ella como aliviada por mí. No era propio de ella faltar al trabajo, siempre estaba en su mesa a primera hora. Así que sus repetidas ausencias me indicaban que le pasaba algo realmente malo. Pero el no tenerla allí implicaba que no se daría cuenta de mi estado de ánimo ni me haría preguntas que yo no querría responder. En realidad, no las podía responder. No tenía ni idea de dónde estaba mi marido, qué hacía ni cómo se encontraba.

Y yo me sentía furiosa y herida por ello. Lo único que *no sentía* era miedo. Gideon tenía razón en cuanto a que el matrimonio fomentaba una sensación de estabilidad. Yo lo tenía amarrado y él tendría que esforzarse para poder liberarse. No podía desaparecer sin más ni ignorarme eternamente. Pasara lo que pasara, tendría que enfrentarse a mí en algún momento. La única pregunta era: ¿cuándo?

Me concentré en el trabajo deseando que las horas pasaran rápidamente. Cuando salí a las cinco aún no había tenido noticias de Gideon y yo tampoco me había puesto en contacto con él. En lo que a mí respectaba, *él* tenía que tender un puente sobre el agujero que había provocado entre los dos.

Me dirigí a mi clase de Krav Maga después del trabajo, y Parker estuvo conmigo durante una hora.

—Esta tarde estás que te sales —dijo cuando lo tiré sobre la colchoneta por sexta o séptima vez.

No le dije que me estaba imaginando que Gideon ocupaba su lugar.

Cuando llegué a casa me encontré a Cary y a Trey en la sala de estar. Estaban comiendo bocadillos y viendo un programa de humor en la televisión.

—Tenemos muchos —dijo Trey ofreciéndome la mitad de su bocadillo—. También hay cerveza en la nevera.

Era un chico estupendo con gran personalidad. Y estaba enamorado de mi mejor amigo. Miré a Cary y, por un segundo, él me mostró su confusión y su dolor. A continuación, lo ocultó tras su luminosa y bonita sonrisa. Dio una palmada sobre el cojín que tenía a su lado.

—Ven a sentarte, nena.

—Claro —asentí, en parte porque no soportaba la idea de estar sola en mi habitación volviéndome loca con mis pensamientos—. Pero deja que antes me dé una ducha.

Una vez limpia y cómoda con mi chándal desgastado, fui con los dos al sofá. Me preocupé cuando me apareció un error de «no encontrado» al tratar de localizar el teléfono de Gideon con las instrucciones que él me había dado.

Terminé durmiendo en la sala de estar, prefiriendo el sofá a una cama que podía oler a mi marido desaparecido.

De todos modos, me desperté con su olor y la sensación de sus brazos alrededor de mí mientras me levantaba. Agotada, apoyé la cabeza sobre el pecho de Gideon y escuché el sonido de su corazón latiendo con fuerza y seguro. Me llevó a mi dormitorio.

—¿Dónde estuviste? —murmuré.

—En California.

—¿Qué? —pregunté con una sacudida.

Él negó con la cabeza.

—Hablaremos por la mañana.

—Gideon...

—Por la mañana, Eva —dijo con severidad mientras me dejaba en la cama y me besaba con fuerza en la frente.

Lo agarré de la muñeca cuando se levantó.

—No te atreverás a irte.

—No he dormido en casi dos malditos días. —En su voz había un tono de crispación que disparó las alarmas.

Apoyándome en los codos, traté de ver su cara en aquella semioscuridad, pero me resultaba muy difícil y aún no se me había ido el sueño de los ojos. Sí pude ver que llevaba unos jeans y una camisa de manga larga, eso fue todo.

—¿Y qué? Tienes una cama justo aquí.

Soltó un resoplido de exasperación y agotamiento.

—Túmbate. Voy por mis pastillas.

Hasta pasado un buen rato desde que se fue no recordé que guardaba un tarro de pastillas suyas en mi baño. Se había ido solamente porque quería hacerlo. Me aparté las mantas y salí dando trompicones de la habitación, atravesando la sala de estar a oscuras para buscar mis llaves. Fui al apartamento de Gideon y entré, casi tropezándome con una maleta que habían dejado sin cuidado junto a la puerta.

Debió hacerlo con el tiempo suficiente para dejarla antes de venir a verme. Y sin embargo, no tenía ninguna intención de pasar la noche en mi cama. ¿Por qué había venido? ¿Sólo para verme dormir? ¿Para ver cómo estaba?

Demonios. ¿Llegaría alguna vez a entenderlo?

Lo busqué y lo encontré tumbado boca abajo en la cama del dormitorio principal, con la cabeza sobre mi almohada y aún con la ropa puesta. Las botas estaban a un metro la una de la otra a los pies de la cama, como si se las hubiese quitado rápidamente de una patada, y había dejado el teléfono y la cartera en la mesa de noche.

El teléfono fue irresistible.

Lo tomé, tecleé la palabra «cielo» en la contraseña y empecé a desplazarme por él sin pudor. No me importaba que me sorprendiera haciéndolo. Si no me daba él las respuestas, tenía todo el derecho de buscarlas yo por mi cuenta.

Lo último que esperaba encontrar era tantas fotos mías en su álbum. Había docenas. Algunas de los dos que habían tomado los *paparazzi*, otras las había tomado él con su teléfono sin que yo me diera cuenta. Fotografías espontáneas que me brindaron la oportunidad de verme a través de sus ojos.

Dejé de preocuparme. Me amaba. Me adoraba. Ningún hombre me habría tomado esas fotos de no ser así, con el pelo revuelto y sin maquillaje, sin hacer nada interesante, sólo leyendo algo o de pie delante de una nevera abierta decidiendo qué quería tomar. Imágenes mías durmiendo, comiendo o con el ceño fruncido en plena concentración... Haciendo cosas aburridas y corrientes.

Su registro de llamadas mostraba sobre todo llamadas entre él y

Angus, Raúl o Scott. Había mensajes de voz de Corinne que me negué a torturarme escuchándolos, pero sí pude ver que él no le había respondido ni la había llamado desde hacía tiempo. Había llamadas entre él y gente del trabajo, un par de ellas con Arnoldo y varias con sus abogados. Y tres llamadas que había intercambiado con Deanna Johnson. Entrecerré los ojos. La duración variaba desde varios minutos a un cuarto de hora.

Miré sus mensajes de texto y encontré el que le había enviado a Angus cuando estábamos en el hospital.

«Necesito que la saques de aquí».

Hundiéndome en el sillón del rincón de la habitación, me quedé mirando el mensaje. «Necesito» y no «quiero». Por alguna razón, la elección de aquella palabra cambió mi percepción de lo que había ocurrido. Aún no lo entendía del todo, pero ya no me sentí tan... apartada.

También había mensajes entre él y Ireland que me pusieron contenta. No los leí, pero sí pude ver que el último le había llegado el lunes.

Dejé el teléfono donde lo había encontrado y observé al hombre al que amaba sumergido en el profundo sueño de su agotamiento. Despatarrado como estaba, vestido, aparentaba la edad que tenía. Tenía tantas responsabilidades y las cumplía con tanta fluidez..., con una naturalidad tan innata, que era fácil olvidar que fuera tan vulnerable a la saturación y al estrés del trabajo como cualquiera.

Mi obligación como esposa suya era ayudarle con ello. Pero me resultaría imposible si me dejaba fuera. Al tratar de ahorrarme preocupaciones, se echaba más carga sobre sí mismo.

Hablaríamos de ello en cuanto él hubiese descansado un poco.

ME desperté con un calambre en el cuello y la sensación de que algo iba mal. Moviéndome con cuidado para no hacer ruido, abandoné mi postura de ovillo en el sillón y noté que el amanecer ya había empezado. Una luz rosa anaranjada atravesaba las ventanas y con un rápido vistazo al reloj de la mesa de noche supe que la mañana estaba entrando.

Gideon gimió y yo me quedé inmóvil. El miedo recorrió mi cuerpo al escuchar aquel sonido. Fue un ruido terrible, el sonido de una criatura herida física y emocionalmente. Sentí un escalofrío cuando volvió a gemir, y todo mi cuerpo reaccionó de forma violenta ante su tormento.

Me abalancé sobre la cama y me subí a ella arrodillándome mientras lo empujaba en el hombro.

—Gideon. Despierta.

Se encogió apartándose de mí, acurrucándose sobre mi almohada y apretándola. Su cuerpo se sacudió cuando de él salió un sollozo.

Me tumbé detrás de él, envolviéndolo con un brazo alrededor de su cintura.

—Ya, cariño —susurré—. Estoy aquí. Estoy contigo.

Lo acuné mientras lloraba en su sueño y mis lágrimas mojaron su camisa.

—DESPIERTA, cielo —murmuró Gideon acariciando mi mentón con sus labios—. Te necesito.

Me estiré sintiendo los dolores persistentes de las dos últimas tardes de duro entrenamiento y las pocas horas de sueño en el sillón antes de cambiarme a la cama para estar con él.

Tenía subida la camiseta, dejando al aire mis pechos para su boca ávida y ansiosa. Una mano se metió bajo la cintura de mi pantalón del chándal y, después, bajo mi ropa interior, encontrando mi sexo y llevándome con destreza a una rápida excitación.

—Gideon... —Pude sentir la necesidad que había en su tacto, el deseo que iba más allá de lo superficial.

Tomó mi boca haciéndome callar con un beso. Mis caderas se arquearon mientras sus dedos se introducían en mí para cogerme suavemente. Deseosa de responder a su demanda silenciosa de algo más, me bajé el pantalón dando patadas impacientes hasta que me lo quité.

Llevé la mano a la cremallera de sus pantalones, la abrí y aparté la tela vaquera y el algodón de sus calzoncillos.

—Méteme dentro de ti —susurró sobre mis labios.

Rodeé con mis dedos su gruesa erección para colocarlo y, a continuación, me subí para recibir sus primeros centímetros dentro de mí.

Enterrando su cara en mi cuello, embistió sumergiéndose dentro de mí, gimiendo de placer mientras yo me apretaba alrededor suyo.

—Por Dios, Eva. Te necesito tanto...

Lo rodeé con mis brazos y piernas apretándolo con fuerza.

El tiempo y el resto del mundo dejaron de importarme. Gideon renovó todas las promesas que me había hecho en las arenas de una playa del Caribe y yo traté de curarlo, con la esperanza de darle la fuerza que necesitaba para enfrentarse a un nuevo día.

Me estaba maquillando cuando Gideon entró en el cuarto de baño y dejó una humeante taza de café con leche edulcorado a mi lado, en la encimera de mármol. Sólo llevaba puestos los pantalones del pijama, así que supuse que no iba a ir a la oficina o, al menos, no de inmediato.

Lo miré a través del espejo buscando alguna señal de que recordara sus sueños. Nunca lo había visto tan profundamente afectado, como si el corazón se le estuviera rompiendo.

—Eva —dijo en voz baja—, tenemos que hablar.

—Estoy de acuerdo.

Apoyándose en la encimera, sostuvo su taza con las dos manos. Bajó la mirada a su café durante un largo rato antes de preguntar:

—¿Grabaste un video sexual con Brett Kline?

—¿Qué? —Lo miré apretando la mano sobre el mango de mi brocha de maquillaje—. No. Maldición, no. ¿Por qué me preguntas eso?

Me sostuvo la mirada.

—Cuando volví del hospital la otra noche, Deanna me estaba esperando en el portal. Tras lo que había ocurrido con Corinne, sabía que desdeñarla había sido un error.

—Te lo dije.

—Lo sé. Tenías razón. Así que la llevé al bar que hay calle arriba, la invité a una copa de vino y me disculpé.

—Fuiste con ella a tomar un vino —repetí.

—No, fui con ella para decirle que sentía cómo la había tratado. La invité al vino para así tener un motivo para estar sentados en el maldito bar —me corrigió malhumorado—. Supuse que tú preferirías que la llevara a un lugar público en vez de subirla al apartamento, que habría sido lo más conveniente y privado.

Tenía razón, y le agradecí que pensara en mi reacción y se adaptara a ella. Pero seguía enojada porque Deanna había conseguido tener una especie de cita con él.

Gideon debió adivinar lo que estaba pensando, porque sus labios se curvaron hacia un lado.

—Qué posesiva eres, cielo. Tienes suerte de que me guste tanto.

—Cállate. ¿Qué tiene que ver Deanna con una grabación sexual? ¿Te dijo ella que existe? Es mentira. Está mintiendo.

—No. Mi disculpa suavizó las cosas lo suficiente para que me hiciese una concesión. Me habló del video y me dijo que se iba a vender en una subasta de manera inminente.

—Te digo que es una mentirosa de mierda —repuse.

—¿Conoces a un tipo que se llama Sam Yimara?

Todo se detuvo. La ansiedad emergió en el fondo de mi estómago.

—Sí. Era el aspirante a realizar los videos del grupo.

—Exacto. —Dio un sorbo a su café y sus ojos me miraron con dureza por encima del borde de la taza—. Al parecer, colocó cámaras dirigidas por control remoto en algunos de los conciertos del grupo para así tener material entre bastidores. Asegura haber recreado el video de «Rubia» con metraje real y explícito.

—Dios mío. —Me tapé la boca y sentí que me mareaba.

Ya era suficientemente terrible saber que había extraños viéndonos a mí y a Brett cogiendo, pero era un millón de veces peor imaginarme a Gideon viéndolo. Aún podía ver su cara mientras veía el vídeo musical, y *eso* ya había sido terrible. Él y yo no seríamos nunca los mismos si veía las imágenes reales. Sabía que nunca conseguiría apartar de mi mente imágenes de él con otra mujer. Y con el tiempo, terminarían consumiéndome como el ácido.

—Por eso fuiste a California —susurré horrorizada.

—Deanna me dio toda la información que tenía y conseguí una orden temporal para evitar que Yimara pueda ceder o vender el video.

Por sus gestos, no podía estar segura de qué era lo que estaba pensando o sintiendo. Estaba encerrado y contenido, controlándose de manera inflexible. Mientras yo sentía cómo me desintegraba.

—No puedes evitar que salga a la luz —susurré.

—Contamos con un precintado temporal durante el proceso judicial.

—Si ese video llega a uno de esos portales de internet de intercambio de archivos se extenderá como una plaga.

Negó con la cabeza y el filo de su cabello negro le acarició los hombros.

—Tengo a un equipo de informáticos dedicado en exclusiva a buscar ese archivo en internet las veinticuatro horas del día, pero Yimara no va a ganar dinero si regala la grabación. Sólo tiene valor si es exclusivo. No va a echar a perder esa oportunidad antes de agotar todas las opciones, incluyendo la de vendérmelo a mí.

—Deanna lo va a contar. Su trabajo consiste en sacar secretos a la luz, no en esconderlos.

—Le ofrecí una exclusiva de veinticuatro horas de las fotos de nuestra boda si oculta esto.

—¿Y accedió? —pregunté escéptica—. Esa mujer va detrás de ti. No puede quedarse contenta con el hecho de que dejes de estar en el mercado. De forma permanente.

—Existe un punto en el que queda claro que no tiene ninguna esperanza —dijo con frialdad—. Creo que conseguí llegar a ese punto. Confía en mí. Está muy contenta con el dinero que va a hacer con la exclusiva de la boda.

Me acerqué al váter, bajé la tapa y me senté. La realidad de lo que me había contado me hundió.

—Todo esto me da nauseas, Gideon.

Dejó su café junto al mío y se agachó delante de mí.

—Mírame.

Hice lo que me ordenó, pero me resultaba difícil.

—*Nunca* dejaré que nadie te haga daño —dijo—. ¿Lo entiendes? Me voy a *encargar* de esto.

—Lo siento —susurré—. Siento mucho que tengas que enfrentarte a esto. Con todo lo que estás pasando...

Gideon me agarró de las manos.

—Una persona violó tu intimidad, Eva. No te disculpes por ello. En cuanto a lo de enfrentarme a esto... estoy en mi derecho. Es mi honor. Tú siempre serás lo primero.

—No parecía que fuera lo primero en el hospital —repuse, porque necesitaba sacar el resentimiento antes de que se enconara. Y necesitaba que él me explicara por qué siempre me apartaba cuando trataba de protegerme—. Todo se fue al infierno y tú me mandaste a Angus cuando lo que yo quería era quedarme allí por ti. Te fuiste en avión a *otro estado* y no me llamaste... no me dijiste nada.

Apretó la mandíbula.

—Y no dormí. Dediqué cada minuto que tenía y todos los favores que me debían para conseguir esa orden judicial a tiempo. Tienes que confiar en mí, Eva. Aunque no entiendas lo que estoy haciendo, confía en que siempre estoy pensando en ti y haciendo lo que es mejor para ti. Para nosotros.

Aparté la mirada, odiando aquella respuesta.

—Corinne está embarazada.

Dejó escapar un fuerte suspiro.

—Lo estaba, sí. De cuatro meses.

Una palabra hizo que sintiera un escalofrío.

—¿Estaba?

—Abortó mientras los médicos se ocupaban de la sobredosis. Prefiero pensar que ella no sabía nada del bebé.

Estudié su rostro y traté de ocultar el despreciable alivio que había en el mío.

—¿De cuatro meses? Entonces, el bebé era de Giroux.

—Espero que sí —contestó bruscamente—. Parece que él piensa que era suyo y que yo soy el responsable de que lo haya perdido.

—Dios mío.

Gideon dejó caer la cabeza sobre mi regazo apoyando la mejilla en mi muslo.

—Seguro que ella *no sabía nada*. No podía poner en riesgo a un bebé por algo tan estúpido.

—No voy a permitir que te culpes por esto, Gideon —dije con tono severo.

Envolvió mi cintura con sus brazos.

—Dios. ¿Estoy maldito?

En ese momento, odié tanto a Corinne que me puse agresiva. Ella sabía que el padre de Gideon se había suicidado. Si conociera un poco a Gideon, habría sabido lo mucho que su propio intento lo destrozaría.

—Tú no eres el responsable de esto. —Le pasé los dedos por el pelo para consolarlo—. ¿Me oyes? Sólo Corinne es la responsable de lo que pasó. Tendrá que ser *ella* la que viva con lo que ha hecho, no tú ni yo.

—Eva. —Me abrazó y su aliento cálido atravesó la seda de mi bata.

Un cuarto de hora después de que Gideon me dejara en el baño para contestar a una llamada de Raúl, yo seguía de pie ante el lavabo, con los ojos fijos en él.

—Vas a llegar tarde al trabajo —dijo con voz suave acercándose a mí y abrazándome por detrás.

—Estoy pensando en llamar. —Nunca lo había hecho, pero estaba cansada y hecha polvo. No podía imaginarme aunando las fuerzas suficientes como para concentrarme en el trabajo como debía.

—Podrías hacerlo, pero no va a quedar bien cuando salgas en las fotografías de la gala de esta noche.

Lo miré a través del espejo.

—¡No vamos a ir!

—Sí que vamos a ir.

—Gideon, si sale esa grabación mía con Brett no vas a querer que tu nombre se relacione con el mío.

Se puso rígido y, a continuación, me dio la vuelta para que lo mirara.

—Di eso otra vez.

—Ya me oíste. El apellido Cross ya ha sufrido bastante, ¿no crees?

—Cielo, estoy más cerca que nunca de tumbarte sobre mis rodillas para darte unos azotes. Por suerte para ti, no me pongo violento cuando me enfado.

Su brusca burla no me distrajo del hecho de que estaba decidido a proteger a la chica que yo había sido, la chica de la que yo me avergonzaba. Estaba dispuesto a colocarse entre el escándalo y yo, para protegerme lo mejor que pudiera y recibir el golpe en mi lugar si llegaba la ocasión.

No pensé que fuera posible quererlo más de lo que ya lo hacía, pero él no dejaba de demostrarme que estaba equivocada.

Cogió mi cara entre sus dos manos.

—A lo que sea que nos enfrentemos, lo haremos juntos. Y tú lo harás con mi apellido.

—Gideon...

—No sabes lo orgulloso que estoy de que lo lleves. —Acarició mi frente con su boca—. Cuánto significa para mí que lo hayas aceptado y lo hayas hecho tuyo.

—Oh, Gideon —Me puse de puntillas y me abracé a él—. Cómo te quiero.

LLEGUÉ media hora tarde al trabajo y encontré a una trabajadora temporal en la mesa de Megumi. Sonreí y la saludé, pero la preocupación me carcomía. Asomé la cabeza en el despacho de Mark y me disculpé efusivamente por llegar tarde. Después, llamé al celular de Megumi desde mi mesa, pero no contestó. Me acerqué a ver a Will.

—Tengo que hacerte una pregunta —dije cuando llegué a su lado.

—Espero tener la respuesta —contestó balanceándose en su silla para mirarme a través de sus modernas gafas.

—¿A quién llama Megumi para decir que está enferma?

—Le comunica todo a Daphne. ¿Por qué?

—Estoy preocupada. No me devuelve las llamadas. Me pregunto si está enojada conmigo por algo. —Cambié el peso de un pie a otro—. Odio no saberlo y no poder ayudar.

—Bueno, si te sirve de algo, Daphne dice que tenía una voz horrible.

—Eso no me sirve. Pero gracias.

Me dirigí de nuevo a mi mesa. Mark me hizo una señal para que entrara en su despacho al pasar por su lado.

—Hoy cuelgan el cartel de seis pisos de los pañuelos Tungsten.

—¿Sí?

—¿Quieres que vayamos a verlo? —preguntó con una amplia sonrisa.

—¿De verdad? —Con lo dispersa que estaba, la idea de salir al calor bochornoso de agosto era preferible a sentarme en mi frío escritorio—. ¡Estaría genial!

Tomó su chaqueta del respaldo de su sillón.

—Vámonos.

CUANDO llegué a casa poco después de las cinco encontré mi sala de estar invadida por un equipo de esteticistas. Cary y Trey estaban acomodados en el sofá con una crema verde en la cara y unas toallas bajo la cabeza para proteger la tapicería blanca. Mi madre estaba parloteando mientras le hacían un bonito peinado de ondas y rizos.

Yo me di una ducha rápida y, a continuación, me uní a ellos. En una hora consiguieron que pasara de ser una persona desaliñada a otra glamorosa, dándome tiempo para pensar en todo lo que había reprimido deliberadamente durante todo el día: el video, Corinne, Giroux, Deanna y Brett.

Alguien iba a tener que contárselo a Brett. Ese alguien era yo.

Cuando la esteticista se me acercó con un lápiz de labios, levanté la mano.

—Rojo, por favor.

Se detuvo un momento e inclinó la cabeza mientas me examinaba.

—Sí, tiene razón.

Estaba conteniendo la respiración durante una última ráfaga de laca en el cabello cuando mi teléfono vibró dentro del bolsillo de mi bata.

—Hola, campeón —respondí al ver el nombre de Gideon en la pantalla.

—¿De qué color vas a ir vestida? —preguntó sin decir hola.

—Plateado.

—¿De verdad? —Su voz adquirió un ronroneo cálido que hizo que mis dedos de los pies se encogieran—. Estoy deseando verte vestida con él. Y sin él.

—No tendrás que esperar —le advertí—. Más vale que traigas para acá ese trasero tuyo en unos diez minutos.

—Sí, señora.

Entrecerré los ojos.

—Date prisa o no tendremos tiempo para la limusina.

—Uf... estaré ahí en cinco minutos.

Colgó y me quedé un momento con el teléfono en el aire sonriendo.

—¿Quién era? —preguntó mi madre acercándose a mí.

—Gideon.

Sus ojos se iluminaron.

—¿Te va a acompañar esta noche?

—Sí.

—¡Ay, Eva! —exclamó dándome un abrazo—. Cuánto me alegro.

Rodeándola con mis brazos, supuse que era un momento tan bueno como cualquier otro para empezar a difundir la noticia del compromiso. Sabía que Gideon no iba a esperar mucho, pues insistía en compartir nuestro matrimonio con todo el mundo.

—Le pidió permiso a papá para casarse conmigo —dije en voz baja.

—¿Sí? —Cuando se apartó, estaba sonriendo—. También habló con Richard, lo que me parece que es un bonito detalle, ¿no crees? Ya empecé con los preparativos. Estaba pensando en junio, en el Pierre, por supuesto. Podemos...

—Yo sugiero diciembre como muy tarde.

Mi madre se quedó boquiabierta y con los ojos como platos.

ATADA A TI · 369

—No seas ridícula. No hay modo de preparar una boda en ese espacio de tiempo. Es imposible.

Me encogí de hombros.

—Dile a Gideon que estás pensando en junio del año que viene. Verás lo que te dice.

—¡Bueno, primero habrá que esperar a que te pida en matrimonio de verdad!

—Cierto. —La besé en la mejilla—. Voy a vestirme.

23

Estaba en mi dormitorio, poniéndome el vestido sin tirantes por encima del *body* del mismo color cuando entró Gideon. Literalmente se me cortó la respiración, mientras mis ojos se empapaban de su imagen reflejada en mi espejo. De pie detrás de mí, con su esmoquin a medida, con una encantadora corbata gris que conjuntaba tan bien con mi vestido, estaba deslumbrante. Nunca lo había visto tan guapo.

—Vaya —susurré embelesada—. *Sí* que vas a acostarte con alguien esta noche.

Arqueó los labios.

—¿Significa eso que no hace falta que te suba la cremallera?

—¿Significa eso que no hace falta que vayamos a esta fiesta?

—Para nada, cielo. Voy a presumir de mujer esta noche.

—Nadie sabe que soy tu mujer.

—Yo sí. —Se acercó a mí por detrás y me subió la cremallera—. Y pronto, muy pronto, todo el mundo lo sabrá.

Me incliné hacia atrás para echarme sobre él, admirando el reflejo de los dos. Formábamos una imagen estupenda juntos.

Lo cual me hizo pensar en otras imágenes...

—Prométeme que nunca vas a ver ese video —dije.

Cuando vi que no me respondía, me di la vuelta para mirarlo directamente. Al ver su mirada inaccesible en su rostro empecé a asustarme.

—Gideon, ¿lo viste ya?

Apretó los dientes.

—Uno o dos minutos. Nada explícito. Lo suficiente para probar su autenticidad.

—Dios mío. Prométeme que no lo vas a ver. —Levanté la voz, que se volvía más aguda a media que el pánico me invadía—. ¡Prométemelo!

Envolvió mis muñecas con sus manos y las apretó con la fuerza suficiente como para cortarme la respiración. Me quedé mirándolo, con los ojos abiertos de par en par, sorprendida ante aquella repentina agresión.

—Traquilízate —dijo en voz baja.

Una extraña oleada de calor se extendió desde donde me había tomado. El corazón me latía con más fuerza, pero también a un ritmo más regular. Me quedé mirando nuestras manos y dirigí mi atención a su anillo de rubíes. Rojo. Como las esposas que me había comprado. Me sentí igual de apresada y atada en ese momento. Y me tranquilizó de un modo que no llegaba a comprender.

Pero estaba claro que Gideon sí.

Me di cuenta de que era por eso por lo que había tenido miedo de casarme con él tan rápidamente. Me estaba llevando a un viaje que tenía un destino desconocido y yo había aceptado seguirlo con los ojos vendados. No se trataba de saber dónde terminaríamos como pareja, porque eso no se cuestionaba. Teníamos una obsesión, una dependencia el uno del otro del mismo modo inexorable que los adictos. Dónde terminaría yo, quién terminaría siendo, era lo que no sabía.

La transformación de Gideon había sido casi violenta y había ocurrido en un momento de claridad nítida en el que él había comprendido que no quería, no podía, vivir sin mí. Mi cambio fue más gradual, tan concienzudamente medido que creí que no tendría que cambiar en nada.

Me equivoqué.

Tragué saliva para deshacer el nudo de mi garganta y hablar con un tono inalterable.

—Gideon, escúchame. Lo que sea que haya en ese video no es nada comparado con lo que tú y yo tenemos. Los únicos recuerdos que quiero que haya en tu cabeza son los que nosotros construyamos. Lo que tenemos juntos... eso es lo único real. Lo único que importa. Así que, por favor... prométemelo.

Cerró los ojos un instante y, a continuación, asintió.

—De acuerdo, lo prometo.

Yo suspiré aliviada.

—Gracias.

Se llevó mis manos a la boca y las besó.

—Eres mía, Eva.

POR un mutuo y tácito acuerdo, nos abstuvimos de despeinarnos el uno al otro en la limusina antes de nuestra primera aparición pública como pareja casada. Yo estaba nerviosa y, aunque uno o dos orgasmos habrían ayudado a que me calmara, tener un aspecto menos que perfecto no habría hecho más que empeorarlo todo. Y la gente lo notaría. No era sólo que mi vestido plateado fuera llamativo, con su brillo y su pequeña cola, sino que mi acompañante era además un accesorio imposible de pasar desapercibido.

Seríamos el centro de atención y Gideon parecía decidido a que así fuera. Me ayudó a salir de la limusina cuando llegamos a la Quinta Avenida con Cental Park South y se tomó un momento para deslizar sus labios por mi sien.

—Ese vestido va a quedar fantástico en el suelo de mi dormitorio.

Me reí por el piropo, sabiendo que había sido intencionado, y los flashes de las cámaras saltaron como una tormenta de luz cegadora.

Cuando se separó de mí, despareció de su rostro toda la calidez y fijó sus hermosos rasgos con una expresión reservada que no revelaba nada. Colocó la mano en la parte inferior de mi espalda y me llevó por la alfombra roja al interior del Cipriani's.

Una vez dentro, encontró un lugar de su aprobación y nos quedamos allí durante una hora mientras socios comerciales y conocidos daban vueltas a nuestro alrededor. Él quería que yo estuviese a su lado y también estar al mío, algo que demostró poco después cuando nos dirigíamos a la pista de baile.

—Preséntame —dijo simplemente, y seguí sus ojos hasta donde Christine Field y Walter Leaman, de Waters Field & Leaman, reían a carcajadas con el grupo de gente con la que estaban. Christine tenía un aspecto sobrio y elegante con su vestido negro de cuentas que le cubría desde el cuello hasta las muñecas y los tobillos, a excepción de la espalda al aire; y Walter, que era un tipo alto, tenía un aspecto de hombre de éxito y seguro con su esmoquin de bonito corte y su pajarita.

—Saben quién eres —contesté.

—¿Saben quién soy para ti?

Arrugué la nariz un poco, sabiendo que mi mundo iba a cambiar drásticamente una vez que mi soltería quedara subordinada a mi identidad como Eva Cross.

—Vamos, campeón.

Fuimos hacia ellos serpenteando entre las mesas redondas cubiertas por manteles blancos y adornadas con candelabros envueltos en guirnaldas florales que daban una maravillosa fragancia a la sala.

Mis jefes vieron primero a Gideon, por supuesto. No creo siquiera que me reconocieran hasta que Gideon tuvo la clara deferencia de dejarme hablar primero.

—Buenas noches —saludé dándoles la mano a Christine y a Walter—. Seguro que ya saben quién es Gideon Cross, mi...

Hice una pausa, pues mi cerebro se quedó paralizado.

—Prometido —terminó Gideon estrechándoles la mano.

Se intercambiaron felicitaciones y las sonrisas se volvieron más amplias y luminosas.

—Esto no querrá decir que te vamos a perder, ¿no? —preguntó Christine con sus pendientes de diamantes centelleando bajo la suave luz de los candelabros.

—No. No me voy a ninguna parte.

Al decir aquello me cobré un fuerte pellizco de Gideon en el culo.

En algún momento íbamos a tener que hablar del asunto del trabajo, pero supuse que podría aplazarlo, al menos, hasta nuestra cercana boda.

Hablamos un poco sobre la campaña del vodka Kingsman, lo cual sirvió sobre todo para ensalzar la buena labor que Waters Field & Leaman había hecho, gracias a lo que había conseguido más encargos de Cross Industries. Gideon conocía aquel juego, por supuesto, y lo supo jugar bien. Era educado, encantador y, desde luego, un hombre que no se dejaba influenciar fácilmente.

Después de aquello, nos quedamos sin más temas de conversación. Gideon nos excusó.

—Vamos a bailar —susurró a mi oído—. Quiero abrazarte.

Entramos en la pista de baile, donde Cary llamaba la atención con una despampanante pelirroja. Podían verse destellos de una pierna pálida y curvilínea a través de la raja subida de tono de su vestido verde esmeralda. Se giró y, después, se inclinó. Una cortesía incontestable.

Trey no había podido ir porque tenía una clase a última hora y yo lo lamenté. También lamenté el hecho de haberme alegrado de que Cary no hubiese traído a Tatiana en su lugar. Pensar así me hacía sentir maliciosa, y a mí no me gustaban nada las arpías.

—Mírame.

Giré la cabeza al escuchar la orden de Gideon y encontré sus ojos fijos en mí.

—Hola, campeón.

Con su mano en mi espalda y mi mano en la suya, nos deslizamos despreocupadamente por la pista de baile.

—Crossfire —susurró mirando mi cara con intensidad.

Acaricié su mejilla con mis dedos.

—Aprendemos de nuestros errores.

—Me leíste la mente.

—Eso me gusta.

Sonrió, y sus ojos estaban tan azules y su pelo tan condenadamente sensual que deseé pasar los dedos por él en ese mismo momento. Me atrajo hacia sí.

—No tanto como me gustas tú a mí.

Estuvimos en la pista durante dos canciones. Después, la música terminó y el director de la orquesta se acercó al micrófono para hacer un anuncio: la cena estaba a punto de servirse. Sentados en nuestra mesa estaban mi madre con Richard, Cary, un cirujano plástico con su mujer y un tipo que decía que acababa de terminar el rodaje de un episodio piloto para una nueva serie de televisión que esperaba que fuera elegida para toda una temporada.

La cena era una especie de fusión asiática y me la comí entera, porque estaba buena y porque las raciones no eran muy grandes. Gideon tenía la mano sobre mi muslo bajo la mesa, moviendo su pulgar ligeramente en pequeños círculos haciéndome estremecer.

Se inclinó hacia mí.

—Quédate quieta.

—Déjalo ya —le respondí con un susurro.

—Sigue moviéndote y te meteré los dedos dentro.

—No te atreverás.

Sonrió con satisfacción.

—Ponme a prueba y verás.

Sabiendo que era capaz, me quedé quieta, aunque aquello me estaba matando.

—Discúlpenme —dijo Cary de pronto apartándose de la mesa.

Lo vi alejarse y vi que sus ojos se detenían en una mesa cercana. No me sorprendió mucho que la pelirroja del vestido verde lo siguiera fuera de la sala, pero me sentí decepcionada. Sabía que su situación con Tatiana lo estaba estresando y que el sexo sin compromiso era el curalotodo de Cary, pero también le afectaba a su autoestima y le provocaba más problemas de los que le solucionaba.

Por suerte, sólo quedaban un par de días para ir a ver al doctor Travis.

—Cary y yo vamos a ir a San Diego este fin de semana —susurré inclinándome hacia Gideon.

Giró la cabeza hacia mí.

—¿Y me lo dices ahora?

—Bueno, entre tus exnovias y mi exnovio, mis padres, Cary y todo lo demás, se me olvida continuamente. He supuesto que mejor te lo decía ahora antes de que volviera a olvidarlo.

—Cielo... —Negó con la cabeza.

—Espera. —Me puse de pie. Tenía que recordarle que Brett tenía un concierto en San Diego esos días, pero primero tenía que ir a ver a Cary.

Me miró con curiosidad mientras se ponía de pie.

—Vuelvo enseguida —le dije. Y añadí en voz muy baja—: Tengo que ir a impedir un revolcón.

—Eva...

Oí el tono de advertencia que había en su voz, pero no le hice caso. Me levanté un poco la falda y fui corriendo detrás de Cary. Acababa de pasar junto a la pista de baile cuando me encontré con un rostro conocido.

—Magdalene —dije sorprendida, deteniéndome—. No sabía que estabas aquí.

—Gage estaba liado con un proyecto, así que llegamos un poco tarde. Me perdí la cena, pero al menos pude meter mano a esas cosas de *mousse* de chocolate que sirven para el postre.

—Está tremendo.

—Absolutamente —confirmó Magdalene con una sonrisa.

Pensé para mis adentros que tenía un aspecto estupendo. Más suave y más dulce. Pero deslumbrante y seductora con su vestido rojo de encaje con un hombro al aire y su cabello oscuro enmarcando un rostro delicado de labios carmesí. Apartarse de Christopher Vidal le había sentado muy bien. Y estaba claro que contar con un hombre nuevo en su vida la había ayudado. Recordé que había mencionado a un chico llamado Gage cuando vino a verme al trabajo un par de semanas antes.

—Te vi con Gideon —dijo—. Y me percaté de tu anillo.

—Deberías haberte acercado a saludar.

—Estaba comiéndome ese postre.

Me reí.

—Una chica debe tener claras sus prioridades.

Magdalene extendió una mano y me tocó el brazo ligeramente.

—Me alegro por ti, Eva. Y me alegro por Gideon.

—Gracias. Pásate por nuestra mesa y se lo dices.

—Lo haré. Nos vemos luego.

Se alejó y yo me quedé mirándola un momento, aún recelosa pero pensando que quizá no fuera tan mala al fin y al cabo.

Lo único que tuvo de negativo el hecho de haberme encontrado con Magdalene fue que había perdido a Cary. Cuando empecé de nuevo a buscarlo, él ya se había escondido en algún sitio.

Emprendí el camino de regreso hacia Gideon preparándome mentalmente para la reprimenda que le iba a soltar a Cary. Elizabeth Vidal salió a mi paso.

—Perdone —dije cuando casi choqué con ella.

Me agarró por el codo y me llevó hasta un rincón oscuro. Entonces, me cogió la mano y miró mi precioso diamante Asscher.

—Ese anillo es mío.

Me solté.

—*Era* suyo. Ahora es mío. Su hijo me lo regaló cuando me pidió que me casara con él.

Me miró con aquellos ojos azules que eran tan parecidos a los de su hijo. Y a los de Ireland. Era una mujer guapa, glamorosa y elegante. Tan atractiva como mi madre, la verdad, pero también tenía la frialdad de Gideon.

—No voy a permitir que lo apartes de mí —espetó entre sus dientes de un blanco luminoso.

—Está completamente equivocada —contesté cruzándome de brazos—. Quiero que estén los dos juntos para que podamos hablarlo todo abiertamente.

—Estás llenándole la cabeza de mentiras.

—Oh, Dios mío. ¿En serio? La próxima vez que él le cuente lo que ocurrió, y me aseguraré de que lo haga, usted va a creerle. Y se va a disculpar y va a buscar la jodida forma de hacer que le sea más fácil de soportar. Porque lo quiero completamente curado y sano.

Elizabeth se quedó mirándome visiblemente enfurecida. Estaba claro que no estaba de acuerdo con ese plan.

—¿Terminamos? —pregunté, enfadada por su deliberada ceguera.

—No hemos hecho más que empezar —bufó inclinándose sobre mí—. Sé lo tuyo con ese cantante. Sé quien eres.

Negué con la cabeza. ¿Había hablado Christopher con ella? ¿Qué le habría dicho? Sabiendo lo que le había hecho a Magdalene, lo creí capaz de cualquier cosa.

—Es impresionante. Usted cree en las mentiras e ignora la verdad. —Empecé a alejarme, pero me detuve—. Lo que me parece realmente interesante después de la última vez que me enfrenté a usted es que no le preguntara a Gideon qué es lo que había pasado. «Hijo mío, tu loca novia me contó esta historia aún más loca». No se me ocurre por qué no lo hizo. Supongo que no querría tener que explicarse.

—Que te jodan.

—Sí. No creo que a usted se lo vayan a hacer.

La dejé atrás antes de que volviese a abrir la boca y me echara a perder la noche.

Por desgracia, cuando empecé a acercarme a mi mesa, vi que Deanna Johnson estaba sentada en mi silla hablando con Gideon.

—¿Es una broma? —murmuré entrecerrando los ojos al ver cómo la reportera colocaba la mano sobre el brazo de él mientras hablaba. Cary había ido a hacer lo que fuera que estuviera haciendo, mi madre y Stanton estaban en la pista de baile. Y Deanna se había deslizado como una serpiente.

Aunque Gideon pensaba lo contrario, a mí me resultaba obvio que el interés de Deanna por él era tan intenso como siempre. Y aunque él no la alentaba más allá de escuchar lo que fuese que ella le estuviera diciendo, el simple hecho de que Gideon le prestara atención le servía a ella de estimulante.

—Debe ser muy buena en la cama. Cogen mucho.

Me puse rígida y me giré hacia la mujer que me estaba hablando. Era la pelirroja de Cary, que tenía el aspecto sonrojado y la mirada luminosa de una mujer que acababa de tener un bonito orgasmo. Aun así, era mayor de lo que me había parecido desde la distancia.

—Deberías vigilarlo —dijo mirando a Gideon—. Utiliza a las mujeres. Lo he visto con mis propios ojos. Más de lo que debería.

—Sé cómo arreglármelas.

—Todas dicen lo mismo. —Su sonrisa compasiva me molestó—. Sé de dos mujeres que han sufrido una profunda depresión por su culpa. Y lo cierto es que no serán las últimas.

—No deberías hacer caso a los chismes —respondí.

Se alejó con una irritante y serena sonrisa levantando la mano para acariciarse el pelo mientras bordeaba las mesas de camino a la suya.

Hasta que no hubo atravesado la mitad de la sala no identifiqué su cara.

—Mierda.

Fui corriendo hacia Gideon. Se puso de pie cuando llegué.

—Necesito hablar contigo rápidamente —dije bruscamente antes de lanzar una mirada de furia a la morena que estaba en mi silla—. Un placer, Deanna.

No acusó la indirecta.

—Hola, Eva. Justo me iba...

Pero yo ya no la miraba. Cogí a Gideon de la mano y tiré de él.

—Vamos.

—De acuerdo, espera. —Le dijo algo a Deanna pero no lo oí, mientras seguía arrastrándolo.

—Por Dios, Eva. ¿A qué se debe tanta prisa?

Me detuve junto a la pared y eché un vistazo a la sala buscando el color rojo y verde. Pensé que él habría visto a su antigua amante... a menos de que ella hubiese estado evitándolo deliberadamente. Por supuesto, ella tenía un aspecto muy distinto sin su antiguo corte de pelo en plan duendecillo y yo no había visto a su marido de pelo canoso, lo cual habría facilitado que la hubiese identificado antes.

—¿Sabes si Anne Lucas está aquí?

Apretó mi mano con la suya.

—No la he visto. ¿Por qué?

—Vestido verde esmeralda, pelo largo y rojo. ¿Has visto a esa mujer?

—No.

—Estaba bailando antes con Cary.

—No estaba prestando atención.

Lo miré exasperada.

—Dios mío, Gideon. Resultaba difícil no verla.

—Perdóname por no tener ojos más que para mi mujer —contestó con tono seco.

Le apreté la mano.

—Lo siento. Sólo necesito saber si era ella.

—Explícame por qué. ¿Se acercó a ti?

—Sí. Me dijo algunas estupideces y después se fue. Creo que Cary se escabulló con ella. Ya sabes, para un revolcón rápido.

El rostro de Gideon se endureció. Desvió su atención hacia la sala, barriéndola de un extremo a otro, con una mirada lenta, buscándola.

—No la veo. Ni a ella ni a nadie con la descripción que me diste.

—¿Anne es terapeuta?

—Psiquiatra.

Una corazonada me hizo sentir inquieta.

—¿Podemos irnos ya?

Me miró fijamente.

—Dime qué te dijo.

—Nada que no haya oído antes.

—Eso es muy tranquilizador —murmuró—. Sí, vámonos.

Volvimos a nuestra mesa por mi bolso de mano y a despedirnos de todos.

—¿Podrían llevarme? —preguntó Cary después que yo le diera a mi madre un abrazo de despedida.

Gideon asintió.

—Vamos.

ANGUS cerró la puerta de la limusina.

Cary, Gideon y yo nos acomodamos detrás en nuestro asiento y sólo un par de minutos después habíamos salido de Cirpiani's y nos habíamos adentrado en el tráfico.

Mi mejor amigo me fulminó con la mirada.

—No empieces.

Odiaba que le echara reprimendas por su conducta y no lo culpé por ello. No era su madre. Pero sí era alguien que lo quería y que deseaba cosas buenas para él. Sabía lo autodestructivo que podía ser si no se le vigilaba.

Pero ésa no era mi mayor preocupación en aquel momento.

—¿Cómo se llamaba? —le pregunté rezando porque lo supiera para así poder identificar a la pelirroja de una vez por todas.

—¿A quién le importa?

—Dios. —Apreté impacientemente las manos sobre mi bolso—. ¿Lo sabes o no?

—No se lo pregunté —respondió—. Déjalo ya.

—Vigila tu tono, Cary —le advirtió Gideon en voz baja—. Tienes un buen problema. No la tomes contra Eva por preocuparse por ti.

Cary apretó la mandíbula y miró por la ventanilla.

Yo me eché sobre el respaldo y Gideon me atrajo hacia su hombro, deslizando su mano arriba y abajo por mi brazo desnudo.

Nadie dijo nada más durante el trayecto hasta casa.

CUANDO llegamos a mi apartamento, Gideon se dirigió a la cocina para tomar una botella de agua y se puso a hablar por teléfono cruzando su mirada con la mía a través de la barra y los varios metros que nos separaban.

Cary fue hacia su dormitorio y, entonces, de repente, se dio la vuelta en el pasillo y volvió para darme un abrazo. *Fuerte*.

—Lo siento, nena —susurró con su cara apoyada en mi hombro.

Yo le devolví el abrazo.

—Deberías tratarte mejor de lo que lo haces.

—No me la cogí —dijo en voz baja mientras se apartaba para mirarme—. Iba a hacerlo. Creía que quería hacerlo. Pero cuando llegó el momento, pensé que hay un niño en camino. Un *hijo*, Eva. Y no quiero que él, o ella, crezca pensando de mí lo mismo que pienso yo de mi madre. Tengo que solucionar mis problemas.

Volví a abrazarlo.

—Estoy orgullosa de ti.

—Sí, bueno... —Se retiró con expresión de timidez—. Aun así, hice que se viniera masajeándole el clítoris, porque sí que habíamos llegado a eso. Pero mi verga permaneció guardada dentro de los pantalones.

—Demasiada información, Cary —dije—. Te aseguro que eso es dar demasiada información.

—¿Seguimos con el plan de ir a San Diego mañana? —Su mirada esperanzada me llegó al corazón.

—Claro que sí. Estoy deseándolo.

Su sonrisa se tiñó de alivio.

—Bien. Salimos a las ocho y media.

Gideon se unió a nosotros en ese momento y, por la mirada que me lanzó, supe que no habíamos terminado de hablar sobre mi escapada del fin de semana. Pero cuando Cary se fue por el pasillo camino de su dormitorio, me abracé a Gideon y lo besé con fuerza, retrasando la conversación. Tal y como yo había esperado, no vaciló en atraerme hacia él y tomar el control, comiéndome la boca con lametones lujuriosos y profundos.

Con un gemido, dejé que me arrastrara con él. El mundo podía volverse loco esa noche. Mañana nos enfrentaríamos a él y a todo lo demás que tuviésemos delante.

Lo agarré de la corbata.

—Esta noche eres mío.

—Soy tuyo todas las noches —dijo con una voz cálida y áspera que me despertó las más sensuales fantasías.

—Empieza ahora. —Comencé a caminar hacia atrás tirando de él en dirección a mi dormitorio—. Y no pares.

No paró. No hasta que se hizo de día.

NOTA DE LA AUTORA

Sí, querido lector. Tienes razón. Es imposible que éste sea el final.

El viaje de Gideon y Eva aún no ha terminado. Estoy deseando ver a dónde nos lleva después.

Con mis mejores deseos,
Sylvia